奋斗与辉煌

广东小康叙事

章石山 ◎ 著

卷一
百端待举
（1978—1991）

南方出版传媒
花城出版社
中国·广州

图书在版编目（CIP）数据

奋斗与辉煌：广东小康叙事. 卷一，百端待举：1978—1991 / 章石山著. -- 广州：花城出版社，2020.11
　ISBN 978-7-5360-9251-8

Ⅰ. ①奋… Ⅱ. ①章… Ⅲ. ①纪实文学－中国－当代 Ⅳ. ①I25

中国版本图书馆CIP数据核字(2020)第205931号

出 版 人：肖延兵
策划编辑：张 懿　陈宾杰
责任编辑：李 谓　陈诗泳　杜小烨
　　　　　李加联　周思仪　黄玉雯
营销统筹：蔡 彬
技术编辑：薛伟民　凌春梅
责任校对：李道学
插　　画：明天教室·刘敬慈
封面设计：水玉银文化

书　　名	奋斗与辉煌——广东小康叙事·卷一·百端待举（1978–1991） FENDOU YU HUIHUANG GUANGDONG XIAOKANG XUSHI JUANYI BAIDUANDAIJU（1978–1991）
出版发行	花城出版社 （广州市环市东路水荫路11号）
经　　销	全国新华书店
印　　刷	广东鹏腾宇文化创新有限公司 （广东省珠海市高新区唐家湾镇科技九路88号10栋）
开　　本	880毫米×1230毫米　32开
印　　张	12　2插页
字　　数	250,000字
版　　次	2020年11月第1版　2020年11月第1次印刷
定　　价	69.80元

如发现印装质量问题，请直接与印刷厂联系调换。
购书热线：020-37604658　37602954
花城出版社网站：http://www.fcph.com.cn

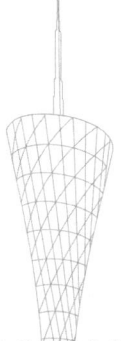

献给新时代
献给在小康路上不懈奋斗的人们

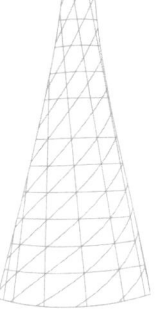

奋斗与辉煌——广东小康叙事
创作团队

总撰稿　　张培忠

撰　稿　　喻季欣　　黎　衡　　姚中才
　　　　　　王十月　　何　龙　　刘　鉴
　　　　　　陈启文　　盛　慧　　李焱鑫
　　　　　　曾平标　　王威廉　　陈　枫

序　言

1979年12月6日，北京人民大会堂。

中国改革开放总设计师邓小平会见来访的日本首相大平正芳。当大平正芳提出"中国在本世纪末实现四个现代化究竟意味着什么"时，邓小平凝思片刻后说："我们的四个现代化的概念，不是像你们那样的现代化的概念，而是小康之家。"

小康？大平正芳一时听不明白，他将目光投向身边的翻译。翻译急中生智答道："就是……就是一个人身体恢复的时候。"

"噢——"大平正芳若有所悟地张了张嘴，然后起身笑眯眯地握住邓小平的手，说："祝您和中国人民早日小康。"

邓小平同时站起身，豁然一笑道："好好，小康，我们大家都小康。"

这是邓小平对社会主义现代化目标进行反复思考后,第一次创造性地用"小康"概括中国发展的初步目标。

一

小康是什么?尽管人类困于语言的巴别塔,在对话时经常产生歧义,但"小康"在改革开放之初的语境中却生动地表达了这一词语的内在意蕴。

小康似乎不属于宏大叙事,但它内嵌着中国人的千年梦想。

在《诗经·大雅·民劳》中,有"民亦劳止,汔可小康"一语,这是"小康"一词在中国古籍中的最早出处,大意是老百姓太劳苦,也该稍稍得到安乐了。它表达了古代先民对理想生活状态的向往。

小康也是儒家对社会发展的理想设计。"今大道既隐,天下为家。各亲其亲,各子其子,货力为己。大人世及以为礼,城郭沟池以为固。礼义以为纪,以正君臣,以笃父子,以睦兄弟,以和夫妇,以设制度,以立田里……是谓小康。"这是《礼记·礼运》描绘的秩序井然、人民和睦的社会生活图景。

在儒家学说中,小康只是初级生活状态,大同才是高阶社会愿景,而小康是迈向大同的必由之路。"大道之行也,天下为公"(《礼记·礼运》)。大同世界以财产公有、社会文明、长幼有序、保障充分等为显著特征,是儒家最高的政治追求。在社会客观条件尚未达到"天下为公"境界前,治国的主要手段是"礼义以为纪",即在道德和制度约束下实现国泰民安,达成小康。小康社会也是法家管子的治世理念。"仓廪实则知礼节,衣食足则知荣辱",道出了小康生活与文明社会的内在关联。

小康与大同,同样是世界之梦、人类之梦。中西方文明中,都有各种学说探寻人类心中最美好的理想生活。春秋战国,正处于德国学者雅斯贝尔斯所提出的"轴心时代"。孔子描绘的大同世界与柏拉图笔下的"理想国",便有不少相似之处。在《理想国》中,财产是公产,权力是公器,族民被要求一心为公,与儒家对理想社会的想象高度一致,堪称东西方的"梦想共同体"。

小康是治世的追求、乱世的希冀。中国古代历史一直都在乱世与盛世的交替中行进,但在有民族国家概念以来的数千年中国历史长河中,盛世只是浪花,终成支流。中国历史上公认有三大盛世——"汉武盛世""开元盛世"和"康乾盛世",它们的存续时间其实都不长,加在一起不过两百多年。

汉武帝在位50余年,在封建帝王中可谓"长寿",但剔除其大权旁落的开始几年和晚景不妙的最后几年,"汉武盛世"满打满算也只持续了不到50年时间。唐玄宗在位44年,但最鼎盛的开元时期不过28年;即便把之前"贞观之治"的20余年计入其中,唐朝前期的这段盛世期也只有50年左右。宋代创造了繁盛一时的市民文化，《清明上河图》的喧嚣和《东京梦华录》的荣光，都很快成为梦幻泡影。清代康熙、雍正、乾隆三帝在位时间加起来有130多年，算是最长的一段盛世了。

盛世之外是"剩世"。数千年中国历史，盛世和治世累计不过400年左右，剩下的是充满灾荒、动乱和腐败的平世、衰世，令中华民族绵延千年的梦想数度搁浅。尤其在近代，一个颠顶帝国把自己封闭于紧锁的国门背后，在一潭死水中又被腐败和鸦片掏空了国力和民力，以致内忧外患、民生凋敝，让西方列强找到入侵之机。从鸦片战争开始，各派政治势力你方唱罢我登场，然而都没能找到符合中国实际的科学理论和实践路径，当国家一步步陷入半殖民地半封建社会的深渊之后，小康显然只能变成残存的梦想和难及的奢望。尽管有识之士不断探索国家和民族的出路，试图实现"自强""求富"的目标，但随着甲午战争的失败，寄托在洋务运动之上的富强梦想彻底破灭，"四万万人齐下泪，天涯何处是神州"。

十九世纪九十年代以后，维新派和革命派轮番登上历史舞台。维新派的改良主张，夭折在垂死挣扎的保守势力的顽抗之中；孙中山领导的辛亥革命终结了两千多年的封建帝制，中国并未真正建立一个民主共和国，资产阶级革命连小康的梦想都无法实现，更不用说强国梦了。

国家的盛宴，落在平民百姓身边，不过是盘满钵满；政治的大盘，体现在民众的"K线图"中，不过是红色阳线。所谓宏大的盛世图景，最初都微缩成邓小平所说的"小康之家"。

小康，也是不分种族、年龄和语言的全世界人民共同的愿景。然而，人类在由前现代向现代社会转型、追求富裕和平的道路上，至少面对着三重"诅咒"：一是人口的诅咒，二是资源的诅咒，三是西方建立的全球政治经济体系的诅咒。西欧、美国、日本等近代强国的崛起，建立在工业革命与殖民主义的原罪之上。二战以后，占世界人口80%以上的亚、非、拉人民纷纷实现了民族独立，然而，西方主导的经济秩序并未改变。这些欠发达国家，仍然处在技术、全球金融与产业结构分工的绝对劣势，或产品结构单一，或高度依赖国际资本，或受困于庞大的人口基数和过高的人口增长率。人类，虽已渐渐摆脱饿殍遍野、衣不蔽体的劫难，却始终被贫穷的阴影追逐。广大发展中国家的人民，没有看到普世繁华的兑现。

在中国老百姓心目中，小康是"薄有家财、安居度日"的基本生活形态；在治国理政层面，小康是拨乱反正、重塑民生的初期政治目标。

"昨夜西风凋碧树，独上高楼，望尽天涯路。""过尽千帆皆不是，斜晖脉脉水悠悠。肠断白蘋洲。"中国人民在国运沉浮的漫漫长路里，在百转千回的历史脚步声中，希望能看到毅然转向的身影，期盼能听到步入小康的响声……

二

1949年10月1日，天安门城楼。毛泽东以穿越时空的声音向中国人民和全世界庄严宣告：中华人民共和国成立了！中国人民从此站起来了！

中国共产党历经28年艰苦卓绝的战斗，打败日本侵略者，推翻国民党的统治，摆脱帝国主义列强的控制，走上独立自主的发展道路，担负起领导国家富强、民族复兴之重任。古代中华文明的昌盛，是以人口高密度的精耕农业和水利灌溉，以生养众多的赤贫百姓，供养起精致化的显贵士绅。旧民主主义革命的先行者，亦采取精英主义路线，同样并未触及中国劳苦大众的基本层面。而中国共产党走向农工、走向基层、走向群众，通过开展土地革命，让广大根据地的贫苦农民翻身做主人，铺展开追求美好生活的希望之路。小康，是站在人民而非权贵一边。追求小康，是革命的原动力："人民战争"的胜利，源于人民的支持；人民的支持，源于经济基础的变革。

中华人民共和国成立后，马上面对的是"冷战"背景下西方阵营的围堵封锁，是"美蒋"的反攻威胁，是土匪和特务的破坏骚扰，是战争留下的满目疮痍的残破河山，是百废待兴的各行各业。在这种困难局面下，中华人民共和国仅用3年时间就基本恢复和初步发展了国民经济。1952年底，全国主要工农业产品产量均达到历史最高水平。

1956年，毛泽东在《论十大关系》中初步总结了中国社会主义建设的经验，提出了探索适合中国国情的社会主义建设道路的任务。党的八大形成了关于中国国内主次要矛盾的正确判断，适时把握了我国国情，强调了迅速开展大规模社会主义建设，极大发展先进生产力的极端重要性。

1964年12月召开的第三届全国人民代表大会第一次会议上，周恩来根据毛泽东建议，在政府工作报告中首次提出，在二十世纪末，把中国建设成为一个具有现代农业、现代工业、现代国防和现代科学技术的社会主义强国，以及实现"四个现代化"目标的"两步走"设想。

从1949年到1978年，中国社会主义现代化所必需的工业基础实现从无到有、从零散到系统，形成了门类齐全的完整工业体系。正如《关于建国以来党的若干历史问题的决议》所述：我们现在赖以进行现代化建设的物质技术基础，很大一部分是这个期间建立起来的；全国经济文化建设等各方面的骨干力量和他们的工作经验，大部分也是在这个期间培养和积累起来的。新中国头30年开展的大规模社会主义建设，为开辟中国特色社会主义道路准备了物质基础和人才条件。

毋庸讳言，在将近30年间，精力过多地被投入到政治运动和阶级斗争之中，从而偏离了经济建设的轨道，在教育、科研、文化和生活等国计民生方面，没有达到预期。

1978年12月18日，冬日的北京却有一股生机在萌动。这一天，党的十一届三中全会在北京召开，全会做出了以经济建设为中心，把党和国家的工作重心转移到社会主义现代化建设上来，实行改革开放的重大决策。这一重大转折具有划时代和里程碑的意义，它开启了改革开放和现代化建设的新征程，扣响了实现中华民族伟大复兴的发令枪。

建立特区、开放和吸引外资、实行家庭联产承包责任制……这一系列顺应时代潮流、符合人民意愿的改革开放政策，极大地释放了中国人民久蓄于心的激情和动能，一幅幅经济建设的图画很快在中国大地上展开。

自邓小平首次用小康概括了中国发展的初步目标，提出要在二十世纪末达到人均国内生产总值1000美元之后，党的十二大又首次把"人民的物质文化生活可以达到小康水平"纳入报告内容；党的十三大进一步提出"三步走"发展战略，小康被赋予了新的历史内涵。

1990年，党的十三届七中全会进一步对小康目标做出精确描述："在温饱的基础上，生活质量进一步提高，达到丰衣足食。这个要求既包括物质生活的改善，也包括精神生活的充实；既包括居民个人消费水平的提高，也包括社会福利和劳动环境的改善。"以此为标志，中国共产党对小康的理解，已经从物质生活的富足进一步发展为包括精神生活和社会福利等全方位提升的整体性概念。

党的十四大提出了建立社会主义市场经济体制。1997年，国家提前3年实现人均国内生产总值比1980年翻两番的宏伟目标。二十世纪末，实现了从贫困到温饱，再到总体小康的历史性跨越。

随着"总体小康"目标的完成，我国发展路上遇到的一系列问题和短板也开始暴露出来：科技创新能力和消费等内生经济动力水平较低，地区、城乡间的发展差异加大，教育、医疗、文化等群众关注的公共服务水平仍有待提高。党的十六大在总体实现小康的基础上明确提出："在本世纪的头二十年，全面建设惠及十几亿人口的更高水平的小康社会。"

党的十七大在此基础上对全面建设小康社会提出更高要求，强调转变发展方式，实现经济又好又快发展，扩大社会主义民主，加强文化建设，加快发展社会事业，建设生态文明。

从党的十六大开始，党的全国人民代表大会报告都以小康建设为主题，凸显了小康梦想在中国特色社会主义建设中的战略意义，反映了千年梦想的逐步兑现。

2012年11月15日，刚刚当选中共中央总书记的习近平，在中共第十八届中央委员会第一次全体会议后与中外记者见面会上说：我们的人民热爱生活，期盼有更好的教育、更稳定的工作、更满意的收入、更可靠的社会保障、更高水平的医疗卫生服务、更舒适的居住条件、更优美的环境，期盼着孩子们能成长得更好、工作得更好、生活得更好。人民对美好生活的向往，就是我们的奋斗目标。

习近平连续用10个"更"字，不但描绘了小康之图，而且指明了进阶之路。小康毕竟只是我们的初级追求而非终极目标。我们的终极目标，应该是沿着小康的初阶拾级而上，最终登上实现中华民族伟大复兴、人民生活极大丰富的峰顶。

2012年,中国处于贫困线以下的人口还有9000多万,可见中国人民的小康生活仍然存在不平衡、不充分的问题。改革开放以来,尽管中国在解放和发展生产力、促进共同富裕方面取得较大进展,但地区之间、城乡之间、不同群体之间收入差距仍有扩大之势,这大大降低民众对幸福生活的获得感。

因此,以习近平为核心的党中央审时度势,郑重提出"全面建成小康社会"的概念。从"建设"到"建成",虽然只有一字之差,小康的概念却得到进一步拓展,发展的平衡性、协调性、可持续性得到了强调和落实。

党的十八大结束后不久,习近平在参观"复兴之路"展览时指出,实现中华民族的伟大复兴,就是中华民族近代以来最伟大的梦想。"中国梦"的核心目标是"两个一百年":到2021年中国共产党成立100周年时,全面建成小康社会;到2049年中华人民共和国成立100周年时,建成富强民主文明和谐的社会主义现代化国家,逐步并最终顺利实现中华民族的伟大复兴。2020年全面建成小康社会,既是对中华民族千年梦想传承发展,又是实现中华民族近代以来最伟大梦想的必由之路,这就要求我们在"建成"二字上下功夫,确保全国各个地区、全体中国人民一个不缺、一个不少地如期步入小康社会。

三

大潮起珠江,先行在岭南。

每一个历史转折关头,总会有关键人物来发挥关键作用。1978年春天,刚复出不到两个月的习仲勋肩负中央的重托,主政广东。面对汹涌的逃港潮,习仲勋透过中英街,看到双方的差距,这让他心中非常难受:"解放快30年了,那边很繁荣,我们这边却破破烂烂,这个差距太大了啊!"时不我待,为了尽快缩小两地差距,习仲勋率先向中央请求,"让广东在'四个现代化'中先行一步"!

这正是广东人的一句口头禅——我行先!

广东的请求得到了中央的鼎力支持,邓小平还以一种革命家的豪迈激励广东说:"中央没有钱,可以给些政策,你们自己去搞,杀出一条血路来!"

广东人"敢为天下先",这要从岭南文化的形成历史中寻找基因和血缘。

环境考验人,环境也塑造人。在先秦时期,地处岭南的广东(当时称"南越"),在中原人眼里是"化外之地,瘴疠之乡"。岭南文明史始于秦的统一。富于冒险精神者或因躲避战乱,或为谋求发展,从中原大规模南迁广东,推动了岭南的开发。倘若缺乏冒险精神和化险能力,是既不敢也不能在这里求生存、谋发展的。从秦代到唐代,广州已成为中国南方的重要城市和外贸口岸。从宋代开始,珠三角地区逐渐取代粤北,成为岭南的文化中心。到明代，粤东潮汕平原地区借力宋代的铺垫，快速富庶起来，并吸引了大批福建和江西的能人，汇聚成助推粤东发展的力量。

移民文化的显著特征是多元、开放、兼容、务实、冒险和创新，八面来风的文化秉性，决定了兼容并蓄的特质，不管是儒、法，还是道、佛，都由来自不同地区不同族群的人各取所需自行阐释。岭南人特有的悟性，成就了惠能南派禅宗，催生了陈献章、湛若水等儒学大家，开创了明代心学先河，并孕育出以郑观应、康有为、梁启超、孙中山等为代表的近代中国的先驱。

濒海的广东自然受到海洋文化的浸润。开放的海洋文化与游走的移民文化相嫁接，造就了崇商重利、冒险进取、内外开拓的商贸文化特质。广东是海上丝绸之路最早的发源地，自古就拥有中国主要的对外贸易港口。明清时期，粤商更是漂洋过海，广东会馆也逐渐遍及世界各地。到清朝，广州十三行成为中国与世界各国商业贸易和文化交流的唯一窗口。十三行从垄断外贸的特权中崛起，被誉为"金山珠海，天子南库"。岭南商业文化是近代中国商业文化的主要源泉之一。

生活地点的不确定性，又决定了移民文化的现实性、当下性和务实性。移民本身就是不安于现状的一种选择，当这种选择到了别无选择的处境时，那么，剩下的只有反叛或出走了。于是，在近代中国陷入政治、经济僵滞，文化困顿时，岭南文化就以其特别的活力，成为激活中国政治、经济、思想和文化的力量。从康梁变法到孙中山领导的资产阶级民主革命,从广州农民运动讲习所、中华全国总工会到广州起义,不安于现状、不役于现实的思想都发挥了主导作用。这种反叛与出走的行为逻辑,同样可以从广东人漂洋过海和潜逃去港中得到诠释——那是他们发现有更好的生活去处,有更美的生存空间。

移民出走者是用脚投票的。针对改革之初的逃港现象,习仲勋曾在调查研究后认为,主要是经济原因使然,"我们自己的生活条件差,问题解决不了,怎么能把他们叫偷渡犯呢?要把我们内地建设好,让他们跑来我们这边才好"。正是改革开放的曙光、美好生活的期许施展了它的定力,让广东人放下了心中的行囊,开启了改革开放奔小康的征程……旧日的广东人,漂洋过海,蔚为大观,全球华人华侨的祖籍地,六成以上皆在广东。改革开放后的广东,则成为全国人民创业奋斗的目的地,创造了常住人口第一大省的盛况。来与去的历史换景中,皆是追求小康的"万有引力"。

没有奋斗,就没有辉煌。

1978年9月,中国第一家"三来一补"(来料加工、来样加工、来件装配和补偿贸易)加工厂——东莞太平手袋厂正式开工。惠阳、海南、湛江部分山区和贫困地区的生产队率先实行包产到户。

1979年,国务院批准在深圳蛇口建立中国大陆第一个出口加工工业区,这也是中国第一个外向型经济开发区,随后便打响了"中国改革开放的第一声开山炮"。这一年,广东率先进行商品流通体制和价格管理体制的改革,并推广"清远经验",扩大企业自主权。

1980年,中共中央和国务院决定设立我国第一批经济特区(深圳、珠海、汕头、厦门),广东就占了3个。

1982年,广东经历了改革开放以来第一次严峻的考验,全省开展了一次大规模的打击走私贩私的斗争。广东省委在提出"三严"(执法更严、纪律更严、管理更严)的同时,仍然要求保证"三放"——对外更加开放,对内更加放宽,对下更加放权;提出"打击经济犯罪坚定不移,对外开放、对内搞活坚定不移""有所引进,有所抵制""排污不排外"的方针。

1988年至1990年,广东在全省推行外贸承包经营责任制,彻底打破外贸长期以来吃国家"大锅饭"的体制。

1990年,深圳证券交易所在改革开放、特区建设和"姓社姓资"争论中孕育诞生,开创了中华人民共和国证券集中交易的先河。

1991年至2000年,珠海市委、市政府决定奖励珠海市有突出贡献的科技人员。每位获特等奖的首席获奖者奖品总值超过100万元。

在文化方面,广东同样有许多创举:广东的流行音乐改变了对"靡靡之音"的认知;广东的影视触碰了"公关""警界"等敏感题材;广东的报纸发挥了舆论监督的作用;广东的选美冲破了审美的禁区;广东的时尚改变了"时髦"的贬义色彩……

许多人都说广东人会做不会说,"会生小孩不会起名字",其实广东人在提出众多的开创性政策和破冰式壮举的同时,还产出许多"广式语言"或"广式说法"——

见了红灯绕道走,见了绿灯赶快走,没有灯要摸着走。

要摸着石头过河,水深水浅还不很清楚,要走一步,看一步,两只脚搞得平衡一点,走错了收回来重走,不要摔到水里去。

开放不排外,引好不引坏。

用明天的钱办今天的事,用外国人的钱办中国人的事,用社会的钱办企业的事,用活钱、活用钱……

这些大开大合的历史瞬间和生动鲜活的民间话语,无不诠释出广东的精神:敢为人先、务实进取、开放兼容、敬业奉献。没有敢为人先的气魄,便会束手束脚;没有务实进取的精进,便会凌空虚蹈;没有开放兼容的胸怀,便会画地为牢;没有敬业奉献的境界,便会悭吝自满、与邻为壑,就会小富即安、坐吃山空。广东人的奋斗,是大胆假设、小心求证的分寸感,是上接天线、下接地气的平衡感,是有钱大家赚、有事一起扛的格局感。农业文明与工商文明在这里接轨,大地的厚重与海洋的辽阔在这里相遇。

1984年,在中华人民共和国成立35周年庆典上,上百部彩车驶过长安街,其中唯一一部企业彩车就是深圳蛇口工业区的彩车,车上挂着一幅醒目的标语:"时间就是金钱,效率就是生命。"这句话如"冲破思想禁锢的第一声春雷",为利润正名,为效率呐喊,更是在价值观上率先突破。对于新时期的改革开放，最根本的就是解放思想、与时俱进。这句口号作为市场经济的逻辑起点，成为影响当代中国人思维的最重要的理念之一。有人说，中国走向市场经济就是从这句话开始的……

四

广东的命运和国家的命运紧密相连。每到关键时刻，都有国家领导人从广东发声。

当改革开放在第一个十年终于"杀出一条血路来"，却又陷入了众说纷纭的"姓社姓资"之争。1992年的春天，春潮带雨，雾气漫天，邓小平以年近九旬的高龄南下考察，在深圳、珠海等地发表了著名的"南方谈话"。他对广东，特别是深圳在改革开放和建设中取得的成绩又一次给予了高度肯定，对争议和质疑给予了针锋相对的回应："改革开放迈不开步子，不敢闯，说来说去就是怕资本主义的东西多了，走了资本主义道路。要害是姓'资'还是姓'社'的问题。判断的标准，应该主要看是否有利于发展社会主义社会的生产力，是否有利于增强社会主义国家的综合国力，是否有利于提高人民的生活水平……"

这一番讲话如拨云见日。东方风来，勇者不惧。广东率先冲破僵化的计划经济体制，释放出更强劲的活力，迈进了一个"风生水起"的阶段。在1992年至2001年这十年里，广东经历了股市起伏、劳资平衡、安全生产、通胀压力、亚洲金融风暴等一系列严峻考验,破解了发展中遇到的突出矛盾和问题,初步探索出了具有中国特色的社会主义市场经济体制模式,并用立法筑牢小康之基。与此同时,随着香港和澳门回归,中国"入世",广东正加快形成全面开放的新格局。

2000年的春天,江泽民在高州市的党政干部会上首次做了关于"三个代表"的重要讲话,从历史发展规律和时代进步要求的高度,对"三个代表"重要思想的科学内涵做了全面、深入的阐述。归结起来,就是始终代表中国先进生产力的发展要求,代表中国先进文化的前进方向,代表中国最广大人民的根本利益。这为改革开放奔小康进一步指明了航向。

中国"入世"后,广东又进入了一个关键的转折点。全球化是一把双刃剑,既是机遇,也是挑战。从机遇看,如摩根士丹利首席经济学家史蒂芬·罗奇所说,"中国经济将会持续强劲,中国的崛起将是全球化的最主要催化剂之一";从挑战看,在全球化视野内,货币资本、人力资本、文化资本和社会资本都是竞争力,又以产业结构、环境质量、公务员素质和机制、国民幸福指数为评估国家综合实力的要素。广东作为中国改革开放的试验田和先行区,必须率先攻克体制机制上的顽瘴痼疾,突破利益固化的重重藩篱,2002年至2011年这是"攻坚克难"的十年。而在这十年里,相继发生了非典、世界金融危机、南方冰冻灾害、汶川地震等灾难。2003年,胡锦涛到南粤大地考察时提出"科学发展观"。广东以"科学发展观"为指导,产业结构调整与科技创新齐头并进,化危为机,加快转型升级,抓到了科学发展的"牛鼻子",并把改善民生、建设"幸福广东"放在突出位置。十年攻坚克难,十年砥砺前行,广东克服了一系列严峻挑战,南粤大地焕发出新的生机和活力。

十八大是在我国进入全面建成小康社会决定性阶段召开的一次重要大会。习近平总书记在十八大之后外出考察的第一站就是广东。他对广东做出了"四个走在全国前列"的重要指示,这是新时代赋予广东的光荣而艰巨的使命和责任。在最近十年里,广东加大力度推进重点领域关键环节改革,着力破除制约高质量发展的体制机制障碍,重视发展实体经济,深入实施创新驱动发展战略,大力实施乡村振兴战略,积极参与"一带一路"建设,抓住粤港澳大湾区建设的重大历史机遇,加快发展更高层次开放型经济,深入推进平安广东、法治广东建设,加强和创新社会治理;推动全面从严治党向纵深发展,旗帜鲜明讲政治,严肃政治纪律和政治规矩,持之以恒正风反腐,加强基层组织建设,打造高素质专业化干部队伍。

2013年11月3日,习近平来到湖南省湘西州花垣县十八洞村。在晒谷场上,在一棵高耸入云、300多年树龄的梨树下,面对围坐在身边的父老乡亲,总书记第一次提出"精准扶贫",指导全国扶贫攻坚战。"一个不缺,一个不少"的"全面小康"要求,引发了一场轰轰烈烈的脱贫攻坚战。

在党和国家领导人亲自挂帅出征的影响下,脱贫攻坚取得决定性成果:现行标准下农村贫困人口从2012年的9899万人减少到2019年的551万人,连续7年每年减贫规模超千万人,打破中国前两轮扶贫每当贫困人口减到3000万左右就减不动的瓶颈。

截至2019年,我国国内生产总值超过99万亿元,脱贫摘帽有序推进,困扰群众的行路难、吃水难、用电难、通信难、上学难、就医难、住危房等问题在大部分地区得到了较好解决。

2015年,广东率先完成国家标准下绝对贫困减贫任务。自2016年以来,广东省累计投入近千亿元资金,用于省内各项脱贫攻坚及援助对口扶贫协作工作。2016年到2019年底,全省累计脱贫人口160万人,脱贫率90.7%,贫困发生率降至0.1%以下,94%的相对贫困村达到出列标准。

"完成非凡之事,要有非凡之精神和行动。决胜就是冲锋号,就是总动员。"

2020年伊始,面对突如其来的新冠肺炎疫情,在以习近平为核心的党中央的领导下,以"人民至上、生命至上"为理念,全国人民同心"抗疫"、英勇奋战,4万多名医护人员从全国各地驰援湖北,400多万名社区工作者坚守一线,演绎举国战"疫"的壮丽诗篇。举国上下,"战'疫'战'贫'两手抓",咬定在2020年全面建成小康社会的目标不放松。

当改革开放进入深水区,广东如何确立均衡发展的战略新布局?

当人类进入"5G+云+AI"的时代,广东如何腾"云"驾"AI"?

这个世界无论怎么变,万变不离其宗,任何创新都是为了让人类更幸福，让美丽乡村留得住乡愁，让绿水青山成为金山银山，让粤港澳大湾区插上翅膀，带领整个广东一起腾飞……

在美国政治学者克里斯·马修斯看来，"一切政治都是乡土的"。其实，从民本和人本角度看，一切政治都是民生的。民众的生活水平是检验政治是否正确的试金石。无论政治之手如何高高举起，最终都轻轻地落在人民的生活之上。

40多年沧海桑田，广东经济社会发展取得举世瞩目的成就，社会生产力得到了极大解放，人民生活得到了巨大改善，创造了举世瞩目的"广东奇迹"。时至今日，当年没有出走的广东人大多会发现自己的选择是正确的。40多年前的广东，还是一个相对落后的农业省份，人均GDP甚至没有达到全国平均水平。到2019年，广东地区生产总值突破10万亿元人民币，连续32年稳居全国首位，人均地区生产总值，与同期中等偏上收入国家和地区平均水平相当，人均可支配收入在全国也一直名列前茅。广东在科技、教育、体育、网民数量、平均寿命等方面，几乎都是数一数二。过去的那些出走者，现在也开始逆向而动，或者回来经商创业，或者实现落叶归根。

40多年来，广东大地的小康之路，是"山重水复疑无路，柳暗花明又一村"的开阔，是"欲穷千里目，更上一层楼"的高远。精神的力量支撑着奋斗，创造了辉煌。那是"敢为天下先"的冒险精神，敢于触及未知的探索精神，在特殊语境中只做不说的务实精神，有好政策时用足政策、在政策的模糊地带不观望不等待、适时选择最优选项的灵活精神，不排外、不排他的包容精神，讲规矩、守规矩的契约精神，敢闯敢试、敢为人先、埋头苦干的特区精神……

　　小康并不是终点。党的十九大报告指出，实现全面建成小康社会这一阶段性目标，具有承上启下、继往开来的作用，既是中国特色社会主义事业的伟大胜利，又是中华民族伟大复兴进程中的重要里程碑。我们既要全面建成小康社会、实现第一个百年奋斗目标，又要乘势而上开启全面建设社会主义现代化国家新征程，向第二个百年奋斗目标进军。

　　现在，广东已经站在"全面小康"的里程碑旁，站在重新出发的起点上……

目录

第一章 穷则思变

1. 大逃港 001
2. 破冰 007
3. 南有上屋 015
4. 清远经验 025

第二章 先行一步

1. 民以食为天 032
2. 个体户之变 040
3. 雇工不是剥削 050
4. 白天鹅之舞 057

第三章 经济特区

1. 奇迹的起点 068
2. "二线关"不相信眼泪 083
3. 工业区的夜与日 090
4. 特区串珠成链 103

I

第四章　从街巷到山野

1. 唤醒五羊城　123
2. 春江水暖　136
3. 山野不再沉默　145
4. 农村的"二次革命"　149

第五章　知识改变命运

1. 公正的龙门　162
2. 天公重抖擞　177
3. 流行文化兴起　186
4. 市场运作赛事　198

第六章　八面来风

1. "广交"八方来客　203
2. 黄与蓝的交响　215
3. 血浓于水回乡潮　222
4. "小虎"展威风　227

第七章　发财到广东

1. 劳务有了价格　239
2. 孔雀东南飞　251
3. 初潮天下惊　261

第八章　痛则思通

1. 舟楫变通途　272
2. 公路并非都姓公　285
3. 打通大动脉　294

第九章　资本凶猛

1. 神秘深交所　302
2. 撤资潮暗涌　314
3. 质疑的杂音　319

第十章　不变的旗帜

1. 拨乱反正　327
2. 正风肃纪　334
3. "疏""堵"并举　346

第一章

穷则思变

1. 大逃港

二十世纪七十年代末的一天,暮色四合,广东省宝安县布吉公社沙西大队南岭第一生产队(现深圳市龙岗区南岭村),突然家家户户屋门大开,人们趁着夜色倾巢出动。他们的目的地,是十几公里外的东方之珠——香港。

弯曲逼仄的小道上,村民们争先恐后,你呼我喊:"快点,快点,等下就跑不出村了!"果然,在村口,慌乱的人群看见几个端枪的民兵一字排开拦住了去路。站在民兵前面的是沙西大队党支部副书记兼南岭第一生产队队长张伟基,这个三十出头、个子不高却坚毅挺立的年轻人,对着慌乱的人群大声喝道:"都回去,都回去。一个也不能走!"

枪刀寒光,断喝如雷,人们站住了。瞬间,聚拢的人群在拥挤的村口又一哄而散,一个小女孩被挤向路边,她一脚踏空,只听哇的一声呼叫便掉入池塘。夜幕漆黑,人群乱作一团,有人回头,有人伺机再跑,却没有人顾及掉入池塘的小女孩。凌晨1点多,人群散尽,当张伟基和民兵打着手电筒四下照看时,发现漂浮在水面的小女孩已经不幸身亡。

第二天一早,因昨夜劝阻逃港村民而心力交瘁的张伟基回家眯瞪一觉后,扒了几口番薯粥,便挑起一担队里种养的蘑菇去赶集。村民逃港,全无心思在生产队的事上,哪怕这些蘑菇在集市抢手,可因卖不了几个钱,村民便不闻不问。张伟基只好自己抢时间去卖了这些再不出手就要变质的集体产品,为生产队积攒几个钱。10点多他回到家一看,两个幼小的孩子哭得昏天黑地,炉灶里一片漆黑。他问女儿:"妈妈呢?""妈妈跟着很多叔叔阿姨一起逃港走了。"女儿哭着回答。张伟基一听,扔下箩筐,转身直奔大队部,去向大队书记汇报。接着,他和另一个副书记被派去劝阻逃港的村民。

再次受命,张伟基随即折回生产队,开上手扶拖拉机直奔莲塘村界河边。这里有边防驻军,近段时间来,川流不息逃港的人被部队截住,关押在部队营区。经过深圳水库大坝时,张伟基侧头一望,看不到边的稻田里,黑压压站着很多人。这是来自宝安和周边地区逃港的人潮。好不容易找到村里聚在一起的十多个人,张伟基苦口婆心劝他们回家,可村民无动于衷。劝到下午两点多还没有结果,张伟基饿着肚子,又直奔莲塘村的驻军营区。远远地,他一眼看到村里60多个人全被绑在那里,包括他的妻子。他迈开沉重的步子走上前去，动情地劝妻子回家。妻子却哭诉道："村里家家户户都有人在香港，你是党员又是大队干部，肯定不会逃港。我不去，你不去，那全家就是等死！"听着妻子一通哭诉，张伟基潸然泪下。

面对亲人，面对乡亲，张伟基痛心疾首。怎么劝？怎么开口？怎么让乡亲们相信自己？怎么让妻子回心转意？一个穷字，一副饿相，全都写在他们脸上。他早就听说，有村民逃港后捎回话来："就算死了，也不让骨灰飘回南岭村。"

张伟基心如刀割。他清楚，不只是作为一家之主，作为生产队的一队之主，更作为肩挑大队党支部副书记担子的一名共产党员，怎能就此失去主心骨？怎能在急难面前无主张？他思前想后，忍痛上前，对妻子、对大家再次含泪相劝。虽然这次带回了妻子，劝回了不少村民，但多年后，回想这一幕幕，张伟基仍苦楚而悲伤地告诉人们："我老婆想去，也是为了家庭。我当时想，谁愿意丢掉自己的孩子，丢掉自己的丈夫跑到另一个世界去生活呢？都是被生活逼的。"

在那个年代，南岭村有一个不雅外号叫"鸭屎围"。全村集体固定资产不足7000元，人均年收入不足100元。生产靠贷款，粮食靠返销，生活靠救济，房屋破旧不堪，道路崎岖不平，到处是鸡毛鸭屎，便被冠以此名。宝安南岭村，不过是当时广东省大多数农村的一个缩影。

而村民要逃往的界河那边的"另一个世界"，虽只相隔一条边防线，但香港农民一天的劳动收入是60港元至70港元。近在咫尺，两边的劳动报酬却相差近百倍。

广东，是中国近代史的开启之地。只不过，西方殖民主义者撞开了"天朝上国"闭锁的大门，让这被动的开启充满了屈辱、苦涩与惶惑。鸦片，是十九世纪东印度公司主导下的英国殖民者向大清国倾销的奢侈品，也是让人上瘾的毒品。它让众多国人沦陷在昏暗阴森、雾气缭绕的烟馆中，醉生梦死，勾画出西方视角中"东亚病夫"的形象。林则徐的虎门销烟，触怒了英国人，他们以"捍卫自由贸易"为借口，发动战争，通过一系列不平等条约，迫使清廷五口通商，并割让香港岛给英国。从此，香港带着帝国主义与殖民主义的原罪，创造出一片繁荣虚景。

抗日战争、解放战争直到中华人民共和国成立初期，中国东部沿海的众多资本家和地主士绅迁往香港，广东的难民也大批拥入香港。香港在二战后殖民主义的余晖中，创造出经济腾飞的奇迹。1959年，香港工厂从1947年的千余家增加到4500多家，雇员超过17万人，这其中多有逃港而来的各色劳动力。此后，香港顺应第三次科技革命潮流，积极参与全球经济分工，经济年均增速一度达到12.7%。

在深圳河北岸的内地，中国人民推翻了三座大山，并通过土地改革、三大改造，解开了工人和农民的经济枷锁，创造了社会主义建设的一系列伟大成就。然而，对于什么是社会主义，以及如何建设社会主义，极"左"思潮一度占据上风，"大跃进"以及十年文化大革命中，工农业生产遭到破坏，没有赶上世界经济发展和科技进步的大潮。

把历史的目光从南岭村放大到宝安县。历史档案记录着这样一组数字：从1966年到1978年的12年时间，宝安县农民的收入分配每年增长约2%；但是深圳河的对岸，香港新界的农村，农民每年的收入增长曾高达80%。这12年，两地的差距越拉越大，所以农民人心思逃。还有一个活生生的现实：农民偷渡香港后去打工，寄钱回来，两三年可以建一栋房子。"留在家里吃亏，逃港便占便宜"成了农民口口相传、人人相拼的狂热举动。不只是农民，逃港几乎成为宝安县各个阶层的普遍现象：下乡知青、企业职工、机关干部……每个阶层都有人走进这个行列。

宝安人还心照不宣把"逃港"隐晦地称为"去那边喝咖啡牛奶"，为逃港想尽了各种办法。为此宝安县接连发出四道"全面禁止偷渡"的指示，并调派上千名公安、民兵沿着海岸昼夜巡逻，四处设卡，可仍拦截不住逃港潮。当时一首民谣广为流传："宝安三件宝：苍蝇、蚊子、沙井蚝。十屋九空逃香港，家里只剩老和小。"

陈规至极，物极必反。这"极"是死里逃生，这"反"是义无反顾。一块界碑，历史屈辱与民族苦难凝聚，界碑上的时间标示着"光绪二十四年"（1898）。界碑后面，一道铁丝网严密间隔。一边车水马龙，满眼繁华；一边人气冷清，萧条破败。

与香港相邻，是广东的不幸，也是广东的幸运。不幸的是，在港的亲属乡眷带回的消息、两地经济水平的巨大落差，极大地刺激了广东人民，以致铤而走险；幸运的是，这种差距也让党和国家的领导人以及广东的主政者重新思考社会主义的本质和救国救民的初心，从而为广东在建设小康社会的路上披荆斩棘埋下了伏笔。

如何处置逃港者？如何遏止逃港潮？现实把这一严峻历史课题摆在国家领导人面前，考验着执政党的智慧，这更是广东主政者必须直面的现实。

1978年广东的盛夏不只是酷热，更是台风、烈日、暴雨轮番交替，大自然以它桀骜不驯的脾性令人窒息，令人焦灼，人们期待着。

愈演愈烈的逃港风潮，引起了党中央的高度重视。检讨过去政策问题，意味着变策，但出路究竟何在，那时并没有明确的答案。广东省委主要领导马不停蹄地深入基层，展开调查。深圳特区成立十周年时，谈起"逃港事件"，习仲勋有过一段意味深长的讲话："千言万语说得再多，都是没用的，把人民生活水平搞上去，才是唯一的办法。不然，人民只会用脚投票。"

冲破樊篱，势在必行。南岭村村民种的柿子在上级的默许下光明正大地卖给香港，1元1斤。正是1元，给了南岭村新的希望；也正是这同样的1元，让南岭村人，让张伟基有了新思考。

然而，从"大逃港"走向改革开放，有着怎样的时代轨迹？百端待举，历史变奏有着怎样的起承转合？山重水复，如何迈向柳暗花明？

2. 破冰

1978年1月1日,"两报一刊"(《人民日报》《解放军报》和《红旗》杂志)的元旦社论《光明的中国》在结尾一段颇有深意地写道:"坚冰已经打破,航路已经开通。"

1977年,中断了10年的高考恢复。辞旧迎新之际,"两报一刊"的元旦社论便有了这快意的开篇之语。进入二十世纪七十年代后期,中国的变化引起世界关注。打倒"四人帮"犹如一声惊雷,中国将向何处去?人们期待并深切感受到执政党在历史考验面前的坚强身姿和力挽狂澜的果断举措。

在"两报一刊"刊出元旦社论的第二天,《人民日报》还报道了一则与老百姓切身利益攸关的消息:全国60%的职工增加工资。国家劳动总局负责人说,这次给职工增加的工资总额和增加工资的人数,都是28年来最多的。这则新闻加了一句记者的评论:"谁关心人民生活,谁不管人民的死活,大家看得一清二楚。"历史这样富有意味,"人民生活"成为评判历史转折的一个"硬核"词汇。

1978年5月,南京大学的教师胡福明回家后对妻子说:"我已经有思想准备了,我准备要坐牢。"妻子并没慌张:"我要么陪你一起坐牢,要么天天送饭到你出牢。"这个月的11日,《光明日报》刊登了题为《实践是检验真理的唯一标准》的特约评论员文章,主要作者就是胡福明。第二天,《人民日报》全文转载。早在1977年,胡福明就将文章投给了《光明日报》,但石沉大海，他也没抱发表的幻想。直到1978年1月14日，《光明日报》的编辑王强华寄信过来，随信附着文章的清样。王强华建议胡福明做一些修改，希望他把道理讲得完整一点，不要使人产生马克思主义过时了的感觉。胡福明和其他几位理论工作者对文章做了修改和完善，发表后，一石激起千层浪。胡福明没有坐牢，而是成了投出石头的人。一场席卷全国的真理标准大讨论就此展开，广东也参与了这一场轰轰烈烈的思想解放运动。

除旧布新，不破不立。1978年10月，广东省讨论决定把宝安县改为深圳市，报请国务院批准，并提出在3～5年内，把新成立的深圳市建设成为具有相当水平的出口商品生产基地、吸引港澳旅客的旅游区、新兴的边防城市，以此发展经济，解决农村生活困境，遏止逃港潮。

1979年2月2日，广东省革委会批准了宝安县革委会恢复边境小额贸易的要求；3月5日，国务院批复，同意广东的设想，宝安县正式改设为深圳市（仍为县级）。

这一消息很快传到广东沿海，部分干部和农民把对外开放误解为取消边防禁区管理，允许百姓自由进出香港。因为刚开始的开放搞活并没有也不可能立竿见影地让他们摆脱贫困，而且"文革"的创伤与记忆还真切地留在心里。30多年来起起伏伏的逃港潮中，逃出去的便有出路，这是历史留下的余音。这次大规模逃港，谣言更是一个直接导火索。谣言说得煞有介事：英女王伊丽莎白登基纪念日当天，香港实行大赦，外来香港的人都可于3天内向政府申报成为香港永久居民。这就是所谓"大河放口"。

冰冻三尺，非一日之寒。如何处理逃港潮，事关刚刚开放的国门是否再次关上。1979年7月7日，中央对广东省"标本兼治、治本为主"的反偷渡策略予以支持；7月15日，中共中央、国务院正式批准广东和福建两省在对外经济活动中实行特殊政策和灵活措施；11月，广东省委决定将深圳市升格为地区一级的省辖市；1980年8月26日，深圳经济特区正式诞生。岭南破冰春潮激荡，打破坚冰，不是一蹴而就，而是一点一块地切割。这切割充满艰辛与险阻，有着勇士前行的拼搏探寻与历史跌宕。山重水复，逃港潮没有冲刷掉改革开放初期的小荷尖角，反倒变奏为加快改革、扩大开放的时代音符。

1978年7月29日傍晚，东莞县二轻局下属企业太平服装厂来了几位"不速之客"：华润公司和二轻局的两位负责人陪着香港信孚手袋制品有限公司老板张子弥前来考察。40多岁的张子弥是第一次来到东莞，他好奇地四处张望，看着这简陋环境心生不安，但又有几分期待。他身处困境，在香港荃湾的两家工厂已被不断上涨的成本逼到濒临倒闭的边缘。在华润公司的牵线介绍下，辗转来到东莞物色合作伙伴，但这样普通的服装厂行吗？犹豫之中，一个年轻小伙子笑盈盈地走了过来。他是太平服装厂负责供销业务的26岁的唐志平。相互介绍后，张子弥便掏出一个黑色手袋和半成品配件半信半疑地交给唐志平。张子弥没有给图纸，只是要求太平服装厂对着款式仿造出一个手袋，并希望尽早看到样品。唐志平后来才知道，那是当年欧洲最流行的款式。

张子弥一行离去后,时任太平服装厂厂长的刘艮和唐志平纠结许久:跟港商合作,是不是和资本主义混到一起了?会不会犯错误?当时他们不得不产生这样的担忧,但厂里有业务,大家就有收入,先干了再说,总比逃港好吧。在太平,在东莞,逃港到处都有。他们逃去香港不也是做这些事吗?现在还有领导陪着来,不就是鼓励迈出改革第一步?这转念一想,纠结冰释。他们马上安排服装厂3名技术骨干说干就干。在熬了一个通宵后,第二天一早,他们就马不停蹄地把做好的手袋送到下榻东莞宾馆的张子弥手中。看到和样品几乎一模一样的手袋,张子弥惊讶不已,不安烟消云散,先后投资约300万港元,将手袋加工厂落户虎门。

1978年8月30日,张子弥与东莞县二轻局签订一份为期5年的合同。9月15日,由太平服装厂变更的"东莞太平手袋厂"正式挂牌成立,东莞第一家"三来一补"企业揭开面纱。后来一份"粤字001号"的工商批文显示,它是中国大陆最早引进的"三来一补"企业之一。

"三来一补"是"来料加工、来样加工、来件装配"和"补偿贸易"的简称。1978年7月6日,国务院颁布《开展对外加工装配业务试行办法》,对此做出界定。所谓"三来",是指由境外客商提供原料、资金、技术、设备,由境内企业按照外商要求的规格、质量和款式,加工、装配成产品交给外商,并收取加工劳务费的合作方式;补偿贸易则是分期付款,以货易物的涉外买卖关系。文件规定广东、福建可以实行来料加工试点。闻风而动,广东省委迅即决定在东莞、南海、顺德、番禺、中山等5个县先行试点,鼓励破冰而行。

张子弥、刘艮和唐志平怎么也没想到,他们成了这一历史时刻的亲历者。他们的合作是在国务院相关文件颁布不到半个月确定的,抢饮到了"头啖汤"。而那张订单,改写的不仅是他们的人生轨迹,更成为时代巨变的见证。

这见证破天荒。走出困境、看到前景的张子弥,半年后关闭了香港的两间工厂,将所有设备都搬到太平手袋厂。这些先进设备让手袋厂的工人们大开眼界,各种欣喜接踵而来。张子弥要求实施计件工资,此举给"大锅饭"时代的平均模式造成巨大冲击。计件工资实施一个月后,普通工人的工资就达到每月七八十元,远远超出在服装厂时的每月二三十元。从未有过这么多收入的工人们干劲十足,主动加班加点甚至熬通宵赶货。随着企业快速发展,太平手袋厂陆续合并了周边同属东莞县二轻局的竹器厂和综合修配厂,生产面积从当初的200多平方米扩大到1万多平方米。1981年,也就是张子弥投资的第三年,他就挣回了投资的300万港元本钱。太平手袋厂的诞生,让越来越多的香港人特别是莞籍港商,把投资发展的目光投向了东莞。

1978年10月的一天,24岁的东莞厚街小学老师徐玉成踩着单车去石龙火车站接上从香港回来的父亲后,直奔厚街公社领导的办公室。公社干部热情相迎,很快替他父亲办理了户口申报,然后开始商谈置办企业的事。双方第二天便在东莞县工艺进出口公司签订了厚街公社第一份"三来一补"合作协议。

徐玉成的父亲是1961年偷渡到香港，跟随其兄妹做生意的。接二连三的莞籍港商回乡办厂的变化，让厚街公社的干部坐不住了，四处摸查，当得知徐玉成父亲的情况后，便极力游说其返乡发展。徐玉成父亲担忧回厚街会被抓而不能回港，好几次都是悄悄地在广州和家人见面。公社干部一听说便对徐玉成拍胸脯保证："你父亲一回到厚街，我们立刻给他报户口。"（当时，港客回乡，要凭回乡证到派出所报户口登记。）徐玉成父亲被真情打动，于是毅然回乡，办起了香港业诚贸易行分行（即厚街皮具厂），从香港总部接单给厚街的工厂来料加工。1978年12月，东莞县来料加工装配业务领导小组成立，下设办公室专职管理"三来一补"业务，这是全国首个加工贸易装配办公室。

不到半年，皮具厂生意想不到的红火，产品出口到美国、加拿大等七八个国家，供不应求。工厂工人一个月的工资比当时的村民收入高了近十倍。大家都争着进工厂，有时还要求人。一年多时间，厂里工人从最初的20多个人增加到几百人。1979年6月，徐玉成辞去教师工作，帮助父亲打理工厂；1982年，他接替父亲全面管理工厂，并开设分厂。一厂引得百厂来，厚街经济迅猛发展，闻名遐迩。

东莞地处珠江东岸，相对低廉的劳动力成本，使它成为香港加工制造业转移的重要落脚点。东莞和香港，一段时期内成为"前店后厂"的典范。一拨拨农民顺势"洗脚上田"，开始经商，开办工厂。没有厂房的地方，会堂、饭堂、祠堂摇身一变都成了"工厂"，"村村点火，家家冒烟"成为东莞奔小康的别样风景。这风景在广州、深圳、佛山、顺德、中山等地，竞相出现，珠三角大地成为一片滚烫的热土。

在以发展"三来一补"企业打破经济桎梏、冲破思想牢笼的同时，一个备受瞩目的以发展家庭副业、勤劳致富的全国典型——黄新文，出现在1978年的广东省中山县小榄公社埒西二大队第二生产队。这一年，他靠参加生产队集体劳动和发展以养猪为主的家庭副业，总收入达1万元以上。

他是见诸报端的全国第一个"万元户"。新华社广东分社记者一篇题为《靠辛勤劳动过上富裕生活　社员黄新文一家去年纯收入近六千元》的通讯刊于1979年2月19日的《人民日报》。

1978年，"社员家庭收入要降到集体劳动的收入以下，不能动摇集体经济""割资本主义尾巴"的余威还在。39岁的黄新文，勤劳聪明，有种植、养殖技能。他家的生活比队里一般家庭确实显得殷实一些，比如此时他家已有两个厕所。"一家人起得早，免得争厕所。"他这样回答人家。这是实话，他们一家老少八口都是起早摸黑做事。为此他没少被"割尾巴"，但尝到甜头的黄新文跃跃欲试。血气方刚的他暗自规划后，便动员全家干起来。

这一年，黄新文和妻子、妹妹3个劳动力白天出集体工，每天早起晚睡，利用早、中、晚的时间搞家庭副业。一家养了25头肥猪、6头中猪、12头猪仔，还一窝又一窝养了几十只鸡、上百只鸭子，自留地种植四季蔬菜、蘑菇，河边、池塘栽种的青饲料不断。他让老母亲在家料理家务,4个读书的孩子一放学他就让大的出集体工,小的帮奶奶做家务、看养鸡鸭。一家人披星戴月,忙得不亦乐乎。这一年拼搏下来,生产队结算时,他们家3个劳动力不但完成了集体的定勤任务,每人还比队里同等劳动力多做了1000多工分,共做了2.1万多个工分,加上向生产队交售了大批优质粪肥,两项收入达3100多元。他家出售肥猪21头,肉重3600多斤,其中一半交售给国家,一半上农贸市场出售,共收入5200多元,扣除成本纯收入1700多元。鸡鸭、蛋类、蘑菇、蔬菜等收入1300多元,扣除成本纯收入1200多元。纯收入一比较,家庭副业正好没有超过集体收入。这一下黄新文放心了,他和全家人笑得合不拢嘴。可毛收入超过了啊,黄新文想着不由得又收起了笑容。

"黄新文家庭副业收入这么多,超过了集体劳动分配的收入,这算不算资本主义?他走的路子对不对呢?"新华社记者在报道中还这样写道,"有些人对这样的问题直到现在还在脑子里打几个问号。"

似有预料,虽是经一次次实地采访、反复征询写出的报道,作为一个还不多见的典型,新华社记者觉得还应该有所交代才放心,于是这样描述:"经过揭批林彪、'四人帮'的斗争,党的政策逐步落实,黄新文和他周围的社员们才逐渐打消了顾虑。"更值得玩味的是,《人民日报》在刊登该通讯的同时,还配发了题为《一部分农民先富起来应该受到鼓励》的评论。

然而,这些顾虑并未能打消。文章见报后,引起了巨大反响,信件像雪片一样从全国各地向黄新文飞来,有惊叹的,有取经的,还有怀疑新闻真实性的,也有质疑是搞资本主义的。新华社记者也收到了谩骂的信。而从公社到县到地区,内部也有各种不同意见,有人认为独立于集体的个人致富不可取。

习惯成自然,思维有定势。思维逻辑、历史惯性,是如此坚固而不自觉。积弊已久的集体无意识,一样成为生活陈规。

此时中山县还隶属佛山地区,佛山地委、中山县委及小榄公社党委力排众议,对黄新文鲜明表态予以支持。1979年,黄新文被推选为中山县家庭养猪的代表,出席了佛山地区畜牧业先进单位和先进生产者会议,受到表扬和物质奖励。小榄公社党委甚至做出决定:"以后凡是收入超过万元的户主,公社送烧猪祝贺。"他们坚信,有一个黄新文,就会带出一批黄新文。

黄新文的经验在全公社推广,此后连续3年,小榄都召开致富表彰会,总结经验,表彰先进。公社送出的烧猪越来越多,小榄、中山、佛山,通过副业勤劳致富蔚然成风。

1979年5月20日,《人民日报》一锤定音,发表《调动农民积极性的一项有力措施——关于广东农村实行"五奖一定"生产责任制的调查》,对这一管理制度给予肯定。

3. 南有上屋

上屋,宝安县石岩公社的一个村。东晋咸和六年(331)

宝安立县，唐肃宗至德二年（757）改名为东莞，明万历元年（1573）分东莞县置新安县，辖地包括如今的深圳市（除龙岗区）及香港区域。中英《南京条约》后，香港岛被割让租借给英国，原属新安县的深圳与香港从此划境分治。1914年，新安县复称宝安县。

明清时期上屋村的先祖钟氏从福建迁至梅州，后再南迁至新安石岩乡。相传钟氏祖先一家迁移时，用一根扁担挑着4个孩子辗转漂泊。一风水大师见了就告知这位先祖，扁担在哪里断了，便在哪里落脚，落脚之地必定风调雨顺，子孙繁盛。钟氏先祖到达石岩时扁担断了，于是便落脚石岩，后世繁衍不息，人丁兴旺。繁荣昌盛只是每年春分时节在石岩举行的祭祖活动中对先祖的祈求，挑断扁担在一代代石岩人的辛劳中不断重复，生活依然艰辛。

历史，来到1978年12月18日，对上屋村来说，这是和先祖挑断扁担一样有着纪念意义的一天，但这不是挑断扁担，而是从此开始收藏扁担。

这一天，上屋热线圈厂的来料加工协议在上屋大队部的小屋里签订。说它小，是与后来上屋随处可见的高楼大厦相比，这座房子不过是两层的低矮泥砖瓦屋，每层面积不到200平方米。然而，小屋里大有乾坤：它即将迎来一个历史时刻。

天刚亮，香港电业有限公司下属的香港怡高实业公司业务负责人冯志根就一骨碌翻身起床，洗漱、早餐后直奔车站。晴空朗朗，朝霞满天，他按捺不住心中的兴奋。一路顺利出关进入深圳,他从罗湖坐上一辆面包车途经布吉,翻过大山,沿着坑坑洼洼的泥路,于中午时分来到了石岩公社上屋大队部。东道主早已等候在门口,大家握手寒暄,人人喜笑颜开。

冯志根有理由高兴。大半年来,他一次次进入这间小屋,对它已再熟悉不过,如同石岩这个名字一样山石绵延的偏僻乡村,就要给他所在的公司带来新的发展契机,悬在他胸中的石头也要落地了。随着香港经济迅速发展,工人工资迅速攀升,且劳动力愈发紧俏,即使3000港元的月薪也很难招到人。这时有好消息传来:内地允许港资企业前来设厂。内地劳动力众多,工资低,广东还有距离近、语言相通的优势,摆在眼前的好事怎么能错过?受公司委派,他几经辗转找到了广东省二轻工业厅,大受欢迎。于是,他马不停蹄地在珠三角四处考察。几经接洽,石岩人的热情打动了他,石岩干部的坦诚留住了他,石岩人挑断扁担的故事震撼了他。于是3个月前公司决定选址石岩建厂,并选择今天这个好日子让他前来签署协议。

上屋大队的干部们有理由高兴。叶福松,这位东道主,从上屋大队民兵营长、团支部书记到此时担任上屋村党支部副书记、生产大队长,深知上屋的家底。上屋人即使挑断扁担,仍然生活得很苦,全大队人均年收入才110元左右,而且都是农业收入,一年到头没有一个闲钱。现在有工厂进来,不用挑扁担,还有了挣钱的门路,岂不是天大的好事?他敞开胸怀欢迎。但是,问题就在"但是"。此时人们还在观望,更怕犯错。这毕竟是香港商人第一次来上屋办厂,让社员去厂里打工,领港商的工资,这做法是姓"社"还是姓"资"？干部和群众一下炸开了锅。作为大队长，叶福松想得更多，这是深圳市轻工局引进的项目，应该是错不了。何况还能给乡亲们带来好处，为什么不试试呢？至于其他，有什么好担心的？总比逃港好吧？自己本来就是农民，即使有什么问题，大不了不当干部，继续挑扁担就是。7个大队干部最后表决时4人赞成，其他3人不表态。其情形就像远在千里之外的安徽省凤阳县小岗村干部表决实行家庭联产承包责任制一样决绝和悲壮。"北有小岗，南有上屋"的说法不胫而走。

4∶3，少数服从多数。引进工厂到石岩上屋大队获得通过，会议同时确定由大队的编织加工厂与港方签约。尘埃落定，专程前来的深圳轻工工艺品进出口支公司的负责人更是高兴不已。这是深圳的第一家"三来一补"企业，是深圳人摸着石头过河迈出的又一步，走出的又一个"险滩"。

"……在友好合作平等互利的基础上，双方代表就发热线圈来料加工业务，进行了充分协商，一致同意达成协议如下……"这份以深圳轻工工艺品进出口支公司和宝安县石岩公社上屋大队加工厂为甲方，香港怡高实业公司为乙方的来料加工协议由三方共同签署。考虑各种因素，协议签署只是进行了一个非常简朴的仪式，没有大搞庆祝。它"深轻宝第001号"的文号，却标志着深圳首家"三来一补"企业在石岩山村破土而出，在这座大队部的办公小屋里正式诞生。

历史如此巧合。这一天正是中国共产党第十一届中央委员会第三次全体会议在北京召开的日子，中国改革开放拉开大幕。

1978年12月18日,深圳石岩上屋热线圈厂与香港怡高实业公司正式签订来料加工协议,成为深圳首家"三来一补"企业。

1979年春节一过，香港怡高实业公司石岩上屋热线圈厂正式开工。香港电业有限公司投资30万港元，其中4台机器和其他设备等硬件占一半，现金投入占一半。

因为上屋大队加工厂没有足够的厂房，上屋大队毅然决定把大队部办公屋二楼腾出做厂房。由于当时工厂只加工生产吹风机发热器中的线圈，上屋人由此习惯性地把它叫"线圈厂"，25名上屋大队的女社员成为第一批进厂工人。

25名女工分两排，面对面就座，运用脚踏、手摇和简陋的电动机械，开始了她们洗脚上田的人生第一次"工业生产"。她们大都十八九岁青葱年华、小学学历，对这样的人生转型一开始并不适应。她们都没接触过线圈，不懂生产规范。开工一个星期还做不出合格的成品，但她们不认输，知道机会来之不易，青春热量在身上散发。在冯志根带来的两位师傅的指导下，从"打线"到"切线"，再到"串线"等工艺，她们一点点学，一遍遍钻。一个月培训下来，都学会了其中一项技能，生产线开始正常运转，青春的脸庞展露笑颜。

如今年过花甲的赵带容是当年的第一批女工之一，那段岁月的记忆依然历历在目："那时大队干部告诉我们，技术员怎么教，你们就要怎么做。两个技术员是香港人，他们用粤语耐心地教，平时也和我们细心交流，大家都听得很认真，所以进步很快。"聪慧的她更是一心扑在这份工作上，从陌生到熟练，很快就做到了"拉长"，带着大家干得热火朝天。勤劳的女工们没有周末的概念，每个人都希望多做多赚钱。每个发热线圈的代加工费是5角钱,虽不能全部分到女工们手上,但她们加班加点,多的一个月能挣到三四十元,一年下来收入就是三四百元,比一个全男劳力的收入多好几倍。

叶秀珍也幸运地成为线圈厂开工后的第一批女工。她的家人在田里忙碌一整年,平均每人年收入只有100元出头。她之前在生产队的编织厂工作,收入虽高一点,但家里饭桌上还是见不到多少油星子。猪肉要七八角一斤,平时家里都不舍得买肉。现在到了线圈厂,她"夜里做梦都笑出声来"。第一个月主要是培训,月工资也有24元;第二个月开始出成品了,工资增到32元。随着工作熟练,她苦干巧干,收入不断增加。最让她开心的是自己挣的钱对家庭生活大有改善。那时一台好点的电风扇要80多元,对村民来说是不折不扣的奢侈品。在线圈厂上班半年后,她用一个月的工资就给家里买上了一台。一家人不用扇子,可以围坐一起享受清风送爽。

叶秀珍的"发家"带动了小姐妹们,大家每个月一拿到工资,就给父母家用、添置物品、给弟弟妹妹交学费,无不兴高采烈。她们改变了家庭的贫困状况,感受到人生的变化,对线圈厂感情日渐加深,对青春价值、生活品质和人生追求有了更多的向往。

正值青春年华的女工们,大大方方地拿着几元零用钱,在圩市里买来新布料、新衣服,替换经年不变的灰蓝旧服装;在商店挑选从香港进货的新奇发卡、时尚丝绒头绳,进发廊、变发型;开始买香水口红,把自己打扮得漂漂亮亮,绽放出生活的多彩芳华。

25位芳华绽放的女工们，犹如庭院争春的腊梅，枝头飘香的报春消息四处弥散，引来上屋百花争艳。一时间上屋的姑娘们、嫂子们都想来线圈厂争一个位置，打上一份工。可惜位置有限，谁能进入工厂工作，得由大队讨论。大队部的原则明确，家庭生活确实特别困难的才能入围，加上勤劳上进才可获准到厂里上班。到1979年年底，线圈厂工人增加到70人。

　　随着工人逐渐增多，产量不断提高，工厂每天机器的轰鸣声欢叫不止。在轰鸣声中办公的大队干部们不但不恼，反而更为高兴：这轰鸣打破了上屋苦闷的沉寂，吹奏着改变千百年来赤贫生活的嘹亮号子。1979年，上屋大队结汇达30多万港元，集体有了四五万元的纯收入。

　　"那时四五万元可是一笔巨款啊。大队干部一个月才几十元收入，集体财产除一些农具、破旧房子，哪有几个现钱呢。"说起线圈厂带来的变化，叶福松掩盖不住高兴，"大家生活改善了，贫穷渐渐摆脱了，集体收入一下增加了那么多，可以用钱来搞建设，进一步造福群众了。"

　　那时的上屋还没有自来水，只能打水井。电力也有限，一到下午5点就停电。通信更只能靠大队办公室的一部手摇电话，说话要吼，线圈厂拨个长途电话到香港往往要等老半天。最不方便的是交通，除了线圈厂有辆面包车可以来往上屋和香港，每天就只有石岩公社汽车站的一班车早从石岩出发、晚从深圳市区返回，此外全靠走路。一次，由于损耗的零配件超过了预算，线圈厂需要紧急从香港调一批零配件过来。但公司的车已开走，石岩的班车也错过了,急得厂里的技术员直跳脚。叶福松知道这一情况后,立即派人开着一辆手扶拖拉机,从石岩走山路,经过六七个小时的颠簸把技术员送到市区,技术员迅即过关后到香港调回急需的零配件。如今手中有钱,建设上屋事不宜迟。挖山钻石、建桥修路、通电、通自来水,一样样迎来了上屋生活的沧海桑田。

一年间,线圈厂生产线从1条增加到了3条,上班的工人们挤成一团。眼看大队部的一层办公房无法满足生产发展,冯志根便急找叶福松商量扩厂。双方一拍即合,一栋两层的独立厂房在大队部旁破土而起,线圈厂把整个生产车间搬了过去,天地一时广阔。

"我们只是想着在一定的时间内培育起一个可以解决香港公司面临困难的后援基地,所以,一开始我们并不为低成品率而感到悲观,而是继续加强培训。只有产品通过严格的检验,合格了,才能算成品,这就保住了产品质量。"冯志根回忆,"工厂的生产作业规范慢慢建立后,工人们开始有了上班下班的概念,不再随心所欲地在上班时间离开岗位。大量的村民争相来工厂工作,人力资源非常充足。"工厂搬进新的厂址后,厂名变更为"深圳电业制造厂有限公司"。冯志根的感慨油然而发:"这个发展真叫人意想不到,上屋也成为我们的'发财屋'。"

在线圈厂的带动下,这一年,上屋又引进了3家"三来一补"加工企业。随着企业壮大,不只是女性,男性劳力也洗脚上田成了工人,一代代传承的扁担闲置下来,成为家庭的珍藏。

从此,上屋人的家底开始丰厚,风扇、自行车、冰箱、电视机开始进入寻常百姓家。大队集体收入亦水涨船高，从四五万、八九万直奔几十万，年年递增。逢年过节，上屋人纷纷递出印制着"恭喜发财"的红包。

财源像深圳河水一样欢腾，各类"三来一补"企业在深圳遍地开花。1979年底，深圳市引进"三来一补"企业和"三资"企业约200家。到1981年底，外资企业已达1800多家，成为深圳外向型经济发展的支柱。

时光流转，2003年，上屋电业（深圳）有限公司在坪山大工业区投资再建新厂，并更名为"全能电业科技（深圳）有限公司"，工厂生产制造全部使用自动化生产线，发展成为高新企业。2008年，宝安区依托石岩上屋热线圈厂旧址建起的深圳（宝安）劳务工博物馆正式对外开放。这座旧址建筑的外墙上夺目地镌刻着8个字："北有小岗，南有上屋"。

这是改革开放的"南""北"律动。

1978年11月24日，安徽凤阳小岗村18位农民冒着风险在土地承包书上按下鲜红手印，揭开中国农村改革的序幕。1978年12月18日，上屋热线圈厂与香港怡高实业公司签订来料加工协议，成为深圳第一家"三来一补"企业。小岗，是农村生产关系划时代调整的旗手；上屋，则是改革开放前沿农村产业升级的先驱。

4. 清远经验

1978年，粤北山区的贫困县清远（清远此时为韶关地区的下属县，1988年撤县设地级市），有人打破了"大锅饭"。历史故事绵延，生活启示常新。北宋司马光砸缸救小伙伴的故事，给人"打破得生机"的深刻启迪。"打破"的启迪在这个具有魔力的年份，一样引出佳话。

1978年7月的一天，清远县氮肥厂会堂人头攒动，一场全体职工讨论会正在热火朝天地进行。与以往"政治挂帅"不同的是，这一次讨论的主题与工厂效益直接相关。会议开始，厂党委书记、厂长曾国华就来了个直率的开场白："我来厂七八年了，但年年亏损，今年时间过半，任务未过半，又会以亏损告终，一直是'打败仗'的感觉，心里滋味难受啊。"

一番肺腑之言立刻引起与会者共鸣。"领导滋味难受，我们的苦日子也不好过。"有员工随即接话，脱口而出，"工资少得可怜，两个'瘦伢子'（清远方言33元的谐称）工资，哪里能养活一家人？下了班得上山打柴，下河捉鱼，落田摸螺，即使这样也是碗里少饭，菜里无油，有苦难言。"

这个职工话音刚落，大家便交头接耳，顿时"倒苦水"声一片。1966年建设、1970年投产的氮肥厂，是当时清远县规模最大、工人最多的工厂，被寄予厚望。然而，400多人的厂，产量最高时也只有1.2万多吨，投产9年，亏了9年，累计亏损达到773万多元。

这"苦"从何来？曾国华和职工们都清楚，建厂以来，除设备不到位、原料紧俏这些客观原因，根本还是"大锅饭"影响了积极性。大家用这样一句方言来形容："生蛤赖死蛤。"意思是积极的是这么多钱，不积极偷工减料的也是这么多钱，大锅饭，平均吃，干好干坏一个样，工资固定，积极性调动不起来，厂里死气沉沉。

"怎么办？"曾国华这一句，引得大家你一言我一语抢着说话。这是他要的效果，今天就是要大家来讨论，并借势把厂党支部的想法推出来。

早在10多年前，清远的洲心公社塘坦大队在生产队统一核算的基础上，实行水稻田间管理"五定一奖"（定劳力、定地段、定产量、定工分、定成本、超产奖励）的生产责任制。洲心公社农村很快就活了，农民收入迅速提高，形成了"洲心经验"，但不久"文革"一来，全部停了，"经验"还受到批判。时至1978年，曾国华听说洲心公社又开始回归"经验"。而两个月前，"实践是检验真理的唯一标准"大讨论已在全国开始，不久前他又参加了省里组织的700多人去大庆的参观学习。深受感染的曾国华悄悄和领导班子商量：怎么学大庆？何不借用洲心公社的做法到厂里来试一试？几次碰头后，大家跃跃欲试。闯一闯，改变一下，"不破不立"成为班子的共识。

于是，初步方案慢慢形成，但班子成员清楚这不会一帆风顺，还要冒风险。曾国华和大家进一步商量，统一全厂职工思想，先试行，看效果。想到这，曾国华趁热打铁，把"打破"

的最初方案说了出来。这方案简单到只有两个字：奖励。就是厂里拿出5万元，根据原来每月2吨的产量，把基数定为3吨，按月结算，超过产量的给予一定奖励。奖励到班组，每天"三班倒"，不停工。

一听说有奖励，可以多劳多得，口袋里多一点钱，会场随即响起了掌声，个个举手，人人赞成，似是破局的力量迸发。

上下一致同意，氮肥厂用"记分计奖"的方式，发放"单项奖"，鼓励工人大搞生产。没想到这"变"的第一步便迅速"化"开：工人们的面貌焕然一新，干劲十足，化肥产量大幅提升。厂里一鼓作气，在上级支持下，接连推出综合奖、后勤奖、干部奖，形成良性循环。饭堂搞好了，后勤供应上来了，那些下班捉鱼虾、上班打瞌睡的事没了，工人们个个生龙活虎。生产工效上升，成本下降，设备改造跟进，产量猛增，超过了原设计的一年3000吨生产指标。

企业盈利日益上升，工人奖金水涨船高，"超计划利润提成奖"配套形成，全面实行。实行13天，氮肥厂亏了近3.2万元；实行1个月，不仅补回了亏损，全月还实现了盈利3.5万多元。这是氮肥厂投产9年来第一个月实现盈利。而工人们，提成奖多的一个月达45元，超过了工资，相当于县里一个副科级干部的月工资。

打破"大锅饭"，盆满又钵满。吹糠见米，国家、集体和个人碗碗饭喷香。在其他3个企业试点的基础上，清远县委县政府在氮肥厂召开全县国营厂现场会，推广"超计划利润提成奖"做法，"清远经验"幼苗破土而出。

"超计划利润提成奖"的做法全面推广后,清远县因势利导,进一步放权,增强企业活力,全县工业交通系统实施了第二次大动作:1979年4月,清远县撤销县工业局等部门,由县经委直接管理国营工厂。县经委由行政机构变成既是组织生产的管理机构,又是相互独立的经济机构。全县国营工业企业的产、供、销、人、财、物管理被统一起来,由县经委管理,大步迈向"改制"。

改制兹事体大。不同的声音出来了,上面的责问也来了。清远县委书记陈国生却不为所动,以广东人的脾性再三叮嘱下面"只做不说"。"洲心经验"的余悸还不时隐约出现在他和许多人的心头,他希望大家"闷声发财"。

可惜这只是一厢情愿。与体制冲突怎么能独善其身?而对生产增长县里只报数字,不说原因,更是欲盖弥彰。1979年5月,省里有关部门的文件出来了,以"违反国务院和省现行的奖励制度规定"对"超计划利润提成奖"给予了否定:"省革委10号文件(1979年)所提超计划利润奖问题,仅限于在中等城市和省主管部门选择有条件的企业试行,而且还要报省劳动局批准。清远县完全不符合这样的条件,因此不能搞超利奖。"这个文件对清远县的做法一共列出4个问题,而且"连坐"韶关地委,认为其"不但不予以制止,反而作为好的经验"加以全面推广,因此"是不对的",应"予以纠正"。措辞强硬,俨然"封杀令"。矛盾激化,交锋到来。

怎么办?面对压力,进还是退?是被封杀还是突出重围?

"打破"激发的热情与干劲被兜头浇了一盆冷水。清远县干部和群众从上到下顿时陷入困境。

走出困境,期待方向;迎接交锋,需要力量。1979年8月,广东省工业交通增产节约工作会议在广州召开。会议名为"增产节约",实则是全省在改革开放之初冲破各种枷锁、勇于改革实践的思想解放浪奔潮涌的一次特别会议,交锋白热化。会上,韶关地区小组开展了一场关于如何扩大企业自主权的辩论。"破"在这里受到肯定,"立"在这里受到鼓舞,"活"在这里成为褒义词。

会议最终决定,在全省各地县属工业企业推广"清远经验"。韶关的与会者如释重负,濒临夭折的改革幼苗焕发生机而拔节。

然而,走出困境并非一步之距,交锋更非一个回合。

1980年6月,广东省工交工作会议在广州召开。近一年前确定的在全省推广"清远经验"的决定并未落实,在这次会议上省经委主要领导只字不提"清远经验",反对声反而有点高涨。

1980年7月,中共中央委员、广东省委第一书记习仲勋带领有关部门的负责人,亲自到清远调研,充分肯定了"清远经验"。在深入了解清远氮肥厂敢闯敢试的做法后,习仲勋的赞赏掷地有声:"'清远经验',你们是发源地,要成为旗帜。"在县座谈会上,习仲勋对清远县干部提醒道:"你们的汇报材料里还缺一条,你们是咋做政治思想工作的?不要表面一看是钱调动了干部职工的积极性,实际上是加强了党的领导,做了很多很细致的政治思想工作才取得的。"

1980年7月8日晚上,省、地、县领导参加座谈会,研究"清远经验"的总结和推广。会后深夜签发《关于清远县国营工业企业试行超计划利润提成奖和改革工业管理体制的情况报告》。7月29日,省委、省政府批转了这一报告。这份高度评价了"清远经验"的文件指出:"省委和省人民政府认为,清远经验,实质上是对经济管理体制的改革,它冲击着束缚工业发展的许多旧框框,涉及许多经济管理体制的改革问题……意义重大,应当引起全省各级党委的关心和注意。"

随风潜入夜,润物细无声。滋春雨,沐春晖,一次次顽强拔节的改革幼树逐渐枝繁叶茂。1980年8月1日,《人民日报》头版头条转发新华社报道《实行超计划利润提成奖和县经委直接管理工厂　清远县经济体制改革形势使人振奋　十七个厂平均每月利润增长三十六倍　广东决定推广清远经验》。"清远经验"由此推向全国。

1981年3月国务院发文,提出学习和推广"清远经验"。对此人们形象地比喻:"清远经验"这个"地方粮票"变成了通行的"全国粮票"。

粮票是此时人们购买粮食的必需凭证。一个地方(省)的粮票只能在本地购粮,全国粮票则可在全国各省通用。手中有粮,遇事不慌。在食品还不富裕的年代,粮票是人们吃饱肚子的保证。

"清远经验"在广东推广后,1981年以"包"字为主要内容的"包、联、通、创、学"五字方针在全省各类企业中灵活施行,从枝繁叶茂到树树成林,南粤大地的轻重工业生产日新月异。广东工业改制与农村变革一起迎向改革开放的朝阳甘露,各类产品日益丰富,"广货"在市场崭露头角,为即将到来的岭南商品经济潮推波助澜。

第二章

先行一步

1. 民以食为天

吃一直是中国人绕不开的话题,"民以食为天"。舌尖上的中国不仅有着味觉的千滋百味,更有生活的千变万化。而厨房作为"吃"的烧制基地,那袅袅人间烟火,飘动家居万象,演绎生活春秋。

"读小学时某个同学的语文、算术考试得了零分,大家会用'零蛋'一哄而笑。那时我的味觉记忆,最深的也是这个'棱''蛋'。"谈起厨房的变化,如今五十出头的佛山南海区丹灶镇南沙社区妇女主任徐用芬仍忍不住用"广式普通话"这样笑说。

南海是广东有名的"鱼米之乡"。曾几何时,"鱼米之乡"的饭桌上主菜常常是榄角。"腌制的榄角下白粥,省了柴火油盐。那时能解馋的就是饭桌上有鸡蛋吃。"徐用芬说,"我们棋盘村还有一个一直流传的故事呢。"

清乾隆年间，棋盘村先人陈北，幼年在榨油厂当小工，因扫地收豆而被称为"扫地北"。他勤劳苦干，后来掌管榨油厂，并逐步扩张生意，所雇用人近300人，可以说是富甲一方。可他仍不准家人大饮大食，总是以自己的生活体会让他们以榄角代菜下饭，省吃俭用。一次，他从外面回家，闻到了少有的各种菜式香味，看到饭桌上摆满饭菜，却没有榄角。辛苦了一天的"扫地北"一屁股坐在地上，摸出随身带着的一包榄角，一口一个地吃，怒声说道："我一口一个榄角，把整盘身家散了算！"吓得一家人放下碗筷不敢继续吃。从此，这句"一口一个榄角"的"铺张"之话成了当地一个口头禅，警示着人们省吃俭用。

然而，棋盘村多少人省吃俭用也没有发家，"等柴开火，等米下锅"是常事，那有棱的榄角和圆圆的鸡蛋成为人们盼富的生活底色。此时棋盘村属南海县小塘公社南沙大队。直到1976年，南海县人均年收入也不到150元。

1977年，再也憋不住的南海人开始放开手脚，被称为"梁大胆"的县委书记梁广大在会上说："如果我们不能让社队和农民富起来，人们就有权怀疑我们是真共产党还是假共产党，搞的是真社会主义还是假社会主义。总之一句话，贫穷不是社会主义。"

这一句话，人们听入了耳。这一句话，让南海人开始"冒尖"，从"无工不富"起步，向"活"使干劲。

"全县参加社队工副业生产的劳动力不能超过20%"的框框被

打破，社队有了安排劳动力的自主权，放手发展工副业和多种经营，全县农村经济结构发生变化，如同插上两个翅膀，带动农业基础产业起飞。社队工副业产值大于农业产值就是资本主义的框框被冲破，许多社队在完成农业生产计划的前提下，农工副业齐发展，集体经济日益壮大。

集体收益分配的不合理，如原来社员每人平均年收入超过200元后每个劳动日值只能多分1分钱的分配方案，已被当作笑话。西樵公社民乐大队是起步较早的一个大队，1977年全大队工副业纯收入比1976年增加了约34万元；1978年又增至约126万元，人均年分配达到约253元，每人一年就增加了约50元。

有样学样。丹灶公社仙岗大队苏坑生产队，社员平均年收入经常在80元至100元间徘徊，到1977年也只有约120元。生产队的干部为找不到通向富裕的路子而苦恼，社员们也很焦急。对照富裕队的经验，苏坑生产队利用地多的天然条件，一方面抓以养猪为主的养殖业；一方面改善经营管理，推行责任制，因地制宜种植花生和瓜果。1978年，全生产队花生和南瓜等经济作物的产量比上年增长了近10倍，养猪业由亏转盈，集体经济迅速壮大起来。这一年社员集体收入分配平均每人涨到约180元，比1977年增长了60元左右。

集体产品不能上农贸市场的规定取消了，城镇集市上应时的鲜菜、鸡、鸭、鹅、鱼、肉和蛋等各种商品开始多起来，而且价格逐步下降。农民高兴，城镇人民更高兴。因为大家饭桌上的品种多了，厨房里的烟火味浓了，飘出香味，飘出人们的笑声，飘出致富的生机。

一"活"有生气,一"活"现生机。光靠省吃俭用致不了富,发不了家。为更好更快地致富,南海人还有"绝招"。

1980年大年初一的中午饭,当时11岁的徐用芬清楚记得,这是她味觉记忆中吃得最好的一餐。这餐饭有鱼、有猪肉、有海鲜,还有盐焗鸡,饭桌上10多个菜碟堆得摆不下,尤其有她最喜欢吃的烧猪,又脆又香。这不仅是她,也是全家人第一次吃一只完整的烧猪。一家人围坐一桌,吃得开心不已。可惜的是最应该来吃这顿饭的父亲徐才不在,要不然,他肯定边吃肉边喝着九江双蒸米酒告诉大家:"这是我一生中吃得最快乐、最有滋味的一餐饭。"

这一餐美味并非因为过年,徐用芬记得以前过年从没有这样丰盛过,这是一顿特殊的村里聚餐。全村家家户户的人一个不落,围成十几桌,大块吃肉,大口喝酒,吃得欢声笑语,喝得手舞足蹈。饭桌旁边还鞭炮声四起,那个欢快场面,那个饱食开怀的情景,成为棋盘村有史以来最动人的味觉盛宴。

这一天是1980年1月26日。这些吃的喝的是南海县委书记梁广大带着县干部给南沙大队和徐才家里送来的。县里的干部们抬着6头烧猪、10坛九江双蒸米酒,带着100万响的鞭炮和烟花,伴随着舞狮,专程来到南沙大队,敲锣打鼓到徐才家中"庆富贺富",与棋盘村村民开席喝酒。

"庆富贺富",南海县这一破天荒的举动,是徐才一家天大的喜事,也是南海鼓励致富的"绝招"。

这时,作为南沙大队五金厂厂长的徐才还在外地出差,这个南沙大队的致富带头人,虽然没有赶上这顿标志他人生转折的盛宴,但回来听到女儿喜滋滋的介绍后,他告诉女儿,他能想象这顿美味。生活的悲欢滋味涌上他的心头。

徐才生于广州,出生没多久父母双双离世。成为孤儿的他被亲戚送回老家棋盘村,靠吃村里的"百家饭"长到12岁,才在亲戚带领下又赴广州做技工学徒。1956年工商业社会主义改造"公私合营"后,他进入广州钟表厂工作。徐才没有忘记养育他长大的"百家饭",他心有感恩,总想为村里做点什么。在老家找上媳妇成家后,他回家更频繁了。可每次回家到村里一走,看到村里人的饭桌上还是缺饭少菜,灶屋里见不到多少柴米油盐。他一直想找机会回报家乡,但自己的家底也一样贫瘠。老家有开五金作坊的传统,1961年他应邀回村帮村里搞五金,可人在广州,分身乏术,只能偶尔回乡指点一下,使不上多大劲。

1977年,南海社队工副业生产活起来后,已经是八级技工的徐才感受到了老家改变现状的强烈愿望,熟知行情的他更知道许多工厂对五金配件需求旺盛。"要不就把五金厂再搞起来吧?"他把自己的想法和村里一聊,大家拍手欢迎,南沙大队党支部书记冼伟随即邀他回来担任五金厂厂长。徐才便向单位申请,请了3个月假回到了棋盘村。从他接手开始,五金厂一天天变化,开始有起色。可假期用完了,五金厂却还没步入正轨。徐才一咬牙,从广州辞工,连户籍一起迁回南沙,带着30多个村民徒弟开始"创业"。

那时整个大队只有一个厂房牌照,下属4个村以"帮集体加工"的名义,将每个村的作坊变为"加工车间"。作坊不通电,更没有机器,全是人力制作磨具。

村民干得热火朝天,他则负责找市场,将产出的五金配件偷偷转卖。说"偷偷",是因为南沙大队的这些做法,在一些人眼中还是"非法"的。他顶住压力,常常一两个月都不在家,到外地去联系业务,推销产品,一心想干出样子来。在外风餐露宿,但他毫不在乎。他用自己的行动和技术带领村民艰难迈开致富的步伐,用五金厂不断向好的生意攒来的一块一块钱开始"冒尖"。

然而,"穷光荣、富可耻"的思想在一些地方还有市场,南沙大队的"富"顿时成了人们议论的焦点,"冒尖"的徐才成了"靶子":他一度以贪污、受贿的名义被调查。结果一查,他不但没贪污集体的钱,集体还欠了他不少钱,他的很多差旅费都没报销。到1979年,五金厂成了南沙大队的"摇钱树",这一年全大队人平均收入超过450元,徐才家成了南海首个"万元户"。

了解到这些,县委书记梁广大心中很不平静:是继续让百姓过"穷光荣、富可耻"的日子,还是鼓励大家"冒尖",过富日子?怎么打消群众的顾虑,改变群众还存在的"怕富""怕露富"的担忧?南海人素有恭喜发财的传统,"富"不就是南海的大喜事吗?他又一次大胆做出一个决定:要让这喜事传开,要让人们都来"沾喜",去给全县年人均收入超过400元的大队和致富的带头人"庆富贺富"。于是首个"贺富"的对象便选定南沙大队和徐才家里。

从1980年开始,南海连续3年"庆富贺富",给"万元户"们颁发奖状。南沙人的生活富了,厨房里烟火旺了,餐桌上丰盛了,"贺富"让徐才心里踏实了。品尝着生活的甘甜,回想那养他长大的"百家饭",徐才觉得餐桌上的悲欢,是这样意味深长地绵延出生活的百般滋味。

"贺富"在南海县顿时传为美谈,想"掐尖"的人也被镇住了。徐用芬后来才知道,这一场"贺富"带来的影响,远远超过她的想象。

大张旗鼓地"贺富"让徐才干劲倍增。1983年,55岁的徐才获发全公社第一个私人牌照,拥有了属于自己的五金厂。在他的影响下,一批五金厂技术骨干抓住这个机会,纷纷承包集体五金企业,五金厂在南沙大队、小塘公社遍地开花。短短几年,全公社个体、私营五金企业发展至300多家,从业人员达2000多人。鼎盛时期,全国约70%的日用五金都出自南海县。

1981年3月,南海县成立了社队经济管理委员会,下设"一局三司",即社队企业管理局、住宅建筑公司、建筑材料公司、花木公司。这一年,《南海县队办企业经济管理暂行条例》颁布,自此队办企业迅速发展。县、公社、大队、生产队、个体、联合体的企业"六个轮子一起转",并在全国首开将个体经济与其他所有制经济同等对待的先河。当年，全县的公社、大队、生产队三级企业发展到超过4000家，企业总收入达5.7亿多元，与1979年比增长超过150%。

"六个轮子一起转，三大产业齐发展"的"南海模式"，推动全县经济滚滚向前，南海成为全国农村经济改革的明星县。从1979年4月到1981年8月，《人民日报》相继以《这盘棋下活了》《南海县委朝思暮想让农民尽快富起来》《象南海县那样把农村搞活变富》为题，对南海县的"创富"经验进行报道。

南海人兴奋地说：搞活致富，不是挖了社会主义的墙脚，而是挖出了社会主义的潜力。1978年，南海县农民人均年分配约146元，1979年增至200多元，1980年增至300多元，到1982年已经超过了400元。渐渐向富的南海县出现了三多：盖新房多、买高档商品多、存款多。许多村民要买的不是"老三件"（手表、自行车、缝纫机），而是"新三件"（电风扇、电视机、录音机），穿要美的，吃要好的。

"我们家当时的东芝彩电，是托朋友从香港买回来的。录音机、洗衣机、摩托车……那些大城市流行的东西，我们家全都有。"徐用芬回忆说，"吃的就更不用说了，餐餐有鱼有肉已经不是稀罕事。厨房像模像样了，电饭锅、微波炉，一应俱全。以前是吃穿用，现在倒过来了，是用穿吃。"

棋盘村始建时，先人们按照中国传统棋盘的格局设计建设，整个建筑群三横三纵的石巷形成棋盘之势。当年陈北在建村时希望子孙后代做人做事都像下棋一样，全盘考虑，着着领先，步步为营。如今在地图上已找不到棋盘村这个地名,它已与周边的两个小村合并成了"南沙新村"。

历经沧桑,村庄在变化,一个"新"字,是时代的铭记。从"吃穿用"到"用穿吃"的"棋局"之变,是人间烟火飘动的春秋华章。

2. 个体户之变

每个人都是社会的个体。而个体户,一个中国特有的经济名词,在改革开放之初涌现,指除农户外,生产资料归劳动者个人所有,以个体劳动为基础,劳动成果归劳动者个人占有和支配的一种经营单位。他们改写了中国经济发展的历史,成为憧憬致富路上的先锋。

1979年春天的早晨,当容志仁手提着从街道文化站借来的大铝锅站在广州市越秀区西华路司马坊路口时,他心里像打翻了五味瓶:真的要在这里开一家早餐店吗?手中无"米",全部家当是一家人积攒下来的近100块钱。巧妇难为无米之炊,这店怎么开下去?

可这店偏偏是他未来的太太刘翠极力怂恿他开的。刘翠甜蜜地和他约定:"你开了店,我就嫁给你。"他心动不已。他还想到了街坊们,他们都鼓励自己,街道文化站还主动借给他这口大锅。不开店怎么向所有人交代?3年前他下乡从广州去了阳江,不久前户口才从阳江迁回到广州。全市几十万下乡知青回到广州，政府一时安排不了就业，自己生活日见困难。报纸上说党和政府提倡回城知青自谋生计。他犹豫着去街道办事处申请了个体执照。这时个体执照还没有归到工商局管理，申请只要填个表就行。他从小喜爱写写画画，申请个体执照表上填的是工艺美术。因为刘翠在香港的两个哥哥都反对他开小食店，说要钱可以给，但这种低贱的"街边仔"事就不要干。可街坊们又劝他，西华路既不是商业区，也不是文化区，搞这些肯定没生意。后来刘翠以身相许，他才改变主意。想到这，当再次看到马路对面的西华荣楼食店前排着长队买早餐的人群时，容志仁横下了一条心，在路口瞄准了一个几步开阔的地方。这里街坊多，行人也多，有人气。他心里亮堂起来，不由得提起锅一路小跑回到了家。刘翠见他提着锅，一脸笑容，便迎上前来，两人心有灵犀，隔着大铝锅一阵开怀大笑。

"容志仁饮食点"的牌子在司马坊街边的简陋棚子上挂起来了。这是他自己提笔一气呵成的。他用那100元买碗买碟，买小锅买酱料，粉、花生、猪骨等原料一应俱全了。热心的街坊们教他熬粥，教他切粉条。几天下来，他做得有模有样。开张第一天，容志仁就赚了3块7角，第二天赚了7块多，第三天赚了10块多。

小店专做粉和粥等早餐。粉分为腩汁粉和牛腩粉：腩汁粉1毛钱一碟（2两）；牛腩粉贵一点，两毛五一碟（2两）；花生猪骨粥1毛钱一碗，配些酱料，味道可口。这时买这些还要用粮票，但容志仁有时碰上学生们没有带，也不在乎，他想的是有人来吃，有更多人气。物美价廉，体贴人心，果然好生意。本来买早餐不易的地方，现在人们接踵而来，小店前也排起了队。

喜事也排着队来，刘翠在他开店后不久和他喜结连理，正式成了他的太太。小两口夫唱妇随，生意越做越火。本来，"买早点难"、"裁衣难"、"修理难"在此时街坊百姓生活中无不是问题。容志仁小两口解的"难"解到了人心里。人心比什么都金贵。容志仁在无意中触摸准了市场。一对"巧妇"破了"无米"之炊的难题。

两口子从此每天早上5点起床，6点出摊，10点收摊，经常到9点粉和粥就卖完了。但两口子顾不上休息，下午准备原料，从粉厂买粉，两毛四一斤，处处精打细算。晚上把牛腩煮好，盖着盖子过一夜，用10余种佐料煨出来，早上就香味四溢，样样周到操心。

"叔叔，我只有1毛钱，一碟粉我吃不下，我也不想只买一碗粥，能不能1毛钱给我一点粥和一点粉啊？"一天早上，一个系着红领巾的小学生靠在摊边胆怯地问容志仁。容志仁被这真切的声音打动。"好。"他二话没说，就给她半碟粉半碗粥。看着远去的"红领巾"，容志仁脑子里像煮沸了的粥翻滚不停。他回味着她的话，心想，很多这样小学一二年级的小孩子，只有1毛钱的早餐费，但粥和粉两样都想吃，何不满足他们，专门加做一种学生早餐呢？太太听他一说，大夸他"开窍"了。第二天，开了窍的容志仁买来小碟、小碗，在店前加挂一个牌子，写着："学生餐1毛钱，有粉有粥。"

这是广州全城最便宜的早餐,最早的学生餐。诚招天下客。"1毛钱的学生餐"顿时传开了,引得孩子们络绎不绝。容志仁的店一个早上可以卖出100多斤粉。这可是别的店一天两天都卖不完的。不但照顾了学生,受感染的还有后面更多的家长和老师,有的家长一次就向他订购1个月的早餐。他被很多学校请去做校外辅导员,常去给学生讲课,现身说法"低贱"可以有价值,有快乐。受感动的永红小学"红领巾学雷锋小组"的学生们主动来帮助他打扫店里的卫生,轮流帮他收碗收碟。容志仁感动得掉眼泪。为了刘翠,他曾想过"督卒"(即偷渡)去香港。因为个体户被叫作"街边仔",大家都不愿做,怕被人看不起。现在,他感恩。个体户让他看到了希望,他觉得"街边仔"一样可以有美好生活:"现在给我一张通行证,我也不会去(香港)了。"

1981年8月18日,广东省召开广州市部分个体户青年座谈会,省委领导接见了与会的12名青年个体户,当听了容志仁的经历和学生餐的事后,广东省委第一书记任仲夷兴奋地一拍桌子站起来说:"容志仁你说得很好,做得好。在座的报社记者,你们都要报道。"开完会一回到家,容志仁发现家里已站满了一屋的记者。

不久,容志仁被选为广州市个体劳动者协会第一届会长。

1983年8月30日,容志仁作为广东代表到北京参加全国发展集体和个体经济安置城镇青年就业先进表彰大会,并和代表们在中南海怀仁堂受到中共中央总书记胡耀邦的接见。胡耀邦做《怎样划分光彩和不光彩》的讲话,他洪亮的声音在容志仁和代表们脑海中久久回响:"从事个体劳动,自力更生,诚实经营,是光彩的。""一切有益于国家和人民的劳动都是光荣豪迈的事业。"

回到广州,容志仁第二天就把店牌改名为"容光饮食店"。他自豪地告诉人们:"一口借来的锅煮出了光彩,个体户是豪迈的。"

与容志仁卖全广州市最便宜的"1毛钱学生餐"不同,高德良卖的是全市最贵的鸡。从最初每斤两块钱,到最高卖每斤36.8元,生意一样红火,而且他以这只鸡"扑腾"为一个时代"弄潮儿"。

这只鸡叫"周生记太爷鸡"。周是创始店主的姓,生是粤语先生的简称,记是粤语对街边小店、小铺昵称的组合词。

"太爷鸡"的创始人是清末广东省新会县知事江苏武进人周桂生,辛亥革命后丢了官,便在广州以卖熏烤鸡为业,店号取名"周生记"。他把广东卤水鸡用江苏熏制方法加工,这种鸡口味独特,又因他当过县太爷,人们便称之为"太爷鸡",其美味驰名广东省和港澳地区。尽管为佳肴,但在讲究"政治纯洁"的年代,"太爷鸡"好长一段时间在广州销声匿迹。

1980年7月20日,一块"周生记太爷鸡"的招牌赫然挂在了广州市文明路一间几平方米的路边摊档上,高德良的个体经营营生便从此开始。但挂出这块招牌之前,高德良有过一番"扑腾"。

高德良从小是个爱思考的人,他读过《资本论》,对钱,他的认识是"不出力不为财";对生活,用他的话说是喜欢"扑腾"。他中学毕业后做过6年知青、6年锅炉厂工人。高德良清楚记得这个时间节点：1980年4月21日上午10点，他因在厂里接连几件事不顺心，被讥为"个人英雄主义"，一气之下，他从厂里辞工，办了离职手续。可之后怎么维持生活，做什么好呢？自小随外婆长大，在外婆指导下对"太爷鸡"的制作工艺和程序都了如指掌的他，脑瓜子一转，想到了继承祖业。"太爷鸡"的创始人周桂生就是他的曾外祖父。何不做个个体户，让"太爷鸡"重出江湖？"太爷鸡"不就是最好的创业资本吗？3个月的准备后，他一鼓作气挂出了这块牌子。

这一年高德良31岁。从当工人起，他的自我设计一直都是"工人—优秀工人—干部—优秀干部—领导……"。还在宝安县当知青时，他与伙伴们玩过一个游戏："10万元和市长你选什么？"伙伴中唯有他选了"市长"。没想到现在生活和他开了一个玩笑，要倒过来，让他去选择"10万元"，去做"个体户"。"个体户"可是他从没有想过的身份，何况此时人人向往的是国企。既是"英雄"就该显身手。他想，就按生活的新设计去好好"扑腾"一下。

那个时候，广州街边店铺的租金1平方米每天5分钱。家中有500块的积蓄，高德良立马用200块在人气旺盛的文明路边租下一间店铺，但他去申请营业执照的时候，工商局的人告诉他还得看看他的手艺。高德良一听，知道是要"考牌"。"太爷鸡"不只要好工艺，还要好材料。他马不停蹄地跑郊区、跑农村，用200块去采购优质鸡，去选购好醋好卤水。好在太太对他十二分支持，手中还有100块做流动资金,他想可以好好施展拳脚了。第二天,高德良一早烧好开水,工商局两位"考官"一来,他便在狭窄的厨房里,开始杀鸡拔毛。半个小时过去,高德良捧出了一只香喷喷的"太爷鸡"。工商局的"考官"一尝,果然名不虚传,牌照当场发放。

一番"扑腾"下来,"周生记太爷鸡"重出江湖了。

一个月后,高德良清点账目,竟有近8000元营业额,纯利润有近2000元,再细细一算,加上请的帮手,人均收入有了近500元,这是他在工厂一个月工资的十几倍啊。高德良兴奋不已:"市长工资一个月才200多,我不是一下就实现了当年那个梦想吗?"

梦开始放飞。人们纷纷慕名前来品尝这只"太爷鸡",还有港商前来与高德良谈合作。于是,"周生记太爷鸡"开始了第一次扩张:在香港代销"太爷鸡",在深圳、珠海设经销点。摊子铺大,就要人手,但这时的政策规定雇工最多不得超过5人,高德良翻来覆去睡不好觉。已是"万元户"的他,心原本不在赚钱上,现在走上了这条道,该怎么突破那个界限?怎么可以赚到更多的钱?他相信这不只是他一个人的问题,是千千万万个体户共同的困境。"在困难和阻力背后,是社会和个人莫大的利益。"他这样思考,"扑腾"的心思一上来,1980年11月,他便做出了一个惊世举动:给中央领导人上书。写出实情,写出渴望,他为个体户和非公有制经济的地位和前途鼓与呼。没想到这封信很快得到了国务院领导的批示。广东省和广州市领导闻讯登门了解,着手解决问题。

以杀鸡的刀切中"时弊",高德良这个前国营锅炉厂的铆焊工,毫不起眼的个体户,以一只鸡"扑腾"为一个时代"弄潮儿"。这个由"太爷鸡"引发的轰动全国的事件,成了推动我国改革开放进程的标志性事件之一,后来个体户作为社会主义经济的补充成分在国家法律与政策上获得明确肯定。

1984年,美国《时代》周刊评选"风云人物",高德良入选,理由是"中国改革的典型人物"。1985年7月30日,高德良加入中国共产党,成为广州市第一个迈进党组织大门的个体户,成为以勤劳致富、践行党的宗旨的先锋。

与高德良并无交集的梁锦华怎么也没想到,他也会成为一个"先锋"。1978年那个夏天,当他在清平路以一条鱼开始"走鬼"的营生时,并没有想到后来能够在广州市颇负盛名的长堤开出一个大排档,起名为"胜记"。胜记大排档专做夜宵,生意红火,开创了广州饮食"生猛海鲜""即点即蒸"的先河。

厨房有春秋,饮食变迁见证着市民生活质量的提升,此时广州人不只在自己厨房里创造出舌尖上的鲜美,厨房开始延伸,路边店、大排档和酒肆,更成了满足人们舌尖味觉的好去处。这一切在广州,得从一条活鱼跃上餐桌说起。

与南海同样地处"鱼米之乡"的广州,人们却多年面临"吃鱼难"。计划经济,广州买鱼需要鱼票,每人每月限发两角,市面上每斤鱼的价格为四五角,每人每月只有半斤鱼的指标。想要吃一条活鱼,主妇们便要天不亮就去市场排队,能拎上半条死鱼回家算是运气好的。运气差点的，鱼票还花不出去。凭借自己多年"鱼佬"（做鱼生意）的敏锐，梁锦华第一个便想到去清平市场占个摊位。他挑上两个大木桶，一大早就从郊外收购上百斤鲜鱼摆上摊，一条条鲜活蹦跳的鱼成为市民的至爱。

从鱼档跃上市民餐桌，一条条活鱼丰富着人们的生活味道，从鲜鱼到海鲜、活鸡、活鸭，各种市民喜爱的生鲜家禽，把清平市场搅得人声鼎沸，生机勃勃。

占摊位的人越来越多，那时摊位很难固定，谁到得早谁就抢得先机。对四处流动的摊位小贩们，人们给了一个特别的称呼："走鬼"。

这说法最先来自香港。二十世纪三四十年代，香港经济不景气，街边摊铺和菜市场是大批内地移民的谋生地。而当时的港英政府以维持治安为名，对满街小商、通巷小贩开始横加打击。这些雇佣来的明显区别于华人的外国"差佬"（警察）对小商贩特别凶残。每当"红毛警察"出现，第一个见到他们的小贩便大喊："红毛鬼来了，快走哇！"听到喊声，其他小贩就即刻抄起货品一哄而散。久而久之，"走哇，鬼来了！"变成为"走鬼呀"，以致后来"走鬼"又成了街边流动小贩的代称。粤港经济与文化，生活与市场，是如此血肉相连又相互浸淫。

有了生意基础的梁锦华不想长期做"走鬼"，他有自己的想法，有自己更大的追求。他瞄准了长堤这个地处珠江边人们喜欢消遣、富有广州人夜生活特色的地方，他决定从流动摊位改做固定排档的生意。梁锦华领来牌照，建起20多平方米的档位，摆开4

张方桌，胜记大排档向人们源源不断送来香喷喷的美味。

长堤，至今仍是广州人夜生活的好去处。这里诞生了改革开放后广州第一批个体户大排档，梁锦华抢得这个第一批。他以聪颖的经商头脑占据先机，以经营海鲜、各式菜肴确立长堤"饮食大佬"的地位。"胜记饭店，胜在新鲜，胜在惹味"的广告语在广州口口相传。"那时候一张桌子一个晚上可以做几百块钱的生意。"现为胜记海鲜饭店董事长的梁锦华回忆当时生意的火爆情景。

虽然大排档都比较随意，却是一个新鲜事物，尤其是海鲜大排档。不少老广州人，都以能够吃上一顿海鲜为荣。而外地来广州的游客，也无不以到此感受食在广州、观赏珠江夜景为乐。一条鲜活的鱼引来海鲜生猛，"生猛海鲜"一时又成为"食在广州"的潮流。

潮流是先机。由吃而穿、而用，高第街的服装批发市场、西湖路灯光夜市，珠光路、沙河大街、三元里这些以街道地名闻名遐迩的各式日用品、工业品市场，一样伴随这条"活鱼"风云际会走上生活的历史舞台。提着、抬着、肩挑背扛着各式"蛇皮袋"（编织袋）、塑料袋的商贩、民工，和梁锦华一样，把对生活的憧憬储满袋中，热捂心中，驱动双腿，在广州演绎人生精彩，绽放花样生活，凝起不舍情怀。

3. 雇工不是剥削

从容志仁到梁锦华，他们致富憧憬的实现，和个人奋斗，和雇来帮手共同奋斗分不开。在城市，雇工禁区在逐渐突破，可在农村，在广东肇庆地区高要县沙浦公社（现鼎湖区沙浦镇），雇工还是禁区，被认为是"剥削"。从雇工是剥削到不是剥削，沙浦公社沙一大队第六生产队社员陈志雄在探索、闯关的一波三折中迈出第一步。

1978年11月的一天，刚过不惑之年的陈志雄专门找到大队党支部书记梁新，说出承包村南端长期缺乏管理的8亩河涌塘的想法。

梁新一听，不由盯着陈志雄看了好一会。看着这个当过公社会计、懂得专业养鱼技术，还长期从事采购和销售工作的乡亲，梁新心中顿时一动，两人不由一阵合计。梁新没有马上答应他，只说了一句："你等等。"第二天，在村党支部会议上，梁新说出了陈志雄的想法，提议大家讨论。

早在二十世纪五十年代，高要县沙浦公社就发展了养鱼业，以此作为改善经济水平的主要副业。1968年，沙一大队干部冒着政治风险把所属2200亩水稻田、500多亩旱地悄悄实行包产到户，提高了效率，既保证了粮食产量，人均年分配收入也大有增加。但不久便被制止。联想过去和现在，大家各抒己见，结论是"先试试"。

1979年一开春，沙一大队第六生产队采用投标承包办法，将8亩村边鱼塘承包给陈志雄培育鱼种，承包金额1700元，生产队每年返还陈志雄7000个工分。如愿以偿的陈志雄心花怒放，从鱼苗品种到鱼塘水位，一番精打细算后，带领一家人披星戴月干开了。到年终结算时，收入约有8000元，扣除成本与承包金，纯收入约有6100元，比当年沙一六队10个一级劳动力的收入总和还多。此外，他还多赚下了2000多斤（时价每斤1元）用于来年生产的鱼苗。

1980年，尝到甜头、不满足于现状的陈志雄进一步向梁新提出扩大面积跨队承包鱼塘的想法，梁新也更加大胆地让他放手经营。这年陈志雄跨越两个队承包了约141亩鱼塘，承包金额达到9700多元。随着承包面积的激增，陈志雄的鱼塘仅靠家人已经运作不起来了，于是萌发了长期雇人帮工的想法。

陈志雄承包生产致富带来了示范影响：沙一大队大搞承包生产，几乎把全部土地承包给了7个承包户。而当时整个大队的劳动力共900多人，他们当中的大部分人成了剩余劳动力。这些拥有大量剩余劳动时间的农民，认为到陈志雄那里打工，工作时间可以由个人决定，还可以得到额外收入，都非常乐意。

于是，陈志雄又悄悄地雇请了临时工400个工作日。尽管只是小规模的雇工，但也为陈志雄的扩大生产提供了足够支持。1980年，陈志雄全年总产值为2.5万多元，除去生产成本、雇佣工资和承包金，纯收入超过1万元。1981年，在承包中得到实惠的陈志雄继续扩大生产规模，承包面积将近500亩。其中，上半年跨越3个队承包鱼塘350多亩，承包金额为5万多元；下半年承包水稻田约

140亩，承包上交稻谷约5.6万斤，全年承包金总额超过6.5万元。为了保证充足劳力，他又投入资金2.8万多元，雇请了5个"固定工"，及临时工1000多个工作日，还从外地高薪雇请了一位养鱼技师专门负责养鱼技术。当年，陈志雄的经营继续获得成功，全年总产值超过11万元，纯收入2万多元。

但是，多年来，雇工就被定性为"剥削"。此时，议论声四起，更有人认为这是"阶级斗争新动向"。陈志雄承包鱼塘的事顿时掀起了轩然大波。

浪起于微澜之间。陈志雄没想到的是，他的雇工承包鱼塘的做法，在基层干部和群众中得到认可，但此时遭遇的是更大的政策舆论层面的争议，"鱼塘风波"触及的是中国农村体制的"红线"。

战国《列子·说符》中有"察见渊鱼者不祥"之语，意为若能明察深水中的鱼并非吉利之事，比喻其精明敏锐反有"不祥"。人们经常借用"临渊羡鱼，不如退而结网"的说法，比喻做事不能只有愿望，更应有实现愿望的措施。关于渊鱼形象的多重意义，揭示生活真谛，给人们启示。

当初陈志雄向梁新提出承包鱼塘的想法，是因为这个一向关心国家大事的普通农民在《人民日报》上看到有关"吉林省农民利用土地搞小秋收致富"的报道，察觉出国家改革的信息，可谓"察见渊鱼"迈出的先行一步，"鱼塘风波"开创专业承包的先例。然而，"不祥"接踵而至。

对陈志雄上纲上线的人的依据是：在那个年代，国家依然规定禁止雇工行为。集体化才是社会主义，已成为人们的思维定式。

当陈志雄聘请雇工时，对此心有所动的梁新也只敢把自己妻子陈秀英"雇佣"给陈志雄，以"退而结网"表示支持。可梁新被指责支持"雇工""剥削"，受到"撤销党内外一切职务，留党察看一年"的处分。禁区"渊鱼"引发的争议与对立，情势分明摆在陈志雄面前。

陈志雄雇工承包鱼塘致富的消息广为传开后，全国有12个省的数百人来信求教，有人甚至要求来给他当雇工和学徒。而反对的一方，则认为陈志雄"一个人是无法获得那么多收入的""纯收入中有剥削他人的部分""剥削毕竟不符合社会主义原则，多了就该限制"。还有一位高级别的研究员，以马克思《资本论》中《剩余价值率和剩余价值量》一章为依据推出一个结论："雇工到了8个就不是普通的个体经济，而是资本主义经济，是剥削。"按马克思的计算，在十九世纪中叶，雇工8人以下，自己也和工人一样直接参加生产过程的，是"介于资本家和工人之间的中间人物，成了小业主"；而超过8人，则开始"占有工人的剩余价值"，被视为"资本家"。这成为此时正统政治经济学话语体系的硬性描述："七上八下"是一条铁定的界线。

陈志雄的雇工就在这条界线的边缘。许多人把他的雇工劳动日一番计算下来，正好是"七"；但再迈一步，就是"八"。陈志雄不再迈一步，他的扩大再生产就无法继续。上还是下？进还是退？禁区破还是守？

"鱼塘风波"是此时中国农村体制改革、发展社会主义商品经济中遇到的具有共性的问题。在改革开放先行一步的广东,"雇工"现象已有普遍发展趋势。怎么闯禁区？1980年11月,广东省委提出在全省各级政府和社科界着手调查研究雇工活动现象和带来的社会变化。1981年初,肇庆地委办公室和高要县委办公室组成联合调查组,对陈志雄雇工经营事件进行详细调查,并写出《关于陈志雄承包鱼塘三百多亩的情况调查》,认为陈志雄的做法使集体增加了收入,承包者也有所得益。2月26日,广东省委办公厅将此调查材料加按语后打印送省委领导审阅,广东省委主要领导批示:"有条件的,可以仿效。"1981年5月15日,《南方日报》刊发《胆从识来——访大面积承包鱼塘的社员陈志雄》,肯定陈志雄"迈出承包、雇工第一步"这个搞活搞好渔业生产的"能手"。1981年5月29日,《人民日报》发表题为《一场关于承包鱼塘的争论》的调查报告,并以《怎样看待陈志雄承包鱼塘问题》为总标题开辟专栏,进行了为时3个月的讨论。由于争议过大,讨论结束时的最末一期专栏只刊发了《进一步解放思想　搞活经济——对陈志雄承包鱼塘有争论的两个问题的看法》一文。该文对"能不能跨队承包"问题,做了肯定回答;对"陈志雄雇工算不算剥削"问题,认为"陈志雄的收入比其他人高,主要是多劳多得的表现,是无可非议的"。

然而,讨论结束不久,又有学者专程到陈志雄所在的沙浦公社做调查,在1981年8月写成一篇长达12000多字的调查报告,认为"陈式承包以雇佣劳动力为基础,脱离集体统一经营,已不属集体经济内部责任制性质,而成为资本主义经营,弊多利少,应予限制"。对此,新华社记者专门写出《广东沙浦公社出现一批以雇佣劳动为基础的承包大户》一文,并连同该报告刊于《国内动态清样》。

相关问题引起了中央高层领导的重视。广东省委有关部门又专门召开了一次大型农村雇工问题研讨会。陈志雄"鱼塘风波"在全国范围内引起巨大反响,许多地方纷纷效仿搞"承包运动",个体户和"雇工"大规模涌现。由此,中央对农村体制改革的决策逐步出台,关于农村体制改革的政策陆续颁布,最终形成"十六字方针":"允许存在,加强管理,兴利抑弊,逐步引导"。禁区从此彻底打破。

察见"渊鱼",从"不祥"而"祥";禁区"渊鱼",由深跃浅,激活一池春水。

如鱼得水。陈志雄这个想致富、向往美好生活的普通农民,在人生的经历中,在自己生活的认知中,懂得生存不易,明白致富艰难,哪怕踩在"红线"上,他在雇工的禁区面前没有停下脚步。

他的脚步相伴时代,更凭借时代的推动力量。随着讨论的广泛和深入,他感受到了他虽是个体,但不是个例。全国个体户在增加,各种形式的雇工现象层出不穷。"雇工"与"剥削"的含义被反复研究,为了这两个字,争论了整整6年。"渊鱼"跃上水面,共识逐渐形成。他获得支持,逐步得到政策层面上的肯定。

1981年7月,沙浦公社对全公社近9000亩鱼塘,推广陈志雄投标承包方法搞活塘鱼生产。1982年,40多位困难群众在陈志雄的帮助下发展生产，增加了收入，两位社员成为"万元户"。承包鱼塘的同时，陈志雄还在群众中推广了他的捞鱼花、育鱼苗等技术，生产队有5名社员经他培训成为养鱼能手。"能人"带出"能手"，这一年，陈志雄当选为县劳动模范。

有意思的是，在陈志雄当选为劳动模范的同一年，茂名地区高州县有名的种养致富"万元户"、大井公社大坡山大队女社员阮桂珍，当选为省人大代表。1982年12月，江门地区开平县专业户关伟聪当上县劳动模范。1983年10月，佛山地区顺德县勒流公社联结大队第四生产队养猪重点户、共产党员林镜仔，富了不忘帮贫，主动向他人传授养猪技术，扶持17户困难户摆脱了贫困，被顺德县委县政府授予优秀党员、劳动模范的称号。历史表明，得风气之先的岭南大地，个体种养大户已从日益争论阴影之中走出来，成为中国改革开放的标志性群体，成为脱贫致富的带头人。而在1984年1月，梁新被恢复职务，并在肇庆地区介绍他支持承包的经验。

1983年底，广东全省农村涌现出了80多万户种养专业户、重点户。其中相当部分大户依靠雇工经营，共同发展，都获得了较高的收入，成为依靠市场经济先富起来的一批人。

却顾所来径，苍苍横翠微。走出徘徊岁月，冲破旧的理论观念束缚，从"一大二公"到个体私营经济再到民营经济撑起"半边天"，从容志仁、高德良、梁锦华到陈志雄这些敢闯敢试的"小人物"在掀动中国改革开放的大幕时，闯出了一条脱贫致富的路，展示出中国小康的生动逻辑。

这逻辑有一个细节：当陈志雄被誉为"农村新的生产力的代表"登上中国经济建设舞台时，他说这场讨论坚定了他"包"下去的决心，是党报给了他信心，和他结下了不解之缘。此后他订阅了多份党报党刊，虽然经营数百亩鱼塘辛苦不已，但他说读党报成了他每晚必做的功课。

这是人生的功课，是时代的功课。

4. 白天鹅之舞

说起广州的杨箕村，在广州、在广东，甚至在中国，都是知名的。这个村的带头人、从1976年28岁起连任了37年杨箕村党支部书记、人称"好姐"的张建好，更是闻名遐迩。不过，在1978年10月以前，她的名字不是张建好，而是"张健好"。人们津津乐道的是她带领村民们闯出的传奇般的致富路，且和她的改名相联系着的故事。

张建好清楚记得，当她被村民和全村党员推选为杨箕村大队党支部书记时，这本应是让人高兴的时刻，她却哭了。当从老支书手中接过那本全村4000多口人、流动资金仅有150多元存款的集体存折时，她夜晚回家不由得躲在房间里放声大哭。

28岁的女孩，要担起一村重任，她知道自己还稚嫩。她不是怕工作辛苦，从1965年17岁高中二年级入党，庄严宣誓时，她就坚定信念，为理想而奋斗。1966年"文革"爆发后，考大学无望,18岁的张建好回到村里,担任村团支部书记,后来担任村治保主任,工作干得有声有色,才被大家推选为党支部书记。可她知道自己的短处,虽然工作有闯劲,但不懂经济,她更没有想到一村的家底是这样的薄。除了150多元资金,还有约59万元固定资产,不过是一栋村部的破旧房子,一辆手扶拖拉机和几台生锈的碾米机、编织机,另外就是几头耕牛和犁、耙农具。怎么当好这个家?生产从哪里起步?怎么带领全村几千人吃饱饭?那时她才感到这重担有多重的分量,大家推选她时那一双双信任的眼睛有多少的期盼。她越想心情越沉重,越想眼泪越多。"健好,哭没有用,先带大家干起来再说吧。"担任村大队一个生产队队长的老父亲走了进来,这位有着30多年党龄的老党员轻轻地拍着张建好的肩膀,关爱地说道。一双泪眼望着慈父的张建好像一下懂得了父亲的心思,抬起右手,用袖子一抹眼泪,立马止住泪水。这晚她和父亲"倾偈"(广州话,聊天之意)到鸡叫头遍。

抹去眼泪,张建好心里轻松了许多。第二天一大早,她就来到村部,今天她要召开第一次党支部大会,和大家一起想办法,怎么搞生产,怎样增加集体的收入。新官上任,大家满腔热情,可办法还是只能盯着全村的几百亩水田、上百亩菜地。水田种稻,菜地种菜,种什么品种,上面都有严格规定,没有自主权。"那我们就拼命干,干部带好头。"张建好坚定地对大家说。

夏收到了,村里一块像样的晒谷坪也没有。那时邻村的天河一带是部队的机场,张建好灵机一动,便像往年一样去求部队借一片地方晒谷。晒谷的几位大嫂对她说:"你再和解放军说说,让我们中午在他们食堂'搭伙食'吧。"这是以前没有的,但张建好二话没说,又去办成了这件事。可一个月的"搭伙费"5块钱,大家却抠搜着拿不出。张建好又去好说歹说减到3块钱才让大家结了账。这一次却让年轻好胜的张建好心中极不是滋味,但她没有说出来。春季蔬菜上市了,上面统一要求种的是通菜,可市场上没几个人来买。张建好便安排几个能说会道的人和她一起,大清早挑上菜去东湖一带的路口"堵人":她和大家赔着笑脸,说着好话,让路人来买3分钱一斤鲜嫩的通菜。但大半天卖完一担,也没几个钱。精疲力竭的张建好坐在路边,看着垂头丧气的大家,她心里难过,饥肠辘辘的她好不容易忍住眼泪,却迈不开回家的步子。

　　怎么办?怎样才能有个出头的日子啊?望着不远处的珠江,张建好心里一样潮水难平。"不行,要想办法,要变一变。"想到这,脾性倔强的张建好腾地站起来,回家喝了一碗番薯粥,便赶去公社企业办找到老支书,急切地说出自己的想法,盼望着老支书给她壮胆。"我支持你,大胆干吧。"听了张建好的想法,老支书朗声说。

　　1978年4月5日,张建好永远难忘这个日子。这一天,她和村支部悄悄地做了一个改写杨箕村历史的决定:在全村两个生产队搞生产承包。这其中一个就是她父亲当队长的生产队。父亲还是坚定地支持她,有着丰富阅历的老父亲还给她出了一个主意:先从菜地承包开始,种什么怎么种,承包的人自己说了算,一个月后看效果。

这是张建好扳着指头算日子的一个月，这是张建好和大家提心吊胆的一个月。一个月，杨箕村几个星火燃起了一个个火堆：承包的人劲头十足，承包地的菜长势喜人。一个月下来，两个生产队的承包户收入从原来的5元一下增加到了10多元，多的涨到了30多元。更意想不到的是承包人找各种机会对张建好说要继续承包下去，没有参加承包的人纷纷来找张建好要求参加承包。张建好心里甜了、乐了、定了，和支部同志商量，大家咬着牙关又决定：从菜地到水田，两个队全部承包。

然而，天有不测风云。杨箕村承包的事被发现了，各种批评、阻拦扑面而来，有领导点着张建好的名要她停止，否则就处分。张建好又一次哭了。这一次她哭得伤心，哭得痛心。这一次父亲没有劝住她，老支书也没有说通她。

夜晚，当许多村民带上自己种的水果、蔬菜来看张建好，来陪她"倾偈"的时候，她止住了泪。当郊区区委吕书记专门来看她，来鼓励她的时候，她擦干了泪，露出了笑脸。这一晚，她做了一个决定，就是她要改名字："既然点了我的名，我就要让自己名副其实。"第二天，张建好告诉大家，她要把自己原来的名字"张健好"改为"张建好"。她说，她下定决心，要建设好杨箕村，要建设好村民们的生活。

本来，健好这个名字是读过书的爷爷给她取的。她出生时才3斤多重，爷爷希望她健康成长。如今自己健康成长了，但村里的生活还没建设好。她要改名明志，决心不移。从此，村民们亲切地称她为"好姐"。

张建好带领村民闯出的从菜地承包到联产承包，最终得到了上级领导的肯定，在村干部和村民的支持下，她带领大家迈出了成功的第一步。1978年12月，党的十一届三中全会召开，家庭联产承包责任制被确定为社会主义集体经济的一种。星火燎原，先行一步的杨箕村人，改变了村民生活，发展了村里生产，壮大了集体经济。1978年底，杨箕村的人均年收入超过了200元。1979年家庭联产承包责任制在全国推广时，杨箕村一部分村民已经先富起来，涌现出了第一批"万元户"。

迈上富裕的路子，张建好对"好"的憧憬和追求没有停止。从联产承包，她悟出的不只是敢闯，还要懂经济，才能不断发展。她1971年结婚，丈夫是大学生，当初搞承包，怎么估算、量产，都是懂经济的丈夫指点她的。现在，她对学习有种渴求。杨箕村附近有大学，为什么不请来老师，在村里办学，为更好致富打基础呢？她和支部商量后，1980年杨箕村开始办夜校，设高中班、大中专班。她带头进夜校，再读高中，拿到高中毕业证后，又进广州市经济管理干部学院，坚持利用工余时间读完3年大专课程，并通过了经济师资格考试。后来，张建好还赴美国圣玛丽学院进修企业管理专业，实现了从实践到理论"懂经济"的夙愿。在她的带领下，上夜校、爱学习，一时在杨箕村蔚然成风。

知识改变命运，文化帮助人明白事理，也帮助人致富。

1987年，杨箕村率先创立了全国第一个农村股份经济组织——村股份合作经济联社，杨箕村评估的固定资产从当年的59万多元迅速增长到4000多万元。接着，她把村民的闲散资金集中起来办企业，村民既是劳动者，又是股东，在敢闯的路上、在懂经济的路上再次先行一步。

不断先行的结果是村民收入的不断增长，是生产的不断扩大和经济品质的不断跃进，更是个人能力的不断提升。杨箕村的几间大型鞋厂，每个厂有十几条生产线和2000多名工人，年创汇3000多万元。从4000多万元起步，杨箕村的固定资产3个月后猛增到约1亿元，成为广州首个"亿元村"。这期间，有了钱的杨箕村兴建杨箕酒店、广九大酒店等饭店酒楼，发展工厂企业。不仅如此，杨箕村还投资1亿多元修建高级酒店，专门接待外商。各种经济成分在杨箕村并举，全体村民都有股份。张建好和大家商量，把这种股份叫"劳动股"，每个村民，即使出国或逃到香港的人，只要曾经是杨箕村人，在杨箕村劳动过，都有基本股份，而且有继承权，但人不回来，其股份就不能跟随村的经济发展而增值。"这在当初也是有争论、有反复的。"张建好说，"但我们按经济规律办事，也打感情牌。因为村民的根在这里。"此后，广州"城中村"改造，杨箕村不仅先行一步，也是做得最成功的。虽然经历了各种曲折，历尽艰辛，张建好哭过，也遭遇过凶险，但她一样没有退缩，而且坚持用法治、用法律解决问题。"这和当年办夜校，大家学了法律知识是分不开的。"张建好欣慰道。

从"健好"到"建好"，从"懂经济"到"懂致富"，这位杨箕村满是故事的带头人，造就的不只是富了的传奇，更是践行理想而不懈奋斗的信念与执着。

1983年2月6日,中国第一家五星级酒店白天鹅宾馆在广州沙面白鹅潭正式开业。

长空雁阵，高翔蓝天。一只白色天鹅排空向前，这就是中国第一家五星级酒店白天鹅宾馆。

1983年2月6日，这个普通的日子彭树挺却刻骨铭心。这是白天鹅宾馆正式开业的第一天。这一天轰动羊城，为一睹这只"天鹅"风采，成千上万的广州市民蜂拥而来。作为宾馆管理者的彭树挺带领几名员工，光参观者被挤掉的鞋就捡了一箩筐，而且连续几天都是如此。

"开放那几天，宾馆5个公共卫生间里仅卷筒卫生纸就用掉了200多卷。"彭树挺对这个细节记忆犹新，委婉说道，"那个年代，普通市民别说用这样的卷纸，很多人既没听说过也没见过这样的稀罕物。"历史清晰地留下了它的印记。这样世界顶级的酒店，而且"四门大开"，有人"顺手牵羊"，当然也不是稀罕事。这细节是历史的真实，这真实是生活的一种写照。

说起这"四门大开"，彭树挺更是感慨不已："这是霍英东先生的胸怀和远见。那个年代普通市民要进宾馆是件不容易的事，需要持单位介绍信。所以，白天鹅宾馆开张时，让不让普通市民进来参观，一时引起了很大争议。霍先生坚持说：'要让普通百姓看看什么是好日子，什么是真正的对外开放，要让人觉得好日子有奔头。'"

彭树挺也是从奔好日子一步步走过来的。1972年，他从知青点招工回到广州，成为广州酒家的一名厨房小工。从上夜班做起，凌晨两点开始洗菜，准备一天的用料，客人用完餐就去收碗筷、洗刷，到上午10点下班，单调枯燥的工作不仅没有让他厌倦，反而让他充满满足感，因为在酒店每天可以吃上一顿蒸排骨饭，这比知青生活上了一个档次。不久他又主动去当"搓（和）煤工"。"煤黑子"的工作虽然更辛苦，但工作时间短了，他可以做自己想做的事，他开始规划自己的人生。每天做好煤球后，他便去厨房偷师学艺，不久他做的菜式已达上桌水准。这让彭树挺胃口大开：他想当厨师，做个大厨，让更多的人享口福。可他的本职工作还是做煤球，于是他又有了新想法，专门找来有关书籍琢磨怎样做好煤球。每天下班先让黄泥与煤混合，经过一夜发酵，第二天做出的煤球燃点高，烧得透。这让大家刮目相看。不久，他被选调进了广州酒家办公室，后又当上了工会副主席，但彭树挺没有放弃钻研厨艺，内心充满期待。

"人的努力只能是算术级数，而把握机遇是几何级数。"彭树挺始终记得在大学当数学教授的父亲对他说的这句话。他时刻准备着，终于机遇来了。1978年12月19日，党的十一届三中全会召开的第二天，霍英东先生带着为家乡做贡献的想法回到广东，在中央高层领导的鼓励下，建设白天鹅宾馆的蓝图已铺就。1981年，好学上进、已是酒店行家的彭树挺被选中参与筹建。"我第一次见到霍先生是1979年。"彭树挺说，"那是在中山温泉宾馆，也是霍先生投资创办的。当时这家酒店的服务员培训放在我们广州酒家，我应邀去做客，受到霍先生的热情接待。"正是这次相见，彭树挺被霍先生看中，引来为白天鹅宾馆主责餐饮服务。"霍先生是引我圆梦的人。"彭树挺深情说道，"白天鹅宾馆也是霍先生的一个梦。他要建设一座中国人自己设计、自己施工、自己管理，且达到世界顶级的豪华酒店，让世界感受到中国社会与生活的巨变。"

彭树挺人生的巨变跟随时代巨变一起到来。从白天鹅宾馆的建设者、管理者到餐饮部副经理、白天鹅宾馆常务副总经理、白天鹅酒店集团副总经理，他深切体会到跟随霍英东先生"圆梦"的乐趣，而博采众长、不断精进的厨艺更是他所津津乐道的。为了一流服务、一流管理，霍英东先生不惜重金送员工到国外学习、取经。"我有幸成为第一批到国外学习的人，特别是去瑞士洛桑酒店管理学院学习，让我大开眼界。那里培训了全世界高级酒店一半的总经理。"彭树挺感慨往事如昨，"这也是白天鹅宾馆另一个意义上的'四门大开'，就是霍先生说的坚持开放，向世界学习，也要让开放、友好、发展的信息从白天鹅宾馆这个'窗口'向世界传递出去。"

主责餐饮的彭树挺同时在国内四处拜师学艺，还把全球出名的厨师请来白天鹅，让人们大饱口福。正式开业两年后，白天鹅宾馆加入"世界一流酒店组织"，这是中华人民共和国进入世界性酒店组织的第一间酒店，成为白天鹅宾馆的最高荣誉。"正如霍英东先生说的，一家酒店可以反映一个国家的变化。这是中国改革开放带来的变化，这是中国人生活从封闭走向开放、从贫穷走向富裕的历史性变化。"彭树挺自豪之情溢于言表。

白天鹅宾馆对市民百姓"四门大开"成为一个符号：人民在这里分享社会发展的成果。一拨拨市民来这里饮茶"直落"，一饮就是几十年；市民办喜事，在白天鹅举行婚宴分外喜庆而惬意，乃至中国每个光顾过白天鹅的人，都对它充满感情，成为美好回忆。"四门大开"的白天鹅宾馆在迎接世界客商中见证中国的改革开放，从慕名而来的各国宾客到外国元首，无不把白天鹅宾馆视作中国的一个美好形象。

开放、追赶、发展，在白天鹅宾馆的引领下，1984年、1985年中国大酒店、花园酒店这些五星级宾馆在广州相继开业，广东和全国各地的五星级宾馆如雨后春笋般涌现。

"宾馆建设时，各种建筑材料和用品近10万种，而当时内地很难挑选到满意的，浴缸里的软塞国内没有生产，只好用热水瓶塞来代替。"回顾白天鹅宾馆的示范和引领作用，彭树挺表示，"人们到白天鹅宾馆，不只是感受吃、住的生活美味，更是感受世界领先水准的服务和更高品质的生活。"

时代的推动，是人民创造美好生活的动力；百姓的追求，展示时代进步的无穷活力。白天鹅宾馆引领雁阵，在岭南长空勇往直前，在中国大地展翅高飞。

第三章

经济特区

1. 奇迹的起点

《纽约时报》曾经撰文：深圳成了中国经济奇迹的一个真实和具有象征意义的心脏。

深圳的奇迹可以从间隔30年的两声炮响讲起。

62岁的袁庚带领大队人马来到蛇口，彼时，作为香港招商局副董事长、蛇口工业区管委会主任，他于1979年7月8日，下令打响了蛇口炸山填海、经济建设的开山炮。而在32岁那一年，1949年11月6日凌晨，身为两广纵队炮团团长的袁庚，命令突击部队进入蛇口赤湾隐蔽。黎明时他一声令下，炮火向对面的大铲岛狂轰，国民党残部被逼回岸边，全部举手投降。那是生于大鹏湾的袁庚在部队的最后一仗，1979的炮声像是1949的炮声的漫长回音。袁庚恐怕也不会想到，深圳将从战争的前线变成经济的前沿，从革命年代的边陲变成改革开放的中心，书写人类城市化和工业化历史上不可思议的传奇。

其实，早在1978年4月，宝安乡贤刘铸伯的曾孙刘定中就从香港取道深圳赴北京，见到了廖承志，被廖公称为"外甥"。刘定中提出开通港穗直通船队设想，当即获得赞成。从北京返回香港后，刘定中立即会见港英政府香港总督麦理浩，向他提出要开办港穗直通气垫船（飞翔船）服务。麦理浩也对刘定中表示了支持。

1978年11月17日，油麻地小轮公司开通港穗飞翔船。当天的《大公报》刊登了香港中华总商会会长汤秉达等人的贺信："恭祝油麻地小轮公司港穗飞翔船启航，祝中华人民共和国与各国之互惠关系更进一步。"1978年12月18日至22日，中国共产党第十一届中央委员会第三次全体会议在北京举行，新时期的大幕就此拉开。刘定中堪称是在改革开放之前，就飞进了内地的第一只"春燕"。

1979年，党中央为了发挥广东、福建两省的优势，加速"四化"建设，指示这两个省实行特殊政策，采取灵活措施。全国人大常委会在1980年8月通过决议，批准并公布了《广东省经济特区条例》。

建立经济特区，这一划时代的决定，来得并不容易。二十世纪七十、八十年代之交，韩国、台湾地区、香港地区和新加坡这四个新兴经济体迅速发展，脱胎换骨，成就举世瞩目，被誉为"亚洲四小龙"。其中，有三条龙都是华人为主体的社会，韩国也曾是儒家文化圈的重要一员。同文同种，为什么他们行，我们不行？这对于刚刚恢复元气的中国内地，无疑是一种巨大的刺激。党的十一届三中全会确定把全党工作重心转移到社会主义现代化建设上来。怎么奋起直追抓经济，"亚洲四小龙"是现成的榜样，这比学习西方要省去不少麻烦。欧美发达国家的原始积累，建立在十八世纪以来的工业革命和数百年殖民主义的基础之上。而"亚洲四小龙"，虽然人口和面积与中国内地不可同日而语，但它们都是人口稠密、人均资源占有量极度匮乏的地区。它们的经济起飞，都与劳动密集型的出口加工业这一模式密不可分。

虽然经济建设已成为中心工作，但"姓资姓社"的问题，仍然是意识形态的紧箍咒。改革必须循序渐进，划出小片区域作为试验田，无疑是一种审慎的做法。试验田选在哪？汕头首先进入了视野。汕头号称粤东之门户，华南之要冲，有着辉煌的历史，早在一个多世纪以前，就被恩格斯称为远东唯一一座具有商业色彩的城市。二十世纪三十年代，汕头有"小上海"美誉，直至解放初期，汕头的繁荣比起香港不遑多让。如今，香港已成为"一条龙"，汕头却成了"一条虫"。前者是东方之珠，后者在二十世纪七十年代的景观却是：楼房残旧不堪，摇摇欲坠；街道两旁，到处是横七竖八的竹棚，里面的居民拥挤不堪；城市道路不平，电灯不明，电话不灵，经常停电，夜里漆黑一片；市容环境脏乱不堪，自来水管年久失修，下水道损坏严重，马路污水横流，有些人甚至把粪便往街上倒，臭气熏天。

选择汕头做试验田，理由似乎很充分："第一，在广东全省来说，除广州之外，汕头是对外贸易最多的市，每年有1亿美元的外汇收入，搞对外经济活动比较有经验。第二，潮汕地区海外的华侨、华人是全国最多的，约占我国海外华人的三分之一，其中许多是在海外有影响的人物，可以动员他们回来投资。第三，汕头地处粤东，无论对于全国还是对于广东，都偏于一隅，万一办不成，失败了，也不会影响太大。"

此前，广东省委也曾收到宝安县关于把深圳办成出口基地的报告。二十世纪七十年代末，深圳有个罗芳村，河对岸的新界也有个罗芳村。不过，深圳罗芳村的人均年收入约130元，而新界罗芳村的人均年收入是1.3万元左右；宝安农民劳动一日的收入约为0.7元到1.2元，而香港农民劳动一日收入60港元至70港元，两者差距悬殊近百倍。更耐人寻味的是，新界原本并没有一个什么罗芳村，居住在那里的人竟然全都是从深圳的罗芳村逃过去的。

与粤东商业重镇汕头不同，深圳和珠海可谓毫无家底，一穷二白，但它们有一项优势是汕头无法比拟的，那就是毗邻港澳。汕头，原本是经济特区这一构想的源头，只不过它的风采被近水楼台先得月的深圳盖过了。

不过，说深圳在建立特区前只是一个小渔村，实在是以讹传讹。毕竟，宝安县始建于公元331年（东晋），今属南山区的南头，早在1600多年前就是东官郡的郡治所在。倒是珠海，勉强可用小渔村来形容。直到1953年设立珠海县，珠海才从中山分立出来。七十年代，港澳地区曾有一个谜语，"一个警察，一盏红绿灯，一条马路"，猜内地的一座城市——谜底就是珠海。当时，珠海县城所在地香洲，只有一条凤凰路，是名副其实的边陲小镇。1979年1月，宝安县撤销，深圳市成立，同时，珠海也由县升级为市，这正是经济特区破冰的先声。

确定了试验田的"选址"，名称也是个难题。叫"出口加工区"，会与台湾的名称一样；叫"自由贸易区"，又怕被认为是搞资本主义；叫"贸易出口区"，显得四不像。眼看一时定不下来，最后只好勉强安了一个"贸易合作区"的名称。1979年4月的中央工作会议上，中共中央政治局常委、中共中央副主席、中共中央军事委员会副主席、国务院副总理邓小平一锤定音："就叫特区嘛！陕甘宁就是特区。"不过，传出另外一种声音："陕甘宁边区是政治特区，不是经济特区。"这倒是一个启发：经济特区这名字一提出来，反对的声音好像少了。

初步确定的深圳经济特区范围，东临大鹏湾，西接珠江口，南靠深圳河，北傍梧桐山和羊台山脉，东西长约49公里，南北宽约7公里，总面积320多平方公里。在特区范围内引进的项目，包括中外合资经营以及外商、港商独资经营的工厂、商业住宅、别墅、旅游设施、餐厅、商店、畜牧场、鱼塘等多种项目，以及大批来料加工装配和补偿贸易项目。

在广深铁路终点站、悬挂着五星红旗的罗湖桥附近，大规模的基础工程如火如荼地开展起来。罗湖的山头被铲掉、搬走40多万方土，填平了近35万平方米的建筑用地。今天的罗湖口岸和火车站，高楼林立，熙来攘往，不同语言和肤色的人接踵摩肩。深圳河畔的罗湖海关，早已成为中国最大的旅客进出境口岸，每年大约30%的中国进出境旅客从这里通过。帝王时代的工匠，在北京城挖北海，造景山，而二十世纪七八十年代的中国人在远离首都的中国南方边陲，却做出了相反的举动，把罗湖的山移去，并夯实了建设小康社会的坚固地基。只是，这一次的速度，不是愚公移山的迟缓，而是争分夺秒的深圳效率。

由交通部香港招商局在特区西端兴办的蛇口工业区，工程进展更加迅速。建设者们移山填海，开挖航道、港池、地下管道，修建顺岸码头、排洪渠、专用公路、水厂、变电站、微波通信楼，在不到两年时间内就基本完成了工业区的基础工程，挖土近200万立方米，开发平整了约95公顷的建设用地。

竖立在蛇口工业区的标语"时间就是金钱，效率就是生命"，成了全中国最激荡人心的口号。1979年8月，交通部四航局承建蛇口工业区首项工程——蛇口港。当时，工人收入主要靠工资，奖金仅是辅助，分7元、6元、5元三个等级。工人对每月几元奖金兴趣不大，工作干劲不高，每人每天8小时仅运泥20车至30车。蛇口工业区为了调动工人的积极性，提高工作效率，决定实行定额超产奖励制度。做法为每人每个工作日劳动定额为运泥55车，完成定额每车奖2分钱，超过定额每超一车奖4分钱。新制度实行后，工人劳动积极性大大高涨，每人每个工作日能够运泥80车至90车。不仅如此，工人们还主动要求加班加点，实行每天工作12小时的大班制。最突出的一位工人一天运泥多达131车，拿到了4.14元高额奖金，一天就拿到了差不多以前一个月的奖金。从1979年10月到1980年3月，由于实行定额超产奖励制度，码头施工速度大大加快，为国家多创造约130万元产值。尝到甜头后，蛇口工业区先后在蛇口港码头、华益铝厂、华美钢厂、凯达玩具厂、南海油田基地码头等工程项目中实行形式各异的奖励办法，施工人员的积极性被调动了起来，施工进度大大加快，工期一次又一次缩短。

工业区指挥部始终保持着精干的机构，在荒滩上搭起活动房，从总指挥到技术人员和工人，大家吃住都在一起。他们背着水壶，冒着酷暑，跋山涉水，勘测地形，组织施工，艰苦创业。在1平方公里的工地上，4000多名工人、近20个工种同时施工。在一年零九个月的时间内，通路、通水、通电、通航、通信和平整建筑用地的"五通一平"工作基本完工。1980年，美国、日本、联邦德国、澳大利亚等18个国家的客商和港澳同胞1300多人，前来参观洽谈，货箱厂、轧钢厂、铝材厂等14个项目成功引进。

第一个踏上深圳土地的工程队——陆丰建筑第六施工队，承接了深南大道的开路任务。工地没有路，运输没有汽车，成千上万的土石方是用板车拉走的。老队长叶建国回忆："该晒沥青了，可当时哪有洒油机？文明六队用铁皮焊了个土漏斗，足有20斤重，让两位身板好的人用手臂举得直直地操作。有一天，一位洒油工的胶鞋脱不下来了，原来是沥青把胶鞋烫熔，粘住了裤子。"道路要从蔡屋围村中穿过，一些村民认为会破坏风水，要求联名在港澳和国外的华侨写信给中央，反对修路。大队书记冯树泰艰难地做工作，终于说服了村民。1980年，从蔡屋围到上步工业区的深南大道第一段修通了，全长约2.1公里，7米多宽，仅容两辆车来回并行。这条路计划从当时的深圳镇一直往南头修，深

　　二十世纪七十年代末,深圳蛇口工业区率先进行了经济和行政管理体制的改革,提出了"时间就是金钱,效率就是生命"等震撼人心的口号,形成了著名的"蛇口模式",被誉为"改革试管"。

南大道便由此得名。

今天，许多人把深圳的经济奇迹归功于特区政策的加冕和天时地利人和的眷顾。其实，当我们回到历史的现场，便会发现，在二十世纪八十年代，围绕着"特区"的争议与杂音，一直不绝于耳，保住"特区"也绝非易事。

从1980年到1981年，仅房地产公司，就吸引外商在罗湖区投资约40亿港元，订租土地约4.4万平方米。我方收得"土地使用费"计2.136亿港元，但这种做法立刻招致了种种批评。某单位公开组织讨论会，主题是：怎样看待"前线保国防，后方卖土地"？有报纸公开刊登《旧中国租界的由来》，影射特区的"土地出租"就是"租界"。有人公开吹风："深圳发生了惊天卖国案。""左"与"右"、计划与市场、反帝与爱国的思想交锋，就像达摩克利斯之剑，悬在襁褓中的特区的头顶。

好在，列宁的著作提供了有关租地的经典出处。十月革命胜利初期，列宁曾主张"资为社用"，他说："不怕租出格罗兹内的四分之一和巴库的四分之一，我们就利用它——来使其余的四分之三赶上先进资本主义国家。"研究资料表明，苏联曾聘请一支2万多人的美、德、意专家作为"援军"。这等于给了特区一把尚方宝剑：可以出租土地！

除了来自内地的争论，1985年的香港，也传来了"特区失败论"的质疑。这一年5月，香港《广角镜》杂志在第152期发表了香港大学亚洲研究中心陈文鸿博士的文章《深圳的问题在哪里？》，揭开了"深圳第一次大围剿"的帷幕。

陈文鸿的文章说:"中央和深圳政府对深圳经济特区的期望,是建成能发展成为以工业为主体的综合体经济,可是,深圳事实上直至目前而言,工业仍从属于贸易,经济是以贸易为主。就这方面而言,深圳这方面的成绩还未如理想。"该文最吸引眼球的是两点结论:第一,深圳特区没有做到"三个为主"。资金以外资为主、产业结构以工业为主、产品以出口为主是中央给深圳定下的发展目标。然而,1983年深圳引进的外资只占30%,其中又以港资为主;1983年深圳工业总产值约7.2亿元,而社会商品零售总额约为12.5亿元,做生意赚的钱比工业挣的钱多得多;进口大于出口,引进的主要是被香港和日本淘汰的设备。第二,特区赚了其他地方的钱。他写道:"更妙的是,一些上海人跑到深圳买了一把折骨伞,发现竟是从上海送去香港,又转回深圳的。上海人很高兴,说是比在上海买少花了几块钱;深圳人也高兴,说赚了几块钱。香港百货公司也高兴,同样说赚了几块钱,真不知谁见鬼了!阿凡提到井里捞月亮。"

陈文鸿文章所引用的数字,几乎都摘自内地的报刊,他根据深圳公布的1983年社会商品零售总额和人口总数,推算出深圳市的人均社会购买力高达4170元人民币,而在同一时期,上海的人均社会购买力为912元,北京为896元,广州为504元。深圳比上海、北京高出4倍,比广州高出8倍多。这正常吗?文章对转口贸易在深圳的特殊发展进行了分析,认为深圳的经济是依赖贸易,而在贸易中又主要是做对内地其他地方的转口贸易。深圳5年多的"表面繁荣",也主要根植在此。一石激起千层浪,是否拔掉对深圳"输血的针头",各种议论纷至沓来。

不过,中国社科院的经济理论家刘国光也在当年的《人民日报》发表文章,间接地对各种"杂音"进行了回击。他将深圳特区经济发展过程分为3个阶段,即草创或奠基阶段、开拓或成型阶段以及进一步提高阶段。草创或奠基阶段,创造初具规模的投资环境;开拓或成型阶段,产业结构以贸易为主转变为工业为主,与此相应的是资金来源以外资为主和产品销售以外销为主;提高阶段,产业结构从劳动密集型产业为主转变为技术、知识密集型产业为主。这一设想无疑充满了远见。

我们说八十年代摸着石头过河,其实,河里的石头,常常是尖利、硌手的。对于特区这个新生事物,无论是决策者、管理者,还是一线建设者,也许都还茫无头绪,但是他们明白,特区首先是一种精神,一种珍惜时间、争创效率、时不我待的精神。

1943年生于河南济源的李杰,二十世纪六十年代初就读于兰州艺术学院美术系,1970年初来到甘肃电视台工作。二十世纪八十年代初,李杰在兰州的邮局偶然发现了《深圳特区报》,那是一张繁体字、竖版排列的油墨纸,在内地的铅字报中显得独特出众。一开始,很多人甚至连"圳"字都不知道怎么念,但是李杰嗅到了时代变化的气息,他把有关深圳的报道剪裁下来,积攒了厚厚一本册子。

1983年,李杰给深圳市人事局写了一封信,很快收到了回复。1984年,他怀揣着满腔热忱,带着一纸调令,坐了两天一夜的火车，从兰州来到广州，又倒了一趟车来到深圳。下了火车一看，四周还尽是黄泥土路，只有车站门口用水泥浇筑了一级级的台阶。而深圳电视台坐落在罗湖的一个小丘陵上，周围的野草竟长得比人还高。深圳电视台1983年筹建，1984年元旦开播。李杰怀着忐忑的心情，成了荒草深处的电视台的第一批工作者。

和李杰同岁的浙江绍兴人陈难先，是北京大学西方语言文学系英语专业的高才生。1982年10月，陈难先调入深圳市招商局蛇口工业区。来自五湖四海的员工大都拖儿带女，子女就学的需求亟待解决。最初，工业区子弟只能在蛇口老街的渔民小学和中学借读，老师授课讲粤语，外地来的孩子听不懂。于是，筹建学校的重任落在了陈难先肩上。他曾做过中学教研组长、大学教研室副主任，新筹备的育才学校，于1983年成立，由这个顶着北大光环的教育人出任校长。数年后，育才4所学校中，有3所被评为广东省一级学校。

1988年，工业区有人联系陈难先，希望由他牵头筹建一所国际学校，以满足深圳引进外资和相应人才时的子女教育需求。于是，由CACT、阿科、菲利普斯和阿莫斯4家中外合资的石油公司联办的蛇口国际学校应运而生。最初，学生只有4名，由一对外国夫妇担任教师。蛇口国际学校先是借用了育才学校教师办公区五楼的部分场地，第二年迁到了号称"蛇口兰桂坊"的酒吧街里，租了两间房子作为校舍，旁边挨着一间名叫"蛇窝"（SnakePit）的会员制酒吧。这便是深圳特区首家国际学校。

肖聪1982年从华南工学院（现华南理工大学）机械专业毕业

时,已经26岁了。当时他的大多数同学都选择留在广州,不理解他为什么离开省会到荒凉的深圳。肖聪拿着学校的介绍信,来到深圳人事局,人事局的工作人员看到这样的高才生,十分热情,向他推荐爱华电子厂和中航进出口公司,任他挑选,千方百计说服他留下。

肖聪选择了爱华电子厂,被分配到基建办工作,每天巡视仓库,卸机器。完成工作后,公司会将一箱箱玻璃瓶装的百事可乐、美年达搬到现场慰问。之前,肖聪从不知道世界上还有一种好喝的饮料叫"百事可乐"。在他看来,到深圳不只是为了赚钱,深圳就像改革开放的一个窗口,给年轻人打开了新的世界,去接触各式各样的新鲜事物。这片土地就像有一种魔力,鼓励人们勇于接受挑战,这比享受和赚钱更有吸引力。刚到深圳一两年时,肖聪有一次在蛇口三洋电机厂附近看到一个牌子,写着"时间就是金钱,效率就是生命",着实吓了一大跳。在改革开放之前的观念里,金钱是万恶之源。肖聪意识到,深圳人就敢把以前不敢想的东西想出来,说出来。

1987年,肖聪决定下海创业。经朋友介绍,在香港买了一辆本田摩托车。每天,他骑着摩托车,别着最新潮的BP机,在深圳的各个电子厂之间穿梭往返,帮他们送模具、接单。后来,他投身于超声波流量计的代理业务,逐渐打开局面。之后的故事开始为人所知,肖聪创建的深圳市建恒测控股份有限公司,将超声波流量计成功运用到了中国航空航天的尖端领域,并创新发展自主核心技术量子时间测量,领先国际水平。

土生土长的北京人万捷，大学毕业后分配到中科院的印刷所，这个铁饭碗令人羡慕，但他从第一天报到就坐不住了，"不喜欢那种安静平稳的生活"。1985年初，深圳的一些合资企业来北京招聘。万捷坐上了30多小时的南下火车，他记得进关办证的手续十分烦琐，但一踏上特区的土地，就被这种万物初开的气息吸引，到处是热火朝天的大工地，潮热的气候与北京大相径庭，人们说着听不懂的广东话。他来到了中日合资的美光彩色印刷有限公司，接触到世界一流的材料、工艺，每天和外国人打交道。公司所在地八卦岭，后来成了深圳印刷业的中心。万捷感觉自己一下子来到了行业的一线，就像梦想当水手的人终于驶入了广阔的海洋。他每天如饥似渴地学习，熬夜看台湾地区和日本的印刷原版书，从调度员干起，做到课长、部长，也见证了深圳印刷业在国内的一枝独秀，并认为这为后来深圳成为设计之都奠定了基础。至于他在九十年代创办雅昌，那是后话了。

1987年，大四放寒假的张达利在蛇口看到了清洁静谧的街道、和海一样的蓝天，突然有了置身日本北海道的感觉，他说，我一定要到深圳来。"学设计不到改革前沿怎么行？"促使张达利下定决心的不光是街景。在西安美术学院读书的4年，他只能看到日本友好院校赠送的设计期刊的过刊。在深圳不同，可以看到其他地方收不到的香港电视台，接收到第一手的流行音乐、时装、建筑等国际资讯，而这恰恰是设计师最急需的信息。"如果留在西北地区，可能就是在西安或兰州，做着跟专业完全无关的机关工作，都可以想象到自己30年后是什么状态。"

天津人王富海，1985年从上海同济大学城市规划专业毕业，分配到北京的中国城市规划设计研究院，不到半年，就被单位派到深圳，参与华侨城项目的规划设计。大学期间，王富海在电视节目上看到联邦德国、美国、日本等发达国家的城市面貌，深受震动："原来那些资本主义国家已经发展到这种程度了。"然而，1985年底到1986年初，正是关于"特区要不要搞下去"的争论进行到最白热化的阶段。南下之初，他的第一印象是"比较冷清"。1986年除夕，跨年赶工的同事们聚在民俗文化村旁一栋低矮的小楼里吃年夜饭——这栋小楼就是当年的华侨城项目指挥部，对面是茫茫大海，深南大道门前冷落，路人寥寥。

然而，王富海很快见证了1985年到1990年深圳大刀阔斧规划建设的"黄金五年"，参与了华侨城、后海住宅区、罗湖口岸—火车站改造、皇岗口岸等规划设计工作。深圳借鉴国际先进的带状规划理论，明确了带状组团区的空间布局结构，把城市划分为数个发展单元，中间预留比较宽阔的绿化隔离带。这样，既满足了那一阶段的发展需求，又为未来的成长预留了弹性。

祖籍广东新会的黄江，在广州长大，从小喜欢文学，崇拜巴尔扎克。1966年，从广州四中毕业后，因为家庭出身问题，他升学无望，到花都做了几年知青。1972年，黄江移居香港，他的命运也从此发生了戏剧性的转折。他晚上在一家夜总会做调酒师，白天到业余美术班学艺。虽然文学梦已是梦幻泡影，但巴尔扎克时代的写实主义趣味，却在油画上灵魂附体。

在香港这个国际都市，黄江开始接到一些外销画的订单。不过，寸土寸金的东方之珠，靠绘画生存，并不容易。黄江有个画家朋友，每天可以工作12小时以上，画20张行画，饶是如此，收入也不比一个每天工作8小时的装修工高多少。当时，要在香港雇一个画工，月薪最低得开到5000港元，根本没法接单做生意。

改革开放给了黄江新的机会。1980年，他来到广东江门开油画工作室；1983年，又在福建办过画厂。最后，还是近水楼台先得月的深圳成了他事业的根据地。1986年，黄江在罗湖黄贝岭商场租下约600平方米的场地作画，带领的画工和学徒一度达到60人之多。几年之后，房东要涨租，成本上升的压力让他很为难。黄江算了一笔账，这样下来，一幅画只能赚两块钱，硬挺着也不是办法。

经过几番往返考察，距离罗湖口岸仅十几公里路程、紧邻"二线关"的布吉进入了他的视野。租金、物价的优势，让他选中了荒凉落后的大芬村。跟黄江一起来到大芬"拓荒"的学徒，只剩下20多人。条件艰苦，很多人都望而生畏。在当时的大芬，画画饿了要吃饭，连份快餐都买不到，黄江就请了师傅来做饭，跟学徒们一起睡大宿舍。也正是这20多人，成了大芬油画村"盗火的普罗米修斯"。

2. "二线关"不相信眼泪

说到"二线关"，它的历史值得回味。"二线"，也被称为经济特区陆地管理线，深圳的"二线"始设于1982年6月，1985年

3月通过国家验收交付使用。在盐田区梅沙背仔角与宝安南头安乐村姑婆角之间，这条长达84.6公里、高约2.8米的铁丝网将深圳分割成两部分：被它"网"住的是面积约327.5平方公里的深圳经济特区，铁丝网外则是面积达1600多平方公里的"关外"区域。1979年宝安县撤销后，又于1981年恢复，属深圳市管辖，"关外"的区域即新的宝安县辖区，也成了介于特区与其他地区之间的过渡地带。直到1992年，宝安县再度撤销，分设宝安、龙岗两区。2010年，深圳特区范围扩大到深圳市全境。今天，深圳市1300多万常住人口中，有近1000万在原关外地区。

84.6公里长的铁丝网以及配套的巡逻公路，沿线开设的9个检查站以及29个供当地农民出入的耕作口，由武警边防人员驻守，对进入特区的人员和车辆进行检查。1985年起，前往深圳的"关内"人和其他地区的人都必经这一关，凭"中华人民共和国边境地区通行证"和居民身份证等证件通过，这就是当地人俗称的"二线关"。

在深圳经济特区建立之初，"二线"的存在促进了特区经济稳定发展，缓解了社会管理的压力，保证了一系列先行先试的政策在特区内顺利实施。与"二线关"相对应的是深圳与香港交界的27.5公里长的"一线关"。"二线"也是"一线"的"减压阀"，在维护香港的繁荣稳定和国家长治久安等方面发挥了历史性的作用。

提到"二线关"便不得不提布吉关。布吉关，正式名称是深圳市经济特区布吉检查站，是"二线关"沿途的9个检查站之一，也是所有"二线关"中最重要的关口。由于布吉关位于深惠公路上,临近广九铁路布吉站(今深圳东站),它就像特区内外的一道枢纽般的闸门。

1980年,广东边防七支队的第一批新兵来到了刚刚成立的深圳经济特区。由于条件艰苦,他们最初住的都是"竹棚"——用竹子编成墙、上面盖着油毡纸的简易建筑。如果赶上强台风,"房顶"会被掀开,大雨直接灌进屋子。

到了1982年,"二线"建设在即,由于特区既缺经费又缺人力,因此负责边境布防工作的七支队就成了"二线"的建设主力之一,承担了近四分之一的道路工程量。为了按时完成建设任务,无论是普通士兵还是机关干部,边防七支队的每个人都要参加铺电缆、挖土方、搬石头等劳动。很多时候,各个连队的炊事班都要在施工现场就地挖炉搭灶、生火煮饭。就是靠着最原始的肩挑背扛、刀砍斧削,3000多名支队官兵用了一年多时间最终完成了道路铺设任务。

与此同时,随着穿越"二线"的道路不断开通,入深公路与"二线"相交处形成的关口也相继设立。布吉关正是在这样的背景下建立起来。由于处于"关内"与"关外"陆地交通的"咽喉"之地,布吉关承担着极为繁重的检查和边防任务。

"英雄难过布吉关",现在是形容通勤时段的堵车,在八十年代它可是实实在在的关卡。办理边防证并不容易,要经过单位政审、派出所核查、公安局办证3个程序。如果没有体制内的工作单位,还需要街道居委会审查,申请手续十分复杂。而在与罗湖一关之隔的布吉有许多工厂，许多来自异乡的打工者想进特区的心情非常迫切，他们往往等不及复杂的办证程序走完，不少人甚至冒着生命和财产损失的风险，深更半夜爬上山坡，找到"二线"的漏洞，或者剪开铁丝网钻过去，铤而走险。

如今的东门步行街就属于"关内"，那时，在特区中心的罗湖区，从深圳火车站一出来就能看到万宝路、人头马、渣打银行等国际品牌的巨大广告牌，熙来攘往，繁花似锦，和"关外"俨然两个世界。特区马路上到处是小轿车，而一关之隔的布吉却大多是摩托车。

"二线关"甫一建立，各个关口附近的"蛇头"便伺机而动。来自国内其他地方的大批打工者拥向深圳，对"蛇头"来说，春节过后的一个月生意最好。很多人从偏远山区南下，只是听到深圳找工容易，来钱快，却对进入特区需要边防证一无所知。有的人则是觉得在原籍地办证很麻烦，不如索性多给"蛇头"一点钱。有人出差已经到了附近的城市，不进一趟特区觉得十分遗憾，所以临时起意找"蛇头"带路。魅力四射的特区，就像一片能满足一切欲望和好奇的新天地。

为了带人进关，"蛇头"与边境战士周旋，可谓绞尽脑汁，并形成了不同的"流派"。如果被带的人有身份证，但没有边防证，或者边防证过期了，"蛇头"一般会拿一个空白的边防证，让过关者直接填好。若过关者没有身份证，"蛇头"也有解决的办法——找一张别人的证件，但证件上的人的脸型要与过关者的脸型十分接近，以期蒙混过关。有些"蛇头"更为简单粗暴，带过关者走山路或翻围墙、跨铁道，不过这种容易被边防战士发现的行为一般出现在夜晚。还有的"蛇头"十分狡猾，把过关者藏入货柜车带入关，由于关口有专门的瞭望台，藏人行为大都发生在车辆离关口1公里之外的范围，否则很容易被抓个现行。

在当时的布吉关口附近常常聚集着十几个"蛇头"，如果有人要求带着过关，他们便带着无证人员穿过公路，往草埔方向东行走山路入关。这些"蛇头"有的骑着单车，有的骑着摩托车，有的是徒步，一见警察过来清理，便四处逃窜。等值勤人员一走，他们又回到原地，经常和执法人员玩"捉迷藏"。"蛇头"还会形成小团伙、小窝点，相互"协作"。团伙中，有的人物色过关对象，有的人负责制作假证、假公章。由于"蛇头"较为分散，行动飘忽不定，就算有人被抓住，每天又会有新的"入局者"。惩治就很难治标又治本，只能是发现一个抓一个。

这种现象的出现，本质上是贫穷造成的"压强差"。当未来整个广东和中国走向共同富裕，全面实现小康，特区便会走下神坛，神秘的大雾也终将在阳光普照下消散。

曾在布吉关驻扎过5年的邱警官对这段历史记忆深刻。"在所有'二线关'中，最繁华的当属一东一西的布吉关、南头关，大多数南下深圳的外来人员都是从这两个关口入关的。在布吉关的'鼎盛时期'，同时有3个中队两三百人驻守，士兵每天'六班倒'执勤，累到不行。"那时候，在宽阔的车道上，两个士兵为一组，一人站岗，一人查证，而人行道则是一人查一条通道，关口24小时放行，一天里也就后半夜过关的人少一点，其他时段都十分繁忙。许多执勤的士兵有时候一天要查几万辆车或者几万个人,繁忙程度相当于如今节假日的罗湖关口。

"当年最让我们头疼的就是'蛇头'!"一张假的边防证最高叫价到一两百块钱,由"蛇头"带着"偷渡客"从铁丝网的破洞钻进特区或从偏僻的地方爬过去,也需要一两百。"假证一般我们都会查出来,即便蒙混过关进了特区,发现是'无证人员'也会被遣送出关,甚至罚钱。当年一两百对于许多人来说是一笔巨款,但仍有许多进关心切的人被坑。"邱警官也常常觉得许多南下打工被骗的人很可怜,但严格守关、执法必严是职责所在。

从部队退役多年的林丽芝还保存着珍贵的工作证件,正面简洁干净,上部印着黑色的"深圳经济特区检查站"繁体字样,工作编号"2685"为朱红色。林丽芝从事后勤工作,为守关部队的战士提供医疗服务,但一年中总有些繁忙的时候,除了忙活后勤,还常常来检查站支援工作。在长期的查验过程中,许多执勤士兵练就了一项特殊的本领——分辨身份证与边防证的真伪。"一张证件拿到手里,先看颜色,再看花纹,然后摸纸张,基本上就能当场分辨出真假。"除了从这些方面分辨外,很多检查员还知道独门的"防伪标记",如身份证上公安局的"局"字假证仿不了;真的边防证背面的花纹从左角往回数第四条、第五条线螺旋花纹不重合,假证没有这种细节。

林丽芝曾在工作中遇到企图收买她带人过关的情况。那是一个深夜,两三点,关口附近有几个人徘徊了许久,她连忙在岗亭里大声询问,他们便有些警惕地走了过来。眼看四下无人,其中一名男子小心翼翼地问道:"我们把钱给你,能不能放我们过关?"说着便连忙向她展示自己随身携带装钱的袋子。面对这种诱惑,她不为所动,劝说几人赶快回去,制止了贿赂过关的企图。

在林丽芝保存的旧物中,有一张拍摄于部队宿舍的珍贵照片,她身着白色衬衫,穿一条军服裤子,尤其抢眼的是她脚上的黑色高跟鞋。这双鞋是正宗的"关内"货。

二十世纪八十、九十年代之交,林丽芝在部队里的工资一个月是30多块,这份收入也就勉强能维持日常开支,有时亲戚也会寄过来一些钱,补贴一下生活。在繁重的工作之外,女兵们偶尔有时间过关,可以到特区逛一逛,那个时候,与布吉一关之隔的罗湖是出了名的购物好去处。

一次,林丽芝和同宿舍的女兵听说沙头角有卖力士香皂的,便托有时间过关的战友去买些回来。林丽芝用20块钱买了一包力士香皂,一共有10块。味道清新的香皂在当时还是个稀罕物,林丽芝可不舍得自己使用,她叫来了通信兵,请他帮忙通过邮局寄回家中。林丽芝的母亲收到香皂后十分开心,逢人便说女儿买来了深圳特区的香皂,引得许多乡邻羡慕……

林丽芝是个十分遵守规则的人。部队要求士兵在外一定要身着军装,仪表整洁,但不少人周末休息时间外出总会换上便服,而她总会一丝不苟地穿好军装再外出。即使如此,能够自在地穿着便服的时刻仍旧令她感到十分幸福。那个时候,罗湖东门老街一带琳琅满目的商品总会吸引不少爱打扮的女兵过去逛街。林丽芝相片里的黑色高跟鞋就是和其他女兵一起在这里购买的。

有一次，林丽芝和几个女兵一起逛街，在一家商场里看上了照片里的那双黑色高跟鞋，一问价格，要七八十块，她有些舍不得。但考虑到"关外"没有款式这么新颖的鞋子，加上能来特区的机会不多，她便在爱美之心和量入为出之间犹豫了起来。最后，商家说100块可以带走两双高跟鞋，林丽芝这才下定决心，买了两双鞋子。这双黑色高跟鞋买回去后，她并不舍得多穿，多数时候妥善地保存起来，偶尔才会穿出来。记忆中，这双鞋的质量并不怎么好，买回去不久就有脱胶的迹象，好在穿得爱惜，来之不易的黑色高跟鞋还是陪伴了她不少年头。

"关内"商品的丰富程度是"关外"根本无法比较的，好不容易来到特区内，女兵们除了购买高跟鞋、香皂，还购买了当时比较时髦的行李箱带回去，这些都是林丽芝十分难忘的回忆。

3. 工业区的夜与日

紧挨"二线关"，与特区内相比具有土地和人力成本优势的布吉，很快成为开办"三来一补"企业的热土。改革开放前，布吉一直是自给自足的小农经济，整个片区没有专业的厂房，最早进驻布吉的毛纺厂是租用军用仓库。随着"三来一补"企业的不断涌入，布吉各村的仓库、会堂甚至祠堂都被腾作厂房，但依然无法满足数量不断增多、规模不断增大的企业的需求。鉴于实际发展需要，当时的布吉公社（1983年公社体制改革，成立布吉区，"布吉人民公社"正式改为"区公所")决定开辟一个专门的区域发展工业。

"当时还没有工业区的概念，只是想找一片土地供企业建厂房。"据布吉镇投资管理有限公司董事长曾乐华回忆，最后"相中"的是罗岗片区。当时这片地区被称为"饭罗岗"，"说是'饭罗岗'，其实最早称呼应该是'犯罗岗'。听祖辈讲，这里原本是用来枪毙犯人的地方，后来，人们觉得'犯'不吉利，便改成了'饭'，后来要建厂房，觉得'饭'也不好听，干脆去掉变成了'罗岗'"。

"相中"该片区的原因竟是它处于当时布吉最偏远荒芜的"郊区"。虽然当时大力引进外资企业，但如果要占用农田修建厂房，各村村民都还是不能接受的，因为当时大家的思维还是"小农思想"，想着要靠田吃饭。在这种情况下，就只能找没有农田、没有果林的荒地。而当时以布吉火车站及铁路为界，火车站铁路线以西即现在的布吉老街、吉华路、水径一带都遍布村舍农田，只有在火车站以东的罗岗片区，当时仅为一片未经开垦的山坡，没有农田也没有果林，如果要建设厂房，直接把山坡推平即可，可以免去很多麻烦。

把山坡推平直接可以建厂房，说起来容易，实际操作过程依然困难重重。摆在当时布吉公社干部们面前的首个难题就是"没钱"，"移山"挖土、运土、打地基、雇工人车辆都需要钱，而之后建厂房需要买建材、雇佣建筑施工队更是需要源源不断的投入，估计需要成百上千万的投资，对于当时的布吉公社简直就是

"天价"。毕竟当时整个布吉的年产值还只能用十万为计数单位。

走投无路的情况下，布吉镇主要领导想到了"贷款"，这在当时也是"敢为天下先"的大胆举动，但是到银行咨询才得知，布吉公社作为政府行政单位是没有权力，也没有资格作为主体到银行申请贷款的。

"听到这个消息我当时就很沮丧，但紧接着银行行长的一句话让我又瞬间感觉抓住了'救命稻草'。"时任布吉镇长的欧官成回忆，"他说'只有公司才能贷款'，那我们有公司啊！"当时布吉农工商联合企业公司已经成立了，属于集体企业，欧官成兼任总经理，他就想以布吉农工商联合企业公司的名义向银行贷款500万元。

连续咨询了几家银行都被拒之门外。"换个角度想一想也能理解，我们当时几乎没有可抵押资产，也没有可以证明的还款能力，我只能和他们谈布吉未来发展的无限潜能，那就相当于'打白条'了，银行都不敢担这种风险。"

"屡战屡败，屡败屡战"，虽然连续吃"闭门羹"，但欧官成并不放弃，毕竟这是摆在布吉发展面前唯一的出路，最终"皇天不负有心人"，欧官成终于遇到了和自己志同道合的人——时任中国农业银行布吉分行行长的朱文华。"他的思想就和我一样，比较开放。"

欧官成回忆："找到朱文华后，我给他分析了当时布吉的发展前景，从引入第一家'三来一补'企业为布吉经济发展带来的影响，说到未来几十家企业进驻布吉所带来的巨大利益，在罗岗建起连片的厂房，就相当于建起了一个'金矿'，只赚不赔……"

软磨硬泡加上摆事实、讲道理，欧官成终于从中国农业银行布吉分行申请到了第一笔贷款——200万元，"200万在现在的布吉，连一套小户型都买不到，但在当时绝对是笔'巨款'，因为当时厂房建筑价格仅300元1平方米"。就这样，1982年，布吉在罗岗开辟了当时宝安县的第一个工业区，投资230万元，平整罗岗片区土地近7万平方米。

紧接着，布吉农工商联合企业公司又连续向中国农业银行布吉分行申请了4笔贷款，每笔200万元，至此共投入1000多万元。"贷款的时候我们承诺会在3年内还清贷款，这为我们在罗岗这片土地上'大展拳脚'提供了坚实后盾！"在不到1年的时间里，建成18幢厂房，共约14930平方米，工人宿舍4幢，共约3060平方米，包括各种生活设施共约20490平方米。厂房建成后，其中9幢厂房迅速投产，另9幢也迅速被企业"认领"签约，实现了"3年内还清贷款"的承诺。

好借好还，再借不难。之后至1988年，之前的"布吉农工商联合企业公司"已经更名为"布吉镇经济发展有限公司"，再次向中国农业银行布吉分行申请了5000万元贷款，加建了十几幢厂房，还修建了篮球场、羽毛球场等娱乐场所，进一步扩大了工业区规模，完善了园区配套。

解决了资金难题，工业区的设计与规划就成了最大的"拦路虎"。"我们现在说是工业区,但前面也说了,我们最初只是想把罗岗片区开发出来集中建厂房,并没有工业区的概念。"欧官成记忆中,最初的罗岗工业区规划设计就和推平的罗岗山头一样,"一张白纸",工业区要建成什么样子、要建哪些东西,完全没有概念。都是农民"洗脚上田"的乡村干部,个个都是"门外汉",对于建筑规划的专业知识一问三不知。

"既然从专业的角度不行,那我们就想着从投资商的角度出发吧,想他们需要什么样的厂房、需要什么样的配套,我们在建的时候就迎合这个需求肯定是没错的。"这么想着,布吉公社的干部们就参照当时已经引入布吉的工厂,如毛衫厂、玩具厂等的生产需求,建起了一排排整齐的厂房,考虑到工业用水用电不同于普通家用,便配备了大功率输电线路、输水管道。

同时,考虑到工厂工人日常住宿、餐饮需求,配套建设了员工宿舍、食堂等。尤其在道路建设方面,虽然当时选址罗岗片区是因为该片区偏远未开发,但也是考虑到了该片区临近特区"二线关"及布吉火车站的地理优势。可当工厂进驻后,发现园区内车辆通行经常被火车阻塞。

对此,当时的布吉农工商联合企业公司投资10万元,开辟了一条2000多米长的公路通至厂区,保障了工业园内货流、物流、人流畅通无阻,也增强了客商投资的信心。

在罗岗工业区初成规模后,原先"流水线"似的、建成统一规制的厂房,逐渐不能满足前来投资办厂的客商们的需求,因为陆续开始有更大生产规模需求的投资商前来洽谈。

对此，欧官成和同事们立即转变思路，如今看来，颇有"工业4.0"的味道：将原先的"建好厂房你要几幢给几幢"变为"先谈后建，你要几幢建几幢"，包括建多少幢厂房、每幢厂房建多少层、每层厂房多大面积、层高多高都由投资商决定，包括需要建成的厂房适合什么产品的生产、如何设置水电路等，都是"量身定做"。

在"量身定做"的模式启用后，园区建设也同时开辟了新的"付款模式"，不再仅仅依赖银行贷款，而是与投资商提前协商，向投资商借钱（垫资）建厂房，厂房建好后返租给投资商投产，再以厂房租金返还之前从投资商处借来建设厂房的资金。"这一模式，我们会给予投资商的租金一定优惠，而我们也不用再将大量资金投入到厂房建设上，而是可以用这笔钱投资到其他工业园区建设，对我们双方来说就是互惠互利'双赢'。"

随着越来越多企业入驻，顶峰时罗岗工业区同时有40余家工厂入驻开工，最多时需要工人2万余人，而整个布吉的本地居民中劳动力不足8000人，已经完全无法满足工厂的生产需求。

所谓"劳动力就是生产力"，罗岗工业区积极从解决"招工难"问题、完善园区配套设施、丰富员工业余文化生活等方面，留住劳动力、保住生产力。1986年，布吉镇组建罗岗工业区团委，专门为园区员工组织活动、提供后勤服务，朱素媚就担任了当时的团委书记。此前她于1985年来到罗岗工业区，在园区工厂担任过文书，主要负责工厂后勤工作。

为了解决"招工难"问题,填补"用工荒",工厂都对员工实行了"熟人介绍奖励机制"。"工厂当时都喜欢直接招熟手工,因为不用教、直接上岗。"朱素媚回忆,正因如此,各个工厂就都鼓励自己的员工帮忙介绍熟手工到自己所在的工厂工作。"当时缺工人缺到什么程度?就是每成功介绍一个熟手工到工厂,就可以得到50元至100元的奖励,就像现在的'中介费'一样。"

有此奖励机制,工厂的工人们也是铆足了劲去"拉人",甚至有工人表示自己都不用上工了,专门找熟手工到工厂干都比自己上工一个月赚得多。有个工人,一个人介绍了一两百个熟手工到罗岗这边的工厂,光"介绍费"都领了几万元。

即使如此,依然没有办法填补当时罗岗工业区各个企业工厂的用工缺口。在罗岗工业区的带动下,整个宝安县各镇、各村都开始兴办工业区,如布吉片区布吉、草埔、沙湾、丹竹头、南岭等6个乡村紧随罗岗工业区步伐兴办乡级工业区。1982年布吉13个生产大队中有9个新建了各种工业用房约18162平方米,对劳动力的争夺可见一斑。在周边乃至整个广东地区都难招工之际,罗岗工业区果断组织工厂前往外省"开发"新的劳动力资源。

"我就去了一次省外招工,当时去的是湖南、四川一带,因为那里很多农村还没有工厂这个概念,没有招工的竞争压力。"朱素媚至今回想自己亲身经历的那次"跨省招工"仍记忆犹新,虽然在去之前已经提前和当地政府部门沟通好,由对方组织好人员,布吉招工的人过去可以直接组织考试,但内陆与沿海的发展差距仍让前往招工的工作人员尝尽了苦头。"不说别的，光去湖南的路上我们就折腾了两天，当时可没有高速公路，甚至连一条平坦的路都没有，都是坑坑洼洼、高低不平的土路。"

当时同行的有一位日本的厂商，由于罗岗工业区的工作人员是集体包了一辆中巴前往，车辆荷载30人，但实际乘坐只有12人，所以空位很多，于是日本商人就在后排空位躺着休息。"没想到在一个大坑连续过土包时，颠簸得太厉害，把他整个人直接抛到了中间过道上，把我们都逗笑了，现在想想也是苦中作乐。"

抵达招工地点，罗岗工业区的工作人员会组织应聘人员进行简单的文化测试，即招的工人可以是生手，但要识字，并且具有简单的文化常识，这样才能方便到工厂学习技能。虽然有着丰厚的薪资报酬，但罗岗工业区的"跨省招工"也并不是被前呼后拥的，甚至经常需要辗转多个地方才能找到出发前额定需要的人数。

"因为当时国内其他地方还较闭塞，对外出打工没有概念，乡土意识很重，都不愿意离开家到外地打工。"所以每到一个招工地点，朱素娟和同事们都会详细宣传讲解工厂福利、园区福利等，并承诺每逢过年，罗岗工业区都会由官方组织派车送工人回家过年，过完年再派车接大家返工，而这也成了之后工业区每年最盛大的活动。

厂房建起来了，工人也招来了，要想工业区保持规模、快速发展，最关键的就是要"留住人"。"怎么'留住人'？就得让工人们上班安心、下班舒心，上班的事工厂企业负责，下班的事就得我们园区负责了！"

"说白了，就得让园区工人生活便利，尽量满足园区工人们的生活需求。"让园区同时满足人们的生产、生活双需求，似乎是萌发了最初的"产城融合"理念，这一理念也指引着当时的罗岗工业区开始大力新建园区配套设施。

"月有阴晴圆缺，人有生老病死"，罗岗工业区首先为园区工人们解决的就是"看病难"问题。"一开始整个园区都没有医院，甚至连医疗室都没有，员工们生病了只能到布吉医院（现龙岗区第二人民医院）看病，在铁路另一侧的布吉老街那里面，当时基本没有什么公共交通，来去步行要走很远。"

为了方便园区工人看病，罗岗工业区向布吉医院争取开设了一个医疗室，后来扩大到医疗卫生所。随着工业区的慢慢扩大、工人越来越多，布吉医院又在每个工厂开设了一个医疗室，但仍然无法满足大家的看病需求。

为此，工业区开办了自己的医院——罗岗医院，并高规格配备了全科室诊疗。"包括内科、外科、牙科、检验科等均有设置，园区工人在家门口就能做心电图、B超等。"因为有了自己的医院，他们还在罗岗工业区搞起了"统筹医疗"，即园区工人们每个月缴纳几块钱，然后一般看病就不要钱了。后来工资、物价上涨了，需要缴纳的费用也逐渐上涨到一百多、两三百，就类似现在的"医保"。

除了"看病难"，还有一个问题，就是很多员工在下班前就提前走了，因为他们要去接孩子放学。罗岗工业区刚建成初期，周边只有一家幼儿园，与布吉医院相邻，是家公立幼儿园。幼儿园放学本来就比下班时间早，加上从工业区前往幼儿园还需要至少半个小时时间，所以基本有孩子的员工下午三四点钟就提前走了，十分影响生产，对员工们来说也不方便。

为此，工业区又配套建起了自己的幼儿园、小学，且为了配合园区工人上班时间，还将放学时间调整为和下班时间一致，解决了家长的后顾之忧。此外，罗岗工业区还专门修建了福利房，相当于现在的公寓，单人单套，可供全家入住，主要提供给各工厂的骨干员工，帮助企业留住中坚力量，更加有利于工厂的发展与壮大。

为了丰富园区工人的业余生活，罗岗工业区团委积极发挥作用，但如何搞员工活动，当时也没有现成经验，大家就只能"摸着石头过河"，自己探索创新。

"当时我们听说深圳市少年宫那里有个什么舞台，经常搞活动，我们就组织干部前去'取经'。去了以后看到有孩子们在那表演，搞文艺晚会。我们回来想了想，也可以在罗岗工业区搞一个，'演员'从孩子们换成工厂工人就可以了。"朱素媚回忆，当时团委干部们一合计，就发通知让每个工厂至少提供一个节目，当成文艺比赛一样，并打算通过设置奖项激发大家的积极性。一纸"英雄招募令"瞬间激起"千层浪"，各个工厂都掀起了"选秀潮"，有毛遂自荐的，有大家推选的，最后举办文艺汇演当天竟然有二三十个节目轮番登场，甚至还有工人现场报名打算"一展才艺"的，"一下涌现出了好多文艺人才"。

"印象最深的是一个湖南妹子，上台就唱了一首《黄土高坡》，那亮嗓、那高音，一曲出来让我们都以为她是专业唱歌的！"赛后，主办方还真就节目评选了一、二、三等奖，虽然第一名的奖品只是一本笔记本，但也让获奖的员工们欣喜不已。"我们还在上面印了奖状、奖词，作为一种激励，获奖员工都深受鼓舞。"

为了这场文艺晚会，园区团委的同事们还专门在当时工业区内的运动场（运动场也是罗岗工业区为了丰富员工文化生活专门修建的，是一个综合性球场，有篮球场、足球场、跑道，还有观看台，年度的篮球赛、足球赛、运动会也是当时罗岗工业区乃至整个布吉镇的盛会）搭建起了一个舞台。首次文艺晚会现场报名的很多员工都没有得到展示机会，看着大家明显余兴未了，大批员工跃跃欲试的样子，园区团委就决定将文艺晚会固定下来变成一个长期项目，还对当时临时搭建的舞台进行了改善，提升了舞台效果、加装了舞台灯光、固定了音响设备等，将其取名"大家乐舞台"，于每周六晚开演，所有园区员工提前报名就可以上台表演。但后来报名情况越来越火爆，经常报名人数都超过预定表演限额，主办方就提前进行筛选。再后来人气越来越旺，"大家乐舞台"开始实行"售票制"，以回收一点运营成本同时以此控制人数。没想到大家根本不在乎那几块钱的门票，每次晚会依然火爆。"后来电视剧《特区打工妹》还专门拍了'大家乐舞台'这个事，现场取景，电视剧里就是我们员工真实的演出场景，十分火爆，也十分精彩。"

第一年"春运"由于着手准备时已经临近春节,所有工作都是加班加点推进。"从求票到买票再到送客,过年前一个多月我们几乎都没休息过,每天都在加班,每天都像'打仗'一样!"每趟列车多少人、有哪些人、有多少张票,和火车站、与工厂员工核对信息都是反复进行,就是为了不出错、不落下任何一个员工。这种情况从第二年开始就有了好转,园区从每年七八月就开始着手准备"春运"事宜,从统计工人返乡信息到与车站沟通购票事宜循序渐进、有条不紊。"而最让我们欣慰的就是,广州火车站的领导们对我们的'春运'工作一直都是大力支持,哪些线路、哪些方向票源比较紧张的,也都会先满足我们的需求。"

票的问题解决了,还要负责把所有乘坐火车返乡的员工顺利送上车。"我们都按照大家乘坐的每趟列车的发车时间做了送行时间表,每趟列车哪些人乘坐也都做好了人员表,送员工的时候就对照着时间表、人员表一一核对,确保每个人都能顺利回家。"而每趟列车的员工都用专车从罗岗工业区直接送到广州火车站,还安排专人领队护送,一直将大家都送上火车才算完成任务。

随着火车线路越来越发达,整个罗岗工业区乘坐火车返乡的员工也越来越多。"发展到后来,每趟列车我们员工赶车都像一个超大旅行团一样浩浩荡荡,如果刚好几趟列车同时发车,或者是热门方向的列车,进站通道大多都是我们的员工,那场面真的非常壮观!"

为了便利工人团队乘车,广州火车站专门为罗岗工业区的

"赶车团"开辟了"布吉通道","每次我们都举着布吉的牌子,这样方便我们的人跟紧队伍,火车站的员工看到标识也会给我们放行,由我们自己做好人员确认工作"。

对于家乡在火车到不了的地方的员工,工业区选择走公路送大家返乡,专门雇了一个车队往各个方向护送工人们回家。"最多的时候有六七十辆车,少的时候也有40多辆,而且不是一天就能送完的,所有车都是往返多趟接送,平均每天都有二三十辆车次出发,持续输送一个星期左右才能送完。"

车次最多的时候,等候的车辆依次排队停在罗岗路上,连绵千米都是大巴车,场面之壮观可想而知。而为了做好发车工作,当时的罗岗工业区管理工作人员和布吉镇政府干部职工可以说是全员出动,全都在发车一线帮忙。

朱素媚主要负责广播播报工作,在园区的广播室实时播报前往什么方向的员工乘坐哪辆车,哪辆车即将发车,哪辆车还有哪些员工没到等。"送车期间几乎全天都在喊,嗓子全程都是嘶哑的,送完车甚至都说不出话来……"而送车一线的工作更加繁重,苏海燕回忆:"我们女员工就负责'盯车定人',就是几个人负责一辆车,核对员工信息、清点乘车人数,少了人就要报备告知广播室,确保人齐了才能发车。"而男同事们,上到书记、部门领导,下到科室干部、员工,都要做"苦力"。

"当时的大巴车还不像现在,在老照片、老电影里应该都看到过,就是所有行李都堆放在车顶然后用安全网固定的那种,所以男人们就负责搬运、安放行李。"苏海燕形容当时的画面,

"就是车顶站几个人,车下站几个人,不停往车顶运行李,装完一车就要换一车,时间一久,站在车下的人手酸得都抬不起来,而站在车顶的人则是腰酸得直不起来,因为车顶的人要一直弯腰接行李。"

而等每批次出发的车辆人员都到齐后,只听朱素媚在广播中一声"出发",返乡"大军"就浩浩荡荡地驶出罗岗工业区的大门,伴随着噼里啪啦的鞭炮声,喜庆而又暖心,就像诉说着"一路平安,阖家欢乐"的春节祝福。

来年开春,伴随着同样喜庆的鞭炮声,车队还会把员工们一车一车地再带回工业区,重新开启红火生产、快乐生活的新一年……从引进第一家"三来一补"工厂,到建设第一个工业区,宝安县开启了工业发展的黄金时代。作为当时宝安首个工业区,罗岗工业区的建设在深圳大步迈向工业化的进程中,颇有风向标的意义。

4. 特区串珠成链

深圳特区诞生后,创造了许多个"第一",这是对质疑者最好的回答。计划经济时代,粮票是至关重要的通货。罗湖莲塘村的老书记万仲英回忆,当时到饭店吃饭,没有粮票,有钱也会被赶出来。深圳特区的第一批建设者,不少是偷偷跑出来,迁户口绝非易事,粮票、肉票发放也还在国内其他地方,原单位为了让他们回去，往往找到当地粮食局停发粮票。他们在深圳解决不了吃饭问题，只好悻悻而归。对于城镇户口居民，粮食关系和城镇户口同等重要。二十世纪八十年代初，深圳的流动人口已达到五六十万，然而国家调拨的粮食指标仅有几万人的。深圳市便"开源引流"，从外省和国外高价收粮，名曰议价粮。由此，深圳在全国率先取消了粮票和肉票。

八十年代初，特区的商城早晨9点开门，11点关门吃饭休息，下午2点30分开门，4点30分关门。商品经常货不对板，已经夏天了还有一半是冬天的货，服务员更是一副冷冰冰的样子，坐在柜台后面，顾客进来了爱答不理，与国内其他地方并无二致。1982年，深圳财贸系统在沙头角综合商场首开先例，实行承包经营。改革后第一个月，沙头角商场便上缴利润70多万元，超过了此前一年的利润。商场总经理的月薪也与效益挂钩，从58元提高到了350元。

1983年，深圳市和广东省高教厅决定创办深圳大学，以缓解特区人才严重不足的现状。当年，深圳年度财政及上级补贴约2.56亿元，可谓捉襟见肘，市政府却豪气干云，拿出5000万砸在涛声四起的后海湾桂庙滩涂上，筹建大学。1984年1月26日，邓小平视察蛇口工业区途中，陪同的同志指着一片海边的荒地对他说，这里将成为深圳大学的校园。邓小平问："什么时候可以开学？"答曰："今年9月。"回到北京后，邓小平在一次会议上说，深圳正在建大学，现在还是一片荒山，但9月份大学生就要在那里上学，这就是"深圳速度"。"深圳速度"的说法由此传开。同一年，深圳市委大院内一座气势恢宏的铜雕揭开红幕，这就是一度成为深圳特区精神图腾的拓荒牛。

1983年7月24日，经宝安县人民政府批准，"宝安县联合投资公司"成立，采用认购股份、发行股票的方式筹集资金，从事房地产、农工商、林牧渔业等开发性经营。宝安县联合投资公司计划接受100万股以上，每股股金10元，在自愿互利的原则下，接受省内外国营、集体单位和个人投资合股，同时欢迎华侨、港澳同胞投资合股；县地方财政拥有20%股权。公司保证入股自愿，退股自由，保本付息，利润分红，股东的亲属有股份继承权和转让权。发行股票的消息传出后，全国20多个省、市、自治区询问和商谈业务的函件如雪片般飞来。公司成立仅一个月，就已认购近30万股，入股金额近300万元。因为修建大亚湾核电站，大坑村搬迁并获得了几百万元移民安置费和土地补偿金。村民拿出130多万元，认购宝安县联合投资公司的股票。1991年，宝安县联合投资公司改制为深圳宝安实业有限公司，于1991年6月30日在深交所挂牌上市，股价一路攀升。大坑村民持有的股票涨成1700余万股，他们将其中的近600万股抛出，获利6000多万元。一夜富甲天下。

1986年11月，第四届"力士杯"健美比赛在深圳举办，吸引了全国乃至世界的眼球。女子健美比赛穿"三点式"比基尼泳装，是比赛最大的亮点。偌大的体育馆场场爆满，来自国内外上百家报纸，数十家杂志、图片社和出版社，近30家广播电台、电视台以及数家国内的电影制片厂的记者超过千人。比基尼，从此走进中国人的视野。这场健美比赛的意义早已超越了健美，它传递出的,是中国的自信与开放。

打开国门之初,深圳在外宾眼中,是通往内地的入口和窥探"红色中国"的秘境。罗湖桥的桥头竖立着一面鲜艳的五星红旗,外宾入境后,都会在红旗前拍照留念,然后才愿意上车启程。那时的经济特区"一日游",参观的地方一般是深圳水库、机关幼儿园或财贸幼儿园、市人民医院以及黄贝岭村、蔡屋围村一带,目的是看内地的教育、医疗、农村建设情况。有的还会去东门的农贸市场,了解深圳老百姓的生活。而最后一站通常是东门步行街的博雅画廊,在那里购买纪念品、明信片。扇子、军帽、军徽都被视为中国的特色产品。有意来深投资的商务旅客占了相当大的比重,他们会去市府大楼观看大沙盘,了解城市和产业规划、税收和其他投资优惠等方方面面的情况。

1987年,深圳经济特区户籍人口达到53万多,而暂住人口也高达60多万。成千上万怀揣梦想的外来务工人员拥进深圳,深圳也开始为他们提供做梦的保障。1987年2月5日,《深圳市临时工社会保险试行办法》颁布,养老保险开始覆盖临时工,保险金由用人单位每月缴纳25.5元加上个人每月缴纳3元,同年12月,深圳市又对区县以上集体企业实行退休基金统筹。

1987年9月,深圳市政府先行试水,以每平方米200元的出让金,把一块编号为B211-1的土地有偿出让给中国航空进出口公司深圳工贸中心,总价106万元,这是中华人民共和国第一次以公开协议的方式有偿出让土地所有权。这年12月1日下午4时,轰动全中国的第一宗土地公开拍卖在中外媒体注视下正式开始,主持人刘佳胜讲一句普通话，副拍卖官廖永鉴再用广东话复述。拍卖地限定开口底价为200万元，每口价5万元。经过数轮激烈的竞拍，编号H409-4的地块被深圳经济特区房地产公司以525万元拿下，此后，时任深圳经济特区房地产公司总经理的骆锦星每每想到当年竞拍成功闪光灯四起的一幕，都会心潮澎湃。

  从1987年开始，深圳的金融业、保险业全国领先，创建了包括招商银行、平安保险等日后的行业大鳄，开始了我国企业办商业银行的改革探索，开启了引进市场竞争机制的保险业改革。如果说金融业的"破土"，让全国各地包括香港的资金涌入深圳，那么雄厚的资金则给企业提供了迅速成长的沃土。也是在1987年这一年，赵新先的南方药厂投产，他将从粤北乡间觅得的"三九胃泰"配方进行规模化生产，第一年就盈利1000万元。后来，红极一时的"三九胃泰"广告牌镶上了出租车顶，新人结婚便包下一些出租车做花车，将广告牌上"三九胃泰"4个字用红绸包住，只留下"999"，盼望姻缘天长地久。9月，做生意被骗后无处就业的任正非在深圳自办公司，注册资本2.4万元，这家小到不能再小的公司立志"中华有为"，取名"华为"。一年以后，深圳又有了王石的万科，郭台铭的富士康也开始投资建厂，深圳现代企业的大幕缓缓拉开。

  1988年，深圳赛格电子市场开始建设，标志着中国最早的IT市场诞生，中国IT渠道发展逐渐登上历史舞台。这年1月26日，由桑达、华强、康佳、宝华等117家企业组成的深圳电子集团公司更名为深圳市赛格集团公司，敏锐地捕捉到了电子器材市场的先机。3月28日,全国第一家综合性专业电子配套市场——赛格电子市场在华强北建成开业,占地面积1400多平方米,商户170余家,成为深圳和全国电子工业的一个坐标,也为日后深圳的科技创新埋下了伏笔。

相比深圳,珠海特区的面积可谓袖珍:15.16平方公里。珠海特区筹建于1980年10月,在拱北与澳门毗邻。过去,澳门那边是高楼大厦,这边却是荒滩茅屋。仅仅用了3年,珠海的土地上,已经崛起了一座既现代化又收纳海天风光的滨海新城。每天有能载200多人的双体水翼船往返香港,单程只需约70分钟。直升机到广州,只需约40分钟。

早在珠海特区成立之前的1978年5月,有"世界毛纺大王"之称的香港商人曹光彪敏锐地意识到,内地将爆发出巨大的发展活力。在北京探亲时,有人建议曹光彪帮助中国纺织品进出口总公司向外国市场推销国产毛衫,多为国家创汇。曹光彪犹豫了,他熟悉当时内地的情况:工厂技术落后,管理僵化,导致国产毛衫花色陈旧,在国外很难打开市场。要想改变现状,他提出一个大胆的想法:由他在内地出资办厂。他看准了紧邻澳门、风光秀丽的滨海小城珠海。

回港后,曹光彪亲自动笔,在一周之内迅速草拟了一份合作意向书。在意向书中,他提议,在珠海投资兴建一家现代化毛纺厂,内地负责提供土地,香港永新公司负责提供机器设备、厂房图纸、建筑材料和人员培训,机器设备费用以加工费作为补偿;

工厂专门加工生产羊仔毛、兔毛，香港永新公司负责原料进口和产品外销；合作期5年……这份合作意向书被送往北京，3个星期之后，曹光彪就得到了国家的肯定答复，同意以补偿贸易的形式在珠海兴建毛纺厂。

1978年8月，香洲毛纺厂的签约仪式在澳门南光贸易公司举行。中国纺织品进出口总公司广东省公司与香港永新企业有限公司分别在《筹办毛纺定点厂协议书》，即"针字第一号"协议上正式签字，工厂选址在当时的珠海县香洲，命名为香洲毛纺厂。当时，香港永新公司负责香洲毛纺厂筹建事宜的是曹光彪的女儿曹其真。她在回忆文章《香洲毛纺厂》里写道："我们每天都有大批工作人员由澳门跨境过去珠海工作，虽然工作时间都相对较长，工作强度也较大，但同事们的工作热情都很高，因为大家都深深地意识到我们的工作是为建设祖国做贡献的，是非常有意义的工作。"

协议签订不到3个月，香洲毛纺厂就在今珠海景山路与白莲路交汇处西侧破土动工。塔吊旋转，马达轰鸣，仅仅两个月的时间，就完成了厂房主体工程的建设。香洲毛纺厂招进了第一批10名年轻人，作为未来的骨干员工，派往澳门学习工厂管理和技术。根据安排，他们要在4个月之内将工厂的各种管理理论、机械操作全部弄懂。

1979年1月，香洲毛纺厂两条生产线开始安装。6000多平方米的厂房里，摆满了从世界各个国家进口来的机器，梳毛机购置于波兰，空调来自于美国，还有日本、联邦德国以及英国等出产的设备，人们戏称，这几乎算是"联合国"了。为配合香洲毛纺厂建设，拱北海关特事特办。起初，海关派员监管机器设备及原料进口，继而通关程序简化，转为为企业制定审核合同，深入工厂核查，重点抽查，逐渐形成了海关对加工贸易"前期管理、现场监管、后续管理"三结合的监管模式，这也是早期加工贸易管理的雏形。

1979年5月和8月，两条生产线先后进入试产阶段。同年11月，香洲毛纺厂正式落成投产。厂区占地面积将近3万平方米，建筑面积约10963平方米，拥有职工239名，机器设备为全套进口，主要产品为8~16支纯羊毛纱和羊兔毛混纺纱。全厂管理人员只有20多人，与同类规模的国企动辄上百人的行政人员队伍相比，可谓是精干高效。投产后，引起国内同行的高度关注，上海第三毛纺厂、北京清河毛纺厂等纷纷慕名前来参观学习。几十家海外媒体以《香洲毛纺厂——中国改革开放的标志》为题，将珠海经济特区及中国改革开放的强烈信号，传播到了世界的各个角落。

香洲毛纺厂开幕当天，500多位外交人员、新闻记者，还有港澳工商界的知名人士应邀出席，当时外交人员和外国记者入境珠海根本"无法可依"，海关负责人就指定曹其真站在关口，一个一个认人和放行，可谓外交和入境事务上的一大"奇闻"。

然而，矛盾很快凸显。合资企业，在内地还是很新鲜的事物。工厂的工人，大多是来自附近农村的农民，进厂后被陆续分配到工作岗位。工厂实行八级工资制度，无论个人出产多少，都是拿固定工资，工人积极性普遍不高，甚至正常上班时间里，有人游泳、回家睡觉或去干私活，加之工人不熟悉工序、操作，严重影响了生产质量。

曹其真说，当时经当地政府安排聘用的工人是一群"洗脚上田"的农民，根本连纺织机都未见过，她从澳门调派老师傅到香洲毛纺厂来培训，但部分工人无心工作，上班时间到了还不见人，来了之后，有的在门口蹲在地上聊天"打牙骱"，把曹其真气得七窍生烟，她去找合作方的中国纺织品进出口总公司广东省公司负责人反映，但对方竟回应说："你们资本家就是唯利是图……"

香港方面一边向中国纺织品进出口总公司通报了上述情况，一边向《人民日报》撰文，阐述他们在内地办厂遇到的种种困境，表达了他们的不满。不久，《人民日报》将这篇文章全文登载。

1980年9月，香洲毛纺厂全面停产整顿，历时18天。《人民日报》《光明日报》都发表社评，要从香洲毛纺厂的停产争端中汲取教训。厂长黄健非常紧张，他认为，主要问题是体制不合理，如不改革，就没法同国际接轨。

其间，在用工制度上，由过去的劳动部门分配职工，改为放权毛纺厂自主选用人才，调出不称职、不合格的职工；在分配制度上，打破不合理的"大锅饭"分配制度，以生产数量和质量作为工人收入的衡量标准；在管理制度上，推行"厂长责任制"，厂长具有经营和管理的决策权。这些如今看来司空见惯的制度，在当时却需要冒着极大的政治风险。这些改革措施得以在香洲毛纺厂破冰，先行先试，为以后改革开放中的企业人事制度、分配制度改革积累了宝贵的经验。

整顿后，毛纺厂月产量较整顿前增长了约18.8%，工资实行"集体定额计件，超额按比例提成"，一些业绩突出的车间主任，月工资能拿到三四百元，远远高过厂长的工资。1983年，香洲毛纺厂的劳动出勤率约98.9%，设备利用率达到约92.4%。

毛纺厂还清了全部投资本息740万港元、55万元人民币。1986年，在来料合同到期后，香洲毛纺厂终止了和投资方的合作，走上了自营生产销售的路子。它以技术创新为引擎，在羊毛纺纱的基础上，大量使用档次更高、国内供应丰富的兔毛纺纱，占据海外市场，迎来了发展史上的"黄金期"。香洲毛纺厂员工人数高达400多人，比建厂投产时翻了将近一番，年均创汇约500万美元，人均创汇约1.1万美元。放眼珠海，乃至广东全省、全国，都堪称一面旗帜。1988年，在珠海科学技术奖颁奖大会上，香洲毛纺厂更以721高比例兔毛纱技术夺得了一等奖。

珠海特区成立之初，人口仅十余万，海岛渔民和边境居民各占一半。渔民以捕鱼捉虾为生，边境居民则以小农耕作、挑担贩卖农副产品到澳门为生。经济上一穷二白，城市基础设施也严重落后。

为了吸引外资，珠海曾在《澳门日报》上登报招商，原籍珠海的澳门商人吴福开始把目光投向故乡。受广东省交通厅之邀，吴福陪同一位葡萄牙桥梁专家赴粤考察珠海至广州沿途渡口的建桥问题。到达珠海之后，他们原本计划在此过夜，第二天启程去广州。可当他们在香洲招待所入住时，却发现客房狭小，设备简陋，甚至没有卫生间。这样的酒店，怎么能招待贵宾？无奈之下,吴福只能带着葡萄牙专家返回澳门住宿一晚。他决心要在珠海建一家现代化酒店,营造良好的招商引资氛围。

1979年,内地政府的工作人员对待外商态度依然非常谨慎,经常把会谈地址选在香炉湾的沙滩上。这年10月,在海边的沙滩上,珠海市与吴福签下了创建石景山旅游中心的协议。根据协议规定,珠海方面提供建设用地,澳门商人吴福等提供资金,包工建设,负责管理;合作年限12年,不还本、不付息;纯利润三七分成,珠海占三成;合作期满,全部资产归珠海市所有。

石景山麓,一块傲然矗立的大石上,镌刻着题词"南天一景"。1980年2月,石景山旅游中心在这里破土动工。考察后,吴福放言:"这地方眼下是荒凉之地,未来必是繁华之城。"1980年10月,历经9个多月的艰苦奋战,一座崭新的现代化、国际范儿的酒店在石景山麓展露身姿。新落成的石景山旅游中心,以西班牙六角形建筑为主体,灰色的马赛克外墙与青黛色的石景山交相辉映,原来的鱼塘,被改造成了"思凡湖",客房配以罕见的大落地窗,山景、湖景、花园浑然一体,景致尽收,令人心旷神怡。

石景山旅游中心的开幕,也掀起了珠海酒店业的热潮。同年,珠海市旅游公司与澳门拱北旅游发展公司合作兴建了拱北宾馆;翌年,澳门海外投资有限公司与特区发展公司合作兴建了珠海度假村,何贤、霍英东与珠海市旅游公司合作兴建了珠海宾馆……

正式开张后,石景山旅游中心第一季度就实现纯利润70多万港元。开业仅7个月,就已经接待海内外游客15万人次,实现营业总额600多万港元,纯利润高达150多万港元。

后来,石景山旅游中心扩大规模,先后增建了多栋别墅、高档客房及游泳池、健身房、歌舞厅等多种服务设施,功能进一步完备。在老一代珠海人的记忆里,石景山旅游中心是珠海人心中的胜地。在那里住宿一晚,能向身边人炫耀很久,像出国一样风光。当时,普通的招待所住一晚仅需3元,石景山旅游中心的标准间的价格却高达168元,放眼全国也是凤毛麟角。

随着珠海经济特区的建设不断推进,面积3.7平方公里的伶仃洋小岛桂山岛,告别了渔业生产的大锅饭模式,利用海岛优势,引进外资兴办了3个石矿厂,仅此一项,每年便创汇600多万港元。到八十年代中期,桂山岛98%的居民都成了万元户,各个家庭彩电、冰箱、音响、缝纫机、洗衣机一应俱全,居民都住上了小洋楼。全岛的幼儿入托、子女上学全部实现了免费。

在珠海市湾仔乡,种花专业户陈就和他的哥哥,有几十年种花经验。"文革"期间,许多花农忍痛把花砍了。改革之前,种花也是大锅饭,收入不高。陈就家没有房子,租房住了几十年。直到1979年从生产队分到了宅基地,他们在八十年代初盖起了两层小楼。如今,他们主要种菊花、柑橘、桃花,又在1984年引种了荷兰的剑兰。他的花圃里栽种了几十种花,年年品种不同。他种的菊花,过去只在秋天开花,现在采用新技术,能常年开花了。

珠海湾仔与澳门一水之隔,每年春节前后的十天半月,是香港、澳门鲜花上市的旺季。一盆结果累累的柑橘置诸案头,喜庆吉利，满堂生辉，能售几十港元，高档鲜花售价就更高了。陈就一家算是个大家庭：3个儿子，3个儿媳，3个孙儿，加上他们老哥俩。老哥俩专职种花，大儿媳卖花。1984年，仅卖花一项，就收入约9万港元；年终交纳税金和承包二亩半种花地的承包费，两项合计约为1400元人民币。3个儿子和2个儿媳在附近工厂、企业工作，各有各的工资。

他们盖起了两层楼的新居。楼上楼下，一共8个居室，2个客厅，1间厨房，1间储藏室。2个客厅都陈设着沙发、彩色电视机和录音机，一楼客厅还摆着组合柜和箱型玻璃大金鱼缸。厨房四壁和锅台都由带花的白瓷砖镶面，电冰箱、电饭锅一应俱全。站在二楼阳台上，迎面吹来阵阵海风，花圃里花朵灿灿。

汕头经济特区，也于1981年建立。与深圳和珠海几乎是在一张白纸上平地起高楼不同，汕头特区的选址颇费周章。为落实选址和规划工作，汕头市委、汕头市革委会从城建局、建工局、郊区抽调6名工程技术业务干部，组成"汕头经济特区筹备工作组"，着手进行特区选址、规划工作。他们顶着严寒酷暑，踏遍达濠半岛和沿海的沙丘荒原，对土地权属、地质、人口、经济进行调研，并对"三通一平"（通电、通路、通水和平整土地）做出投资概算。原先，有关部门建议汕头特区选址于东郊珠池塭地方，距市区六七公里，工作组同志每天骑着单车四处调研，组织水文、地质勘探工作，春节也没有休假，昼夜加班绘图和编写资料。经过一番调查、勘探，筹备组把特区选址改在了位于市区东郊龙湖村西北的沙丘地带。这里地势较高，地面以下6米深都是沙层土，易于开发，西南面有一条宽约20米的大水沟，东面有一条国防公路可作为界线。

彼时，龙湖村已建村70年，虽然离汕头市区仅3公里，但仍是一片荒沙，无水、无路、无电，村民们住草寮，吃红薯，艰难度日。由于龙湖村的沙土壤土质极差，稻谷收成不好，村民缺乏渔业工具，虽距海咫尺之遥，收成也有限。建特区，雇佣农民挑土平地。农民有工可做，每天挣个5元、7元，已很满意。不仅是当地村民，一大批建设者，出现在了汕头特区第一期开发的0.2平方公里的土地上，大家赤着脚，蹚过水深没膝的龙湖沟，周围只有一株株仙人掌和野草随风摇曳。为了节约开支，平整土地时，大家就想出一个办法，用一块块一尺见方的石板，在荒沙埔上铺出便道，给运输车和搬沙运土的民工走，待这片土地的工程竣工，再将石板搬到另一片待开发的土地上。有人感叹：特区人"在石板上也要榨出油来"！

无数的海外潮汕人获得了回乡投资建设的一片处女地。据统计，粤东地区潮汕人分布于全世界120多个国家和地区，达1700余万人之多，其中，以在泰国、新加坡、越南人数最多。清康熙二十三年（1684）解除海禁，樟林一度成为商渔船只停泊之处，米谷积聚之地，直到第二次鸦片战争结束，汕头开埠。清末的樟林港，北通福建、台湾，南达广州、雷州、东南亚各地，南洋的番薯、沙茶酱和潮汕的陶瓷、大米在这里集散，这一港市也被称为"粤东海洋总汇"。潮汕的红头船也是从樟林古港出土。而在1921年，随着汕头市政厅成立，汕头市便一直是潮汕地区的政治、经济中心和交通枢纽。1933年，汕头港的吞吐量仅次于上海、广州，居全国第三位。

二十世纪八十年代初，从汕头市区出发，沿着新铺设的金砂路驱车几公里，一片崭新的建筑群开始耸立在青翠的原野上，这里便是汕头经济特区的建设重点——龙湖出口加工区。按照汕头经济特区的发展规划，龙湖出口加工区的总体建设面积约为1.6平方公里。1982年初，位于龙湖出口加工区南部约0.7平方公里的区域便着手开发建设。1983年底，各种基础设施和生产、生活设施的配套建设相继完工，连接市区的道路、电力、电信、自来水等基础设施也都竣工。建筑面积约4800平方米的庭园式龙湖宾馆也于1984年元旦开业，接待从国外和港澳到特区洽谈业务的客商。

香港奋成公司，原在汕头市经营电子玩具加工，因厂房倒塌，影响按期交货，要求特区出售一个单元的厂房供其生产，从洽谈、签订合同到从香港运进设备进行安装，只用了10天时间。"十天办成一个厂"，一时成为佳话。1984年初，名噪一时的香港正大康地饲料厂破土动工。

汕头经济特区物资公司经理陈书燕曾在潮汕地区搞了20多年政治运动，是创办经济特区的机遇，才使他锻炼成为精明的经营之才。1983年，当他组建物资公司时，家底只有18个人，3辆汽车，900元开办费，公司基本没有计划内物资，完全靠市场调节经营。陈书燕大胆闯荡，他学习国际市场规则、生意经，注重创国际商业信誉。物资公司在同奥地利一家肥料有限公司做第一笔尿素生意时，在陈书燕的精心管理下，5亿港元的贷款无一笔差错，按时还款，为此日本富士银行、香港广安银行、国际商业信贷银行向公司赠送了"信誉传四方，事业大发展"的锦旗。从此，汕头经济特区物资公司到香港银行贷款不用打担保，只要凭陈书燕的签字就行。

陈书燕成了老练的国际商人，他善解人难，广交朋友，使公司生意通四方。1989年，苏联货轮运载3.5万吨化肥至厦门港，这批货是公司的订货。正遇上港口拥挤，货物要压港40天，苏方为此要亏损24万美元。陈书燕急人之难，他来到广州黄埔港，了解到黄埔港无货，但黄埔港那时水深4.5米，而苏联货轮吃水4.8米。陈书燕凭着自己的潮汐知识，算出6月1日至3日黄埔港涨潮，最高水位可上涨1米。经陈书燕同黄埔港协商，港口同意苏联轮船在此卸货，陈书燕把消息告诉苏联人。苏联肥料公司副总裁不禁同陈书燕热情拥抱，感谢他解了一道难题。

毕业于同济大学城市规划系专业的方克森，是汕头特区规划局的第一任局长。前身为汕头经济特区管委会办公大楼的龙湖区政府办公大楼及周边区域，便是在他任上从规划到落成。他说："我们没有围墙的概念，是从一个功能区以及欢迎外商投资的角度来考虑的，这在当时是比较超前的。"大楼建成后，特区管委会的办公地点都集中于此，且海关、银行也在附近，为前来办事的外商提供了便利。这一高效便捷的集约化办公模式，一直延续到现在。由于管委会机构简单，一开始计划只建4层楼，但方克森觉得不够大气。最后，他的意见被采纳，大楼共建了12层，把部分楼层租给了外商、外资企业,电梯与办公室也与他们共用。

龙湖工业区一幢幢新起的通用厂房的东南面,是一大片平坦的土地,这里诞生了独树一帜的汕头特区农业。汕头特区农业发展联合公司经理陈遵金介绍说,汕头特区起步建设时,就组建了农业公司,而且,一开始就有明确的宗旨:把特区农业作为我国农业现代化的实验室和"示范田",利用特区优惠政策和各方面的有利条件,引进外资、先进技术和优良品种,为农业现代化提供经验、技术、品种,并把产品打进国际市场。

农业公司一成立,就建立了占地2000多亩的试验区,接着,又拥有了近20平方公里的农业控制区,可以在区内兴办企业,进行试验。特区农业成为汕头特区经济的一个重要组成部分。

由于汕头有着"绣花式"农业精耕细作的传统,汕头特区发展水果、蔬菜、水产养殖等有着很大的优势。农业公司先后与美国、日本、丹麦、泰国、马来西亚、新加坡等十多个国家和港澳地区的170多位客商接触洽谈,通过合资、合作、外商独资以及补偿贸易等不同方式,引进了资金、技术以及甜椒、巨峰葡萄、黄心榕、甘蓝、西洋菜、胡萝卜等40多个果蔬花木品种。

在水产养殖基地,特区投资兴修的海堤,环护着堤内排列得齐齐整整的规格化养殖池,堤外便是浩瀚的南海。在一个个专用饲养池上,合资经营的汕龙水产养殖有限公司的饲养人员投放饲料,进行东南沿海特产鳗鱼的饲养试验。

经济特区成立之时,汕头拥有良好的基础。二十世纪八十年代初,汕头的市区人口在广东省内仅次于广州,拥有大量受过良好基础教育的待业青年；潮汕人民心灵手巧，擅长手工技艺；汕头具有对外开放的传统和一定的轻工业基础，这些都为引进外资发展出口加工业提供了有利条件。1984年，汕头特区建立起全国唯一的特区顾问委员会，由庄世平任主任，香港各界21名代表担任第一批顾问。此后，北京、上海、澳门、加拿大也组建了汕头特区顾问团（组），为争取资金投入、协助解决各类困难发挥了纽带作用。

潮商在海外实力雄厚，眼界开阔，1987年元宵前后在汕头举行的潮商座谈会，与会的便有来自泰国、美国、菲律宾，以及香港、澳门等十多个国家和地区的数十位潮商，比如出自泰国第三代华裔望族的郑明如，通晓泰语、英语、普通话、粤语和潮汕话。营商环境是特区的核心竞争力。1987年，汕头特区首开全国政府机关承诺制先河，提出"24小时审批答复"。这一创举，源于侨胞陈锡谦，他向特区管委会反映办事效率低等问题，管委会当天就讨论出台了"24小时内答复"的实施意见。潮籍港商李嘉诚先生热心家乡建设，捐款创办汕头大学，他说："我认为汕头大学的创办，乃为国为民的根本，较之我所从事的其他事业都更为重要……"

民营经济同样应运而生。1983年，家住汕头西陇村的黄伟鹏三兄弟合伙租了3亩地，成立西陇化工厂。他们隐约感到化学试剂未来大有可为，并把世界知名医药化工企业德国默克集团作为发展目标。这个小厂，日后成了上市公司。1986年，17岁的蔡东青用借来的800元，买下一台老式注塑机，建起家庭作坊，制作塑料小喇叭。如今，他已是奥飞娱乐的董事长。家庭式作坊为汕头的民营经济燃起了星星之火。

然而，汕头建设经济特区，也面临着许多限制。首先是土地的限制，汕头市人口稠密，土地稀缺，市辖区仅234平方公里，即使在1991年4月特区面积扩大到整个市区之后，与深圳相比，仍嫌捉襟见肘。其次，汕头孤悬粤东一隅，没有深圳、珠海直接毗邻港澳的区位优势，虽然爱国爱乡的潮商不乏建设投资热情，但经济学讲究最佳的投入产出比，地理区位的劣势会极大地增加时间成本、运输成本。据原汕头特区管委会副秘书长谢继儒回忆："汕头特区因侨而设，大批海外华侨为特区的发展付出了很多心血，比较遗憾的是，当时不少潮汕籍华人华侨带着回报桑梓的热情回来，却由于投资成本过高等客观因素，导致一些项目没有落成。如一位泰国侨胞多次来汕头考察，但由于电力供应不足、交通条件较差等原因，高达8000万美元投资的浮法玻璃项目最终花落深圳蛇口。当时汕头许多路面仍坑坑洼洼，在车上坐着感觉又慢又抖，侨商戏称'骑着马去汕头'。"再者，汕头并不具备深圳、珠海的经济腹地。粤东地区相比珠江三角洲，经济基础薄弱，市场容量和基础设施的积聚效应有限，这些因素无疑都将限制汕头特区在起跑之后的起飞。

当时，海南仍是广东省的一个地区，1984年1月到1985年3月，海南区的领导干部采取炒买炒卖外汇和滥发滥借贷款等手段，批准进口大量汽车、电视机、录像机，通过倒卖出岛来提振经济。而这些产品,属于国家控制进口的物资。这一违纪行为受到批评,但不容否认的是,二十世纪八十年代的海南岛,在广东乃至全国都是一个贫困地区。"倒卖汽车"反映了穷则思变的急切。

1988年4月,原属广东省的海南行政区撤销,设立海南经济特区和海南省。至此,中国已拥有5个经济特区,分属3个省份。5个特区禀赋各异,各随造化,呈现出不同的发展轨迹。相同的是,经济特区这个名字,已经拥有了无穷的魔力,它预示着奔向小康社会的金光大道。

到1990年经济特区诞生十周年时,深圳经济特区的工业产值由1980年6000多万元增长到116亿元,年均增长率达到69%;拥有企业7000多家,出口产业占比约60%。继1987年第一家肯德基在北京开业后,1990年,内地的第一家麦当劳在深圳开业,顾客为这件新鲜事物排起长龙。珠海经济特区工业产值达33亿元,十年增长20多倍。而汕头经济特区的农业年创汇达3000多万美元。关于经济特区的争论渐趋平息,特区的"原住民",被历史所眷顾,依靠勤劳与聪慧换取了人生的第一桶金,成为被艳羡的先富的人。无数天南地北的国人被"经济特区"这个神奇的名字吸引和召唤,离开家乡,去呼吸大海的芬芳,仿佛大海预示着生活的无限可能。

第四章

从街巷到山野

1. 唤醒五羊城

如今，小区，已成为大多数中国城市居民生活的基本空间，它取代了大院、单位宿舍和筒子楼。而中国内地的第一个商品房小区，就诞生在广州。1979年，东湖新村作为改革开放后第一个引进外资的商品房小区开始建设。这一年的3月初，东山区成立引进外资住宅建设指挥部，区房管局的负责人李庆符与香港的开发商展开了艰难的谈判，到秋季的广交会结束当日，穗港双方终于签订引进外资建设商品房的合同。12月21日，东湖新村破土动工。项目占地约3.1万平方米，原址是一片污水塘。

衣食住行，构成了每一个人具体而微的日常生活。温饱是小康的前提，说明了衣与食的重要。而住所，更是将人类与大自然中的飞禽走兽区别开来的重要空间。有了房屋，人才能拥有安全和隐私，拥有劳顿之后休息的驿站、与家人共享天伦的港湾，以及发展个人兴趣的场所。

然而，由于中华人民共和国成立之后人口急剧增长，而住房建设相对滞后，在广州，1978年人均住房面积仅为3.82平方米，甚至低于1949年的4.5平方米。数万广州人一度将177座祠堂书院作为住房使用，十几户共用一间厨房。改善市民的居住环境，已经迫在眉睫。

东山区引进外资住宅建设指挥部，后来成了著名的广州东华实业公司，它是中国城市更新和房地产开发领域当仁不让的先驱。根据东华公司与香港宝江发展有限公司签订的合同，港方提供全部资金，东华公司负责征地、拆迁、建设。房子建成后一分为三：一部分归港商，抵偿投资，由其出售；一部分归东华公司作为商品房出售，以积累资金；另一部分安排回迁户。到1981年4月，建成的楼房开始分批交付使用，23栋8层楼宇，共约4.8万平方米的建筑面积，谱写了中国内地商品房历史上第一个华丽的乐章。

东湖新村的设计师李允鉌早年毕业于华南工学院建筑系，后在香港定居。他对广州、香港两地的文化特色和居住模式都有深刻理解，并大胆创新。东湖新村一改以往那种灰色的住宅建筑色调，将平屋顶上通常的女儿墙设计为红色小檐口，让人联想到岭南建筑的坡屋顶形象，墙面则以米黄色为基调，在绿树映衬下落落大方。这种简洁明朗的风格不仅主导了改革开放初期的广州住宅，而且流行于八十年代的整个广东地区，受其影响的商品房很多，如广州的江南新村、六运小区、深圳的园岭小区、滨河小区等。

此外，东湖新村的设计借鉴了香港住宅的成熟经验，引进了一系列领风气之先的经典做法，比如大厅小卧、双阳台、一楼带花园、顶层复式等。而围合式的规划布局，在广州住宅史上，更是具有划时代的意义。东湖新村建成后，广州的领导还将这种围合式小区作为广州第三代建筑的代表加以推广。其后的一些著名小区，如五羊新城、丽江花园，都纷纷效仿。

1980年，《红旗》杂志刊发文章《怎样使住宅问题解决得快些》，邓小平也在这年的4月发表谈话："关于住宅问题，要考虑城市建筑住宅、分配房屋的一系列政策。城镇居民个人可以购买房屋，也可以自己盖。不但新房子可以出售，老房子也可以出售。可以一次付款，也可以分期付款……"成为中国住房制度改革的先声。

此后，通过以地养地和引进外资相结合的方针，东华实业公司迅速发展。湖滨苑住宅区全部利用港资，建成后港商得四成，东华公司得六成。花园新村的建设则全部使用东华公司的自有资金。而计划兴建60多万平方米的五羊新城，则改独家筹资为广集资金。1984年6月，五羊新城开始征地，1985年2月开始动工，1986年4月第一批楼房即交付使用。同时，东华公司也开始探索后来被我们称之为物业管理的各项服务：每天两次清扫楼梯、道路、花园等公共场地，为住户倒垃圾，设专人日夜值班维护新村的治安和秩序等，每月向每户收6元服务管理费。他们的服务项目甚至包括，预约上门保洁，为港澳或国外业主代管房屋、家具，代住户保管汽车、摩托车、自行车、设计花园、绿化阳台、代购花木盆景。

东华实业公司投资兴建的五羊新城,位于梅花村街道,这一过程,也是大都市将近郊农村迅速城市化的轰轰烈烈的进程。梅花村街道辖区内,最为外界熟知的便是杨箕村。杨箕,正位于广州城市扩张的"板块交接"地带。为兴建五羊新城,杨箕村南部共有约1181亩农田被东华公司征收,一幢幢楼宇在昔日的田野上崛起。

自二十世纪五十年代以来,杨箕村一直是广州蔬菜生产的一面红旗。改革开放初期,杨箕村与台商合作开办刀模厂,经营竹木市场,并到东圃、黄埔,甚至远赴增城一带征地、租地,创办鞋厂、制衣厂、毛纺厂,一批批农民洗脚上田,有的进了"三来一补"工厂当工人,有的被征地的开发公司安排到太和岗的区属服装厂、支架厂等工厂当工人,有的自己下海经商,开起了大排档、杂货店和各种各样的小工厂。更多的村民是在宅基地上兴建楼宇,出租给外来务工者。

原来在梅花村街道的一些较为大型的工厂陆续迁走,建起了高级写字楼、酒店和住宅小区——原来的农民已完全脱离农业耕种,第三产业成为主要的支柱产业。

从洗脚上田,乃至成为小康社会的"城市新贵",并不意味着与传统割裂。端午龙舟,成了以杨箕村为代表的广州城中村"记住乡愁"的传统保留项目。端午节在农历五月初五,又称端阳节、重午节、龙舟节、龙日节、正阳节、天中节等。传统有门前插艾,挂葛藤、菖蒲,用雄黄、艾绒、苍术熏烟驱除瘟疫,打午时水,包粽子等习俗,而最为盛行者,则为端午扒龙舟。清

《广东新语》载："五月，自朔至五日，以粽心草系黍，卷以柊叶，以象阴阳包裹。浴女兰汤，饮菖蒲、雄黄醴，以辟不祥。士女乘舫观竞渡海珠，买花果于蛋（疍）家女艇中。"端午扒龙舟，是杨箕村一项历史悠久的传统活动，村里还成立了龙舟协会。俗谚云："四月八，龙船随海滑。"每年农历四月初八"起龙舟"（亦称"龙出水"）。杨箕村的龙舟平时埋在沙河涌里。这天在举行简单的拜祭仪式以后，燃放鞭炮，由几名青壮年下水，把它们从淤泥中挖出来，抽水、清洗、舀水，然后搬到岸上，再用船灰执漏、上桐油，放在岸边晾晒。农历四月廿五前后，择一个好日子，进行"推水采青"。

"推水"也称"进水"，即是采青。是日人们张旗鼓，备仪采，以烧猪、元宝、香蜡拜祭北帝，禀告神明即将扒龙船，祈求神明保佑龙船活动一切顺利，平平安安。然后从玉虚宫"请出"供奉的龙舟头和龙舟尾，重新上彩、点睛，在龙舟上安装好。桡手（俗称"扒仔"）们举着罗伞，敲着铜锣，把禾青分别放在龙头和龙尾，在龙船中间的神庵请上供奉的神灵，用意是让"神龙"吃饱，精神焕发，保佑今年诸事顺利、生生猛猛、五谷丰登、扒龙活动平安。禾青以前在村外的田里摘取，现在已经没有农田了，要从从化的农村买回来。

按传统习俗，扒龙舟前要先到玉虚宫掷筊杯问开船的吉时；家有白事的村民和怀有身孕的妇女不宜围观采青；围观者不能说不吉利的话；女士不能触碰龙船上的禾青。如今这些习俗都已经淡化，或消失。

完成"推水"仪式以后,端午扒龙船活动便正式开始了。身强力壮的桡手登上龙舟。每条龙舟视其大小不同,平均需要五六十名桡手。在一片喧天锣鼓的助威声中,桡手们动作整齐划一,齐声发出"嗨哟,嗨哟"的吆喝,船头有一位旗手,观察前方,挥舞小旗,校正航向,艄公随旗手所指,掌舵前进;龙舟中的大鼓是总司令,头桡、二桡跟随着鼓声的节奏,全船桡手则跟随着头桡、二桡的节奏,一起一落划桨,所谓"以旗为眼,以鼓为节"。龙舟在400多米长的杨箕涌上来回游弋,不时燃放鞭炮,非常热闹。

端午这天,杨箕村在长庚外街河涌岸边摆上太阳伞设景,准备若干红绫、白绫龙船饼,还有矿泉水、香烟等。龙船饼是给桡手补充体力和招待其他表村(兄弟村之间常以"表亲"相称)来"趁景"的龙舟的。扒龙舟有"趁景"与"斗标"之分,前者是龙舟到表村访问,联络感情,每年农历五月初一到初五,都是各村互相进行龙船探亲趁景的日子。后者是放标比赛,也就是赛龙夺锦活动。端午前由一村向表村发出邀请,谓之"招景";表村接受邀请,谓之"应景"。龙船景当日,如约派龙舟前往主办龙船景的村落探访,就叫"趁景"。按照传统习俗,来趁景的龙船会在招景处来回划几趟,然后上岸给河神上香礼拜,递上"龙船柬"给杨箕村;杨箕村招待他们休息吃饼,并回一封"谢帖",对他们来杨箕趁景表示感谢。趁景的龙船在离开前,还要再划两三个来回,以表谢意。村里的前辈们说,这叫"回龙"。

杨箕村每年都会设景,招待来自各表村的趁景龙船。以前杨箕涌可以直出珠江，龙船出入方便。直到2000年以后，杨箕涌下游出珠江口修筑了多道闸门，杨箕村的龙舟不能直接划出去，表村的龙舟也进不来，只能把"景"设在广州大桥北桥脚、海心沙对开的临江大道珠江边。杨箕村也会到车陂、猎德、石牌、棠下、官洲、小洲、大塘等地趁景，或参加龙舟比赛。

传统的斗标，都是选在比较宽阔和没有弯道的河涌或江面进行，中间设浮标或立竿划界，使两支船队不能越界。比赛时鸣锣擂鼓，夹岸呐喊震耳。龙舟有如一条条出水蛟龙，在水上腾飞，势若排山倒海。能连胜三场的龙舟，次日再与其他队连胜三场的龙舟斗，如果再连胜两场，即得五胜之标。再次日五胜之舟又与其他五胜之舟斗，获胜者即为"状头"（冠军），获主办者授予"状头"锦标，簪花挂红于该龙舟之上，并大排宴席庆祝，以示荣耀。

杨箕村还举行同村村民的联谊龙船赛。联谊赛分东约、南约、西北约、天河4支队伍，每队61人，不允许外村人参赛；比赛时不限扒姿，赛道长约250米，一往一返，全程约500米，采取一轮竞速夺标赛制，按速度快慢决出名次。头尾旗手在折返点和冲刺点必须各夺一旗（青），而且在冲刺点夺旗（青）后，头旗手必须在船上停留3秒钟不落水才为胜。比赛途中越出赛道，阻碍别的船前进，或有人落水都算输。扒龙船活动结束后，还要举行"送龙""藏龙"仪式。把龙舟重新埋到河涌泥底，等待明年再挖出来。之后全村一起吃"龙船饭"，庆祝活动圆满结束。

多年后，梅花村街道和下辖的杨箕社区紧挨的广州大道，早已取代越秀山—中山纪念堂—人民公园—海珠广场的旧中轴线，成为广州市车如流水马如龙的新中轴线。而这一新中轴线格局的形成，打基础的，便是二十世纪八十年代中期市政道路的迅速更新和发展。1982年，东风东路进行了全线扩宽，由原来的19.5米扩宽至44米；1984年，广九铁路大沙头至天河一段的路轨被拆除，达道路、梅花村、东风东等交道口也同时被拆除，旧铁路基开辟为大马路；1985年，中山一路立交建成通车；同年，广州大道开通；1986年，天河路立交建成通车，与中山一路立交之间以高架桥相连接。杨箕村民无疑是城市东进中最大的受益者。其时，珠江新城还是一片农田棚屋，杨箕村甚至在广州大道东侧的珠江新城地段拥有125亩自留地以及11.5万平方米的宅基地。广州大道开通一年后，广州大道中289号，南方日报新采编楼于1986年6月破土动工，1989年4月竣工。总建筑面积约2.4万平方米，建筑平面呈四叶风车形。地下室在珠江水位以下埋约深4.3米，施工中采用定喷墙止水大开挖的新工艺，防止了地下水的渗漏。这栋后来荣获鲁班奖的建筑，更因其在中国传媒界的声望而写入历史。

　　城市扩张也带来了基础设施发展滞后的矛盾，以电力为例，尽管在1986年，东山供电局成立，负责东山地区内的安全变电、供电、用电规划、施工、验收、排装等业务，但由于工商业用电、居民用电快速增加，供电量不足，企业经常"开三停四"，居民区停电也时有发生。改革开放初期，广州市煤气工程筹建处仅提供瓶装液化石油气服务，每月凭票供应，用上瓶装液化气还是少数家庭。1983年，广州市煤气公司正式成立。1985年11月，广州市煤气公司率先开设送气上门服务项目，送气费1瓶4.5元（楼层费另计），极大地方便了客户。

成立于1946年的亚洲汽水厂，早在1964年就将产品外销到香港，珠江牌苹果汽水、沙示汽水、橙汁汽水大受欢迎。打开市场后，产品又销售到澳门、新加坡，成为那个时代蜚声海内外的民族品牌。1983年到1985年，亚洲汽水厂先后从民主德国引进玻璃瓶灌装生产线，从联邦德国引进玻璃瓶装汽水生产线和易拉罐灌装生产线，从瑞典引进利乐包灌装生产线和连超高温短时杀菌机。1984年起，亚洲汽水厂的汽水销量，一度居全国首位。1988年，汽水产量超过10万吨，产值超过1亿元。它也是无数广东人关于夏天的回忆。

越秀区北京路一带，自两千多年前南越王国时期，便是广州老城的核心区域。在北京路与起义路之间，有一条其貌不扬的街巷，名曰高第街，长约600米，宽不过6米，自明清直至当代，一直是羊城小商小铺盛衰的晴雨表。"文革"期间，高第街曾改名为群众街，摊点店铺不见踪影，唯余三两家国营商店。改革开放以来，高第街恢复旧称，再现了昔日的繁忙。400余家作坊、店铺鳞次栉比，每天从清晨到日暮，顾客川流不息，叫卖声不绝于耳，一时风光堪比上海的城隍庙。

个体户是高第街靓丽的风景。夫妻店、父子店、兄妹店，经营的是生意，流淌的是人情的暖流。一些濒临失传的传统食品、小商品，再度焕发生机。市民也获得了方便，小修小补，立等可取,告别了"买早点难""吃饭难""做衣难""修补难"的窘境。易中天在《读城记》里有个说法,北京是"城",上海是"滩",武汉是"镇",广州是"市"。恢复了在商言商的活泛和热络,"千年商都"广州才找回了灵魂。

高第街上经营新潮服装的档主,会按照电视上的日本款式和香港时装杂志上的流行风格来仿制、设计,对路过的顾客笑脸相迎。遇到挑颜色、择料子、试穿、砍价的顾客,哪怕不买,也仍然满脸堆笑,希望下次再来光顾。这种卖家的服务精神,在当时的中国内地可谓让人耳目一新。看到个体户红火兴旺,国营和集体商店也不甘寂寞,来高第街加入竞争。广州皮鞋厂在这里开设展销部,推出当时闻所未闻的"量脚做鞋"业务,马上招徕了四方来客。广州市郊一位农民定做了一双小船一般的皮鞋,长达30多厘米;一位患有小儿麻痹症的青年,双腿长短不一,也特地来定做鞋子。

在距离北京路咫尺之遥的延安二路(今文明路),一只只香味四溢的金黄色肥鸡在亭内高挂,顾客络绎不绝。已经经营得风生水起的高德良"太爷鸡"闻名省港澳,与东江盐焗鸡等并称"广东四大名鸡"。

与一爿亭子相比,广州酒家可谓食肆里的大户人家了。资深厨师陈明有一套烧卤功夫,人称"油鸡明"。他用一鸡做出两菜一汤,号称"鸡三味"。"油鸡明"不光会做鸡,做鱼也颇有创新的本事。过去大酒店做鱼,讲究海鲜或河鲜,塘鱼被认为难登大雅之堂。陈明却认为要利用广东盛产塘鱼的优势,连创"银湖鱼青脯""碧绿锅烧鱼""菊花鱼"等多种塘鱼佳肴，还推出了整席皆鱼的"鱼宴"。

位于荔湾区清平路段的农副产品市场，被称为"没有围墙的超级市场"，集天下物产之大成。药材、水产、肉禽、蔬菜、水果、花卉，天上飞的，水里游的，地上走的，家里养的，树上摘的，应有尽有。广州人爱吃水产，这自然也成了清平农贸市场最惹眼的产品。在铁皮围成的蓄水池里，鲩鱼、大头鱼、鳊鱼、鲤鱼游来游去，溅起一片水花，仅鲜鱼档就多达60余家。要肉、要头、要尾，任君挑选。此外，还有鲈鱼、石斑鱼、鱿鱼、墨鱼、章鱼、虾、蚝、鲍、蟹、鳖，活蹦乱跳，生猛鲜活。广州市的工商部门先后投入约100万元，修建了近2000个能遮风挡雨的档位，服务3000多名卖主。清平农贸市场不但每天迎接数万名顾客，还成了名噪一时的旅游景点，先后接待过20多个国家的政府代表团、游客及学者，成为改革开放最生动的窗口。来访的宾客包括美国国务卿基辛格、夏威夷大学新闻系主任卢特、澳大利亚《金融评论报》副主编鲁宾逊、新西兰总理郎伊以及法国的一位参议员。

清平市场之所以如此兴旺，在于"五不限"的政策：不限价格，不限身份，不限经营方式（批发或零售），不限交通工具，不限地区。欢迎全国各地的商贩、农民、专业户前来做生意。为了创造贸易机会，这里创办了《清平市场信息》，与全国二十几个省（直辖市、自治区）建立联系，牵线搭桥。市场的服务部开展代购、代销、代邮、代贮、代付现款业务，服务亭免费供应开水，还陈设着真假药材、好坏肉类对比的标本橱窗。质检员、公秤管理员、巡回员、治安员、驻场民警有条不紊地维持着市场秩序。工商所还动员附近居民腾出多余的房子代商贩保管货物，收取适当费用。

在树影婆娑、碧波荡漾的流花湖公园，"鸟苑"悄然落户。四列鸟档一字排开，云鬓画眉、红嘴鹦鹉、相思、八哥、百灵、琴鸟、黄雀、黄胸燕等笼鸟绚丽多彩，如一支春日的合唱队。当时，广州一度将画眉选为市鸟，它也由此身价倍增。而一只会说"恭喜发财"的鹦鹉，售价可高达600元。除了摩肩接踵的卖鸟买鸟者，鸟笼、鸟食、食具等"延伸品"的档位也多达近两百个。平时不起眼的小虫，摇身一变，成了高档商品。一位出售蚱蜢的小伙，西装笔挺，声称一身西服就是用卖蚱蜢的钱买来的。酒渣虫被制成虫干，变成每斤近百元的"高级营养品"。鸟笼则千姿百态，或圆或方，或竹制或铁制。在一家高档鸟笼的档位上，所有竹制鸟笼皆经过装饰镶边，其中一个鸟笼的裙部，雕有五六十个古代人物，堪称艺术品，让人想到买椟还珠的故事和《核舟记》的精巧。当然，保护动物如猫头鹰等，在流花鸟苑是严禁出售的。

当全国各地的火车站都只有售票、候车、乘车的功能时，广州火车站首开先河，在车站办起了餐厅、商店、钟点房。设在车站中央大厅门口西侧的天龙花卉水果购销部，由车站和产区联营，每天仅香蕉就要供应四五千斤。卖家根据乘客的列车时刻表和乘车时间，精心挑选成熟程度适宜的香蕉出售，还可免费送上火车。车站的过道、走廊、墙角等空地都被利用起来，设置小卖部、服务部、售货柜、书报杂志、纪念品、常用药物、冷热饮料、照相器材、干鲜果品、面包、香烟,让人目不暇接,还有一小时快速冲洗彩照和代购车船票等服务项目。

待华灯初上,广州成了改革开放以来中国最早有夜生活的都市。"南国不夜城"让无数外地青年对广州充满了向往,就像欧洲的外省青年向往"光之城"巴黎。广州文化公园有市内最大的文化夜市,每晚可接待两万多名客人,拥有8个展览馆、4个影剧场,舞厅、游艺馆、溜冰场、电动游戏、象棋台、说书场一应俱全。露天电影院座无虚席。别以为只有年轻人光顾,说书场上,讲古重新盛行。讲古佬说着方世玉的故事,围观者里三层外三层。神奇的是,展览馆里除了有科技、书法、绘画等展览,发型艺术的展览也吸引了众多游客。蓓蕾乐园里,儿童在小火车、碰碰车、转车、旋转飞机、木马、荡椅上玩得不亦乐乎。举办群众联欢舞会的场地在全市多达36个,广州青年文化宫的舞池,场地预约已经排到几个月以后。

在二十世纪八十年代的珠江三角洲,林立于居民屋顶上的"鱼骨天线",也是一道奇异的风景,这便是可以接收到香港电视台的超高频天线。从北京来广州旅行的青年学者陈嘉映,在给家人的信里写道:"广东人好像都发了财,无论多土的,都抽过滤嘴,点一元一盘的菜……广州百分之八十人家有电视……"广东电视台引进了香港电视连续剧《霍元甲》,风靡一时。"昏睡百年,国人渐已醒……万里长城永不倒,千里黄河水滔滔"的歌声从香港传到了广东的大街小巷,又从广东传遍了全国。这是粤语文化的高光时刻。

2. 春江水暖

"'四人帮'使我们家离人散,党中央又让我们苦难夫妻团圆了。"他激动地张开双臂,我控制不住感情,一头扑到他的怀里失声痛哭起来。

楼梯上传来清亮熟悉的脚步声,又一个丈夫亦民回来了。我像触了电似地,一下挣脱出丽文的怀抱,我的心像一下给人撕裂了两半!

天哪!我应该怎么办?

这是1979年轰动一时的短篇小说《我应该怎么办》的结尾。小说第一人称叙述的主人公,在"文革"期间失去了丈夫丽文,"我"听信传言,以为他已经自杀身亡,当丽文意外归来时,"我"竟然哆嗦着问他:"你究竟是人还是鬼?"丽文本以为重见天日,终于可以寻回失去的年华,不料"我"已改嫁,"又一个丈夫"的归来,让"我"如触电般撕裂,发出一声天问:"我应该怎么办?"

小说发表于1979年第2期的《作品》杂志,很快成为"伤痕文学"的代表作品之一,作者是广东作家陈国凯。无数青年读者也像触电一般,感受到小说传来的把人撕裂的伤痛。

1979年,陈国凯已经41岁,对于一位作家,已算不上年轻。陈国凯是粤东五华县人,1958年,他尚未初中毕业,便因家庭成分被迫辍学离乡,到广州氮肥厂当工人、宣传干事。事实上,早在1962年，陈国凯便以短篇小说《部长下棋》初入文坛。然而，因为受到错误的批判，他的创作生涯一度走到了尽头。《我应该怎么办》像是对青春"亡灵"的召唤。

二十世纪八十年代初，3位广州美术学院的学生在暑假去惠州的港口镇体验生活，他们是学油画的杨小彦、学国画的杨诘苍、学版画的杨劲松，号称"三杨"。在杨小彦的回忆中，当年的港口镇，走私的电子产品堆积成山，有电子表、录音机。不过，这些跟几个学生没有关系，他们此行，是想在风景秀丽的海边练习速写和写生。满脸皱纹的老农、纯朴的渔姑、日出日落的海景，让人过目难忘。有一晚，杨小彦经过月色下的海滩，"惊讶地发现海浪在隐隐发光。问本地人，他们耸耸肩，说有发光的小鱼在浪尖上浮游"。三人蹚过发光的波浪，钻进停泊在海边的渔船。船上12英寸的黑白电视播放着香港的节目。杨小彦想偷看香港的"资本主义罪恶"，连看了几晚却失望而归。在他看来，香港电视节目很无聊，唯独没看到什么"罪恶"。

那个年代，杨小彦的文学梦远远超过艺术梦。老友叶曙明的一部短篇小说《卖假药的老头》让他觉得很刺激，于是，杨小彦动手写了一篇不到1万字的小说《孤岛》。港口镇之行，就像一场未竟的梦，给了他启发，他写一对青年男女因为写生，到了一座孤岛，"在封闭的环境中展开了一场无声的情爱冲突"。小说中的女生不算漂亮，常常自卑，压抑着对同行男生的爱慕。而男生名叫凡生，他对暧昧的情愫也无动于衷。结尾处，女生在一个月夜，裸体站在发白的沙滩上，惊讶地发现自己的身体如此完美。

而凡生突然出现，发生了没有具体肉欲行为的盯视，故事戛然而止。这样的表达，在当时已显得颇为"过分"，而故事隐去目的、扼腕怅然的收篇，正符合当时的文青对现代派的认识。

杨小彦将小说交给叶曙明，叶曙明又交给了时任《花城》杂志主编的作家李士非。出乎杨小彦预料的是，小说很快发表了出来，刊登在刚创刊不久的文学类报纸《南方》1981年第二期上。李士非对小说评价很高。杨小彦感到，他从小就怀抱的文学梦就要变成现实了。更令杨小彦想不到的是，《孤岛》发表后，马上引起了争论，有来自中山大学和暨南大学中文系学生的热情支持，也有一些批评的声音，认为这是"精神污染"。因为这篇小说，杨小彦于1982年从广州美术学院毕业后，被李士非招进了《花城》杂志社，任散文与诗歌编辑。1984年，杨小彦考上了广州美院艺术理论与艺术史的研究生，回到了校园。这段写小说和当文学编辑的岁月，更像是他画家和艺术研究生涯的一段插曲。

多年以后，每当杨小彦见到李士非，这位伯乐就瞪着他，一字一句地说："你为什么不写小说了？你会成为一个优秀的作家。"面对这位放弃文学之路的艺术家，李士非摇头，叹气，然后冷不丁会把《孤岛》的故事讲出来。

说到《花城》杂志，便会引出一段风华绝代的往事。1978年，随着卢新华的《伤痕》、刘心武的《班主任》等小说的发表，"伤痕文学"开始在中国兴起。知识青年如饥似渴地投入阅读热潮。这一年，广东人民出版社文艺编辑室也打算编一本"伤痕文学"小说集。副社长苏晨、文艺编辑室主任岑桑和几位编

　　二十世纪八十年代,掀起了文化热潮。"读书热""出版热"盛极一时,广东图书出版业快速发展。

辑、作家,来到高鹤沙坪的一个招待所开会座谈。研究篇目、约稿事宜时,编辑易征和林振名提议,不如办一本大型文学刊物。后来,这本创刊于1979年4月的文学期刊,选用了作家秦牧一篇散文的题目《花城》作为刊名。

据《花城》杂志前主编、作家范汉生回忆,由于十年"文革"的书荒,偌大的新华书店曾被一两种书塞满。人们无法永远接受这种心灵的荒漠化,出版事业恢复生机后,马上掀起了文学热、学术热。一次,范汉生在北方出差,看到人们冒着严寒排长队购买人民文学出版社刚刚重印的外国名著,他便也加入了队伍,购得《莫泊桑中短篇小说选》。《花城》杂志第一期便印刷了20万册,后来经过两次加印,总印数达到25万册,并在八十年代初创下了60多万册的单期发行纪录。很快,《花城》与《收获》《十月》《当代》并称为纯文学期刊的"四大名旦"。

1980年冬,苏晨、易征、林振名去北京求稿,住在每天1.2元的王府井人民日报社招待所,在寒风中四处奔走。来到东城小羊宜宾胡同拜访沈从文那天,一大早纷纷扬扬的漫天飞雪,气温降至-8℃。沈老把3位衣着单薄的广州来客引进他的"窄而霉小斋"书房,在小火炉前团团围坐,沈夫人张兆和端上热茶。《花城》丛刊第5期(1980)《作家之页》栏目为沈从文特辑,刊发沈从文诗作《拟咏怀诗》《喜新晴》,朱光潜《从沈从文先生的人格看他的文艺风格》,黄永玉《太阳下的风景——沈从文与我》,美国汉学家金介甫《给沈从文的一封信》等文章,以及沈从文手订作品简目。当期的封面为关山月画作《梅》,赵朴初题写刊名。这是"文革"结束后文学大师沈从文首次发表作品，很快引起了巨大的轰动。"立足广东，放眼全国，兼顾海外"是《花城》杂志的办刊方针。《海外风信》《香港通讯》《外国文学》等栏目刮起一股"海洋风"，引人注目。杂志刊登的曾敏之所写的《港澳及东南亚汉语文学一瞥》，是内地第一篇介绍中国内地之外汉语文学的文章。画家林墉的散文《卡拉奇的海浪——访巴基斯坦散记》吹来一股异域的清风。杰克·伦敦的小说受读者追捧。

此后，先锋文学、女性文学、报告文学，都成为《花城》的亮点。《花城》的编辑善于发现文学界的新人，路遥的小说《平凡的世界》被多家杂志退稿后，被《花城》慧眼识珠而首发。小说完整出版发行后，累计销量达到1700多万册，创造了当代的阅读神话。毕飞宇也曾是一个连吃退稿闭门羹的文学青年，当他的小说终于被《花城》赏识，他攥着录稿信绕着足球场走了一圈又一圈，直到天黑。

1984年，由珠江电影制片厂出品、张良导演的剧情片《雅马哈鱼档》上映，广受欢迎，获得了第五届中国电影金鸡奖最佳美术奖。《雅马哈鱼档》的剧本，首先就发表在《花城》杂志上。编剧章以武，当时是广州的一名中学老师，这个剧本的灵感，源自章以武一次在街上偶遇一名以前的学生，这名学生在市场开鱼档发了财，请客去五星级的东方宾馆用餐。电影讲述了八十年代初，待业青年阿龙邀好友海仔和女友珠珠，在龙珠街头合伙开了一家以摩托车品牌命名的雅马哈鱼档，开张之时生意兴隆。后来由于海仔好占小利,短斤缺两、以次充好的事时有发生,毁坏了鱼档声誉,生意一落千丈。3个好友只好分道扬镳。海仔流落街头,干起骗人钱财的勾当;珠珠深爱阿龙,但被母亲逼着与一个澳门男人相亲;阿龙默默踯躅于街头,无所事事。街道个体户协会负责人葵妹,邀请阿龙加入自己的鱼档,阿龙发挥一技之长,开着摩托车干得十分出色。通过与葵妹的接触,阿龙懂得了人的价值在于奋斗。他找回潦倒的海仔,又与珠珠重归于好。在葵妹建议下,两家鱼档合并联营。电影记录下的岭南建筑与高楼大厦、迪斯科与粤语歌、早点茶楼和船上粥档,成为一段珍贵的历史影像。

影片的外景地在广州市海珠区洪德五巷。因为没有找到适合直接取景的街区,张良选择了这条没有摊档的街道,让美工师布置出鱼档、烧腊档、发型屋、鱼腩粉档、服装档,生生造出了一条"龙珠街"。当时几乎每天都有老太太到"雅马哈鱼档"来买活鱼,买不到还很生气,制片主任不得不几番解释。

选择演员时,张良决定所有人物形象都必须像广东人,先在珠影剧团选中了张天喜饰演阿龙,来自汕头的许瑞萍扮演葵妹。虽然张天喜是哈尔滨人,但是他在广州生活近十年,对广东青年是熟悉的。由于珠珠、海仔是地道的广州"街边仔",张良认为,若再找北方的演员来演,人物的广味就变了,所以坚持只能选用广东籍演员来扮演这两个角色。可是实在没找到合适的职业演员,他决定冒险启用非职业演员,从高第街找到了开皮鞋档的黎志强演海仔,在佛山的商场发现了广东姑娘杨丽仪来演珠珠。

另外，他从个体摊档选中了姚慧卿演肥婶，从中国大酒店、白天鹅宾馆和汽车公司等单位的职工中又觅得一众配角。

张天喜一口东北话，演葵妹的许瑞萍一口汕头普通话，杨丽仪一口佛山话，黎志强一口广州话，他们谁也不会说标准普通话。张良为了保持原汁原味，允许演员用各自的方言说台词。后来，影片也发行了普通话和粤语两个不同的版本。扮演肥婶的姚慧卿在生活中为人和善，拍摄肥婶大骂雅马哈鱼档缺斤短两的戏时，她苦于凶不起来。结果，儿女建议她拿出平时冲他们发脾气的架势，这才让她找到了感觉。拍摄期间，剧组每天动员一二百名群演，买百十斤活鱼、几十只烧鹅在人造的"龙珠街"上拍戏。每天收工后，死鱼、不新鲜的烧鹅无法处理，只能由剧组工作人员吃掉，以至于大家落下了"恐鱼症""恐鹅症"。

能印证二十世纪八十年代文学热潮的，还有《深圳青年报》与安徽《诗歌报》联合举办的"'86诗歌大展"。1985年初，诗人、评论家徐敬亚因为他的一篇文章《崛起的诗群》受到不公正的批评，离开东北，南下广东，从吉林省群众艺术馆的《参花》编辑部调到《深圳青年报》副刊部任编辑。1986年7月5日，他向全国几十位诗友发出了名为《我的邀请·"中国诗坛1986'现代诗流派大展'"》的信。

邀请信发出后，顿时在诗歌界引起巨大反响。虽然徐敬亚预计这封信一定会影响很大，但真正的反响还是大大超出想象。几天后，各类诗歌作品、诗歌宣言，从全国各地纷纷寄向深圳。他的小办公桌上稿纸信封堆积成山，后来副刊的办公室也堆不下，只好往家里带，每天下班自行车的后面都满满一堆。报社的领导十分开明，同意把大展增加到4个整版。徐敬亚与当时全国唯一的诗歌报纸——安徽《诗歌报》联络，希望联合举办大展，双方一拍即合。1986年8月8日，两报联手发出第二次邀稿信。

他在大展的前言中写道："'朦胧诗'高峰之后的新诗，又在酝酿和已经浮荡起又一次新的艺术诘难。诗毫不犹豫地走向民间，走向青年。"1986年10月21日，《诗歌报》与《深圳青年报》分别刊发了"中国诗坛1986'现代诗流派大展'"的第一辑与第二辑（各两个整版）。10月24日，《深圳青年报》刊发了第三辑（3个整版）。总计7个整版，按当时的统计是13万字。全部三辑共发表了64个诗歌流派、100余位诗人的作品与宣言。当时的《深圳青年报》，每期总共只有4个版，一份综合性报纸，竟为了办一场大展，几乎变成诗歌的专刊，这样的文学盛事，也只有在二十世纪八十年代，在年轻的特区，才能出现。徐敬亚说："整整一个时代的诗歌阻塞于世人面前，寻找突破口的愿望，是一种多么不可估量的诱惑。此次大展带给人特殊时代的快感，可能空前绝后。"

1985年，29岁的刘小枫从北京大学哲学系硕士毕业，他选择来到刚刚成立不久的深圳大学，任中文系讲师。1988年，刘小枫的思想随笔《拯救与逍遥》面世，一时洛阳纸贵。他对比了以"拯救"为代表的西方"罪感"文化和以"逍遥"为代表的中国"乐感"文化，全书包括引言《作为价值现象学的精神冲突》、绪论《诗人自杀的意义》，以及分别名为《"天问"与超验之问》《适性得意与精神分裂》《走出劫难的世界与返回恶的深渊》《希望中的绝望与绝望中的希望》《担当荒诞的欢乐与背负十字架的苦行》。刘小枫富有文采的语言与充满智性启示的论述，正好呼应了那个时代的浪漫、焦渴与热望。这样一本学术著作，成了风靡全国的畅销书。刘小枫也成了明星式的青年学者。

3. 山野不再沉默

一组数据的对比引人遐思：2019年，广东省城市化率达到70.7%，在全国的省级行政区中，仅次于上海、北京、天津3个直辖市。当时钟拨回改革开放元年的1978年，广东的城市化率仅为16.26%，甚至低于17.92%的全国平均水平。也就是说，在那个大地春回的年月，广东的绝大多数居民都是农村户口，生活在农村，从事农业生产。

在南海县，承认差别、鼓励冒尖，是走向富裕的第一步。时任南海县委书记的梁广大后来总有言："如果我们不能让社队和农民富裕起来，人们就有权怀疑我们是真共产党还是假共产党，搞的是真社会主义还是假社会主义。"平洲、盐步、大沥、小塘、南庄、西樵等7个公社，纷纷建起农副产品加工厂和为广州、佛山等城市工厂加工产品的小型工厂，还办起了为城市提供日用品、副食品和花鸟虫鱼的生产基地。农家阳台上摆放盆橘、鲜花，成了一时的风尚。西樵公社西樵大队第二生产队的农民莫伯永一家,5个人在队里出工,到1980年年终分配时,扣除口粮和实物后,分到5000多元。莫伯永和儿子、女儿还在大队企业做工,全家年收入近万元。莫伯永盘算着,生活好了,花钱的门道多着呢:前年盖的第二栋新房要装修,又买了一台电视机,添置了新家具和风扇,现在家里人人都有手表,还打算添置沙发。

以开发自然资源为内容的专业承包责任制开始在佛山地区兴起,这是农村实行家庭联产承包责任制后,广大农民向生产的深度和广度进军的一种新的承包形式。专业承包主要分为三种:第一种是一家一户零星开发、分散经营,承包集体的三亩五亩小面积荒坡、荒埂、荒涌、山塘,开辟为小果园、小茶园、小药园、小竹园、小鱼塘;第二种是面积较大的荒山荒坡,由社队投资统一组织开发,然后分户或联户承包经营;第三种是在远山高山林场、滨海大型滩涂和新冲积的低洼沙田,由国家或国家集体联合投资,集体承包开发。

在台山,海晏公社开发滩涂进行咸水养鱼的海堰,长达十几公里,一眼望不到头;与它相邻的沙栏公社,利用海湾有利地形,筑成3000多米长的石堤,横锁中门海,围成8000多亩咸水鱼堰和2000多亩淡水鱼堰。位于粤西山区的罗定县,提出"跳出山区开发山区",组织农民建筑队伍,成立专门的建筑公司,开赴深圳、珠海、广州、肇庆、海南等地建房子、挖马路,还投资购置了钢塔、卷扬机、搅拌机等机器设备。外出承包建筑工程一度成为罗定的经济支柱之一。

在汕头,这个我国第一个粮食平均亩产千斤的地区,在农业生产停滞、徘徊了十多年之后，1978年的粮食总产量超过55亿斤，创历史新高。"以粮为纲"、农业经济结构单一化的局面开始改变，甘蔗、柑橘等作物产量持续增长。山地面积占县域五分之四的饶平县，提出大力造林、种果、种茶、种药材的规划。潮安县农村社员以家庭副业形式饲养的家畜家禽，已占总产量的90%。

二十世纪八十年代中期，广东山区林地由于权属多变，滥砍滥伐、植被破坏和水土流失严重，广东的人均森林面积一度低于全国平均水平。在五华县的"乱崩岗"，群众形容水土流失的秃山"晴天张牙舞爪，雨天头破血流"。1985年10月，广东省委、省政府在新会召开全省造林绿化会议，做出"五年消灭荒山，十年绿化广东"的决策。

此前，广东省委的主要领导同志先是深入粤东和粤北山区10个县，行程两千多公里，而后又来到粤西丘陵地带的14个县，进行了深入的调查研究。

恩平县平岗村的专业户吴贵华和吴长奴，从1981年起承包远离村庄的200多亩荒山坡地，投资10万元，挖鱼塘92亩，种甘蔗37亩，香蕉100亩，还有几千株杂果；1984年初又承包了约150亩荒山继续开发。登上山冈，俯瞰四野，但见半坡蔗林，山涧鱼腾，塘边蕉绿，郁郁葱葱。吴贵华致富后，带领7户农民开荒经营，全县开始推广他们的经验，"一个典型胜过一打动员"。

在山路泥泞的阳江县（今阳江市），张玉德和父亲张开宁在荒芜多年的丘陵地带经营了30多亩水果和经济作物，有菠萝、柑橘、香蕉、西瓜、花生、木薯。1982年，张玉德从部队退伍，成天跑深圳、闯珠海,想靠搞建筑赚大钱,但闯荡了一年,差点连回家的车票都没钱买。父亲张开宁对他说,富路有千万条,咱还是干熟道。起初,张玉德的对象不相信开荒山能致富,恋爱告吹。张氏父子起早摸黑,用烂了三十几把锄头,终于办起了果园。一年后,瓜果飘香,张玉德也喜结良缘,在广阔的农村扎下了根。立体种植、良性循环、缩短周期,便是他们的致富经验。

在海康县(今雷州市),王维弄红红火火地办起了家庭加工厂,主营菠萝罐头。王家的家庭工厂共有13人,投资约2万元,日产罐头可达700瓶,每瓶纯利0.15元。省委领导兴奋地对王维弄说:"你们再也不是光出卖原料的'殖民地',而是生产和加工的基地,从生产到加工形成一条龙,驾驭这条龙就可以腾飞了。"在层峦叠嶂的连平县大湖区,区公所办公室挂着一副对联:"两三星斗胸前落,十万峰峦脚底青",道出了村民的胸怀与追求。

之所以提出"十年绿化广东大地"的目标,正是为了解决粤东西北山区致富实现小康难的问题,加深对"无农不稳,无工不富,无商不活"的认识。如果过分强调"无工不富",便会忽视农业,放弃因地制宜的发展路径,巧妇难为无米之炊。当时,广东仍有大片的荒山荒坡,利用起来造林种果,实现绿化,既能创造财富,增加收入,又能保护环境,造福子孙。到1989年,广东省委关于"资源在山,优势在山,希望在山"的分析已成为鲜活的现实。1989年与1985年相比,广东全省48个山区县农业总产值增长41%,农村人均收入增长60%以上,现代化林业曙光闪现。

4. 农村的"二次革命"

宝安县南岭村的故事,更是成了传奇。对于张伟基来说,劝阻逃港只是开始,更重要的是用小康生活留住邻舍和乡民。改革开放前,方圆几十里的人都认为有女不嫁南岭人,到处流传着"女人脚趾无爪,莫做南岭阿嫂"的顺口溜,村里许多男子汉无奈成了光棍。南岭村以前是丘陵地带,山地种水稻,艰难程度可想而知,"不做南岭阿嫂"的顺口溜,意思就是女人脚板又粗又硬,才能爬山地,割稻谷的时候又要挑很远才能回家,很苦。

改革开放初期的南岭村只有134户人家,全村人口576人,分4个生产队,共有20多头耕牛、10多台打谷机,1间小型粮食加工厂,几间用泥砖饭堂改建的生产队仓库。1979年底,村集体经济年收入不足7000元,人均年收入不足100元。全村每年要吃国家返销粮2万多斤,还要买入8万多斤红薯以缓解饥馑之忧。村里老人回忆,有一年,南岭饥荒闹得特别凶,死猪埋葬了也有村民把它挖出来吃。

1979年,深圳建市后,根据中央赋予深圳的特殊政策及毗邻香港、交通方便、信息灵通、工业用地和劳动力资源充足等优势,做出"内引外联"办工业的决策。南岭村建成首个工业区。

当时,张伟基等村干部,暗下决心抓住时机。1980年初,听说广东省和平县无线电厂厂长尤镜泉来深圳寻找合作办厂的伙伴,张伟基很兴奋。因为他一直在琢磨怎么按照中央的政策,带领南岭村脱贫。于是他找到尤镜泉商议在南岭村合作办厂,并亲自带尤厂长去选址。经第一生产队队长张伟基的百般游说,多方沟通,南岭村准备引进该无线电厂与南岭村合办内联厂,但合办报告送审后,石沉大海,久久未见批复。张伟基心急如焚,到处打听、催办,后来直接跑到了有关审批部门的同志家里游说。对方对张伟基说,南岭村这么穷,脏、乱、差,有什么条件,凭什么能力内联办厂?

"要致富先修路"。张伟基憋了一股子劲,带领队里的干部、群众挑灯夜战,突击修路,引车辆进村;清扫垃圾,种树绿化,栽花摆景,美化村容村貌,创造投资环境。还把有关审批部门的同志请进村来。此情此景,让审批者非常感动,当即拍板:"就凭你这干劲,南岭村批了。"

1980年8月,南岭村与广东省和平县无线电厂签订协作办厂协议,次年8月,生产大楼竣工投产。这是深圳第一家内联企业。这不仅是南岭村,也是当时整个宝安县农村签订的第一份内联企业协议。

今天看来这份协议极其普通,但在当年要履行却阻力重重。市里的主管部门认为合作方是山区穷县,没有资金实力,因而迟迟不批。

"张伟基认准的事儿,几头牛也拉不回来。"人们曾这样风趣地评价他。的确,当时的张伟基就来了牛脾气,他三天两头地跑深圳,没结果,就又去公社向领导求援。顶着7月的炎日,公社书记带张伟基和尤厂长去找县委办公室主任,扑了空。又找市工商局、市财办,挨个门拜,挨个门说,晓之以理,动之以情,最后终于领回了一张临时营业执照。

从此,在南岭村每亩年产值不过百元的马鞍山坡地上的旧瓦房前,挂上了"南和公司筹建办公室"的牌子……接着,广东省电子局下属的8571厂来南岭建起了华南无线电厂,香港老板陈景文也看中了这块不断升值的宝地,创办了这里的第一家港资企业。

南岭村人通过努力取得初步成功,也明白了一个道理:同样一片天、一块地,同样有阳光照耀和政策指引,为什么有些事情办成了,有些事情办不成;为什么有些地方变化大,有些地方山河依旧。"事在人为,关键在于人的主观能动性。如果坐等什么条件都具备了,才去办,那就坐失时机了;如果老是在那里等、靠、要,其结果什么也等不到,什么也要不到。"张伟基说。

迈出改革开放第一步,不仅给村集体经济发展提供了崭新的思路,村领导班子和村民们,也接受了第一次市场经济的洗礼。"南岭村近年来取得了很大成绩,积累了许多经验。他们最宝贵的一条,就是全体党员、干部牢记党的全心全意为人民服务的宗旨,以求实的态度,以勇于进取的精神,把建设社会主义文明新村作为自己的重任,并为此而努力工作。"1986年2月,当时的宝安县委、县政府做出的《关于学习南岭村的决定》(下称《决定》),可以说,是对南岭村向贫困宣战,取得丰硕成果的充分肯定和系统总结。

当时,《决定》要求全县干部和群众要好好学习南岭村"正确处理建设物质文明和精神文明的关系""正确处理工业和农业的关系""正确处理长期和近期利益的关系""正确处理积累和分配的关系""正确处理集体和个人的关系"。

南岭村集体经济得到快速发展，还与实践中一次又一次的正确决策选择分不开。1982年，南岭村当时还只有4个生产队，张伟基任第一生产队队长，拿到了第一笔征地补偿费——43万元，这是南岭村的第一桶金。领回后，大家都穷怕了，都希望每家每户分了用于改善生活。张伟基当时反复思量：自己家里劳动力多，分钱的话家里能赚不少，但是他又觉得集体经济像母鸡，养好了能下更多的蛋。

要蛋还是要鸡？思虑再三，张伟基做了一个对南岭村后来的发展产生深远影响的决定——43万元不分，集中起来搞发展，南岭村今后才有盼头。"不杀下金蛋的母鸡，而这只母鸡，就是依托宝贵的土地资源形成的村集体经济。"他向村民们描绘了一个充满希望的图景：我们要从长远去考虑，现在少分这点钱，以后就肯定能多分几倍甚至几十倍。

村民们看本来可以分不少钱的张伟基一家，带头不分钱，很多人就开始改变了分钱的想法，同意把这笔钱再投入到建产房扩大再生产。南岭的4个生产队合并为一个党支部后，通过每个村民一票的无记名投票进行选举，张伟基当选为村委会主任兼村党支部书记，南岭村村委会成立。张伟基又提出了"走集体主义道路，十年内使村民吃饱饭，有新房住，有钱花，健康长寿"的目标。这个对小康前景的朴素描述，与今天南岭村辉煌的高楼大厦相比，显得是那样初级和原始，在当时却十分激励人心。

后来，张伟基回忆起当时的承诺笑言："和农民就要讲'农民话'，讲'知识分子'的话是不行的。"43万元补偿款被用于第一生产队厂房建设，由此第一生产队引进港资兴办了南岭村第一家来料加工厂，同年通过外引和内联，办起了3家工厂，这成为南岭村日后迅速发展的重要基础。

而且村委会成立时，正是深圳兴办外向型企业的黄金时期。张伟基主动联系几个外商来南岭洽谈办来料加工厂。当时，外商指出，要建起标准厂房，解决配套基础设施才能来投资办厂。兴建1万平方米厂房，需要资金300万元，这对当时的南岭人真是天文数字。只有找银行贷款一条路。村委会大多数干部思前想后，怕还不了贷款，背一屁股债，但张伟基信心十足，大胆拍板。事实证明，这次投资不仅两年收回成本，还为南岭开拓了一条生财之道。

1986年2月，宝安县委、县政府做出《关于学习南岭村的决定》，南岭村借此东风又一鼓作气，建下第一个工业区。1987年5月，香港国际玩具厂华泰落户南岭村，壮大了南岭村工业规模，扩大了南岭村在深圳乃至在香港的知名度和信誉度。

在发展农村工业化的初始阶段，南岭村并没有单打一地只发展工业，不重视、不顾及农业。工业的崛起，为支持农业的发展提供了良好的物质条件。南岭村采取以工补农的办法，投资1500多万元发展"三高"农业（指高产、高质、高经济效益的农产品或项目），因地制宜，保留水果基地1000多亩，蔬菜基地200多亩，兴办养猪场、养鸡场、养鸭场。"三高"农业的收入，在一个时期，仍然成为整体经济收入的重要支柱。

二十世纪八十年代中后期，南岭村村民不仅已经告别了贫困，解决了温饱,而且过上了小康生活。南岭村第一工业区建成,共创建外引内联企业14家,计有手套厂、丝花厂、皮革厂、电气厂、机绣厂、玩具厂等"三来一补"工厂8家,内联企业有梅丰电子厂、中南电子厂、宝石电子厂等6家,拥有标准厂房13幢,工人宿舍、办公楼4幢,共两万余平方米,员工3000余人,全村固定资产530多万元。深圳市大小公交车辆驶进村来,村民大部分进厂务工,变农民为企业员工,8小时上下班制,月终领工资,村民与市民相差无几,外地农村劳力纷纷要求来南岭村就业当工人。到1991年,人年均纯收入超过1万元,实现了南岭村的第一次飞跃。

二十世纪八十年代初的中国,"万元户"是一个光荣的称号。宝安平湖原新南村新村生产队是一个造就许多"万元户"的生产队。在胡德平所著的《耀邦同志和特区货币》一文中有一段这样写道:"深圳特区群众的收入是多方面的,当然不能只靠工资、种地收入。座谈会上……方苞同志介绍平湖公社新村生产队队长邓衍芬上一年收入5万元,他的钱一部分建房子,一部分扩大再生产,养鸡从几千只扩大到几万只……"

邓衍芬是东莞雁田人,家里有六兄妹。1938年,他的父母相继过世,12岁的邓衍芬孤身从雁田走到了平湖。18岁时,他到叁盛村一个叔伯的姐姐家种田做帮工,最终在那里落了脚。叁盛村后来改名为新村,即现在的平湖凤凰社区新村。

1952年,他娶了伍屋围的一个女孩。多年只身闯荡的经历造就了邓衍芬头脑灵活、吃苦耐劳的个性。因为他很有领导能力,虽然当时整个村的村民都姓伍，只有邓衍芬一家姓邓，村民们却选他当了生产队长。叁盛生产队有20多户农户，邓衍芬带领村民种稻谷、木薯、番薯、花生。邓衍芬喜欢琢磨，想尽办法增加水稻产量，种出来的"千斤亩"高产水稻远近闻名，广东省的大队长、生产队长都来学习。

当时别的生产队一般是每天5角一个劳动力，有的甚至才几分钱，叁盛生产队则达到1元，最高时2元。很多生产队没什么收成，粮不够时，叁盛生产队往往还有余粮，一些生产队就会派会计来队里借粮、借钱。

"文革"时生产队也没有荒废生产，邓衍芬带领群众一边积极学"毛选"，一边积极生产。其间，邓衍芬曾经被"造反派"关了一个晚上，村里的干部急忙把他保出来，说关了他就没人管生产了。

在邓衍芬家的客厅方桌上摆着一座铜质奖杯，上面刻有"宝安县劳动模范"的字样；墙上挂着用玻璃框装裱起来的一张剪报，上面刊登着深圳建市后第一批劳动模范的合影，邓衍芬站在第二排中间的位置上，看起来朴实又充满干劲。那年是1983年，他58岁。

1981年，一个香港老板找到邓衍芬，请他种植剑兰花，由其包销到香港。种惯了稻谷、木薯的村民不愿改种剑兰花，邓衍芬一边挨家挨户做思想工作，一边自己带头种。当年底，邓衍芬一家收入近4万元。1982年，邓衍芬办了一个养鸡场，养了四五千只鸡，专门供应香港，他家还在山头种荔枝、龙眼，成了平湖第一种养殖大户。

很快，村里20多户人家，有15户种上了剑兰花。1980年以前，新村每个家庭每年有几百元收入，1980年达到1500多元，包产到户后有的达到了四五万元。整个八十年代，邓衍芬带领群众种花种果种稻，大力发展农业、养殖业，不光他自己，村里还涌现出了更多的"万元户"。

而早期港商来平湖兴办的"三来一补"企业，成立于1980年3月的山厦丝花厂可谓是其中的佼佼者。

在山厦社区办公室，存放着几份复印的档案资料，其中一份材料显示，早在1980年3月19日，深圳市对外贸易局就批复了"平湖公社山厦大队承接香港大明塑胶厂胶花来料加工"的报告。在其附上的协议书中，记载的内容非常具体明了，也为今天的读者了解改革开放初期如何引进外资兴办"三来一补"工厂提供了难得的史料。

协议书规定，由甲方（平湖公社山厦大队）"提供厂房200平方米，选派工人30名，代乙方（香港大明塑胶厂）加工塑胶花，产品由乙方运往香港经销，甲方收取加工费，负责协助乙方办理生产所需设备、原辅材料及产品进出口手续"；"乙方保证给予甲方足够的加工生产原辅材料和包装物料，确保甲方工厂能全年均衡生产，如因来料不正常或所进材料不合规格而造成甲方停工损失，乙方应予赔偿"；"月产量最少1万小箩，年产10万小箩，工缴费年值60万港元左右"；"乙方负责派技术员培训甲方工人，直至工人能掌握技术为止，甲方工人的培训期为10天，培训期的工资每人每天（8小时计）15港元，由乙方支付"。代表山厦大队在协议书上签字的,是时任山厦村党支部书记严树宝。

"那时家家户户都去丝花厂领料到家里做,一个月赚好几百元加工费呢,有些人家手工劳力多的能达一两千元,是一笔不小的收入。"山厦村第六任党支部书记叶润牛,八十年代初是山厦大队大队长,为引进山厦丝花厂跑海关、跑外经部门,做了不少具体的协调服务工作,见证了山厦丝花厂开办发展的全过程。

平湖一个壮劳力在生产队一天的工分,也就几角钱。而1980年一个在丝花厂工作的工人,一天的工资就达15港元,这无疑是个天文数字。山厦社区工作站的叶秀琼还记得,二十世纪八十年代后期她上小学,放暑假时最喜欢到丝花厂做工,能挣二三百元加工费。"那时候不光是山厦村,连附近岐岭、力元吓的村民都来山厦丝花厂领料回去加工。"她说,"山厦丝花厂带动了农民致富,当时山厦的人均存款在平湖镇是最多的,很多人羡慕山厦人。这让我们第一次认识到了港商的可敬之处,认识到了招商引资发展工业的重要性。"

在当地干部群众的支持下,山厦丝花厂越办越好,成为宝安县知名的"三来一补"企业。短短数年时间,丝花厂不仅厂房面积扩大了5倍,工缴费也由每月5万港元增加到每月40万港元,增长了8倍。

在山厦丝花厂不远处的山厦社区广场上,有一幢颇为气派的三层楼房,那是山厦社区老人活动中心。一楼进门处墙上镶嵌着一块功德牌,上面写着:"此筑为本村港胞叶浩荣先生独资兴建。叶先生旅港经商,不忘桑梓,常解囊资助村镇之文体卫生诸事业，贡献良多，实令吾村父老乡亲愈情褒奖，为欣为颂。"

叶浩荣于1939年7月出生于平湖镇山厦村，1958年赴港，先在工厂打工，掌握技术后自己办厂。改革开放初期，他敏锐地察觉到党和国家在调整政策，要发展经济改善人民生活，也不再歧视港商了。1979年冬至1980年春，他果断地把在香港的工厂的部分设备——冲床、风泵、风喉、模具、塑胶啤机、柴油发电机等搬回家乡山厦村，开办了平湖山厦丝花厂，成为当时首批到平湖镇投资办厂的港商。1979年12月9日丝花厂进第一车货，所以就将以后每年12月9日定为厂庆日。此后，叶浩荣还积极宣传推介平湖的投资环境，打消港商的思想疑虑，发动了四五十名在香港的工商界朋友到平湖镇投资办厂，为家乡的改革开放和经济发展做出了贡献。

其实，在1983年，山厦曾经有过一场争论。这场争论围绕两个问题展开：第一，祖宗的遗产——集体土地是否应该外租？第二，到底应该优先发展集体经济还是鼓励单干？

当时，山厦的集体经济远不如私人经济发展得那样快。山厦的带头人严树宝在党支部会上指出："我当然希望村里乡亲的经济效益更好一点，发展速度更快一点，生活水平再高一点。可是，要达到这样的目的，光靠单干是不行的，都单干了，还要我们干部干什么？既然我们是村干部，那我们该干的又是什么？再说，我们是不能完全走单干的路，大家的富裕是依托在集体力量之上的。现在我们对将来的形势也看不准，但有一条，就是我们农民的身份变了，深圳发展的是大事业，如果我们还是小规模的单门独户的经营，最后肯定跟不上城市化经济发展的步伐。我们的日子可不能现在就到头了,我们还有很远的路要走,大家想想,在这样的形势下,是结伴走好呢,还是分开单干好?"

村领导决定将村里的1000多亩地租给华宝公司,随后又将700多亩果场承包给了新兴县来的农业技术人员和果农。

1986年7月,山厦人依依不舍地告别了祖传下来的面朝黄土背朝天的农耕时代。同时,也掀开了自己命运的新一页。也就是在这个时期,老书记严树宝因年迈而退了下来,由叶润牛接任山厦村党支部书记,开始在山厦酝酿新的故事,创造新的奇迹。

1987年,恰逢深圳农村体制重大改革,先前的"山厦乡"改为"深圳市宝安县平湖镇山厦村民委员会",党支部、村委会成员有:叶润牛(党支部书记)、邬衍南(副书记)、沈润香(村主任)、邬丽娇(村委委员)、林顺兴(村委委员)、严再兴(妇女主任)。

在党支部的带领下,山厦人找到了前进的方向和道路:建厂房,办工业区。丝花厂已经让山厦人尝到了甜头。香港还有很多寻求出路的中小型企业家把投资办厂的目光投向特区的"关外",他们恰似一只只飞鸟,在不同的村子匆匆盘旋,寻觅可以下蛋孵化的巢。

哪里有筑好的"巢","凤"自然要往哪里飞。可是,"巢"要筑得能"引凤",就要硬件软件的标准都高,要起厂房、修马路、供水供电,还要有商业旅游设施、文化设施……这可不是清扫一个旧谷仓,腾出一间住房那么简单,这需要几百万甚至上千万的资金投资。

钱，这个山厦人刚刚解除的困扰，又以另一种方式横亘在他们的面前。就在山厦人为开发工业区的钱无来路而发愁之际，有一个天大的好消息在深圳农村传开：国家为了启动农村的经济建设，创造良好的外部条件和宽松的经济环境，促使农民迈开脱贫致富的步伐，银行将上门发放优惠的低息贷款。

1987年4月，山厦人从信用社、银行贷来几十万元，拉开了兴建工业区的序幕。经过日夜鏖战，仅仅用了几个月时间，第一期标准工业厂房便拔地而起。厂房刚建好，就有港商来了。最早租用新厂房的是大明塑胶厂和鸿发制衣厂。这两个厂的产品大部分销往美国、日本、加拿大、澳大利亚及港澳台地区。接着，各类电子、服装、五金、化工、汽车修理等20多家企业如雨后春笋般出现，在山厦漾出一片春意。

第一期厂房成功全部出租，极大鼓舞了山厦人大办"来料加工"的信心。党支部决定采取"一两年内立基础，三四年后见成效"的方针。在当时，这无疑是个大手笔。由于来料加工企业的加入和兴办，新的经济格局为山厦注入了生机。

1988年，由于新工业区的不断增加，为了便于管理，山厦村成立了村经济发展公司，由邬衍南任经理。山厦先后与华盛公司、南油公司、群益公司等合作开发，推平了大大小小几十个山头，建起了许多厂房，成为如今山厦村不断产生财富的聚宝盆。

随后，一个大胆而现实的构想在党支部和村委们的脑海里渐渐勾勒清晰：发动群众，引导村民集资建厂办企业，发展农村合作股份经济，通过投入生产而增值，走共同富裕道路。一张招股集资的告示，贴在村委会门前：招股集资盖厂房，每人5000元，还本付息还可以分红。一开始，很少有人响应，大多数村民对这一新生事物持保留态度。党支部和村委会一班人商量对策，一方面，不厌其烦地向村民解释集资办企业的好处；另一方面，认为"言传不若身教"，决定首先以村委会、干部、党员带头入股，以行动昭示村民。

山厦，这个昔日依赖自然经济、以种田为主的农业生产大队，逐渐脱胎换骨成为一个以商品经济为立身之本，以工业为主的开发、服务性生产经营实体。这种质的飞跃之间，架设了一座桥，那就是投资入股这一独特的经济形式。村民们投资入股，在有了投资回报的同时，也成了村里或各股份企业的股东，成为社会主义现代化事业的投资者。那些可能会因为被搁置而成为死钱的资金，一旦变成了活钱，注入到村集体经济的血脉大循环之中，便形成了经济飞跃的巨大活力的源头。

从此以后，山厦农民从延续数千年的农耕身份摇身一变，成为企业的股东，历史的飞跃在悄然间完成。这种腾云驾雾般的经济社会结构跃迁，便是珠三角农村在二十世纪八十年代的缩影与写照。

第五章

知识改变命运

1. 公正的龙门

1983年7月,这个夏天比以往几个夏天,似乎要更热一些。空气里弥漫着一种让人激动的气息。整个中国在一种躁动的情绪下向前迈着自己的脚步。已经连续参加5年高考的吴松山,又一次走向考场。

那个时候,每一所高中都有复读班。复读班里,是上一届高考没有被录取的学生。在当时,复读并不是一件让人脸上无光的事,相反,能复读的学生,都出身于家境较好、父母对子女期望值高的家庭。吴松山的家在梅州地区的一个小镇上,父亲知书明理,母亲贤惠持家,都在镇上工作,他家的生活条件算是比较优越的。

五战五败,但吴松山一点也不气馁。这一次,他志在必得。高考,决定着未来的人生道路,是他必须跨过去的一道坎。不久前《广东农民报》刊登了他的作文这件大事让他对高考充满了信心。那时的《广东农民报》有个栏目叫《读与写》,经常会刊登一些高考模拟试题、作文选登和有关读与写方面的文章,颇受高考考生的关注和欢迎。当时大多数的报刊,都会有一些与高考相关的内容,吴松山一直爱好写作,不知不觉积累了40多篇作文。他从中选择了一篇《我爱红棉树》向《广东农民报》投稿,很快就有了消息。一天妹妹打午饭送到他房间,跟他说:"报告你一个好消息,你的作文发表了。"吴松山忙问:"你是怎么知道的?"妹妹说是同学告诉她的。吴松山知道这个消息是确切的,因为他从未向任何人透露过投稿一事。他高兴得饭都顾不上吃,赶紧跑到班主任家里,因为班主任订了这份报纸。他一路跑过去,找到了3月27日《读与写》栏目发表出来的文章。

发表文章是一件了不起的大事,这让他对自己的未来充满信心。果然,这一年高考他状态特别好,考试完就觉得自己一定能考上。在经历高考五连败之后,吴松山终于顺利考取华南师范大学。就像古代的科举考试一样,朝为田舍郎,暮登天子堂。知识再一次派上了巨大的用场,高考作为一把公平的尺子用来衡量人才的水平。百年小康梦,知识是最大的驱动力。

1977年初冬的黄昏,20岁的金宇雁拖着劳累了一天的身躯走过村前的小河边,乡里的大喇叭传来了令他震惊的消息:"全国统一今年恢复高考!"在此之前,十年多的时间里,凭借寒窗苦读参加高考改变命运的通道被堵。金宇雁驻足而立,有些不敢相信是真的。大喇叭在那个时代,代表着最权威的声音,所有的指示和派工信息都从那里传来。大喇叭在广播这条消息的同时,还详细地告知了本年度的高考将于11月21日在全国范围内进行。

南粤大地都议论着这件平地惊雷的大事,从城市到山区,到远在深山邮路还不通畅的知青点。这一年,广东的报考人数空前,全省报名人数将近92万人(其中近38万人报考中专)。据当年参加高考考务和录取工作的工作人员回忆,加上报考文艺专业的共近96万人。

而在此前,广东高校招生采取的是推荐上学的政策。1977年实行的是"自愿报名,统一考试,地市初选,学校录取,省招生办批准"的办法。和全国其他省份一样,这一年,广东省实行自行命题。考虑到高考中断了11年,不少原来基础不错的考生,离开书本时间太长。为体现公平,更好地吸纳人才,广东省招生组经过多次讨论,做了一个大胆的决定——广东采用开卷考试的方法。

因为当年报考人数实在太多,而全国的高校才404所,全国报考570多万人,最终被录取的只有约27万人,录取率不足5%。在广东,高考报考将近54万人,最终录取8700多人,录取率约为1.6%。这是高考恢复40多年来录取率最低的一年。

刚刚恢复的高考,不像后来都是在夏天举行,而是在冬天举行的。这是一个骚动而热闹的冬天,由高考而带来的学习热潮席卷全国,高考复习资料,成了热门书籍,一书难求。这一年,破空而至的高考,激励了成千上万的年轻人重新拿起书本,加入到求学大

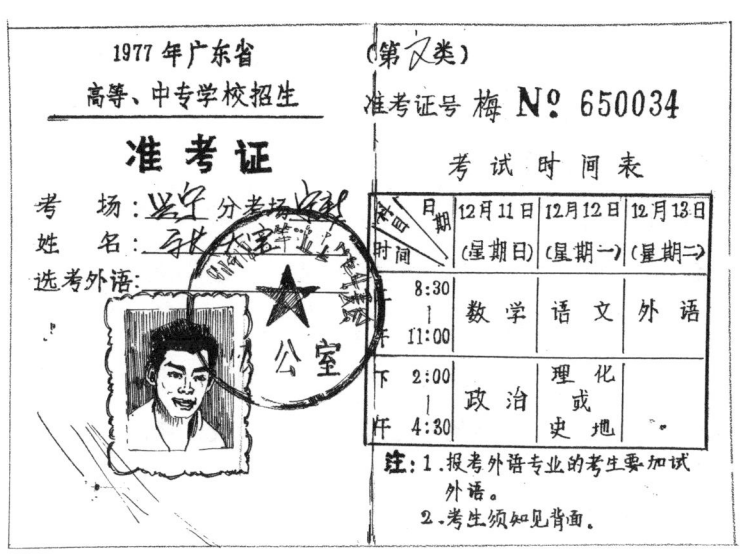

1977年恢复的高考,广东省采用开卷考试的形式。这一年的高考,不像后来都是在夏天举行,而是在冬天举行的。

军中。第一次的高考,考试由各省、自治区、直辖市命题。基本沿用"文革"前的考试办法:文理分科,文理两类都考政治、语文、数学,文科加考史地,理科加考理化。1978年,恢复了全国统一命题,省、自治区、直辖市组织考试、阅卷、录取新生的工作体制。考试科目仍然分文、理类,文史类专业考政治、语文、数学、外语、历史、地理;理工类专业考政治、语文、数学、外语、物理、化学、生物。外语考试的语种可以选择英语、俄语、法语、德语、日语、西班牙语和阿拉伯语等。

文件规定:凡是工人、农民、上山下乡和回城知识青年、复员军人和应届毕业生,符合条件均可报考。考生要具备高中毕业或与之相当的文化水平。

就连那些曾经地位极其低下,甚至一度被呼为"狗崽子"的知识青年,也预感到他们命运即将出现的变化。修改后的高考审核条件,几乎使所有人获得了平等的权利。

作为知识青年,金宇雁已经在广州近郊农场里"下乡"劳动了3年。当时心里实在太激动,但是他又感到特别忐忑,因为担心考不上。那时高考已经停止了11年,攒下了太多考生,对于自己所学的知识,每个人都没有太大的把握,都不敢抱太大的希望,但是,每个人都要去搏一搏,这是"改变命运的机会"。下乡的生活环境太艰辛了,大量的重体力劳动压在稚嫩的肩膀上,金宇雁每周只能吃两片肉,青菜也很少,每天都饿得睡不着觉。他太想改变自己的现状了。在他年轻的心中,有一种壮志未酬的感觉。他想把这一腔热血献给社会。从获知消息到高考只有两个多月的时间,报考后的金宇雁,每天从繁复的劳动中抽出时间,把能找到的课本全部重新读了一遍,就上了考场。

幸运之神眷顾了金宇雁,他通过了当年录取率只有1.6%的高考,为中山大学历史系所录取。在中山大学上学的4年是他人生中最宝贵的时光。"几乎是白天黑夜都在学习,身边所有同学都是如此,整个学习氛围非常浓烈,这是多珍贵的一个机会啊。"金宇雁回忆,入大学前他从未学过英语,大一从ABCD学起,每一秒都不舍得放过,到了大四已经能看英文原著,也能和外国人进行基本对话。经历过荒废,才特别理解渴望的力量。如饥似渴,只有这四个字,能真实地表达当时中国青年对知识的渴求。

这是一个空前绝后的场景,不少父子、母女、兄弟、姐妹、师生、夫妻携手同进一个考场,同挤"独木桥"。参加考试的人非常多,但最终过了成绩、政审、体检关进入校门的寥寥无几。

陈小奇参加高考已经是他高中毕业的6年后,这6年,他在一家工厂当资料员。他也在自己喜欢的音乐领域里以自己的方式玩得不亦乐乎。陈小奇出生于二十世纪五十年代,最初接触音乐始于小学时代。父母带着他进城买了一台红星牌晶体管收音机,一到周末晚上,陈小奇就躲在被窝里准时收听中央人民广播电台的周末音乐会。靠着这个收音机,他接触到了很多类型的音乐。

小学六年级时,陈小奇想组织大院里的孩子们一起学乐器。可一把二胡的市场价为5元到6元,这对一个小学生而言,无疑是天价。于是他上山打蛇,把蛇皮剥下来做琴皮。琴弓制作要用马尾,可是南方哪来马尾巴？正苦恼的时候,有人告诉陈小奇,用剑麻可以代替马尾。于是他就按照步骤,将剑麻使劲砸完之后放水里泡,等到泡了一个星期之后,一把琴弓就出现了。

用自制的二胡,陈小奇学会了《江河水》《北京的金山上》等曲目,升入中学后他又自组了乐队,在里面当乐手。他在工作的同时也担任着宣传队兼音乐队的队长,与一群志同道合的朋友在一起,玩得很开心。

高考第一年,陈小奇想报考星海音乐学院的前身——广州音乐专科学校,但没成功,没人辅导,也不知道考试内容。当时第一关是考演奏乐器,他随便演奏了一下没想到居然考过了;但是到第二关考节奏时,他完全晕了,不知道怎么回事。这次经历让陈小奇在正式高考前开始思考,他决定稳妥点,能读上书才是最重要的。于是他选了比较有把握的中文系。

陈小奇高考被录取的过程十分惊险,成绩出来后陈小奇查到自己272分,只比入围线高两分,当时觉得太离谱了,历史成绩才6.5分,他想无论如何历史也不止6.5分！后来就到教育局查,发现前面少了一个数字8,这一科少了80分,地理也少了20分。这样一来,陈小奇总分增加了100分,进了中山大学。由此有了流行音乐后来的传奇。

1977年冬天恢复高考之后,不到半年时间,1978年夏天,求贤若渴的中国,接着举行了第二次高考,约610万人报考,录取约40.2万人。七七级学生1978年春天入学,七八级学生1978年秋天入学。这两次大规模的考试，报考总人数达1100多万人。

"知识改变命运"。恢复高考后，知识被重新赋予了尊严与价值。高考制度的恢复，不仅改变了几代人的命运，而且为中国在新时期及其后的发展和腾飞奠定了良好的基础，为中国的小康之路注入了强劲的活力。忽如一夜春风来，人们内心积聚太久的渴望得到释放，在迷茫和困顿中苦苦求索的数百万青年拥入考场。恢复高考不单单让参加考试的考生燃起信心与希望，更吹响了一个国家推崇知识、尊重人才的序曲。恢复高考不仅是这些"追梦人"改变命运的里程碑，也是一个国家和民族前途命运的转折点。

在这种背景之下，全民掀起的读书高潮，一下子席卷了整个中国。知识被摆到了前所未有的高度，"读书无用"的论调，被彻底扫进了历史的垃圾堆。当时流传着这样一句谚语，"学好数理化，走遍天下都不怕"。知识一下子成为敲开世界大门的钥匙。一套《数理化自学丛书》，成了热销大江南北的读物，它给渴望考上大学的知青们带来了自信和希望。为了能早日得到这套丛书，在新华书店门口出现了全家出动连夜排队抢购的壮观场面。印刷厂日夜赶印，仍供不应求。正是因为这套丛书，那些被耽误了的青年人的命运，从此有了改变。

这套《数理化自学丛书》共发行了约7395万册。这是中国出版史上的一个奇迹。在这个"不见面的老师"的引领下，知青们一步步由浅入深地迈进了知识的殿堂，它也成了全社会读书热的引线。

恢复高考后，广东省中山图书馆门庭若市，一大清早，图书馆还没有开门，青年们就已经在门口排起了长队。图书馆的老员工们至今还记得当年图书馆开门营业时的盛况。每天早上6点多，图书馆门口就开始排队了，到了开门时间，读者像潮水一样涌入。许多读者带上干粮，挤进图书馆后，一直待到晚上闭馆再出去。因为人太多，所以窗台上也坐满了人，许多人连窗台位置也坐不上，只能坐在地板上，甚至室外的阳台上。

众多读者在图书馆里废寝忘食地看书学习，他们中为数不少的人在做《数理化自学丛书》中的习题。《数理化自学丛书》原先馆藏约有10套，后来因满足不了这么多读者的需要，图书馆就和新华书店商量，最后得到了新华书店的支持，增加了几十套。

当年有一句非常激励人的口号，就是"要把'文革'十年所失去的时间给补回来"。这壮观的读书场面，是少有的读书热潮，仿佛要将几代人的青春压缩进十年的光阴，将数千万青年翻阅的双手和注视的眼睛，压缩进圣殿般的书店和图书馆。

高考也带来了对科技人才的尊重和崇拜。"陈景润"这个名字经过徐迟的报告文学《哥德巴赫猜想》的宣传报道，成为"科学的春天"里一朵最明妍、最璀璨的花朵。"陈景润""勇攀科学高峰"成为时尚词语出现在报纸杂志上，出现在小学生的作文里，成为一代人的奋斗目标和价值取向。

陈前家住在海南岛南端的保亭境内，海南是当时广东的偏远之地，保亭又是海南的偏远之地。高考降临的时候，保亭人以能考出岛作为自己的最高理想。出岛前往更广阔之地，成为一代年轻人奔向美好生活的第一梦想。

可陈前的兴趣在音乐。他第一次接触乐器是10岁的时候。房屋后种的竹子，砍一节，用烧红的铁条烧几个洞，就成了最简便的乐器——笛子。也不知从哪找来的一本《怎样吹竹笛》的小册子，凭着对音乐的天生感觉，他天天有空便呜呜地乱吹，能吹响就行，几个月后竟也能吹出一首小曲。

有几个平时玩得好的同学也跟着学，几个人在一起乱吹乱弹，时常引得一些女同学侧目。他所上的三道农场中学也是一个藏龙卧虎之地，文体活动比起当地的农村中学要活跃得多。反正年轻，那个时候没有手机电视，有的只是挥霍不完的青春时光。那种日子过得贫穷而自得。海南岛山里日子是单调的，陈前最早的音乐启蒙就是每天早上、中午、晚上连队里的高音喇叭准时播放的革命歌曲，听几遍就会哼了。

家里穷，那个时候谁家都穷，但陈前的父亲再穷也会订几份报纸，陈前家是整个连队少有的订阅了《羊城晚报》《南方日报》《参考消息》的家庭，并有一部很小的收音机。父亲听完后几乎都是陈前占着，收音机里偶尔播放的小提琴协奏曲《梁·祝》，陈前听了几遍便可以几乎完整地背下来。

高中就这样毕业了，陈前想起数理化就头疼，会吹笛子也不能当饭吃，眼看着学习好的同学考上大中专院校，他心中并没有起太大的波澜。他平静地下连队开山砍树，几日下来，双手起血泡，浑身疼痛，一月干足也只有25元工资。日出而作，日入而息,这日子什么时候是个头?

知识可以改变命运,陈前要努力去创造改变命运的机会。许多同学沉醉于麻将,麻木认命,陈前却有一个爱好,喜欢看书,喜欢仰望星空,吹吹笛子,偶尔吼几句。有人说你嗓子这么好为什么不去唱歌?陈前心里一亮,莫名地就开始了唱歌为乐,自觉自己和收音机里的人唱得差不多,于是心中蠢蠢欲动,四处寻找唱得好的人学习发声。偶然一次他看到报上说音乐学院招生,便拿着家里存有的几十元,几天几夜地坐车乘船到广州音乐学院,央求一位声乐教师指导。不想老师一听,大为赞赏:你来考吧,一定能行,但一定要考好文化课。

随后他打道回府,每天勤练,补习文化课,大有不成功便成仁之势。1983年4月赴考,陈前以全部考生中声乐专业第一名考取广州音乐学院。

高考不仅仅是恢复,更有突破。正式公布的报考政治条件为:"政治历史清楚,拥护中国共产党,热爱社会主义,热爱劳动,遵守纪律,决心为革命学习。"对考生放宽政审条件、家庭出身方面的限制,破除了血统论,为许多因家庭出身被挡在大学之外的人提供了公平竞争的机会,开始打破"唯成分论",具有重大的意义。相对"文革"前高考重视家庭出身和"文革"中招生高度重视政审,1977年的高考报名条件放到最宽,不拘一格选拔人才,是政治方面的重要进步,成为日后其他各方面改变"唯成分论"的突破口。

高考招生采用公平竞争、择优录取的原则，净化了社会风气。分数面前人人平等。从此，公平竞争的意识，成为中国社会的普遍信念，逐渐扩展到中国社会的各个领域。

表面上看，高考不过是高等学校招生考试，但是，它的社会作用却远远超出考试、招生、教育。就其本质而言，高考是由国家主持的、对年轻一代完成基础教育任务之后，所进行的一次大规模的、基础性的社会分工。这个时候，凡通过高考进入高等学校的，毕业后大多由农民转为城市居民。年轻人高中毕业后，高考是他们一生中具有决定性意义的第一步。这是社会各界高度关注高考、每年高考都像盛大节日一样的根本原因。高考能够改变命运，使许多人跳出农门，成为"准干部"身份的大学生。在当时，高考可以改变人的身份和地位，促进社会阶层流动的功能相当强大。许多上山下乡和回乡的知识青年，以及在工厂劳动的青年，从田间地头、工厂车间到大学，毕业后多数走上重要岗位，许多人日后成为社会的中坚力量。

高考不靠天地不求人，就看自身的水平和实力，自然可以调动广大青少年的学习积极性。恢复高考使绝处逢生的广大知识青年久旱逢甘露，学习积极性空前高涨。在某种意义上，这也是一场"教育复兴运动"。

对广大农村考生而言，"考好了，吃白馒头；考不好，吃黑窝头"。白馒头指的是国库粮，黑馒头指的是农业粮，简单说，只有"鲤鱼跳农门"后，农村的娃娃们才能成为吃商品粮的国家干部；考不上就是农民，继续着祖辈"面朝黄土背朝天"的生活。城市的学生也好不到哪里去，金榜无名，就要在家待业，慢慢等着国家招工。因为当时是计划经济时期，就业岗位全靠国家提供。而当时城市就业很困难，国企人满为患，大多数高中毕业生只能进入小型集体企业，如街道、工厂等。

二十世纪八十年代，高考已经如常进行，成了中国高中生一次人生的洗礼。在八十年代初，高校没有扩招，录取率很低，千万考生的眼睛都盯着全国有限的大学资源和有限的学习名额。对经历过那个时代"黑色七月"洗礼的每一名考生来说，这都是一次刻骨铭心的经历，终身将难以忘怀。1985年5月27日，中共中央发布《关于教育体制改革的决定》，要求改变政府对高等学校统得过多的管理体制，扩大高等学校的办学自主权；改革大学招生计划制度和毕业生分配制度，实行国家计划招生、用人单位委托招生、招收少量自费生三种办法。一向由国家"统包"的招生制度，变成了不收费的国家计划招生和收费的国家调节招生同时并存的"双轨制"。

粤北山区的翁源县，一个简陋的农家里，刘益民和他的哥哥姐姐们，就是靠着高考，改变了他们的命运。1988年，刘益民参加高考的时候，他有4位哥哥姐姐，已经分别通过高考考上了不同的学校，成为国家干部。父亲是一位小学教师，母亲则是村里的农民，家里有5个孩子，刘益民是家里最小的孩子。人口的众多让这个家不堪重负，但是刘益民的父亲秉承着一个理念，砸锅卖铁，也要让孩子上学，一直读到孩子们自己不想读为止。刘益民那个时候，要经常到地里帮父母干农活，插秧、除草、抗旱……所有他这个年龄能干的活，他都拿得起。

高考来临的时候，刘益民不免有些紧张。既然想在今年的高考取得好成绩，那自然就得用心准备。刘益民深深吸了口气，这是人生的第一件大事，一定要全力迎接高考。他做过几次前几年的高考试卷和模拟考试题，虽说不能保证百分之百记得所有内容，可也差不了多少。高考题目大多数来自于课本，难点就在物理、化学、生物和政治上。这一年，不管是文科还是理科，政治都是高考的必考科目。对于政治题的答题思路刘益民比较了解。可物、化、生看的就是实打实的硬功夫了。刘益民叹口气，这方面他并没有什么优势，只能靠着记忆结合书本来备考。不过，如果语、数、英、政四科可以稳定发挥的话，就算是物、化、生拿不到太高的分数，上大学还是没有什么大问题的……

考生们步入最后的冲刺阶段，大家全力以赴都想打赢这场被誉为"人生"的战役。其实对于考生而言，从教室后面黑板出现300多天的倒计时开始，哪一天不是一场战斗呢。

刘益民早上6点起床，简单吃点东西后便抱着书快速跑向自习室，一整天都埋在题海里面，直到晚上12点睡觉。没有任何校园社交活动，夜以继日、不知疲倦地学习，紧张而又非常有规律，相信这也是大多数备考学生的写照。

在紧张的学习压力下还有成绩波动的影响下，家里不可避免地弥漫着紧张气息，相互交流得也越来越少。有时候刻意找话题聊聊，几句之后就不由自主地扯到高考，想放松，反而增加了紧张情绪。

早上6点起床的不只刘益民,还有他的父亲。他每天有繁重的教学任务,嗓子也喊得沙哑,日渐消瘦的身体使本来就不高的他显得更加单薄。晚上忙完和同事们一起聊天时,他总会聊起正在备考的儿子,他能体会到儿子的辛苦。

那时的高考才是真正的"千军万马过独木桥"。一个班里差不多50名学生,能考上本科、专科的人数加起来最多也就10余人。参加考试和最终录取的人数形成巨大反差,令人充满焦虑和恐慌。谁也不能保证自己一定能幸运地成为那一小部分中的人,大多数学生私下里都在盘算今后的去向。

高考第一天的早上,刘益民还在迷迷糊糊之际,母亲的身影就出现在他的面前。"快点儿起床,早饭已经给你做好了。"今天的母亲一扫昨日的颓然,整个人都显得神采奕奕。高考是每个家庭的头等大事儿。刘益民飞快地起床洗漱,母亲忙着帮他检查考试用具和准考证之类的物品。早上6点整,刘益民已经收拾妥当。

刘益民的考场就在县一中,今天的一中要比往常更加热闹。刘益民到校门口的时候,学校大门周围已经被挤得水泄不通。

"家长们都让让,这是学校不是菜市场,陪考的家长们都到那边儿去,不要耽误考生们正常入场……"幸好门口有老师维持秩序,刘益民挤了进去!

所幸考试顺利,刘益民发挥正常。

那一代青年靠着自己的努力和勤奋,改变了人生的命运,不仅为自己赢得了尊严,也推动了整个社会不断进步。恢复高考连同后来一系列的改革措施,让中国社会迎来了知识大放光彩的时代。

2. 天公重抖擞

1980年,顺德人何享健做了一个决定,这个决定影响了他这一辈子的人生走向。他决定,做风扇。在炎热的夏天,一把蒲扇早已经不能满足消暑的需求,他看到了风扇的巨大市场。更重要的是,做风扇简单,不需要太大的投资和太高的科技含量。虽然当时的顺德及其周边地区已有不少风扇企业颇具规模了,比如顺德的裕华风扇厂、桂洲第一风扇厂,广州的远东风扇厂等,但是市场这么大,仍供不应求。

和当时大多数乡镇企业起步的路径一样,何享健选择了为国营企业做代工,为配件加工。长期以来,国营企业以巨大的规模优势和人才优势统领着工业的发展。刚刚洗脚上田、办起工厂的乡镇企业根本无法与国营企业站在一起,只能凭着吃苦耐劳的精神,接它们不愿意做、赚钱少的业务。

何享健跑到广州,找到广州第二电器厂,也叫远东风扇厂。远东风扇厂枝繁叶茂,拿到它们的随便一项业务,就可以养活一家乡镇企业。何享健提出由对方提供配件,自己负责加工,说的是合作,其实是一种不对等的代加工关系。不过能拿下这项业务对于整个北滘也算是一件巨大的功劳。回到家以后,何享健就联系公社领导,着手将"顺德县北滘公社汽车配件厂"更名为"顺德县北滘公社电器厂"。工厂有条不紊地运转起来,生产的是畅销全国的"钻石"牌风扇,何享健开始接触到名牌产品的生产过程。

经过了初期的适应阶段后,何享健和工人们发现其实生产风扇并没有想象中那么难。老是为人做嫁衣裳,不仅利润不大,也得不到发展。厂里的几个骨干一合计,与其为他人做加工、装配,不如在外面买些配件加上现有的零件自己生产整台风扇产品!说干就干,何享健吩咐人,想办法去采购原材料。当时的原材料,都是凭计划供应,他们削尖脑袋,八仙过海,好不容易才买了100套零件回来。刻不容缓,马上开始组装生产金属风扇。乡镇企业也没有什么上下班概念,几个人整天猫在厂里,不出成果不罢休。他们的创业状态代表着整个珠三角大多数乡镇企业的起步状态。

1980年11月,顺德县北滘公社电器厂生产的第一台40厘米台扇问世,何享健为其取名为明珠牌。当时已近冬天,工人们吹着亲手生产出来的电扇送来的凉风,丝毫没有感到一丝寒意,他们热血沸腾,激动得眼含泪花。

虽然风扇生产出来了,但是何享健的好心情并未持续太久。因为企业规模小,技术人才短缺,风扇质量不高,卖出去以后,各种小问题不断,推销起来难免底气不足。从一开始何享健就知道,要想走得更远,做出质量过硬的好产品是关键。做一流的产品，自然会有消费者追捧。北滘公社电器厂，目前技术水平有限，生产设备、工艺水平也有限，面对客户时，心里不踏实。推销产品时怕人家看不上，把产品卖给人家后，怕有什么质量问题，会让人投诉。售前售后都很紧张，精神压力很大。

要解决技术问题，还得请技术高手来帮忙。可是北滘这地方，有人才也是乡间的能人，修个收音机、电风扇没有什么问题，可要去攻关，要去解决技术难题，难呵！何享健想起了他接触过的广州第二电器厂的技术人员，但人家是有单位的，不可能来一个公社小厂任职。何享健想到了一个办法，请技术人员在工作之余的节假日来帮忙。有时是晚上，有时是周末，从广州到顺德北滘开启了一条秘密的技术通道。北滘这个完全搞农业的地方，从广州国营企业里注入了工业和技术的血液。这是一种私下里的行为，都是请熟人师傅来帮忙。而且只能在晚上、周末偷偷摸摸地干。

这些人在当时被称为"星期六工程师"，这种做法在广东很流行，被称为"炒更"。但是，这种行为在当时根本不被允许，一旦被发觉很可能就会被扣上"技术投机倒把罪"的帽子。

要发展就顾不了那么多陈规陋习，而且这是全国都在摸着石头过河的时代。何享健也只能摸着石头慢慢往前走。星期六工程师，实际上是"黑师傅"，按照政策规定在当时是不合法的。他们出来帮乡镇企业不合法，乡镇企业请他们也不合法。从广州请一个技术人员到北滘，哪怕临时住一晚上都不合法，必须要到公安局登记。人员的流动是被严格管控的，但是要登记也不合法，因为你没有正当的理由过来。所以根本行不通，只得"偷偷摸摸地干起来"。

在这种"偷偷干"的日子里，何享健的技术难题得以化解，风扇质量日趋稳定，销售量也节节攀升。1981年11月28日，"顺德县北滘公社电器厂"更名为"顺德县美的风扇厂"，何享健担任厂长。当时工厂的风扇年产量达13000多台，总产值达320多万元，利润约41.8万元，员工251人。

随着农村土地的联产承包，农民的生产热情得到了极大的提高。广东各地的农民，也像何享健一样，各显神通，承包、代工，想办法绕过政策的红线，开始办起了企业。珠三角这些农民，大多有海外关系，他们从海外运来最时尚的产品，也想制造出这些产品来。

办企业，就一定会遇到一个个技术难题需要人才来解决。可是人才在哪里？珠江三角洲乡镇企业的负责人也把目光盯向了南方人才最为集中的广州。这边厢是等米下锅，大量的技术难题无人解决，而另一边，在高等院校、科研单位，许多各有所长的专家找不到用武之地，他们在自己的单位，守着自己微薄的工资，过着紧巴巴的日子。

一边是求贤若渴的乡镇企业，一边是有一技傍身却又无从施展的科技人员。于是，出现了大量"星期六工程师"。一些科研院所的少数科研人员，利用节假日时间为企业担当技术顾问，并从中获取适量的报酬。这样的人才流动率先在广东出现。诸多"星期六工程师"冒险下乡，帮助珠三角"洗脚上田"的农民解决技术难题，助力乡镇企业发展壮大。与此同时，广东大胆冲破传统体制对人才的束缚，率先打破"统包统配"，推出开风气之先的引才政策，吸引大量人才南下。

科技人员业余兼职是"大逆不道"，吃国家的饭，节假日却到外面发个人财，"炒更"现象引发巨大争议。然而，对这些兼职的科技人员，一些乡镇企业厂长却深怀感激之情，他们看到的是"（兼职工程师）用技术救活了一家濒临倒闭的工厂""一个好主意使一家乡镇企业的产品升值"。

《羊城晚报》记者刘婉玲最早发现并关注这一现象，她赶到了顺德、南海一些乡镇必经的龙江渡口，守在渡船上。连续两个傍晚，只要看到知识分子模样的人她就上前攀谈，且绝不打听其姓名和单位。

功夫不负有心人，鲜活的故事有了：有的科技人员流着泪接受采访；有人说，自己到企业里"炒更"两三年，连名字都不敢说；有人拿到一点微薄报酬就赶紧存进银行，生怕"东窗事发"……

一些工程师向刘婉玲倾诉了他们的"苦衷"：科技人员当然首先要努力完成本职工作，哪有凤凰不想在自己窝里下蛋的？在节假日兼职是迫于无奈啊！广州某大厂工程技术人员数以百计，人浮于事，本来一个人可以完成的设计图纸，却让几个人摊着干。一些中年科技人员说起这个问题时，心情尤其激动，曾虚度黄金年华的他们，都想在专业上做"最后"的"发挥"。

一边是广州一些研究所人浮于事，科技人才无施展舞台；另一边是珠三角乡镇企业处于起飞阶段,正急需科技人才助力。刘婉玲感到,作为记者应当为这群"星期六工程师"正名。

1985年5月11日,《羊城晚报》头版头条刊登《从"星期六工程师"引出的……》一稿,掀起了一股为"星期六工程师"正名的舆论浪潮,使他们得以堂堂正正地开展兼职工作。国家科委在全国性会议上定下基调:"星期六工程师",是广东的一大发明。

广东省科委1987年做的一项调查发现,在广州的一些科研单位,约有8%～10%的科技人员在从事"星期六工程师"活动。"星期六工程师"们的收入自然也不菲。"一般一天能有个四五百块钱吧。"一些干过的工程师私下透露。甚至有些工程师在外地干一天的额外进账,能抵得上当时半年的工资收入。不过,个中辛劳与滋味,也只有那些"星期六工程师"们自己知道。

在此后的若干年内,国营机构里的科技人员能否外出兼职,始终是一个纠缠不清的话题。当初争论四起,其中一种激烈的反对观点是:工程师在国营企业工作,拿的是国家的工资,怎么能用"国家资源"来填自己的腰包?

直到1988年1月18日,国务院专门下达了文件,称"允许科技干部兼职",至此,争论才总算尘埃落定。而事实上,在那时,民营企业聘用科技人员已是一个十分普遍和自然的现象。

在很长一段时间里,科研人员的观念中,科学技术只是"实验室的东西",并没有把科研和生产紧密结合,更没有把科技成果"市场化"的概念。而二十世纪八十年代出现的"星期六工程师"的现象,是关于"科技是第一生产力"的最好诠释,一改过去"闭门造车"的科研传统,强化了科研和生产相结合的新观念。

有一种强烈的反对声音——他们会不会"出卖"国家的知识产权?其实那个年代企业对技术的需求是比较低层次的,引进"星期六工程师"主要是解决一些"实用技术"问题,而相对于科研人员的日常研究,这只是"小菜一碟"。

1982年,谢仲馀还是一个靠450元家底起家,开机电焊接档口的个体户。焊接是个辛苦活。广州这地方,天气炎热,加上焊接高温散发出来的热气,要是纯粹按传统方法,不走技术的路子,永远也走不远。可是要想走远,必须有人才。

谢仲馀脑子活络,再加上年轻,没有人才,他就想办法把自己变成人才。哪里有学习机会,就到哪里去学习,而且这时候学习的绝对是急需的知识。广州是一个高等院校众多的地方,要学知识,高校并没有设门槛。他通过在大专院校的进修,掌握了电焊技术。他深知:要在"国营企业称老大"的年代生存下来,必须在产品上下苦功夫。

经过两年刻苦钻研,谢仲馀发明了金象牌便携式电焊机,一下子从同行业产品中脱颖而出。广州的市场正逐步放开,几乎各种产品都处于供不应求的状态,他的电焊机凭着"体积小、成本低、功率大"等优势,很快被订购一空。八十年代末期,随着生产规模越做越大,谢仲馀开始把产品卖到国外去。

人才,全社会都在寻找人才。人才是一切的基础。"我劝天公重抖擞,不拘一格降人才。"正是全社会对人才的渴求和呼唤,曾志平才得以脱颖而出。

曾志平,出生在龙川,后来来到惠州,一直在为改变自己的命运做着努力。作为一个祖祖辈辈跟土地打交道的客家人,他把更多的时间用在学习和思考上。他只上过高中,没有考上大学。1963年被安排在农场当知青。高考恢复时,他没能赶上这班车。从在农村当知青到农民工,一干就是10年。曾志平拼命工作。当知青期间,为当地写一些宣传性文章,同时也全力钻研农业技术。他是一个干什么就要把什么干到最好的人,因为表现出色,受到领导重视,到1974年,他有机会改变身份,由农村知青转变为国家工人,"以工代干",参与国家干部管理工作。

1981年,他快到40岁的时候,又有一次改变命运的机会。古人四十而不惑,到了四十,似乎一切都已经成了定局。娶妻,生子,成家,立业,该做的似乎都做了,一直到老。这种一眼能望到头的生活,他不甘心。他钻研农业技术,有时间就学习,一直在寻找着改变命运的机会。

这一年,广东省招收一批农业技术干部,用来补充农业科技人才的不足。这一消息让曾志平彻夜难眠。这是新的时代带来的伟大机遇。他愿意一搏。这次考试的科目是农业技术的四门基础课程:育种、土肥、植保、农学。这些技术课,有相当的理论高度。广东省农业局领导相当重视,分行政管辖区组织参考人员脱产学习育种、土肥、植保、农学4门农业技术的基础科学知识。曾志平因此到惠阳专区农校,脱产学习两个月。这是一天当作一个月来用的两个月。

有800多人参加的农业技术员招干考试，全省才录取200人。通过考试之后，就可以转为国家的农业技术干部，比考大学还来得直接。全社会都在寻找人才。快40岁的曾志平以全省总分第一名的成绩通过这次招干考试。这次考试他拼尽了全部的力量。考试结束后，他病了一场。招干后，曾志平就开始了自己全新的人生旅程。他被分到了惠州城区农业局工作，负责植物保护。在这个岗位上，他很快就干出了成绩。他所负责的化学除草技术试验推广项目"惠州市郊区农田草害及化学防除"，被评选为国家级农业新技术推广成果三级二等奖。除了精神奖励，还有物质奖励200元人民币。这在当时，是一笔大钱。他自己只拿了100元，另外100元跟同事们分享。

随着国家政策的调整，"四个现代化，关键是科学技术的现代化""知识分子是工人阶级的一部分"的论述，扭转了乾坤。

技术革新、技术改造的意识被强烈地唤醒。所谓"理论与实际相结合"，只有看到问题，了解问题，才可能真正地分析、解决问题。数理化成了解放生产力最有力的工具，对激发学生的学习兴趣和成就感起到了直接的推动作用。而我们的工业体系也非常注重对生产力水平的提高，重视发明创造、技术革新。无论是知识分子还是普通工人，都有强烈的主人翁意识，都有提出各种"合理化建议"的积极性。因此，学好数理化，掌握一门生产技术自然而然成为社会的需要。

3. 流行文化兴起

1979年，冬天的一个星期日，刚刚进入广东省农垦局的青年职工陆基民，他的一位朋友找到他，说下午来俩哥们儿找他去听邓丽君的歌。在这之前他听说过邓丽君的名字，但没听过她的歌。下午，朋友的哥们儿来了，说在陆基民的宿舍里听。

听歌时得把窗户和门都关好了，谁叫都不开门。同时嘱咐大家千万别对领导提这件事，哥们儿几个都答应了。朋友的哥们儿从包里掏出了一台小录音机，看起来十分精美，让人羡慕不已。当录音机里传出邓丽君的歌声时，陆基民一下被震撼住了，那种感觉真是无法用语言形容。就像被电击了一样，肌肉和骨头节发紧，脸一阵一阵地发麻。

广东因为靠近港澳，流行文化很快传了过来。邓丽君是很多人的梦中情人，对那些听惯了口号式歌曲的男女老少来说，邓丽君那情意缠绵、柔情万缕的歌声，让人耳目一新。刘文正和罗大佑带来了长达10年流行期的校园歌声，罗大佑更被奉为"音乐教父"。

《兰花草》的歌词源自胡适的诗作《希望》，随着胡适暮年漂泊到台湾，然后又随着刘文正手中的吉他再一次流行于祖国大陆。男生几乎都会唱"我从山中来，带着兰花草"，而听到的女生则会心有灵犀地嫣然一笑。罗大佑1979年创作的《童年》广为流传。紧跟着是《光阴的故事》《恋曲1990》《你的样子》《滚滚红尘》《明天会更好》等，罗大佑至今谱写了150多首经典流行歌曲。

台湾的琼瑶和三毛则随着她们的作品,迅速成为少男少女追捧的作家。琼瑶小说里,女的温柔漂亮,男的英俊潇洒,除了哭哭啼啼地谈恋爱以外什么都不干。女孩子通常出口成章,男孩子总有一个富商老爸。双方因贫富悬殊而本能地相互敌视,进而在情感上互相折磨。女孩子通常人穷志不短,男孩子则甘心为了恋人抛弃万贯家业。最终,富商老爸被他们的纯真爱情所打动,灰姑娘终于修成正果,嫁入豪门。

有人回忆起刚看琼瑶小说改编的电影的感觉说:"恍恍惚惚,不知身在何处,第一次知道,原来恋爱可以这样谈!"直到1981年,《窗外》《聚散两依依》《梦的衣裳》《在水一方》……这些耳熟能详的故事,才正式征服神州大地的痴心男女:林青霞、吕秀菱(女孩纷纷效仿她们的中分长披肩直发)、秦汉、秦祥林等偶像席卷了祖国大陆。"像琼瑶小说里出来的姑娘"成了新"大众情人"。

最令人印象深刻的是马季、姜昆、王景愚、刘晓庆主持的中央电视台春节联欢晚会。虽然电视还不太普及,但是在娱乐活动单调,电视节目匮乏的年代,这台晚会还是造成了相当大的影响,王景愚绕着桌子"吃鸡",李谷一连唱了《乡恋》等7首歌曲,而最煽情的场面是刘晓庆向父母拜年。现场气氛空前热烈。演播厅里,掌声、笑声、欢呼声、4部直拨电话铃声几乎没有停过,北京电信86局的线都烧热了,技术人员非常紧张,备用器材、消防器材都准备好了。虽然当时多数人看的都是黑白电视,但一点也不影响晚会效果。春节晚会从此成为大年夜必不可少的一道"大餐",同时也造就了无数艺人的大红大紫。

流行文化的兴起,广东是其中最重要的跳板和桥梁,不仅传输引进,而且推波助澜。1981年,广东电视台引进了一部日本电视剧《排球女将》。该剧在全国产生了极大的轰动效应,如今"40+"的一代人,依然记得小时候模仿过的"晴空霹雳"和"流星赶月"。1983年,广东电视台引进并播出了《霍元甲》,这是内地首次引进港剧。次年,该剧在央视播出,爱国自强的主题振奋了国人。这个时期,广东引进的境外影视剧还包括《血疑》《海蒂》《大地恩情》《卓别林剧集》《狄更斯传》等。

从《排球女将》到《霍元甲》,再到《血疑》,广东的译制剧影响了一代人。几部引进剧也引领了一波时尚浪潮:《血疑》开播后,市面上卖起了"光夫衫",发廊里也打出了"幸子头"的招牌;《排球女将》里的小鹿纯子,则让"小鹿纯子头"成为新时尚。同样是因为《血疑》,内地电视台学会了在电视剧播出前加播广告——这件现在习以为常的事,当年还引发了不少市民的不满。《排球女将》的播出,则让无数观众对排球运动产生了浓厚兴趣,这股"排球热"从二十世纪八十年代"中国女排五连冠"一直延续至今。

1985年前后,广东电视台专门设立了一个部门叫引进科,就是从境外引进电影、电视节目的部门,这在全国的省级电视台当中是唯一的,因为广东靠近港澳,香港的以市场为导向的文艺作品让人耳目一新。当时李谷一唱一首邓丽君的歌,大家都觉得特别好,还上了中央电视台的春晚。

广东电视台引进西方和香港的影视作品,对整个广东和全国都产生了很大的影响,它的娱乐化和生活化,让人感觉到文艺作品还可以这么新鲜,这么切近生活。流行文化在某种程度上,提供了一个很好的机遇,或者说打开了一扇窗。

文化的繁荣让社会向精神的小康迈进。多方面的融合,多方面的相互促进,形成一个社会向前行进的合力。

1985年4月3日,第三届大众电视金鹰奖在杭州举行。那一届颁奖礼是广东译制剧创作者的"丰收季":《霍元甲》获得优秀连续剧奖;简肇强和姚锡娟凭借《血疑》分获最佳男女配音演员奖;同样获得优秀连续剧奖的《今夜有暴风雪》也是由简肇强配音。

体育也随着中国回归奥运舞台和电视走入家庭,掀起民间的热潮。第六届世界杯体操赛中,一个面目清秀的小伙子一个人夺得共7个项目中的6枚金牌,这在体操史上尚属首次,他的名字——李宁,被收录在吉尼斯世界纪录大全里。

李宁一共获得过14个世界冠军,包括3个奥运会冠军,此外还有8个亚运会冠军。他是国际奥委会运动员委员会中的第一个亚洲人。1999年6月,李宁与迈克尔·乔丹、贝肯鲍尔、贝利等25人一起被国际体育记者协会评选为"本世纪最佳运动员"。

国门刚刚打开,中国人强烈希望获得世界认可,体育竞技成了第一个突破口。在1980年开始举行的第12届世界杯亚大区预赛上，中国队一路过关斩将，以小组第一名的身份取得亚大区决赛资格。来自广东的容志行是中国队主力前锋，被评为"最佳进攻队员"。进入到亚大区决赛阶段，前两场比赛中国队1平1负，因此第三场与科威特队的比赛显得尤为关键。容志行在第一场比赛中受伤，脚踝缝了8针，因此缺席了第二场比赛。面对科威特，容志行带伤主动请缨。比赛第25分钟，刘利福从左路突破传中，容志行奋起冲顶，球钻入网内，为中国队以3：0战胜对手立下汗马功劳。

在被换下场时，观众鼓掌欢呼，向容志行高呼："人民感谢你！"全国很多城市的群众自发结队游行，庆祝胜利，容志行也成为人民心中的英雄。

容志行除了有过人的射门技术，他的控球盘带能力和一脚绝妙的传球堪称经典。而实战中形成的"志行风格"一直广为流传。这就是为祖国、为集体荣誉而英勇奋战的精神；不做粗野动作、不报复的体育精神；尊重对手的豁达胸怀以及勤勤恳恳、对技术精益求精的优秀品格。

"志行风格"，成为一笔宝贵的精神财富，为全国各行各业所发扬光大。容志行成为那个时代国足的最有代表性的记忆。

另一名广东的足球运动员古广明19岁时入选国家队。参加了1982年西班牙与1986年墨西哥世界杯预选赛。他在场上司职边锋，速度奇快，是当时中国国家队不可或缺的一员。他的出场每次必引起球迷的阵阵欢呼。

"人头马一开，好事自然来""钻石恒久远，一颗永流传""让我们做得更好""牙好，胃口就好，吃嘛嘛香！""喝了娃哈哈，吃饭就是香""车到山前必有路，有路必有丰田车"……这些脍炙人口的广告词，从茶楼餐桌，到田间地头，风驰电掣般的流行速度成为一种独特的文化现象。由于靠近港澳，广东作为近水楼台，众多的新鲜的词汇从广东迅速地走向全国。

"味道好极了"，是雀巢咖啡经典广告词，可能是中国人印象最深的广告语，因为它给过我们新生活的梦想。中国人喝不惯咖啡，味道好的咖啡象征的是西方生活方式。雀巢电视广告编织着新生活的蓝图：现代化的小家庭，丈夫事业成功，妻子温柔可人，如细雨般滋润着历经坎坷的人们干涸的心灵。

热水器等各种家用电器率先从广东飞向全国，万家乐热水器广告里，一位女士刚刚沐浴出来，有一种温馨的味道，一边坐下一边说："我信赖万家乐，万家乐乐万家！"广告语成为一种流行语汇，成为一种潮流。

如果说广告语还不够广东化的话，那些经典流行的粤语歌曲绝对把十足的粤味流行文化推向全国。

很多人误以为《蓝精灵之歌》是外国舶来品，其实，这是一首原创的广东歌曲。1983年，广东电视台引进了动画片《蓝精灵》，效仿当时香港的流行做法，给外国动画片配上了本土主题歌。广东台特别邀请广州军区政治部战士歌舞团来创作了这首主题歌。《蓝精灵之歌》的作曲人郑秋枫还创作了另一首传遍大江南北、长城内外的歌曲：《我爱你，中国》。

当时经典的粤语歌曲：《逝去的诺言》《夕阳之歌》《上海滩》《铁血丹心》《风继续吹》等，红遍大江南北。《逝去的诺言》是陈慧娴1984年1月推出的音乐专辑《少女杂志》中的单曲，由安格斯作词作曲。陈慧娴因《逝去的诺言》一曲一炮而红，成为香港电台中文歌曲龙虎榜冠军及无线季选金曲，及后更获十大中文金曲1984年度最佳新人奖。

会不会唱粤语歌成为衡量一个人时尚的标准。内地再偏远的城市，大家都能唱几句粤语歌曲。

在流行音乐发展史上，校园是一股不可忽视的力量。二十世纪七十年代末，台湾校园民歌运动轰轰烈烈，李双泽、杨弦、胡德夫等大学学子掀起一股"唱自己的歌"风潮。这股"校园歌曲风"同样吹到了祖国大陆。1986年，内地首张由大学生自己作词作曲并演唱的校园歌曲专辑《向大海》在中山大学诞生，由此掀开新时代中国内地校园歌曲的序幕。青年学子用音乐抒怀，青春风采借音乐长存。

"我将随海潮离去，奔向那辽阔大海；让生命冲浪拼搏，让理想导航未来……"在中山大学原创校园歌曲专辑《向大海》的同名歌曲里，中大学子这样歌唱。这张专辑中的16首歌均出自中大师生之手，无论是《向大海》的雄心壮志，还是《半个月亮》的诗意盎然，还是《你和我》的情窦初开……每一首歌都闪烁着二十世纪八十年代的理想主义光芒。

说起《向大海》，就不得不提1985年成立的中大校园歌曲编辑部。当年,被称为"七剑客"的7名中大师生自发成立中大校园歌曲编辑部,接受校内师生的歌曲投稿,鼓励大家"我手写我心",校园原创音乐蔚然成风。

当时的广东流行音乐界,专业音乐人因为"扒带"而形成了先曲后词的创作模式,而校园音乐则正好相反:在大学里,有一手好文笔的人不少,会写歌的创作者却很稀缺,因此校园歌曲编辑部收到的投稿总是词比曲多,校园音乐创作"先有词、后谱曲"也形成常态。

在那个白衣飘飘的年代,校园歌曲创作过程中发生了不少让人津津乐道的故事。中山大学艺术教育中心副教授徐红一直在收集和整理校园歌曲的资料,她透露了歌曲《向大海》的一个小花絮:"这首歌也是先有词后有曲,作词的是外语系的才女陈文芷,作曲的是全校闻名的音乐才子罗鲁斌,但两人直到今天仍然没见过面。"

《向大海》播下火种,广东校园原创音乐逐渐呈现燎原之势。"新时代校园歌曲创作大赛""五省市校园歌曲创作演唱大赛"等比赛陆续举行,校园歌曲创作人才纷纷涌现。值得一提的是,毛阿敏也曾在1987年参加"五省市校园歌曲创作演唱大赛",并借此崭露头角。1987年,共青团广东省委出版了盒带《冲浪》,收录17首来自广东各高校的原创歌曲,盒带封面上,4名大学生身穿泳衣踏浪,脸上挂着明媚的笑容。30多年过去,我们仍能透过音乐感受到改革开放初期大学生那股青春飞扬的姿态。

广东地区作为改革开放的前沿,人们思想个性更为开放包容,热切地接受着各种新鲜事物。服饰潮流更深受"亚洲时尚之都"香港的影响,走在全国流行的前端。广州人习惯把晚上出去玩、过夜生活称作"蒲",这是一种在白天疲劳工作之余进行消遣的潮流生活方式。

音乐茶座据说最早是由广州开办而铺向全国的。"花城之夜,四方倏然奔腾着音乐澎湃的江流,音乐茶座是江流浮起的歌的星座……心灵的闸门应当永远打开,让人都获得真正的生命;让生命的每一首歌都闪烁光明,让生活的每一寸光明都带着芬芳……"这是1986年12月一期《人民日报》上刊登的一首热情讴歌广州音乐茶座的诗作。

东方宾馆是第一家开办音乐茶座的宾馆。音乐茶座是为了丰富外宾的夜生活才办起来的,慢慢地,它吸引的市井平民就远多过外宾了。提着双卡录音机,一路将"财神到,财神到"放得震天响的小青年有了这么一个"高大上"的去处,自然趋之若鹜。市井平民能进星级宾馆尝新鲜,当然也得益于广州"先行一步"的开放态度。1986年7月的《人民日报》在报道广州"星级宾馆内的茶室、舞厅、咖啡厅、游泳池等游乐设施,都向社会开放",乃至"宾馆洗手间也可免费使用"时,感叹着说了一句:"这是记者在北京、上海、杭州等城市没有见过的新鲜事。"在北京上海的老百姓还望洋兴叹的时候,广州的小青年已经在各大宾馆的音乐茶座里享受了,这不能不说是生在广州之幸。

自打东方宾馆于1980年办起第一家音乐茶座后,短短几年间,广州街头大大小小的音乐茶座增至70多家,每天都有上万顾客进场消费。那是一个"全民创收"的年代,商家争先恐后办起音乐茶座,自然是看中了它的前景。一张音乐茶座的门票,便宜的卖几元,贵的要卖20多元,场场顾客盈门,收入十分惊人。仅1984年一年,广州70多家音乐茶座的收入就高达2000万元,平均每家入账近300万元,把这个数字与普通人百来元都不到的月薪放在一起看,就知道这真不是一个小数字了。

音乐茶座的门票跟人们的收入比起来,也不算太便宜。之所以还是人头涌动,一来当然是因为有多达十几万个体青年作为"市场基础",二来经营者也各出招数提高竞争力。星级宾馆拼的是"高大上",不但有咖啡糕点,最重要的是还有空调,"街边仔"们摆了一天摊,出了一身臭汗,没有谁舍不得花几张"大团结",在这里"叹"一晚空调,听一晚劲歌金曲;公园开办的音乐茶座,"拼"的则是优雅惬意。

环境固然重要,但要旺人气,关键还要靠歌手。其实,广州的音乐茶座得分两类,一类是有歌手驻场歌唱的,有20多家;另一类是播放卡带唱片的,有四五十家。最受年轻人青睐的,当然是前者。当时,由于音乐茶座发展迅速,"人才"奇缺,于是各文化剧团纷纷组建轻音乐队,到各茶座献唱,当时活跃的轻音乐队有近20支之多,说是归属于文化团体,但轻音乐队里拿"铁饭碗"的并不多,为了捞外快而来"炒更"的人倒是层出不穷。

仿佛一夜之间,万物复苏,蓬勃生长。偶像也一样。这个时期的偶像如同雨后春笋，从社会的各行各业冒出来，令人应接不暇。

二十世纪八十年代的偶像，可以清晰地分为两种类别：一种是传统的社会道德楷模。他们当中有身残志坚的"中国保尔"张海迪、救火牺牲的少年英雄赖宁，还有为救掉进粪坑的大爷而牺牲的张华。这些偶像，以他们无私无畏的奉献精神继续成为大众景仰和学习的对象。

另一类偶像则是在各行各业取得辉煌成就的成功人士。在体育界，中国女排以"五连冠"为中国人找回了自信和骄傲，成为万众仰慕的焦点；在文学界，顾城、北岛、舒婷等诗人成为无数文学青年心目中的偶像。同时，港台的金庸、三毛、琼瑶也在内地产生了一大批"迷"和跟随者。

港台娱乐明星也在这一时期大量拥入内地，使国人形成了早期的明星崇拜：1983年香港无线的电视剧《射雕英雄传》让国人记住了那个俏丽活泼的黄蓉——翁美玲；一部《上海滩》奠定了周润发的巨星地位。这个时期的港台歌星则有Beyond、张雨生、费翔以及以一曲《我的中国心》红遍大江南北的张明敏等。

与六七十年代相比，八十年代的"偶像"概念更加宽泛：它越出了传统学习型偶像的范围，增加了爱慕型的偶像。还有一种说法是，过去的英雄人物是生产型偶像，而现在出现了消费型的偶像——娱乐明星。另外一个特征是，偶像不再像昔日那样一呼百应，全民崇拜。从这一时期开始，偶像已经走向多元化。

在这个复苏的时代，青年们要回到城市，从头开始，他们需要奋斗精神的鼓舞。战无不胜的中国女排顽强拼搏的精神，以及张海迪身残志不残的精神发挥了巨大的作用，很多人就是在她们的鼓舞下完成了自己的奋斗轨迹。

被誉为"中国保尔"的张海迪，从5岁起高位截瘫，胸以下都失去了知觉，但几十年来，她学医救人、写小说、画油画、拍电视、唱歌、读硕士……一系列常人都未必能做到的事情，张海迪做到了。聪慧的头脑，灿烂的笑容，坚韧与激情——正是张海迪不甘心被命运摆布，在逆境中崛起的精神，深深地打动了一代代的青年，并成为他们战胜逆境的激励力量。

张海迪在人生道路上所遇到的升学、就业、理想、前途等困难和矛盾，正是许许多多青年人所真实面临着的。因此张海迪作为偶像有着巨大的社会意义，她鼓舞了整整几代中国青年去努力、去奋斗、去战胜困境。

中国女排也是二十世纪八十年代广东青年的偶像。从1981年到1986年，中国女排创下的世界排球史上第一个"五连冠"，成为整个八十年代中国社会奋斗激情的集中体现，崇高而朴实的"女排精神"激荡了整整一代人的灵魂。"学习女排，振兴中华"成为口号，在全社会掀起了一股学习中国女排的热潮。

女排精神可以概括为"拼搏"二字。袁伟民一以贯之强调的永不言败的女排精神，铸就了一代女排打球做人的典范。从亚洲第三到五连冠，女排所贯彻的那种任何时候都不遗余力、兢兢业业，任何时候都一往无前的精神，成为战无不胜的法宝。

在中国刚刚开始试探着向世界打开国门的时刻,在中国人陡然意识到自己与世界的差距而变得失落和彷徨的时刻,女排的奋力拼搏和辉煌成就,向世界宣告了中华民族崛起的信心和能力。实力、拼搏、一往无前、永不言败,这让众多中国人猛然醒悟:原来我们也可以这样去追赶别人、超越别人。

当时鲁光采写关于女排的报告文学《中国姑娘》广泛流传,女排精神已经成为一个熠熠生辉的符号,它带给国人的精神激励和示范效应已远远超越了体育范畴,成为全民族的精神财富。

4. 市场运作赛事

巨大的标语,挂在田间地头,四周的挖掘机在轰隆隆响,这是在1985年。广州天河区菜农陈恒之,看着自己生产队的田地,一天一个变化。中华人民共和国第六届运动会(简称六运会)就要来了,自己所在的这片农田,将来会是什么样子,他心里一点底也没有。命运的巨大变革已经悄然向他走来。"六运"给他带来大运,"六运"给天河、广州带来大运。十几年后,当他自己的生活发生巨变之后,他回忆说:"六运会打造了一个全新的天河。十几年前,天河还是一片农田,城里人根本不愿意上这里来。六运会后,天河体育中心逐渐热闹起来,天河城广场等大型购物中心和广州购书中心纷纷开张。你看现在的天河,称得上是广州最具现代化大都市特征的一个区了。"

1984年的洛杉矶奥运会是历史上第一次实现市场化运作的奥运会。3年后，在中国改革开放前沿阵地广东，六运会也改变了此前"政府包办全运会"的历史，通过市场化运作吸引办赛费用，大大减轻了政府的经济压力。在六运会之前，全运会作为国内级别最高的体育盛会，前四届全部在北京举行，第五届才开始离开北京转到上海举行。但是这五届全运会，筹办资金全部来自中央和地方财政，由政府包办一切。六运会为此后的全运会办赛模式提供了一个市场化办赛借鉴案例，同时也给社会参与办赛打开了一扇门。

随着赛事项目越来越多、参赛阵容越来越庞大，办赛的成本也越来越高，赛事承办地政府的经济压力也越来越重。"赚钱"补贴"家用"成为全运会必须面对的课题。

这一切，也正是奥运会所面临着的问题。在1984年之前，奥运会的举办费用由举办城市和国家承担，商业运作被排除在奥运大门之外。至于如何让承办奥运会达到收支平衡，只能依靠个人捐献和比赛门票的收入。由于奥运会比赛项目的增多和参赛队伍规模的扩大，奥运会对技术和生活服务设施的要求也越来越高，导致主办城市面临越来越沉重的经济负担。

洛杉矶奥运会组委会主席尤伯罗斯拯救了"奥运生存危机"，他将市场化运作引入奥运会筹办，用赞助商的钱来举办奥运会。在那届奥运会结束后，除去一切开支，洛杉矶奥运会组委会最后节余约2.5亿美元，在奥运会乃至体育界历史上实现了大型综合性运动会的首次盈利。

洛杉矶奥运会的这种办赛模式给承办1987年全国第六届运动会、处于改革开放前沿的广东带来新的启示——利用社会资源、市场开发来筹办全运会！如果说前五届全运会是计划经济和政府投资占据主导的思路，那么1987年的第六届全运会便是更加开放、更加灵活的办赛思路，让开放的中国迎来了首次市场化运作的全运会。在中国的体育史上，六运会除了引进市场化办赛，还开创了多个第一，对之后的全运会举行有着深远影响。

六运会上出现了第一个吉祥物"阳阳"。这只天真可爱、憨态可掬的小羊，面带微笑，右手高擎着火炬，身着印有全运会会徽的红色背心，跑步向前。在那届全运会上，第一次有了会歌，由郑秋枫作曲、瞿琮作词的会歌《中华之光》；六运会会徽、吉祥物的专利权第一次以商品经营的形式出现在富士等公司产品的包装上；第一次发行体育彩票（发行22期共7000多万张）……

广州市美术有限公司承担了六运会火炬点火的设计工作。组委会总共给了2万元，让美术公司负责设计、制作火炬台。当时完全没有概念，不知道什么是火炬；而且出于安全考虑，还不能用汽油或者煤气。接到任务后黄继岳提出用固体燃料，那时候刚兴起，大家并不熟悉；后来经过讨论，这个建议被采纳了。就这样，火炬台设计团队，通过一德路的一家公司找到酒精固体燃料，几经测试，敲定燃料重量。

作为改革开放的最前沿，广州首次举办全运会就大胆创新，设计出了独具岭南文化特色的火炬台。开幕式当天，黄继岳和一位工程师在火炬台下面等候口令，总指挥一声令下："点火！"

黄继岳拉下电闸，但火炬台没有点着火，当时另一位工程师的脸都白了，黄继岳瘫坐在地上，心想：这下完了，点火失败了！现场主持人意识到问题后，就用煽情的语言拖住观众的情绪，这几秒钟漫长得叫人煎熬。原来由于当天下了一场大雨，火炬台上有积水，拉闸后，要先把积水预热蒸发，才能点燃固体燃料。好在后来火炬顺利点燃了。

何世德是六运会会徽的设计师之一，作为美术公司的经理，他承接了最重要的任务。他从全国征集了一批设计方案，公开展出两次，由市民投票选出30份方案，然后再选出10份，最终由组委会敲定。六运会会徽的设计理念是"绿茵场上的拼搏"，3条线是汉字"羊"，代表羊城，"6"的火炬造型代表六运会。会徽富有时代感和广州元素，是不可多得的精美设计。

刘秉礼和劳汝根等几位同仁就具体负责创作一批宣传海报。劳汝根设计的那一套叫"健身强国　扬威亚洲"。这里面融入了很多广州体育文化的元素，比如武术、龙舟、醒狮、赛马、摔跤等，都是市民喜闻乐见的传统体育活动。一幅海报要反复修改、创作，通常需要几个月才能完成，因为那时候没有电脑设备，全部靠手绘。天河体育中心正门的那一幅超大型海报，规格达到30米×10米，全部是由劳汝根和同事用油漆手工创作，差不多画了1周时间。

广东承办的第六届全运会，率先在国内外的大型体育赛事和活动招商集资中开启了从政府运作向市场运作转变，从指令性、计划性向市场机制运作转变，从以有形资产为主向以无形资产为主转变的大门；利用国家的有关政策，依靠市场来运作，开发体育的有形、无形资产，进行招商集资。当时在广州市面上出售的会徽、纪念章很漂亮，样式繁多，卖得很火。例如那些运动图案的各种小羊吉祥物，甚至需要排队才能买到。

由于得到各级领导的重视和广东有关部门、国内外工商企业单位及各界人士的大力支持，尤其是国家给予各种优惠政策，六运会在集资、文艺广告、商品供应和旅游4个方面都取得很好的经济效益和社会效益。通过发行彩票"中国第六届全运会体育基金奖券"，为六运会筹集到3000多万元，还另拨给省内各地体委约600万元作为发展当地体育事业基金；与国内外92个单位签订了关于使用六运会会徽、吉祥物专用权和认刊广告的合同，集资1200多万元（其中美金约200万元）及实物一批；制作、出售金质纪念品、首饰，组织生产带会徽、吉祥物的旅游鞋、运动服装等和销售其他商品，利润达到1800多万元……共筹得资金6000多万元，超额完成省政府下达的3000万元的任务。

第六章

八面来风

1. "广交"八方来客

1981年7月1日上午10点,来自阿曼的仿古木帆船"苏哈尔号",经历了222天的艰难航程,终于在风雨迷蒙中,驶入了黄埔港。这一叶古舟从"天方"飘然而至,它完全按照古代阿拉伯远洋商船的模式建造,深棕色的船身古色古香,船头尖,船身椭圆,呈橄榄形,采用印度优质的麻栗木,不用一根铁钉,全靠75000多只椰子壳的纤维用手工搓捻成绳,将一块块船板穿缚起来,缝隙间涂上树胶,以防渗水。船身长约23米,依靠船帆和风力航行,桅居中,舵居尾,中间安放着一只古制测星导航仪。阿拉伯民间文学的巅峰之作《天方夜谭》,也即《一千零一夜》里讲述的辛巴达7次航海最终到达中国的故事,仿佛重演了。船长蒂姆·塞弗林兴奋地说:"我们的航行成功了,这是阿曼和中国悠久联系和新的友好的象征。"

船员们在航行中的生活也完全按照古代海员的方式，以阿拉伯饼、干鱼、椰枣、水果等果腹，还一度斜拉起帆布以雨水解渴，捕海鱼充饥。此行从阿曼的马斯喀特到斯里兰卡的科伦坡，再航行到新加坡。横跨印度洋的第二阶段航程十分凶险，一天，大风突然折断一根最长的支桅杆，杆头打在水手哈密斯·萨义德的腰部，他忍住伤痛，毅然爬到断杆上，接好风帆，化险为夷。后来船行至苏门答腊岛，砍下一棵大树，才修复了损坏的桅杆。因此，航行比预计多花了一个月。

船员们早就听说，广州是中国古代从海上通向印度洋和阿拉伯世界的门户。他们饶有兴味地登上越秀山镇海楼，参观了广州博物馆。这里陈列着中国古商船"唐船"模型，有大食国人的陶塑像，还有阿拉伯的金币，又在7月3日这天参观了怀圣光塔寺和伊斯兰先贤宛葛素墓。一位船员说："我们要让祖先建立的这种联系一代代传下去。"

"粤小虎"只是打了个盹。开放、包容，是南粤大地的历史基因，改革开放，不过是释放出了广东人民古已有之的天性，铺平了奔向小康、迈向富足的坦途。看南海之滨，千帆竞渡。"番禺亦其一都会也，珠玑、犀、玳瑁、果、布之凑。"这是司马迁在《史记·货殖列传》里描述的情景。"广州"这一名称出现，还要等到几百年之后，在太史公司马迁的时代，番禺便是今天广州市越秀区北京路周边的城市名称。也是在《货殖列传》里，太史公说："'仓廪实而知礼节，衣食足而知荣辱。'礼生于有而废于无。故君子富，好行其德；小人富，以适其力……夫千乘之王、万家之侯、百室之君，尚犹患贫，而况匹夫编户之民乎！"这是两千年前的中国人对富足生活的呼唤，对商业和贸易的礼赞。

从太史公的描述中，可以看出，广州在西汉时便已是人口众多、商贸繁盛的"都会"。而广州的商品则不同于中原，有海外贸易的显著特征，犀角、玳瑁这些异域珍宝和岭南特产的水果、中国盛产的衣料，在广州的市场上交会云集。海上丝绸之路的雏形呼之欲出。鸦片战争前，中国曾一口通商，广州几乎是对外经贸交往的唯一窗口，十三行富甲一方。

千年商都的往事，构成了中国进出口商品交易会（简称广交会）的前史。1957年4月，凝聚着举国力量的广交会，在冷战格局中西方阵营的封锁下破冰诞生，为新中国打开了对外开放的门扉。首届广交会邀请的对象以港澳地区和新马地区为主，此后范围逐渐扩大。前两届广交会在越秀公园以西流花地段的中苏友好大厦举办，经过数次扩建、搬迁至海珠广场。改革开放前，广交会是中国对外开展经贸活动的重要渠道，是国家外汇的主要来源，是展现中国社会主义建设成就的窗口。

二十世纪七十年代初，参加广交会的外宾越来越多，广交会场地拥挤的矛盾凸显出来。1971年，广交会向广东省和外贸部提出了扩建展馆的要求，在周总理的关心和过问下，"广州外贸工程"立项，国家拨专款6000多万元，兴建广交会流花路展馆、东方宾馆新楼、流花宾馆和白云宾馆。120米高的广州白云宾馆，曾是当年的"中国第一高楼"，这家专门为服务广交会而建设的宾馆，把服务业国际标准，带到了中国。1974年广交会迁回流花的新展馆，这里距离广州火车站仅有数百米之遥，到老白云机场也十分便利。

1979年春秋两季的广交会，出口成交额51.4亿美元，是1974年总出口额24亿美元的两倍多。开放的力量开始显现，一发不可收。而随着外贸体制改革的进行，1978年秋季新增机械设备交易团，1979年春季新增仪器交易团，1980年秋季新增新时代公司联合交易团，1982年秋季新增丝绸交易团，1985年春季新增中外合营企业交易团和包装、烟草联合交易团……1978年秋，一位广交会负责人在会上说："我们现在有两个禁区不能碰，一是不接受外来投资，二是不接受政府间贷款。今后会不会冲破？很难说，如果让我谈个人看法，我说可以冲破。"当时，许多广交会工作人员解放思想，冲破"既无内债，又无外债"的观念束缚，对外洽谈了来料加工、来件装配和补偿贸易项目198项。在广交会搭起的特殊舞台上，广东、上海、北京等都与客商签订了吸收外资的补偿贸易协议或合同。这无疑是大胆的破冰之举。如果说，深圳、珠海、汕头的特区是空间性的，广交会则在那个春意萌动的年代为广东创造了时间性、季候性的"特区"，春秋两季，春华秋实。如今，我们只知道安徽凤阳小岗村民为农村家庭联产承包责任制"冒天下之大不韪"。其实，1978年的秋交会，在引进外资方面的大胆突破，就像南方的"小岗"。1979年7月，我国的《中外合资经营企业法》正式颁布。从此，"中外合资"成了进步与希望的象征。同时，国际技术贸易、国际劳务合作与工程承

1951年,广州市举办华南土特产展览交流会。会上展示了荔枝、薯粉和瓷器等广东特产。这为之后成功举办的广交会积累了宝贵经验。

包、中外文化交流都成了广交会的精彩"剧目"。

长春电影制片厂的一部影片《客从何来》，敏锐地捕捉到了时代的气息。电影编剧郭伟强，曾任广交会对外联络处处长。电影讲的是二十世纪七十年代某年，秋季物资交流会开幕的前夕，中外客商陆续来到花城这个贸易中心。欧洲联合矿业公司董事麦格利克、秘书卡瑟琳以及港商林进财、曹敬三等一行来到花城宾馆，我方外事人员冯国柱热情接待了他们。麦格利克提出能否解决一个套间以便安装电传打字机。在庆祝开幕式的舞会上，外商奥斯伯格邀请卡瑟琳跳舞。回到卧室后，麦格利克发现办公桌上的公文包被打开，记有重要经济情报的笔记本失踪了。他急忙向冯国柱报失。自从笔记本失窃后，麦格利克不断收到电传机发来的指示，而这些指示动摇和干扰了他同中方合同的签订。在举棋不定之际，麦格利克同董事长通了一次长途电话。董事长说明近日并没有给他发报，也没有在贸易上给他新指示。经公安机关全力破案，在机场将特务奥斯伯格抓获，麦格利克感激不已。影片的片头曲是李谷一演唱的《迎宾曲》："花城百花开，花开朋友来……朋友朋友，让我们携起手来，把友谊的金桥架五洲架五洲，丝绸新路通四海。"

1978年10月中旬，江西省外贸局的陈八荣第一次踏进广交会的大门。由于客商云集，订房十分困难，他和同事只能先在招待所押运员的房间小住一晚，第二天搬到胜利宾馆。展馆的商品琳琅满目，让陈八荣大开眼界。展馆的服务员一律穿着果绿色的工作服，彬彬有礼，谈判桌上还免费提供当时的全国四大名烟之一，带过滤嘴的牡丹香烟，参展商和客户可随意享用，离开后服务员立即补齐。此后，陈八荣与广交会结下了不解之缘。据他回忆，二十世纪八十年代初的广交会，参展商有"三多三少"：穿中山装的多，穿西装的少；穿球鞋和布鞋的多，穿皮鞋的少；穿军装的专业干部多，穿时装的少。陈八荣当年便身着蓝色海军服、解放鞋，留寸头。

八十年代初参加广交会，陈八荣住过广交会招待所、广州军区四所、广州警备区招待所、广东省经贸委招待所等，一律没有空调，蚊子多得蚊帐都难敌。交通工具是临时抽调的老式公共汽车，中午休息时间短，加上途中交通堵塞，吃完午饭就得上车进馆。不过，对于来到祖国南大门广州的参展人员，这也是一次难得的购物机会。大家爱去逛自由市场，可以用粮票换购日用品、塑料制品。而市场上全国粮票的价值要比地方粮票高。陈八荣曾用10公斤全国粮票换购了一把厨刀和一只大塑料澡盆。回去时要背着东西挤火车。

1980年10月，安徽轻工的后传安来参加广交会。一到省军区招待所的住地，有人问他："哪个口岸的？"后传安一愣，心想：安徽远离大海，哪有通商口岸。后来才知道，当时在外贸圈，各省市的企业和单位，一律称"口岸"。金秋十月，广州依然炎热，招待所像一个兵营，一个大房间里摆着六七张上下铺双人床，床上只有一张凉席、一个枕头、一条被单。床底下有脸盆和小矮板凳，板凳是看露天电影用的。广交会展馆被分割成一间间大房子，靠墙壁摆上一圈货架，每个"口岸"分到的货架，少则半个，多则两个。

天津轻工两位女同志吸引顾客的方式，令后传安大开眼界。客人走近货架，她们先行注目礼，再问对方有什么需求，接着拿出公司的样品，一页一个品种地向客户介绍。觉得客人有兴趣，再斟上一杯香茶，坐下来交换名片，将客人名片钉在谈判本内，再打开价格本，拿出计算器，不慌不忙地深谈起来。广交会，简直就是外贸谈判的免费课堂。

后传安代表的安徽轻工卖纸张，光顾纸张展馆的客户有海外华人，也有来自南亚的客商。后传安的英语是自学的，第一次和外国人交谈，便碰上了一位来自尼泊尔的客户，他的英语同样不精，只能说出几个断断续续的单词，发音也很难懂。两人鸡同鸭讲，竟想出了笔谈的办法。尼泊尔客商随手拿了一张样品纸，用钢笔在纸面上飞快写出整段的英文句子。后传安也把答复用英文写下，两人就这样谈论一上午，最后顺利签约。

1981年，滕晓和南京烷基苯厂主管生产的厂长、供销科长三人，乘坐三叉戟飞机来到广州参加广交会。每天要从下榻的沙面坐一个小时公交前往展馆。他们每人手拿一瓶磺酸样品，在走廊上"拉客"，见到老外就向他们推销。在遭到无数次白眼和无果的"Hello"之后，终于锁定了一位巴基斯坦的客户。他们相约在当天晚上去白云宾馆继续谈，一拍即合，下了500吨磺酸等订单，成交额近50万美元。成交之后，人逢喜事精神爽，三人好好逛了一下广州，夜色阑珊中，看着珠江边摇曳的灯火和海珠广场上挺拔秀丽的木棉树，对前几日没有好印象的广州也产生了<u>丝丝</u>

好感。离开时,他们每人买了一盆米兰花和好几公斤香蕉带回江苏。当时,这都是难得一见的紧俏货。

1985年,马来西亚华人张光福收到通知,准予赴华参加秋季广交会。经过烦琐的手续之后,他们一行20余人的商贸团在10月14日由古晋乘机往沙巴亚庇转机到香港。当时,马来西亚没有直飞广州的航班,只能在香港中转。他们在香港乘坐夜班邮轮前往广州,10月15日清晨6点便抵达了位于广州白鹅潭畔的洲头咀码头。可能是即将踏上梦萦魂绕的神州大地,张光福激动不已,洗漱完之后不慎一屁股坐碎了他的近视眼镜。他只好模模糊糊地随团上了岸。在流花宾馆南楼安顿下来之后,为解决"眼前"问题,"老广交"刘君带张光福搭出租车来到北京路的国营精益眼镜行,配了一副黑色塑料框眼镜,当时并没多少款式可选,只能随遇而安,最快3天后可取眼镜,这已是优先给予广交会来宾的照顾。让他印象深刻的是,眼镜行开出的40余元发票序号是No.012345678。流花宾馆当时的房价,是每晚72元。与宾馆一路之隔的广交会展馆,人山人海,万头攒动,有提着公事包的,有抬样品的,有看热闹的,大家你推我挤,等候保安员检查,折腾一番才能入场。

服装,可以见微知著。曾经,中华大地上的衣物,只有灰色中山装、白色衬衣、绿色军装等几种颜色和款式。随着改革开放的到来和向小康社会的奋进,大街小巷的衣衫,渐渐姹紫嫣红,五光十色。而西装领带也悄然取代中山装,成了男士正装的标配，下至推销员、客服经理，上至国家领导人，领带刷新了中国面孔、中国气质。虽然它只有小小一块布料，却宣言般象征着中国投入了世界的怀抱。"金利来，男人的世界"，这一广告语随着电视的普及传遍千家万户。而国民品牌金利来领带的创始人曾宪梓，跟广交会同样有着不解之缘。

曾宪梓二十世纪三十年代出生在广东梅县一个家徒四壁的贫苦农民家庭。中华人民共和国成立后，一位"土改"干部看他喜欢读书，把他送到学校，还叮嘱老师多加关照。曾宪梓靠国家的助学金读完了中学和大学，从中山大学生物系毕业。六十年代，他远赴泰国，后辗转到香港，尽管身在异乡，他始终没有忘记"我是祖国抚育成长的"。1970年，曾宪梓在香港注册成立金利来（远东）有限公司，第二年建起初具规模的厂房。

曾宪梓非常有营销的头脑。1972年，他便在香港的电视台大力投放金利来广告，而且精心选择了美国总统尼克松访华的新闻时刻。这一外交破冰之旅在当年堪称全球瞩目，在与内地一水之隔的东方之珠香港，电视新闻也有极高的收视率，金利来从此一炮走红，冥冥中也预示了曾宪梓与祖国命运的联结。他笑着说，金利来是跟着国家发展成为"男人的世界"的。早在1975年，曾宪梓就第一次来到广州参加广交会，当时还要组织客商参加"工业学大庆，农业学大寨"的宣传活动。他回忆，那时的广交会，吃住都成问题，必须在规定时间内在餐厅吃饭，过了时间就没了。所以他每次都紧紧张张把生意谈完，就跑去食堂占位子。点菜更是要等大家坐满了，等到很多人点同一个菜，厨房才用大锅一次做出来。

1979年初,当广东正按中央指示在讨论如何发挥临近港澳、华侨众多的优势,用特殊政策搞活经济时,应邀出席会议的曾宪梓坦率直言道,内地是"做了算",资本家是"算了做"。他提议内地工厂生产一定要心中有数,像资本家一样在投资之前把投资额、市场需求、销售预期先算清。他以胆识自称资本家,以经济效益为标准,给人们启发,当时主持广东省工作的领导同志,笑称他是"解放碑"。这块碑,解放的是思想,是效率。从此,曾宪梓参加每年的广交会,从不间断。1986年,也是通过广交会的平台,他与一家进出口公司合作,开始在内地广泛投资,金利来正式打入内地市场。

1989年,还是浙江乡镇企业家的茅理翔第一次来参加广交会,苦于没有入场券,他站在门外细心观察门卫,心生一计,决定开着车"堂而皇之"进去。虽然进了门,可他生产的电子点火枪无人问津。茅理翔心想,进都进来了,不能一无所获,干脆豁出去了。他虽然只懂几句英语,但开始用夸张的表演和吆喝吸引外国客商注意,还打着了点火枪,简直像一个庙会的江湖艺人。这次表演果然为他吸引了眼球,赢得了一张2万美元的订单。不过,"玩火"毕竟危险,他同时还收到主管部门一张几十元的罚单。

参加广交会的主体,除了企业,还有城市。1986年10月,深圳首次参加广交会。第一次参展,深圳经济特区的展位面积是100多平方米,11个标准展位。1989年秋交会,设立了5个特区交易团，深圳的展位面积达到300多平方米。1986年，广东外贸进出口总额超过百亿美元。

广交会带动的，不仅是中国南方的外贸，更是城市生活的万象更新，全盘皆活。冰镇啤酒、可乐、咖啡，纷至沓来。主要面向外宾和华侨的广州友谊商店，于1981年开设了中国内地第一家超市，售货方式从封闭走向敞开、自选，面积270多平方米。参加1984年春季广交会的新加坡客商林先生，第一次在广州酒家吃到了108道菜的满汉全席。广交会周围，各种地摊出现了。全国最早的广州西湖灯光夜市人流涌动，有时彻夜不眠。紧靠广交会流花展馆的服装批发市场，客源滚滚，生意日渐昌隆。来参加广交会的客商一下车，常要先来市场细看一番。那时，一个塑料桶，一把折叠伞，一块电子表，一块香皂，都被人们争相抢购。从地摊、夜市到批发市场，广交会周边成了流动的盛宴。

高档酒店业也应运而生，并围绕广交会展开了激烈的竞争。白天鹅宾馆1982年试业迎宾以来，首开先河提供免费厕纸。1984年开业的花园酒店，为广交会客商提供专车接送服务。短短几年内，来参加广交会的宾客，感觉到广州酒店的住宿条件发生了巨大的变化，从只有地铺、竹席的招待所，到空调、彩电、电话、卫浴设施一应俱全，娱乐、健身也对标国际。与流花展馆一街之隔，中国大酒店、东方宾馆在二十世纪八十年代初相继开业。在中外合资的中国大酒店健身俱乐部内，有氧锻炼、器械训练、网球场、桑拿房、室外泳池，应有尽有。酒店内还设有商场、邮局、美容沙龙，仿佛一个别有洞天的世界。

2. 黄与蓝的交响

梁启超在《世界史上广东之位置》中曾写道："故就中国史观察广东，则鸡肋而已。还观世界史之方面，考各民族竞争交通之大势，则全球最重要之地点仅十数，而广东与居其一焉，斯亦奇也。"先贤梁公的话振聋发聩。如果闭关自守，广东就是中国蛮荒偏远的边疆，形同鸡肋；但若对外开放，加入全球贸易，广东则占据着西太平洋—南中国海—马六甲海峡—印度洋这一海上交通大动脉的核心位置。从边缘到中心，广东没有变，变的是坐标系。

继深圳、珠海、汕头经济特区成立后，对外开放的号角继续吹响。1984年5月4日，中共中央、国务院批转《沿海部分城市座谈会纪要》，决定进一步开放天津、上海、大连、秦皇岛、烟台、青岛、连云港、南通、宁波、温州、福州、广州、湛江和北海等14个沿海港口城市，并提出逐步兴办经济技术开发区。与经济特区一样，这些地区在外汇管理、项目审批、人员出入境管理和税收征管等方面都推行相对优惠的政策。这些城市的开放，为中国外向型经济的发展奠定了基础。

1984年12月5日，广州经济技术开发区由国务院正式批准设立，12月28日，举行奠基典礼，成为全国经济开发区热潮的先行者和鲜活案例。它位于广州黄埔区东缘珠江主干流与东江北干流交汇处，面积约为9.6平方公里，距离广州市区约35公里，距离深圳约114公里，距离香港约88海里。广州经济技术开发区规划分为

6个功能小区。首期开发港前、南园两个小区，包括工业区、商业区、管理区、商住混合区。工业区兴建一批多层标准厂房和专业工厂，发展轻工业、电子工业、食品工业；转口贸易区设有海关大楼、金融贸易大厦、出口商品交易所、周转仓库及其他涉外机构；商业区设有购物中心、大型商场、商业办公综合大厦、宾馆、美食中心、影剧院、康乐园等；沿珠江建起了黄埔新港等8个万吨级泊位码头。

1985年2月18日，中共中央、国务院批转《长江、珠江三角洲和闽南厦漳泉三角地区座谈会纪要》，决定在长江三角洲、珠江三角洲和厦漳泉三角地区开辟沿海经济开放区。自此，广东拥有了3个经济特区、两个沿海开放城市和一个沿海经济开放区，由点到面，全面开放格局逐步形成。

其实，自古以来，在广东漫长的海岸线上，海运码头便如同珍珠串连成线，从粤东的潮汕古港、惠来古港，广州的黄埔古港，阳江的大澳古港，直到粤西的徐闻古港，组成一串绚丽的音符，奏响海上丝绸之路的波澜壮阔的旋律。随着改革开放的深入，海洋重新发出了邀请。

位于粤西沿海交通要冲的湛江，焕发出了生机和活力。湛江家用电器公司，二十世纪七十年代初还是一家编织老鼠笼，打锄头、镰刀的街道小五金厂。到1983年，已发展为红极一时的"跨省公司"，拥有11家专业工厂，6000多名职工，在全国设有1200多个联营销售点和120多个维修站。湛江家用电器公司出产的三角牌电饭煲，也走入了全国的千家万户。

1974年，李秀森调到五金制品厂当负责人。经过4年惨淡经营，五金制品厂的牌子换成了"湛江家电公司"，设备也开始更新。当时，日本人井深大的东京通讯工程公司在二十世纪五十年代发明的电饭锅开始进入普及时期，嗅觉灵敏的李秀森从香港市场获得这一信息后，决心在湛江家电公司引进当时国内空白的全自动电饭锅技术，主攻电饭锅市场，开始出口三角牌电饭锅。开放，并不意味着把鸡蛋都装在外贸这一个篮子里，而是如李秀森所说："凡国外的先进管理经验、管理体制以及技术、工艺等，只要能为我所用，就大胆拿来。办企业的，时刻不能忘记：十亿人的市场需要许多物美价廉的商品，他们是消费者，更是考官。每个企业和它的经理都在经受考核，优者录取，劣者淘汰，在这一点上是毫无情面可言的。"利用外国的先进经验、管理、技术，进而开拓和服务国内市场，是对"开放"的一种深化。一开始，湛江家电公司只生产一些镇流器和光管支架等产品供外贸收购出口，但当时的进出口仍受到计划经济调配，只要外贸一减任务，商业部门一不收购，产品就会积压在库，企业便陷入困境。

此前，这家公司也是只管生产、不问销售的单纯生产型企业。1980年起，他们成立了170多人的经营科，提出"四面出击，服务至上，直线销售"的十二字方针。公司经营科的推销员同时又是宣传员、情报员，被派到全国各地进行营销活动，权力很大，可以拍板定生意，花钱登广告，选择联营单位和代理人。花了3年时间，湛江家电公司与全国28个省市自治区的1200多个单位建立了联营销售关系。由于产品质量好，价格又比同类产品便宜

10%～15%，受到用户欢迎。同时公司又以"让利联营、赊账批发"等办法，使联营的合作单位有利可图，而又不担风险，乐意共同开拓市场，因此生意越做越大。公司在全国交通便利、市场集中的城市设立维修站，聘请当地有技术的退休工人当维修员，使消费者对购买湛江家电公司的产品有安全感、信任感。全国联网，是领先那个时代的物联网思维，公司将全国1000多个联营销售点连成一体，其中任何一个网点，都可凭公司的电报、电话到另一网点以厂价调货。这样，既解决了运输困难的问题，保证各销售点不出现脱销或积压现象，又能互通有无，全面掌握市场信息。这也是一个高效的信息情报网络，而被称为"信息大王"的李秀森，就像企业的大脑中枢。

起初，湛江家电公司由原来一些街道工厂合并而成，其厂房设备陈旧，资金匮乏。为了实现技术革新、机制创新和扩张发展战略，李秀森决定"冒险"贷款，从1980年到1983年的4年间，先后向人民银行贷了中短期设备贷款1080万元，流动资金（余额）3331万元。对此，舆论哗然："湛江家用电器公司是个空架子，靠借债过日子！""李秀森这个冒险家，到头来非跳楼不可！"李秀森和同事们的态度是：你讲你的，我干我的。他们用这些钱引进和改造了17条自动生产流水线，增添了一批新设备，大大提高了企业的现代化水平。实行扩张战略，快速发展全国联网的联营销售点和维修点时，公司外有人指责，这是不务正业，公司内一些人见到花费不少，也感到心疼。

李秀森说："用贷款搞生产搞建设，是对投资方式的一大改革。认为借钱办企业'不光彩',是一种糊涂观念,至少是外行话。一个企业贷了款,经理人员的日子就不那么好过了,不像以前那样'任务靠计委,资金靠拨款,销售靠商业',优哉游哉。现在借了钱,每天光利息都是一大笔,真是'时间就是金钱',一天也耽误不起。就是因为公司上上下下都意识到这点,感到肩负压力,不敢怠慢,效益就上来了。"4年间,湛江家用电器公司用这些贷款创造了超过1.94亿元产值,1400多万元利润,1500多万美元外汇,缴税1100多万元。

1982年11月,由于国际市场不景气,港币贬值,湛江家电公司库存的12万只电饭煲,被外贸部门全部砍了下来。同时,商业部门也发来通知:你们的电饭煲卖不出去。公司里悲观的传言不胫而走:要停止进料,甚至裁减几百名工人了。就在这时,毛细血管般的信息网络发挥了作用,从湖南的网点打来一个电话:湖南省"以电代柴"规划会议正在平江县召开。李秀森一听,心想,必须抓住这根"救命稻草",于是马上带领5名"情报员"赶赴平江。在那里,他们不但与湖南省首批"以电代柴"试点县签订了供货合同,而且获悉中央决定在全国搞100个电气化试点县的信息。这样,电炊具的生产已远远不能满足市场需求。于是,李秀森赶忙写了一封急信回去,公司不仅不能压缩工人,还要大量进口原材料,增加电饭煲生产。他在湖南平江草拟了公司1983年的生产规划,将电饭煲年产量从上一年度46万只增加到80万只,后来的实际订货则达到了100万只,"一条信息使湛江家电公司跨进了黄金时代"。

整个公司，从经理到工人，都像装上了解读信息的雷达。从中央领导同志关于发展农村小水电站的谈话，到地方的电价表乃至某一地区每年的新婚夫妇人数，都是重要信息。有一个营销员，从公路边的一条超高压电线按图索骥追踪到一个大厂矿，在那里做成了一笔生意。一次，李秀森到广州出差，发现一个东北人在深圳买了一个电饭煲，便立即派人去东北的农村调研，调查人发现，十一届三中全会以后，东北农村的粮食结构发生了变化，现在农民手上有了大米，还想便便当当地吃上不糊不焦的米饭，所以电饭煲很受欢迎。这一发现，帮助公司在东北开拓了一个大市场。

李秀森抓信息还有一个与众不同之处：抓大趋势，看大市场，算大账。他经常花大量时间看文件、读报纸、翻资料，潜心研究我国的经济形势，政府法令，中央的经济政策以及农业、林业、水电、环境保护等方面的现状和趋势，计算我国人民消费能力增长的速度、人口和家庭结构变迁，乃至分析十亿人中不同区域、不同民族的生活条件和习俗。正是因为看到我国森林资源破坏严重，亟须推进环保和"以电代柴"的大势，他才敢于大胆扩大生产规模。他说，要使企业在浩瀚的市场海洋里驰骋无阻，必须不断拿出众多的好产品来，进行水银泻地式的高渗透和市场开拓。电砂锅、电炒锅、电水壶、电蒸笼、多用电饭煲、暖风机等相继研发投产，受到欢迎。

与此同时，湛江家电公司推行企业的"四化"改革，即生产专业化、管理商品化、职工股东化、领导民主化。公司下属的11家工厂变为生产各种零部件或负责不同工作流程的专业分厂，公司向各专业厂按购入价提供原材料并下达生产任务，专业厂生产出来的产品由公司按内部价格收购。这样，就发挥了市场与计划两者的优点。专业厂与车间，车间与班组、个人之间，也都实行这种提供原材料和收购产品的商品交换关系，账务往来和经济奖惩由公司的"内部银行结算中心"负责结算和执行。全体职工包括临时工，都是公司的股东，大大增强了工人的责任心。此外，还实行各级领导班子的职工民主选举制和经理"组阁"制。

1983年，湛江家电公司出击上海，首先从上海第一百货公司入手。由于该公司实行了柜台承包责任制，湛江家电的销售人员直接找到家电柜台长，一番介绍，对方对三角牌电饭锅大感兴趣，决定先试销500个。由于"三角"在上海周边已享有盛誉，一上柜台就被抢购一空。上海第一百货公司获悉，主动与湛江家电公司签订长期经销协议。也就在当年，三角牌电饭锅在轻工部评比中获全国第一。不久，三角电器全面占领上海市场。

1987年，湛江家用电器公司更名为广东半球实业集团公司，发展成为大企业集团公司，占地约50万平方米，资产总额为15亿多元。1988年，半球集团公司注册并开始使用"半球"商标。

1990年12月11日，广东半球女子足球俱乐部在广州宣告成立。该女足俱乐部是在中国足协、广东省足协指导下，由广东半球实业集团公司出资创办并领导的民间体育组织，它为探索和实践办女足职业队之路迈出了第一步。半球集团曾花重金展开了一轮品牌宣传活动，包括在中央电视台等大媒体投放广告，冠名足球队，大做形象广告,一句"服务社会,不分东西半球"响彻全国。

1991年,"半球"商标荣获首届中国驰名商标提名奖和国际第十六届最佳商标奖。仅仅用了十余年,这家湛江的企业,就悄然完成了从作坊到巨人的三级跳。到了风光无限的九十年代初,可以说有米饭飘香之处,湛江"半球"就无人不知、无人不晓。此外,华威威化饼、得力啤酒、醒宝香烟、双鹅牌拖鞋,一批日用品轻工业品牌,让湛江声名在外。14座沿海开放城市居其一,与天津、大连、青岛、温州齐名,湛江人无比自豪而对小康生活满怀信心。这一批品牌,在世纪之交产业升级之际又纷纷陨落,让人扼腕,以致今日的湛江无疑成了当年沿海开放城市中的失落者,在繁华依旧的珠三角的映衬下,平添了几分悲情,这是后话了。

3. 血浓于水回乡潮

说回广交会,1979年春,45名台商从泰国转机香港,来到广州。但他们的名单被台湾当局掌握了,返台后都被叫去问话。两岸的经济文化交流仍阻碍重重。广州作为改革开放前沿,是港澳台居民和海外侨胞进入中国内地的门户城市,广州火车站又是华南的重要交通枢纽。因此,1986年7月,广州市委决定在广州火车站楼顶,建一条全新的霓虹灯标语,内容定为"统一祖国,振兴中华",字体为红色黑体,每个字高5米、宽5.5米。标语在1986年国庆节前夕完成，由于当时电力供应比较紧缺，霓虹灯标语令火车站用电量增加了30多千瓦，使用初期为了节省电能，每晚亮灯开启时间仅要求不少于3～4小时。

1987年，台湾"解严"。这一年9月25日，台湾当局决定取消台湾同胞回祖国大陆探亲的禁令，分隔38年的两岸同胞终于聚首。少小离家老大回，乡音未改鬓毛衰。第一个获准前往祖国大陆探亲的台胞名叫周纯娟，她18岁时结婚，与丈夫"蜜月之旅"到了湖南、广东、香港、台湾，没想到几个月后两岸断绝一切交通，蜜月的返程船票，竟让她等了38年。10月25日，广州市旅游公司接待了首批回祖国大陆探亲的台湾同胞旅行团，该团共有22位台胞，年龄最大的70岁。他们经澳门入境，除探亲外，主要在广州市和广东省内其他地方参观游览。至1987年底，广州各大旅行社共接待台胞探亲旅游团76个，共约1.71万人。在1987年的第62届广交会上，72名台湾商人到会洽谈贸易，其中14家公司的19位台商首次参加。从此，台商参展广交会渐成热潮。1988年第64届广交会，台商达1920人，比一年前翻了20多倍，广交会还专门开设了台湾同胞咨询处。

1988年春，在迎接农历龙年的爆竹声中，台胞邵先生与广州的亲人们在一起迎接除夕。团年饭坐了满满四大桌，为首的一桌坐着叔父以及邵先生和他的8个兄弟姐妹，其余三大桌，分坐着他们的配偶、子女、女婿、儿媳和孙儿、外孙，共53人。邵先生排行老八，即将迈入60岁。大哥邵明耀站起来祝酒："今天我们是四喜临门：一是40年不见的八弟回来探亲；二是我们九兄弟姐妹第一次齐齐全全大团圆；三是叔父代表老一辈，我们也算得上四世同堂；四是我属龙，马上72岁，八弟也属龙，这叫龙兄龙弟龙年会。"全场男女老少齐声欢呼，为这一刻干杯。

而大厅已挂起了九妹夫写的一首七言诗和一副回文联，回文联以红绿两色写在象征吉祥的如意图形上，顺读是"喜喜欢欢事事成功得志，安安乐乐人人建业兴邦"，倒过来读是"志得功成事事欢欢喜喜，邦兴业建人人乐乐安安"。诗曰："大庆龙年团聚时，天涯游子得归期。白头相见无赠物，聊画回文联一诗。"邵先生是1948年离家的。此后，家里只收到他从某地写来的信，收到最后一封信的第二天，广州就解放了。数十年来，家人都以为这个平素就调皮的兄弟已经失踪，甚或不在人间了。每念及此，兄姊都不胜伤悲。直到1985年，大哥在香港的友人忽然通知，说老八在寻找他们，简直喜从天降。原来，邵先生去了台湾后，时刻在想念祖国大陆的家人，偶然遇上从香港去台湾旅游的老同学，才有机会委托他寻亲。几番周折，邵先生终于与家人取得联系。台湾当局部分开放台胞探亲的第一天，他就前往台北红十字会登记，等到学校一放寒假，便带上3个尚未成年的子女，于1988年2月9日回到广州。

邵先生的兄弟姐妹分散在祖国各地工作，有教授专家、科技人员、医务工作者，都已儿孙成群，他们日夜兼程赶回广州相聚。邵先生看到亲人们个个衣冠楚楚，神采飞扬，感到十分欣慰。邵先生的妻子是台湾高山族人，他带着3个子女回到四会老家，看祖居，访乡亲。此后又游览了孙中山故居和广州的白云山、越秀山、天河体育中心。

广东是中国华侨数量最多的省份。广府、潮汕、客家的华侨遍布东南亚、大洋洲、美国和西欧。许多先富起来的华侨怀着拳拳爱国爱乡之情，回到广东投资，这成为广东在改革开放后迅速崛起的重要原因之一。华侨返乡恳亲，也在二十世纪八十年代末掀起了一轮高潮。在革命先行者孙中山先生的故里中山市，来自16个国家和地区的1300多名海外赤子，参加了盛况空前的"世界中山各中学同学恳亲大会"。中山市旅居海外的乡亲有60多万之众，其中相当一部分是在家乡接受了中学教育后才外出谋生的。中学阶段，是人生中一个充满青春活力、远大理想的阶段，万千游子的绵绵乡情中，同窗之谊、师生之情仍然牵动人心。

美国旧金山中山全市中学校友会的阮展鹏是这次活动的重要推动者，他与中国驻旧金山总领事馆取得联系，以旧金山和夏威夷两地校友会的名义倡议，在孙中山先生诞辰123周年之际，举办这个校友聚会。倡议马上得到了加拿大、墨西哥、哥斯达黎加、巴拿马、委内瑞拉、秘鲁、澳大利亚、斐济、日本、新加坡等国校友会的热烈响应。中山市各中学的11位老校长也联名发出《致旅居世界各地中山各中学校友的一封信》，把师生、学友之情比作美酒，"当年至今，愈酿愈浓"。与会的中山华侨，有工商巨子、文艺界名流，有著名侨领和社会贤达，也有普通劳动者。被中山市授予了荣誉市民称号的吴显桂，变卖日本房产，投资2亿日元，为中山大学孙文学院捐赠兴建了教学大楼、实验大楼和图书馆。同为中山市荣誉市民的香港同胞方若愚，虽然只在家乡的龙山中学念过半年书，却对母校一往情深，设置了奖学金、奖教金，并为每年部分出国留学的优秀学生提供资助。

在著名的客家人聚居地，广东梅州，600多名来自世界10多个国家和港澳台地区的客属代表，与来自珠三角、粤北、福建、江西的客属代表，共1200余人，共同庆祝梅州客家联谊会成立。总团长胡均发率领的11个分团共283人的台湾客属代表团中，很多人是第一次踏上这片客家人的祖居之地来寻根的。世界客属总会，是1970年在台北成立的。

身材魁梧、一脸络腮胡子的美国代表熊德龙是来宾中的异类，他的养父母是客家人，"这使我有百分之百的客家心和百分之百的中国心"。熊德龙在梅州和国内其他地区投资金额已达2600万美元，捐资兴办福利事业的总金额达到了1500万人民币。年仅34岁的香港实业家姚美良的经历也颇富传奇色彩。1966年初，他遵父命从马来西亚回国求学，经历了"文革"的动荡岁月后，又回到香港接管父业。他知道大埔县是广东省最穷的县份之一，他1986年再次踏上家乡土地，投资1亿元人民币在大埔建立矿泉水公司和彩陶公司。姚美良还捐建了耗资680多万元的梅州大会堂，堂前立着叶剑英元帅的雕像，像侧刻着"海内外同胞齐心协力振兴中华"。大会堂中，立有黄遵宪、宋湘、丘逢甲、丁日昌、张弼士、姚德胜、罗香林、李惠堂8位客家先贤铜像。姚美良发言讲述自己的经历，呼吁海内外乡亲要体念家乡的困难，在事业成功时，切不可忘记尽自己一份力量帮助家乡早日通向繁荣之路，语未毕而哽咽，令在场者动容。杨炯祥是黄埔军校第十九期生，自1941年初中毕业离开家乡后就再也没有回来过。虽然家乡已没有亲属，但他通过此行与泰国归来的昔日同班同学李国奎重逢。为了招待海外同乡，节俭的梅州客家人端上了节日才能吃到的盐焗鸡、上汤爽口捶丸、嘉应酿豆腐、豆沙水晶肉……在"客家之夜"联欢晚会上，来自台湾新竹市的刘先生夫妇，忍不住自告奋勇上台，演唱了台湾客家小调《桃花开来菊花黄》，引得阵阵喝彩。烟花火龙表演将晚会推向高潮，长35米、共有13节的纸龙，插满烟花、火炮，边放边舞，难得一见。

1988年，内地与香港地区、台湾地区之间经济发展水平差距巨大，内地的人均GDP为283美元，而台湾已经超过6000美元，香港则已迈过10000美元的门槛。港台地区加上新加坡、韩国，被誉为"亚洲四小龙"。尤其是拥入广东的港台同胞，他们一掷千金的"豪迈"和光鲜亮丽的衣着，极大地刺激着刚刚打开国门的内地人。当然，"知贫而后勇"，也成了建设小康社会的一大动力。

4. "小虎"展威风

当人们还把目光集中在炙手可热的经济特区和广交会时，另一个名字不胫而走，那就是"广东四小虎"。龙腾虎跃，势不可挡。如果说经济特区、沿海开放城市、副省级城市、计划单列市，是中国经济皇冠上的明珠，体现的是自上而下的政策优势和天之骄子般的光环，那么"四小虎"则是自下而上"逆天改命"的草莽英雄，从默默无闻到名满天下，仅仅用了十余年。要知道，在改革开放初期，中山、东莞、顺德、南海，都只是县，经济以农业为主。中山县，1983年改为县级市，1988年升级为地级市；东莞县，1985年改为县级市，1988年升级为地级市；顺德县和南海县，1992年改为县级市，2003年改为区，并入佛山。不过，顺德和南海至今保留着粤X与粤Y的车牌城市代号，显示了它们卓尔不群的地位和自我认同。

最早打响"四小虎"名号的，是新华社记者戚休和于有海写于1987年的《"来料加工"开路，广东跃起"四小虎"》。1986年是一个重要时间节点，这一年，这四个县市的出口创汇额都超过了1亿美元。这篇文章总结四片"虎地"的发展模式，用"进口原料—加工生产—出口创汇"来形容，并称之为"两头洋，中间土"。换言之，就是"三来一补"。然而，当我们重新回顾这段"野蛮生长"、石破天惊的岁月，便会发现，"三来一补"远远无法解释"四小虎"的崛起。因为与此同时，深圳、广州、珠海、汕头，甚至整个广东沿海，都经历着利用劳动力成本低廉的优势引进"三来一补"企业的阶段。

主打家电和轻工，形成具有美誉度的品牌，是"四小虎"成长过程更内在的密码。中山家用电器厂的千叶牌电扇就是当时国内的名牌产品。据中山县外贸局一份文件显示，1980年，中山出口香港的千叶牌台扇，因美观大方，携带方便，且省电耐用，颇得港澳同胞欢迎，他们纷纷购买并带回内地，作为赠送亲友的礼品。以至于深圳、广州海关对当时的华生、钻石牌电风扇,都按国产品牌每台征税40元,而对千叶风扇这个"天外来客"却按国外产品每台征税80元。为不影响出口,应深圳海关要求,石岐轻出口公司与中山外贸局曾在1980年去广东省外贸局,请求证明该风扇是中山县生产的产品。为了防止其他厂家的冒名和仿造,中山市政府还于1984年发文要求加强对"千叶"商标的使用管理。此外,中山的知名品牌还有威力牌洗衣机,1986年全厂510多名员工生产了洗衣机40多万台,每人平均777台,全员劳动生产率及人均创税率在全国居首。中山小榄区开关厂生产的KQ系列琴键开关,产量一度占全国同类产品的七成,而沙溪区办的工艺时装厂制作的钉珠服装,被展列在有"世界高级时装橱窗"之称的纽约第七大道。

香港知名企业家霍英东在1979年投资建设中山温泉宾馆,大获成功,接着,日本财团投资兴建了长江乐园和长江宾馆,为中山的旅游业带来了兴旺景象。各种基础设施建设如公路交通、能源、电信通信、港口建设,也为投资者创造了便利的条件。从中山港坐船去香港,比坐汽车去广州还快。

计划经济时代,商品的价格由行政决定,到二十世纪八十年代商品经济势不可挡之际,物价改革势在必行。中山市是改革的先行先试者,从1978年开放蔬菜价格到1988年,中山物价改革的动作已有8次之多。每一次物价改革措施出台前后,都少不了市长、书记直接参与全市范围的广泛宣传,让市民们安心。1988年也是价格闯关的关键节点,这年5月中旬的一天,相邻许多市县的农民纷纷拥至中山市的一个边远镇，把全镇的食盐抢购一空，当地群众恐慌不已。告急电话打到市委、市政府，很快，为稳定市场，载着雪花般洁白的食盐的卡车一辆接一辆朝这个小镇驶来。这一突发性抢购事件，是对中山市"抗震"能力的一次考验。整个夏季，中山市商业和物资部门储备的生产资料和生活用品都比较充裕，在市场上筑起了一道有形大坝。7月，外地涨价势头已很普遍，可中山市最大的人民百货商店里，5000多种商品全部"按兵不动"，市食品公司不仅在市内冷库里装满了成千吨冻肉，还借用邻近市县冷库储藏了成百吨冻肉，发挥了国营商业主渠道平抑物价的作用。

这个夏天，广东乃至全国不少城市的百货商场、副食商店排起购物长龙，储蓄存款被大量提取，而中山市民却出奇地平静。中山市民族路的一位居委会干部说，中山市民处变不惊，根本原因是"大家生活好起来了，该有的许多人家里都有了，没有什么好惊慌的"。对于许多人想通过抢购来"保值"的行为，现在的商品一年几变，抢来放家里的过时货怎么办？一位退休的老大姐说，中山的物价变动已有好几年，合理的涨价，大家已有准备，乱涨价又有政府管，所以没什么好怕的。另一种呼声是：市场上的商品本来是足够的，如果大家都多抢些囤积在家，不紧张也会弄出紧张来。这样一旦导致市场混乱，国家不得不再度把价格管死，又得回到凭票供应的老路上去。不哄抢，也是对改革的信任与珍惜。据统计，改革开放十年来，扣除物价上涨因素，中山城镇居民收入增长1.3倍，农民收入增长4倍，这就是"四小虎"的底气。

与中山相似，顺德生产的电扇也是一块招牌。"美的"就是二十世纪八十年代初顺德知名的电扇企业。激烈的市场竞争使他们认识到，作为乡间小厂要站住脚，必须把提高产品质量，创名牌优质产品放在首位。"美的"在建厂初期就提出了"产品质量就是企业的生命"的口号。全厂实行了全面的质量管理，设有20名专职质检员，负责各车间产品的质量检验，各个生产班组也设有兼职质检员，全厂形成一个完整的质量检验网。产品出厂要经过三道关卡。

第一关，凡是质量不合格的原材料和配件，不准入库投产。第二关，各道工序生产的零部件，先由工人自检，然后由质检员检验，不合格的不能转入下一道工序。第三关，产品总装完毕后，要经过自动检验线对调速、功率、泄漏电流、绝缘电阻、耐压、起动力矩等6个项目都检验合格后，才能包装出厂。由于严格把控产品质量，美的牌16英寸台扇和落地扇分别被评为广东省和农牧渔业部优质产品。

1985年，何享健是美的风扇厂的厂长，他认为，要使产品在竞争中称雄，就要舍得花本钱进行智力投资，使职工掌握科学文化，提高技术素质。该厂职工有70%以上被派到对口的先进企业跟班学习和参加不同类型的技术培训班，有的还被派到大专院校深造。此外，美的还在社会上用长期或短期的办法广泛招聘技术人才。几年来，被聘请到该厂协助技术攻关的高级工程师、教授和其他科技人员已达200多人次。若干年后，众多相似的风扇厂都烟消云散之时，美的重视科技和智力投资，更显得充满远见，突破了历史的局限性。

顺德县北滘公社裕华电风扇厂，也是经历了激烈竞争考验的社办企业，它的前身，是一个生产酱醋腐乳的小作坊和一家生产瓶塞的软木厂合并而成的电器塑料厂。1983年9月的一个晚上，裕华厂的领头人区鉴泉看电视时，从一则海外广告上得知，国际市场上新推出一种10英寸鸿运扇，以塑料代替金属，安全方便，很适合在床上使用。兵贵神速，从获得信息到引进样扇，消化，改造，创新，仅仅5个月，国内首创的第一台DF-250导风格栅10英寸鸿运扇就生产出来了，在1985年创造出超过1亿元的产值。

不过，区鉴泉已开始居安思危，他说："电风扇是一个技术层次比较低的行业，稍有条件的工厂都可以上，这注定它是一个市场易起波澜的行业。广东有条件的乡镇企业应该利用毗邻港澳这一优势先走一步，投入开发高科技且具有竞争力的产品的行列。另外，要发展多元化企业集团，不能一条道走到黑，而是要东方不亮西方亮，迎接日趋激烈的竞争。随着改革的深入，国营企业'狮子松绑'和军工企业'猛虎下山'，我们乡镇企业所面临的市场形势比前几年严峻得多了。"

商品经济的飞跃发展，给顺德带来许多喜人的变化。多年来，由于河网交织、江水阻隔，公路不通畅，顺德不少地方举步维艰，汽车靠摆渡过河。人们筑路修桥的愿望受经济力量的限制，长期不能实现。区乡企业发展起来后，县里经济实力增强了，一集资，顺德境内架起了百米以上桥梁168座，全县201个乡的通车率在八十年代中期已达到91%，有力地促进了商品经济流通。

顺德桂洲区过去打架多、赌博多、偷窃多，随着区乡企业的发展，这里成了外贸产品的生产基地，人们安居乐业，社会犯罪率明显下降。在勒流区黄连乡，一些农民已同城里职工一样开始过周末，他们选拔出20多名文娱体育骨干，组织农民开展书法、绘画、球类、盆景、集邮、文艺创作等活动。每逢周末，文化中心热闹非凡。过去顺德人向往港澳，想方设法跑出去。现在，顺德的农村，电冰箱、彩电、摩托车已不算稀罕。不少人从香港旅游回来，他们说："不用十年，顺德的生活肯定会超过香港。"

南海县注重基础设施的投资，建成了现代化通信工程。利用瑞典、挪威政府贷款2500万美元，引进国外现代化的通信设备，建成计有5.8万线程控电话、800线长途交换设备及数字微波、光缆传输、专用空调、用户管线等配套设施，于1990年上半年正式投入使用，是全省县级最大的一项综合数字通信工程，电话容量比1989年翻一番多，电话装机容量居全国县级第一。

在拳头产品方面，南海铝型材和铝制品业异军突起，成为一个新兴的行业。铝型材和铝制品企业在1990年达到335家，年产值4亿多元。凤铝铝业的前身南海凤池不锈钢铝型材厂也于这一年成立。革业和皮革加工业蓬勃发展，全国最大的牛皮革厂南海皮革厂是合资联营企业，用外汇80多万美元引进八十年代美国、意大利的先进设备。塑料、玩具、建筑陶瓷业也突飞猛进。正是在二十世纪八十年代和九十年代初打下的基础，使南海在日后成为中国的家装产品之都。

1980年，东莞虎门的南栅大队引进了第一家香港来料加工厂。这个从来只有鸡鸣牛叫的山村，响起了机器的第一声轰鸣。面对崭新的生活图景，支部书记王牛女在思索：外商为什么愿意来南栅办厂？想赚钱。南栅为什么主动请人来办厂？也是想赚钱。那么就应该让外商好好发展起来，诚心帮衬着他们，让他们先多赚钱，然后再考虑咱们自己。借来了鸡，喂饱了食，还愁不下蛋吗？一个普普通通的种田汉，一个刚接触商品经济的农民，以朴素的思想和博大的胸怀，展开了小康生活的广远蓝图。两年下来，这家港商加工厂发了，为了表示感谢，拿出相当于10万元的物品给村干部作为年终奖分发。王牛女说，钱可以收，但得归集体，去办工厂，搞开发。

桥头大队远离莞城市区，交通不便，家底薄。支部书记邓望成合计，先办一个牛场和一个砖厂。干部们四处奔走，好不容易筹集了4万元贷款，请来了技术人员，可是10多头牛扛不过寒冬全被冻死，砖厂也因技术不过关而倒闭。港商的到来是破局之举，双方签订了办制衣厂的合同，邓望成兼任厂长。功夫不负有心人，经过十几年筑巢引凤，桥头的外资企业达到30余家，厂房规模达到14万平方米。从1987年起，桥头凡年满60岁的老人，每月可领50元养老金。桥头还建起了设施齐全、房屋宽敞的老人活动中心，成为老人们颐养天年的乐园。

对于"四小虎"的经济发展特点，当时流传着这样一种说法：东莞是洋枪队，顺德是地方军，南海是游击队，中山是国家队。意思是，东莞是以外商投资的"三来一补"企业为主；顺德以镇办企业为主；南海的村办小企业十分发达，像"满天星斗"；中山则以市属企业为主。东莞之所以形成"洋枪队"，是因为采取了"借船出海"的方法。东莞的区位优势明显，背靠广州，面向香港，比较容易接受香港经济的辐射，可谓"近水楼台先得月"，其土地和劳动力成本则比深圳更为低廉。而顺德则与东莞不同，原有社队企业基础较好，集体企业有一定的实力，因此也就不甘心让外商在利润上得大头，所以很快就把以"三来一补"外商经营为主的企业发展吸收为自主经营的合资企业，利用外资来改善、改造原来的乡镇企业，发挥自己的主动性，费孝通将其形象地称为"嫁接外资，造船出海"。

这种对东莞的描述也并不准确，一批民族品牌正在东莞大地迅速崛起。广东宏远，前身是篁村大队的村办企业，经营一年便亏损400多万元。17岁就当上生产队长的陈林，是宏远创业的带头人。取名时，他们考虑过"宏兴""宏大"，用普通话、粤语、客家话念，最后选定了"宏远"，取意"宏图大业，任重道远"。通过四处奔走，得到了5万吨柴油和7万吨化肥的销售指标。陈林主张，柴油全部按国家价格出售资助六运会，只提留少量启动资金。由此，宏远不但还清了债务，还在六运会上产生了巨大的传播效应，声名鹊起。广东宏远也从此跟体育事业结下了不解之缘。到二十世纪九十年代初，宏远已拥有固定资产13.8亿元人民币，下辖3个工业区和10多个子公司，还建起了宏远员工活动中心，让工厂的员工可以来唱歌、跳舞、品尝饮料。宏远还在两万多名员工中组建了射击队、篮球队、足球队、排球队、羽毛球队、体操队,每年都要举办一次集团内的运动会,设30多个项目,颁发奖杯。开幕式上还请来了海军仪仗队、军乐队表演,堪称盛大。广东太阳神,在八十年代末成立后,依靠精准的品牌打造和广告投放,短短几年时间内,从1988年的765万产值上升到1991年的8.5亿产值,成为营养品口服液行业的执牛耳者,产品行销全国和东南亚各地。

国际知名品牌也开始入驻东莞。1991年10月23日,一架乳白色的直升机在广州徐徐升空,冲向蓝天。村庄、道路、厂房,织锦般展开。雀巢公司总裁马浩文和亚太地区总裁陈瀚恩,从天空中注视着珠三角的大地,为雀巢全球的第500家工厂落户中国而兴奋不已。片刻之后,飞机降落在了东莞市区一片碧绿的工厂草坪上。

二十世纪九十年代初,一批旅游观光农业基地,也在曾经一穷二白的东莞乡村崭露头角。年丰山庄,由港商与附近城区温塘管理区合作开发,既是生态保护区,又是田园诗般的旅游景点。山庄环境幽雅,外有石米琉璃瓦围墙,内有古色古香的年丰楼,曲径通幽。庄内的小丘上,荔枝树、柑橘树、芒果树蔚然成林。徜徉于水榭亭台之间,果香四溢,满眼苍翠,还可以亲手采摘带着露珠的鲜果。占地48亩的年丰山庄,种养收入约45万元,旅游业收入却达到上千万元。而占地77万平方米的陈方柳枝实验农场,集农业科研、科技培训、良种引进繁育、产品出口、农业观光旅游于一体。农场的场部区园林建筑错落有致,绿草芳菲;

水果区果树繁茂,清新可人;花卉区百花斗艳,芳香沁人;畜牧区、水产区可参观、可垂钓。

长安镇的新镇区,各项社会管理工作井井有条,环卫队、治安队、城监队、绿化队、交通队、水电队、市场管理队7支队伍,使昔日的乡村市集,向现代城市高效、有序的方向发展。一批欧陆风情的西餐厅、酒吧也雨后春笋般涌现,古希腊式的爱奥尼柱、科林斯柱或古罗马式的圆拱券廊,让昔日乡村摇身一变,成了"世界公园,而步入华厦,西洋雕塑在暖色暗光下浮现,钢琴与萨克斯的余音绕梁"。樟木头镇提出"工业发家,房产富家,商业旺家"的战略,建成8层以上的楼宇760栋,向香港售出2.6万套住房,销售额达30多亿港元,成为珠三角外销商品房最成功的镇。一个另辟蹊径走房地产道路的"夏宫"就此诞生。清溪镇上,先富起来的本地"老农",喝起了几千元一瓶的法国名酒"路易十三"。难怪当时的媒体人惊呼,东莞原本只是一个县,却生长出了三十几个"市",每个镇都是一座欣欣向荣的现代城市。

1992年,东莞已建成全国首个城乡数字程控电话网,固定电话和BP机用户都已达到20万户,"大哥大"约9500户,让一些数百万人口的大城市也自叹弗如。电信和通信行业超前的意识,也解释了日后vivo、OPPO这些手机巨头在东莞崛起的原因。

如果说广州是广东的门庭,深圳是广东的客厅,中山、东莞、顺德、南海则是广东的里屋、后院,精雕细琢,藏富于斯,不是高举高打的"高大上",却是衔枚疾走的"小快灵"。从二十世纪七十年代末到九十年代初,仅仅用十余年时间,"四小虎"成为广东改革开放、脱贫致富最激荡人心的注脚,向着"欲穷千里目,更上一层楼"的未来蓄势待发。多年以后,用着南海产的家具、陶瓷,顺德产的家用电器,中山产的灶具、灯饰,东莞产的智能手机,中国人的小康生活将由"广东四小虎"着色添彩。

第七章

发财到广东

1. 劳务有了价格

1981年，43岁的王潮梁正望着滚滚的长江水发呆。

王潮梁1955年从无锡第一中学考入华东航空学院飞机系。1956年随校由南京迁至西安，成为西北工业大学第一批学生。王潮梁所读的55专业，是我国第一个直升机设计专业。1960年，大学毕业后，王潮梁被分配到陕西兴平的514厂，担任飞机制动系统的主管设计工艺员。

王潮梁有很多想法，但是在单位里，因资历尚浅，不允许对设计有所改动。他很憋屈。

1977年，交通部长江航运科学研究所要研制气垫船，王潮梁又被调到武汉，在船体室做设计。后来，又被借调到长江船舶设计院，搞起了游轮。

从天上到水里，从飞机到游轮，可要想把图纸变成产品，太难了。眼看着时间流逝，王潮梁壮志难酬。

1981年8月15日。王潮梁正准备出差。一位同事王志远托人给他带来了一张小字条。上面写着：海员俱乐部3号房有人想见你。这张神秘的小纸条有点像地下工作者的手段。是谁？王潮梁连忙给王志远打电话，原来是深圳蛇口工业区在武汉公开招考工程技术人员，考场就设在海员俱乐部。当时要想换工作是不安心工作的表现，领导会不高兴的。王志远只有用这种偷偷摸摸的方式把他所得到的信息传达给王潮梁。

两天时间，三门考题：英语、国际知识和论文。论文题目是《试论我国改革开放政策》。笔试成绩出炉，在50多名应聘者中，王潮梁名列第一。又经过面试，成绩优良。主考官推荐：是个人才，录取！王潮梁成为蛇口工业区第一次面向全国招聘的武汉考区唯一录取者。

长江航运科研所却坚决不放人。那时，没有商调函，没有单位同意，不给签发档案，是无法调换工作单位的。没有户口和粮油关系，领不到粮票，吃饭都成问题。最终，在各方干预和帮助下，长江航运科研所终于同意放人。

王潮梁抛下了"铁饭碗"来到深圳，成为蛇口招聘引进的第一个干部。

来到蛇口的第二年，王潮梁被任命为"海上世界"总经理。"海上世界"原为法国建造的一艘豪华游轮，后来则成为众所周知的中国第一座海上旅游中心。

第七章
发财到广东

没有任何经验可以借鉴，要把漂浮的轮船改造成陆地上的酒店，工作量非常大。交接善后、协调衔接、通电源、油漆粉刷、周边绿化……王潮梁流着汗和员工一起扛地毯，跪着用胶水一点一点粘龟裂的地板，把一艘陈旧的游轮装扮得焕然一新。

在广东，王潮梁开始了他全新的人生。

第一批的特区建设者，最急需的人才，就是这样从国内其他地方一个一个地抠过来的。

改革开放，首先面对的，就是人才匮乏的困境。作为全国改革的先锋官和探索者，深圳特区的建设，对人才的需求格外急迫。然而，30万人口当中，城市建设急需的工程师仅有两名，有大学学历的干部只有6名，特区建设人才告急。市委当即给组织部下令，赶紧去搞人来。

要多少？300。组织部门认为没有问题。去调人时，一说宝安，没有人愿意来。就算是深圳，那时也只是一个画出来的"大饼"。

没有人来，特区的建设就没有办法启动，无奈之下，深圳派了7名干部即刻赶往北京，把特区的困难向中央组织部汇报，希望能从全国调遣干部支援特区建设。那时的干部调动，手续繁多，一级一级办手续，一级一级下来，办手续就要半年。快的办法是不要调动，直接招聘，贴布告。当时全国的工资都是固定的，深圳却可以当面商量工资，一天100多块钱，一天就相当于原来一个月的工资，这方法灵，一下子，打开了大局面。

1982年开始深圳向全国12个大城市派出了招聘小组，开出的

241

条件是工程师来深即可分两房一厅，高级工程师三房一厅；凡招聘来深的人员，可举家迁来，同时解决家属的工作，工资待遇高于广州低于香港。来自特区的招聘很快轰动了全国。1984年那一年，火车站很多人过来，像南下大军一样，你要什么样的高级工程师都有，电子的、生物的、生化工程师等。深圳4年招聘了5万多人，人才的聚集，给深圳上紧了发条。

深圳的吸引力一下子显现出来，这就是"创新开放的意识"。整个招聘过程中，人事制度和分配制度创新正是这种意识落到实处的体现。基本工资加奖金，奖金与业绩挂钩，上不封顶……这样的薪酬制度是以前闻所未闻的。

当时全国的干部人事制度尚未走出计划经济体制，但在深圳，"停薪留职、档案暂存在人才交流中心、全员合同制"这些崭新的概念却悄然萌芽。深圳市人才研究会统计，从八十年代初至1992年，深圳引进技术干部约25万人，接收院校应届毕业生8万多人。一批又一批像王潮梁这样的开拓者，打破人事制度的坚冰，怀揣着梦想来到深圳。

深圳那时不仅技术人才极其缺乏，就连普通劳动者也格外短缺。只能想尽办法变通，把目光投向农村富余劳动力。一批批的打工者，通过熟人朋友，加入到了特区建设的行列。

安丽娇是随表姐来深圳的。这个梅县扶大乡的客家女孩，出生于一个贫困之家，客家女孩子从小懂事，很小就能帮大人干活。14岁那年，安丽娇初中没毕业便辍学了，作为家中长女，她要帮父母料理那间小饭馆，还要带妹妹与弟弟。

过年时，看着在深圳打工的表姐带回来的红红绿绿的大包小包，安丽娇对外面的世界产生了无限的倾慕与神往。她也想"换一种活法"。经过一天长途汽车的颠簸，她来到了深圳：高高的楼房、宽宽的马路、火热的工地，一片繁荣景象。然而，等着她的却是另一种现实——只有初中文化，不会讲普通话，她第一份工作是流水线上的插件工。1984年，每天加班超过4小时，一天几乎是14小时甚至16小时疯狂地干活。当时的深圳一天一个变化，安丽娇也在一天天变化，普通话越来越流利，插件越来越利索，工资也从每月100多元增加到三四百元。深圳这片充满机会的土地，令安丽娇慢慢展开梦想的翅膀。

当大批打工者下班之后漫无目的在街上闲逛时，安丽娇却在工作之余拼命补习，7年打工的全部积蓄都用于读书，为了读书常被炒鱿鱼，先后换了7份工作。她曾经想放弃，想逃离深圳，但是她咬牙坚信"深圳不会拒绝努力追梦的人"。

1988年9月，安丽娇在深圳大学开始了半工半读的生活，并于1991年拿到大专毕业证书。与此同时，安丽娇开始将身边的打工故事写下来投给报社。这些作品最后汇编为《青春驿站——深圳打工妹写真》，并于1991年结集出版。从此，安丽娇成了"安子"，"安子旋风"迅速从深圳席卷全国，她几乎在一夜间成了打工者的偶像。可惜的是，安丽娇后因非法集资入狱。

当时最为红火的凯达厂里农民工的招收与升迁的故事，代表了这个时候深圳特区的劳务流动的状态。

汕尾陆丰市城东镇高美村，陈美信刚出校门回到村里，也不知道自己能干些什么，在村里晃来晃去，晃得长辈们也心烦。1984年春节，他和小伙伴们一起乐呵呵过完了年，也不知道接下来去干什么。家里人其实早已经开始谋划了。这是一条前所未有的路，让他跟着哥哥去深圳打工。这让陈美信很兴奋。随后传回来的消息在全村引起震惊与轰动！陈美信在深圳做搬运工，一天足足能赚到30元！一天比人家一个月的工资还多！村里的人奔走相告：深圳真好赚钱！当时，这个号称"鱼米之乡"的村庄，10元面额的钞票数不出几张。

消息传到同村陈雪亮的母亲耳里，她决定把16岁的儿子陈雪亮送到深圳打工。在陆丰，16岁的孩子算是大人了，应该也能够为家里条件的改善出一把力了。这是一个七口之家，陈雪亮的身后，还有一大堆弟弟妹妹，吃饭、上学，都需要花钱。这样，陈雪亮也来到了深圳。可是一到深圳，发现自己太年轻单薄了，于是他给妈妈写信："你是要钱还是要我的命？"陈雪亮说："深圳是个好地方，但没有城市户口的农民，只能干别人不想做的苦力活。"陈妈妈读完信匆匆赶到深圳，看到不及一车砖高的儿子艰难地拉着车，意识到这确实难为尚未完全成年的孩子。她当即决定找老乡帮忙换个工作，她问道："雪亮，你想找什么样的工作？"陈雪亮用手指了指工地不远处一处簇新的厂房说："凯达厂！"

凯达厂是香港独资玩具厂，1982年开工，是深圳最早的外商独资企业之一，当年工人超过2000人，占了蛇口工业区的"半壁江山",工资最高。

1987年,陈雪亮的母亲完成了她的承诺,让儿子离开工地进入凯达厂。陈妈妈后来陆续把自己的几个孩子送进了凯达厂。他们都能在深圳挣高收入,为自己家在村里率先进入小康打下了经济基础。

陆丰市金厢镇洲渚村人黄月洪排了一年多的队,终于进了凯达厂。黄月洪1986年与同学黄海敏一同来到深圳。1987年,黄海敏找关系进了凯达厂,而黄月洪依然在沙河一家小工厂打工。黄月洪经常羡慕着黄海敏的好日子:食堂顿顿有肉,宿舍男女不同栋,还有保安把守,关键是两人工资相差好几倍。

黄月洪央求在蛇口的舅舅托关系把她弄进凯达厂,但得到的答复是:必须等到缺人的时候再找机会——等着熟人介绍的老乡实在太多了,得有个先来后到。

等了一年后,1988年的一天,黄月洪的舅舅满头大汗赶来告诉她:"恭喜,你可以进凯达厂了!"黄月洪一下跳了起来,立刻收拾东西走人,连工都没辞。

事实上,当时凯达厂处于高速扩张期,非常缺人,但那时使用农民工不是"主旋律",也不为政策所允许。

当初,蛇口引进港资企业时,不确定因素很多,不知道外资会不会突然撤走,因此不敢大量引进工人,只打算从韶关、汕头、肇庆、梅州这些地区统一招聘返城知青和新生劳动力组成的待业青年。而这些地市正好在为返城知青、新生劳动力的就业犯难,便一拍即合地将这些可能的"不稳定因素"输送出来。

凯达厂开工初期，所用女工就是蛇口工业区统一到韶关、汕头、梅州和肇庆等城市招聘的城镇待业青年，且为清一色高中毕业的漂亮女孩。经过笔试、面试等重重关卡之后，20个人录1个。

农民工进凯达厂不容易，想升迁就更难，必须付出更大的努力。

在凯达厂，工人工资和加班费都是同样标准，奉行多劳多得的原则，但工人的身份却被分为三种：正式工、合同工和临时工。正式工是蛇口工业区招聘的人员，只要成为合同工3年后就可以转为正式工，享受迁户口、分福利房的待遇。而合同工是早期韶关、肇庆、梅州、汕头四市等劳动部门集体组织输送、属于工业区招聘支援工厂建设的人。临时工则是企业自行招聘的人员。绝大多数临时工都是农民，是工厂在站稳脚跟之后又大量缺人时，绕开此前与蛇口工业区的协议，自行招聘的工人。

洪丽聪也是历尽艰辛才进到凯达厂的农村妹。刚进凯达厂时，她像大多数农村来的孩子一样被安排做杂工，身份属于临时工，因此常被正式工欺负。她记得有一次到楼上帮人拿东西，对方看她是农村小姑娘，有些嫌弃似的不把东西递给她，而是丢到地上让她捡。当时她委屈得眼泪已经在眼眶里打转。她告诉自己：出来打工不容易，再委屈也要忍。

她特别羡慕厂里的正式工，尤其看到那些组长和领班，心里就想："要是有一天我也能成为领班该多好啊！"有了这个念头，洪丽聪干活特别卖力，她时刻告诉自己：做事要麻利，不要让人家赶你走。看到什么事情就做，做杂工就得这样，人家催你几回就对你印象不好了。

洪丽聪用自己的表现打动了正式工,也打动了上司,她被调到流水线工作。她待过的组都是凯达厂最辛苦的流水线,通常是没有背景的"新丁"被"发配"的地方。因为性格好、听话、做事勤快,还努力自学、勤奋练字、学英文、学粤语——凯达厂是港资企业,上至老板、下至工头都讲粤语,是否精通粤语成为打工妹往上爬的必要条件——靠这些笨方法,洪丽聪终于被提拔为组长,管理一条流水线,也叫"拉长"。

黄月洪的上司就是洪丽聪。黄月洪的表现和洪丽聪当年一样,埋头干事,不多言语,老实听话,学东西也快。不久,她就被安排上流水线工作,做装配工作。一两年后,洪丽聪被提拔为管两条流水线的领班,她推荐黄月洪接手"拉长"职位。

黄月洪当拉长的时候,已经是装配组的"老人"了,而且她还读到初二,比起其他从未读过书或者只读过几年小学的姐妹文化程度要高一些。更重要的是,陆丰人以吃苦耐劳著称。

进厂第二个月,黄月洪搬进了凯达厂的宿舍,拿到食堂的饭票,生活几乎不用花钱。次月,她领到装着第一个月工资三四百元的信封兴奋不已,有生以来第一次赚了这么多钱。她拿出大部分钞票偿还舅舅垫付的介绍费。而让她更为兴奋的是,从第二个月开始,她的收入更上一个台阶,基本工资350元,一般性加班可多挣200港元。

凯达妹的收入,加班加得厉害时,最多可拿到1700元。黄月洪的凯达姐妹们不停地买各种电器托人运回老家,还帮邻居捎带东西、彩电、冰箱、电风扇、电饭煲，连三夹板的吃饭桌都是紧俏货。凯达妹们加班得的港币可以在蛇口的免税店里购买各种进口商品，价格还便宜。每年春节回家，凯达妹们更是买齐所有吃穿用的，像归国华侨一样衣锦还乡。

陆丰市高美村的陈雪亮家，也靠雪玉、雪要和雪乔三姐妹在凯达厂打工的几年高工资，才有本钱连开3家士多，还请了工人帮忙，当上老板。凯达妹不仅工资高，还年轻漂亮，她们穿着从香港走私过来的时髦牛仔裤、泡泡袖衬衣，烫一头高刘海的长发，周日休息时拎着双喇叭录音机，看上去是全中国最摩登时尚的人。

深圳的政策，并不是整个广东都拥有，八十年代，整个广东都在寻找和呼唤人才，都在探索更为灵活的人才制度。

1983年，广东省人事部门率先成立全国首家省级人才流动服务机构，随后各市县政府人事部门人才流动服务机构也相继成立。1985年3月2日，广东省政府批转省劳动局《关于改革劳动工资管理体制的意见》，新招收职工推行劳动合同制，从而在政策上打破了用工制度上的终身雇员制这一"铁饭碗"。

时代呼唤人才，时势造就人才。走向小康的路上，我们比任何时期都更加渴求人才。打破旧有的人才流动机制，让人才有自己的用武之地，让人才找到合适自己的地方，这是百端待举的广州，特别迫切的事情。

从1983年开始，广州市就在有关企业开展劳动合同制试点工作，到1986年10月全国推行劳动合同制时，广州已有2384个企业5万多个劳动合同制工人。计划经济下的劳动就业体制出现松动，加上广州处于改革开放前沿，下海、跳槽的人越来越多，人们意识到招工信息闭塞已成为就业最大的拦路虎，劳务集市呼之欲出。

1987年，西安举办了一场劳务集市，却是封闭式的，只有用人单位有关人员聚在一起，看档案挑人而已。这不是真正的劳务集市，劳务集市应该是开放式的，让每个人都能来找工作。广州开始着手筹备一个完全开放式的、市场化的劳务集市。

1987年4月20日，全国第一个劳务市场在越秀区龙藏街的越秀区政协礼堂开张。由于是"摸着石头过河"，市场举办得比较低调，开张时没有请领导剪彩，也没有请媒体采访。80多个单位前来参加，提供了1000多个职位，人们纷纷拥来，有人甚至是坐着轮椅来的。毕竟像逛集市一样找工作在当时是件新鲜事，很多人即使不是找工作，也想来看一看。

第二天，中央驻粤以及省、市等各大媒体闻风而动，不约而同地来到现场采访，最后连联合国劳动组织亚洲促进就业组的官员也前来观看。集市持续了一个星期，共有2400多人进场求职，在全国引起了很大的反响。越秀区劳务市场得到上级领导的肯定，并作为先进经验在全市推开。第二年，市、区和县劳动部门相继设立了固定的、常年开放的职业介绍所。

欧军生，当年就是在劳务市场上投了简历，最后被越秀区劳动就业服务管理中心录用的。他回想当年去劳务市场的心情有点像"做贼"一样。欧军生说，去劳务市场应聘前，他是广州市机电模具厂生产调动科的职工,同时还是厂里面的后备培养干部,连房子都准备分给他了,但当时工厂亏损得实在厉害,他开始留意其他出路。他无意中听到越秀区要搞劳务市场的消息,那天找个理由向单位请假,偷偷地来到现场。"去了一看,真是人潮涌动,十分热闹,我还记得当时在一棵树上还挂着一个大喇叭,播音员在不断地介绍职位情况,整个感觉像闹市一样。我一边留心职位,一边留心周围有没有熟人,担心万一让单位的人知道我来这里找工,回去影响不好,当时既兴奋又忐忑。"那天下午,他向越秀区劳动局的劳动就业服务中心投了简历,最后被录取了。他的工友都劝他不要丢掉"铁饭碗",但他还是决定闯一闯,事实证明,他闯对了。

作为职介所主要营业项目,现场招聘一直是解决劳资双方供需的主要方式。现场招聘直接、简便和高效。在每年的春节过后,招聘场面颇为火爆。展位上每个企业拉出一幅幅招聘简章,层层叠叠,上面密密匝匝写着不同的职位,万头攒动的求职者们在鱼缸似的空间里蠕动着。因为人流稠密,每向前一步都伴随着焦灼的等待。知名企业的招工展位成了通道上阻塞流通的"血栓"。

在官方的人才市场之外,民间有大量的职业介绍所。职介所在工业化进程的起步阶段,它将农民和产业工人连在一起,将农业和工业连在一起,将劳动者和资本双方连在了一起,将漂泊与安顿连在了一起。在成千上万的农民从农村进入城市时,职介所架设了一道桥梁。

2. 孔雀东南飞

二十世纪八十年代初期,第一批湖南攸县的哥来到了广东,在他乡寻找他们的致富路。一批又一批的哥接踵而至,丢下了家中的老人和小孩,只为有一天像别人一样盖上洋楼,开起洋车。刘一涛也随大流去了广东,当时觉得,那里一定是遍地黄金的地方,一定有赚不完的大钱。他去投奔早先开出租留在广州的老王。下了车,他看着高楼大厦,真的和电视里的一样漂亮。刘一涛一直在幻想老王是不是也住在这样的高楼里。打了一辆出租后,老王跟司机说去麒麟岗,熟悉广州的人都知道,那里属于白云区,也是的哥们的聚集地,紧挨着另一大的哥聚集地京溪。下车后,老旧的楼房,简单的家具,这就是的哥们的生活环境。老王说每月房租是200元至300元,水电另计,全家生活费一般控制在每顿10块钱。老王的岳母来了之后,他们换到在不远处犀牛角一间三层楼高的民房居住。二楼一整层只需要每月300元房租。只是地方太暗,白天都要开灯。那时的犀牛角还是一片民房,正在建第一批高楼。

开的士,真的是一份很辛苦的工作,收入不高,只能租最便宜的房子。拼房那时已经兴起,就算互不相识,为了省下房租,还是可以一起租个两房一厅,共用一个厨房和厕所。对于他们来说,开车真的是件很危险的事情,有时晚上还会碰到抢劫的。一天12小时在车子上面,很多的哥都落下了腰椎间盘突出和其他疾病。其实,对于的哥来说,开的士是逼不得已的事,很多人只想把开的士赚到的钱去另作发展,不想把的士一直开下去。

陈世民所在的中国建筑科学研究院,改革开放初期在香港筹建了第一家境外的设计公司。一个长期处于封闭状态下的建筑师,突然置身摩登的香港都市,他觉得有些眩晕。要做出什么样的设计来,才能跟上国际潮流,需要观察和思考。陈世民在香港拼命去看酒店,看酒店的细节,看不同的风格,人家不让他看,觉得他很奇怪,他还是跑去看,去体验。领导说,老陈啊,你做的东西不要像咱们内地现在这样,就像我们穿四个布袋的衣服一样,千篇一律的,男人、女人都是那个样子,房子盖的都是那个样子。领导说,你也不要光学香港,香港一个个都是高楼,都是商业大厦,你应该搞点有自己特色的东西。陈世民就沿着这个思路去深思和创作。

深圳南海酒店是他的第一个重要成果。酒店落成后,在全国的建筑作品中脱颖而出,被称为具有改革开放精神的建筑,让陈世民名声大振。之后他又设计了京都大厦、赛格广场,都赢得了美誉。

1989年,罗湖火车站重新修建,陈世民采用了"南大门"的形象设计,来重新诠释它的历史意义,他觉得在这里找到了人生的价值和自信。这个"南大门"成了全国所有怀揣梦想的青年向往的地方。

1981年,韶关一中学生郑艳萍刚刚中学毕业,参加完高考,接到了一所专科学校的录取通知书,但她的理想是上重点大学,

第七章 发财到广东

于是又进学校"回炉",准备复读后来年再战。在校时正好碰到广东韶关市劳动局为蛇口工业区外商独资企业招工,她没有多想就报了名。"当时的待遇不错,基本工资80元,比工作了20多年的父母赚得还多。"

1982年的蛇口到处是工地,四处黄土飞扬。"随时能听到远处炸山填海的隆隆炮声。看不见马路,也看不见树荫,更看不见鲜花。"就在这片改革开放最前沿、百业待兴的热土上,诞生了中国第一代外来工。厂房陆续建起来,人也渐渐多起来。大家分秒必争。本来早上8点上班,她们7点30分甚至7点就进厂。大家骑着自行车一道走,有时经过"时间就是金钱,效率就是生命"的牌子时都会禁不住加把劲。

湖北省郧阳地区(现十堰市)房县红塔乡沙坪村的李庆云中专学的是会计专业,1982年便跟着叔叔南下闯荡天下,当时他认为广东遍地都是黄金,只要来了,总能掘到一桶。从十堰车站中途搭乘一列四川开往广州的绿皮车,他是翻窗跳进车厢的,车上没有座位,周围挤的全都是人。经过20多个小时的颠簸,他终于来到距家1000多公里的广州。

在广州蹲守1个月后,李庆云辗转到中山一家鞋厂,每天工作12小时,把鞋帮跟鞋底粘在一起。"高温下,皮革的焦味让人作呕",然而,1个月下来,当李庆云领到1300元的工资时,他简直不敢相信自己的眼睛,躺在床上把工资反复数了好几遍。

随着越来越多企业用工需求的增加,用工结构逐步调整,来到珠三角的许多外来工"充电"、学艺蔚然成风,许多地市的夜校有着不少外来工挑灯夜读的身影。他们掌握新技能后，也重新定位了人生，尝到了"敢为天下先"的人生滋味。

"劳动密集型的工作机械单调，不想一辈子就这样下去。"工作一段时间后，郑艳萍利用业余时间读书。通过刻苦复习，她参加了全国高考统考，被深圳大学中文系录取，后转到法律系学习。

同样看到"局限"的李庆云下班不休息，继续留在车间跟老师傅学习切皮、冲压等鞋厂的几道工艺，收入进一步攀升。"感到是有一桶金，不仅金钱，还有技能和见识。"

这些南飞的孔雀，在广东这块热土上，不仅走在了通往小康的路上，而且走上了实现人生价值的道路。

更多的孔雀正在往东南飞来的路上，他们五里不徘徊，一去不回头。而当时持续举办的人才集市，就是这些东南飞的孔雀的引领者和驿站。人才集市的主办者得出一个规律，每次集市上外省求职者占全部求职者的70%以上。这些人或通过报纸、电台等大众传播媒介，或通过亲朋好友的介绍，或探亲、访友、旅游偶遇。他们亲临会场，寻找自己理想的用武之地。这些求职者大多数不满原来的工作环境，有的不惜丢掉较为稳定而轻松的工作，而南下谋求另一种竞争氛围和发展机会。安徽来粤的青年小张说："市场经济虽然也给内陆带来了某些冲击，但就广度和深度来说，是远远不及沿海地区的，机关里一张报纸一杯茶，逍遥打发日子的现象还大量存在。我们的进取意识和这里相比，悬殊太大。另外，这里的高薪也是一个诱人的条件，原来工资分配不合理，干多干少一个样，干好干坏一个样的现象普遍存在，致使上

第七章
发财到广东

进心锐减,在不知不觉中失去了自我,磨平了锐角。"

八十年代的人才集市上,用人单位几乎发出了同样的呼声,那就是普通人才好招,高级人才实在难求。

每一只南飞的孔雀背后都有一个不太愿意提起的故事。1985年4月,杨小羊第一次出这么远的门,第一次去广东,中午她和叔叔在长沙火车站上车,车内的拥挤无法形容,恶心的气味让她吐得很难看。到达广州已是深夜零点多,她看到巡警在不断驱赶睡在广场上的人。幸好有堂哥来接他们,一出车站口他们就离开了广场。

杨小羊和堂哥相差十多岁,谈不上很亲近,嫂嫂的欢迎明显带有敷衍的意味。第二天一早,她和叔叔便离开广州去了佛山。叔叔要去顺德的工厂报到,只好把她留在佛山一个要好的叔叔家。那一刻她像掉进了波涛汹涌的大海中,感到深深的孤独与无助。

她骑着自行车在街上找工作,而这里工业区很少,有的是成片的商业区。橱窗里的东西吸引着她,但她知道,那些都不是她可以奢望的。这是她第一次出来找工作,缺乏勇气,为了避免在找工作中出现那种莫名其妙的害羞,她装出一副不在乎的样子,但跑了一整天,一无所获。第二天她很早就起床了,早上的阳光洒在大地上,天气越来越暖和,街道干净、明亮,积攒了一天的信心,她闯进了人才市场,壮着胆子走到一个位号前。那里坐着一个衣冠楚楚的40多岁的男人。"你好,请问你们这里是招文员吗?"过度紧张使她声音有些颤抖。男子抬起头打量着她。"有工作经验吗?""没有。"她如实回答。"我们需要有工作经验的人，没有时间和精力去培养新手啊。"她点点头，感觉有点傻乎乎的，忙又混入人群，来掩饰脸上的尴尬。

她站在那里犹豫了好久，才又走入另一个位号，这里是一个女人，很精干的样子。"你好，请问你们这里是招文员吗？"她重复着刚才那句话。"会粤语吗？"女人挑起眉来问。"对不起，我不怎么会。"她小声而卑微地回答，像个做错了事的孩子。"不会就不会，什么叫不怎么会，说话拖泥带水。"那人说话的口气，像教训自己的下属一样。

杨小羊叹了一口气，无奈地离去。过后又光临了几个位号，不是要会粤语，就是要有广东户口，稍微客气一点的也只是说：你先填张表，我们再联系你。她当然知道这只是一个委婉的拒绝罢了。

当她回到住所的时候，眼里止不住流出了泪水，天空下着毛毛雨，她的心情和天空一样，阴沉沉的。这种经历又累又紧张。也并非全是遭遇拒绝，而是一整天让人羞愧。没有广东户口，不会粤语，没有工作经验，这也不是她的错呀。谁会生下来就有经验呢？谁不会有第一次呢？一个年轻姑娘，自尊和矜持遭受着现实的碾压，人生的经验跟脸皮都薄如轻纱蝉翼，一口气就能吹破。

第二天，第三天……这么一晃就是一个月，她的希望、勇气和信心被一个个陌生的人击得粉碎。似乎所有的门，对她都是关着的。竞争太激烈，她的请求，又总是被简短的三言两语拒绝。幸好她没有放弃，遇到了一位很热心的阿姨，人非常好。在这位阿姨的帮助下，她先是进了一个小制衣厂上班，后来，又辗转到了东莞,进了一家有十几万人的台资企业,开始了在广东的打工生涯。

吴白桦是在东北出生长大,然而,他却是地地道道的广东人,祖籍惠州。1983年,听说深圳市筹建电视台,吴白桦赶紧来到深圳,但还是晚了,错过了时机。后来听说罗湖区有个电视录影宣传管理站,吴白桦就一头扎过来,从此正式开始了罗湖电视人的征途。

1983年,罗湖区准备成立广播站。这时,来罗湖体验生活的珠江电影制片厂文学部主任谭军建议:电视是最新型媒体,你们站在中国改革开放的最前沿,要有前瞻性,干脆成立电视站。于是,深圳第一家电视录影宣传管理站在此背景下成立,而吴白桦也被任命为临时负责人。这个时期,他们拍摄了3部专题片:《前进吧,罗湖》《宝安教育在前进》《春到蛟湖》。吴白桦也扛起摄像机,开始独立拍片。

与这些南飞的孔雀一样,段永平在来广东之前已经尝试过几个地方。段永平1961年3月出生于江西南昌,在江西井冈山下的农村度过了整个童年。父母是教师,因响应毛主席的"五·七指示",到农村接受贫下中农再教育,于是便开始跟田地、柴火、山山水水打交道了。小学段永平读的是复式学校,一到三年级集中一个班上,教室很破烂,学种稻子,上"赤医课""农机课""气象课",放学后摸鱼捞虾,农忙"双抢"(抢收、抢种)他都会跟着没日没夜地干。

童年的经历磨炼了他的意志。这一代既不幸又万幸,"双营养"（物质和知识）不足，但意志非常坚定。小学四年级时，他们的劳动课就是上山砍柴。九岁十岁的孩子，早上四五点钟起床，走20里地到深山去，中午吃干粮，挑柴回来的路上往往已觉得熬不住了，特别是最后几里地，完全像散了架的人，等到一步一步熬着回来，到家已经是晚上八九点了。他的意志力就是在那时练就的。1977年，段永平考入浙江大学无线电系。500分满分，他考了400多分。当时他还有一些"项目"是优秀的，扔手榴弹可达60多米，用小石头打鸟，打人家的鸽子、玻璃窗百发百中。

大学毕业后，段永平被分配到了北京电子管厂，这家国企是二十世纪六十年代亚洲最大的电子管厂，但等到段永平进入这个企业时，其业务已经开始萧条，此后更是陷入亏损的境地。据统计，北京电子管厂从1986年至1992年连续7年亏损，陷入无债可举的破产边缘。在这样的情况下，段永平并未在北京电子管厂待多久便离职了。而离开国企后的段永平，又考入了中国人民大学经济系读研究生。硕士毕业后，段永平离开了国企遍地的北京，转而南下广东，这也符合了当时改革开放的特征，大部分有才之士南下创业。1989年3月，由于学历出众，段永平进入了怡华集团下属企业日华电子厂当厂长。当他真正接手这家工厂后才发现，这是一个年亏损达200万元的烂摊子。

为了救活这个厂，段永平开始重新为工厂寻找出路。几经思考，他决定进入游戏机市场，而这也拉开了他传奇一生的序幕。1983年，任天堂推出了被称为FC红白机的游戏机，这款游戏机一上市便得到了市场的高度认可，但由于其价格居高，买得起这款游戏机的也仅是富人家的孩子。本身就是学电子专业的段永平决定彻底转型，专攻电子游戏机。在最开始做游戏机时，段永平并没有立即推出自己的品牌，而是租了一个叫"创造者"的台湾品牌。后来这个品牌的厂商又把自己品牌的包装卖给其他人，这样一来整个市场就乱套了。为了解决这个问题，段永平舍弃了这个品牌，于是"小霸王"诞生了。

周兴成1977年参加高考时，已经是高中毕业班的教师了，不过他这个教师是民办的。他教政治、语文，兼班主任，算学校的骨干教师。现在要与自己的学生同台竞技，也是一件挺有戏剧性的事情。这时周兴成是而立之年，已经成婚，妻子贤惠，有两个孩子。周兴成获报名资格时离高考仅有20天时间，还要坚持上课，仅能晚上在煤油灯下翻翻过去的笔记本和作业本。那20天，妻子免去了周兴成搞卫生、煮饭、养猪等杂事，周兴成坐在床沿看书，把蚊帐熏黑了一大片。好在他高中基础扎实，又一直在教书，1977年四川的考题也不难，考试结果周兴成感觉良好。

1978年2月5日，周兴成被北京林业大学录取。这一年，他母亲去世，父亲又是一个残疾人，大妹13岁，小妹9岁，都不能自食其力，自己还有两个三四岁的儿女要养，全家的生活重担全压在周兴成妻子这样一个弱女子身上。周兴成原是民办学校教师，不能带薪学习，他读书的一切开支都靠助学金，仅够一个人开支，根本没有余钱资助家里。如何让一家人有吃有穿不再出现意外，这是作为长子长兄时刻挂在心上的大事。周兴成从1978年8月到1982年1月，三年半时间里，每天挤三四个小时勤工俭学。一日三餐吃饭请同学带,省去排队买饭菜时间;有时上市场买一大袋面包,挂在床头,饿了取一个用开水泡。每天晚上11点,同学们都回宿舍睡觉了,周兴成加班刻钢板到深夜一两点。在冬季,尤其是刚迁回北京在铁皮房上课那些日子里,又冷又饿,手指冻得发僵,肚子饿得呱呱叫,那滋味真不好受,但一想到肩上的责任,咬紧牙关还得坚持下去。周末,他基本不上街玩,全天刻钢板。在京几年,许多地方周兴成都没去过,连学校附近几条街的走向,他都不太熟。放寒暑假,周兴成很少回家,集中精力挣钱。这样,他靠刻讲义平均每月可挣20多元寄回家,在当年能买100斤粮食,相当于周兴成当民办教师的工资,保证了家中不断粮。1980年暑假,周兴成给林业部培训班刻讲义挣钱较多,还将辛劳的妻子和刚上学的女儿接到北京玩了一趟。

1982年2月,周兴成到了国家农委工作。1982年5月机构改革,撤销国家农委,由中央书记处农村政策研究室牵头新组建中国农村发展研究中心,周兴成被安排在研究室第三组,当年的任务就是研究山区工作和林业政策。从1982年2月至1983年5月,周兴成在中直机关共待了一年零四个月,这些时间里,周兴成一直为他自己的小家在操心,妻子的户口和工作不解决,就没有办法让一个家好好地运转。而他在广东出差时了解到,广东能解决这个问题。周兴成大喜过望,在他的心里,一切的前程都不如一家人能安康地在一起慢慢把日子过好来得实在!为解决家属户口和工作问题,1983年6月,他调到了广东省龙门县工作。

3. 初潮天下惊

蒲军武的老家,在江汉平原的一个小村子里,当中学毕业回到家的时候,他便开始了无所事事的生活。这一年,他22岁。

而这个时候,家庭联产承包经营责任制在中国农村普遍推行,农民获得土地经营自主权,农村剩余劳动力逐年增加。对于地少人多的江汉平原来说,蒲军武家里的那点农田,他父母亲就能忙得过来了。蒲军武是一个闲散的剩余劳动力。他守在家里,没有收入,只能帮忙放放牛。而外出务工能得到更多的收入,于是蒲军武进入城市,寻求收入更高的工作机会。对于蒲军武来说,挣钱,给这个贫穷的家增加点收入,是他最大的愿望。

当时有"东西南北中,发财到广东"的说法,广东最早引进外资,也最早允许外省农民流入,外资企业、私营企业办得风生水起,劳动密集型企业快速扩张,需要大量外来劳动力从事生产。得知这一信息的蒲军武,迅速开始行动起来,他父母也特别支持。他们开始为蒲军武筹集路费。对于一个贫困的家庭来讲,出门的路费也是一笔不小的开支,这样蒲军武来到了广东。

计划经济时期,政府只鼓励由单位决策的人口流动,也就是调动,出于个人意愿进行的人口迁徙,被认为是无组织无计划的盲目流动。1980年,中央要求压缩清退来自农村的计划外用工,严格控制农村劳动力流入城镇。当时的经济增长缓慢,新增的就业机会很少,就业机会主要是想留给城市就业人口和城市知青返乡人口,真正能提供出来给农民的机会不多。在这种条件下,肯定是优先安排本地人口,使本地人口失业率下降。

二十世纪八十年代中后期,沿海地区的乡镇企业迅猛发展,深圳、珠海特区建设启动,国家鼓励向特区输送劳动力。在自理口粮的基础上,允许农民进城工作,城乡隔绝体制开始有所松动,乡民们陆续走出家门,走进城市。

到1989年,全国外出务工的农民,已经达到3000多万人。春节刚过,从河南、四川、湖北等人口大省出发的农民工,把铁路、车站挤得水泄不通,铁路客运也出现前所未有的拥挤状况。有人说,这是当代中国历史上第一波"民工潮"。美国的《时代》周刊报道,这是有史以来最大的人口流动,日益汹涌的"民工潮",带来了交通运输、社会治安、计划生育等各个方面的负面效应,也成为牵动中国的独特经济现象。

突如其来的"民工潮",让各级政府难以招架,广东向国务院告急,国务院发出紧急通知,要求严格控制农民盲目外出和大量集中外出。1991年2月,国务院办公厅专门发出通知,要求各地劝阻农民盲目前往广东。经济改革的大潮难以阻挡,珠三角成为世界上最繁忙的建筑工地之一,每天有数以万计的外省劳工,拥向广东,车站、码头、路边,处处人山人海。

四川人、河南人、湖北人、湖南人,都奔往广州,一条京广线令广州火车站成了最热闹的地方。很多人是从武昌转车过来,一到武昌站时,别说座位,连站的位置都没有,衣服打湿几次。

刚刚挤进城市的农民工,给珠三角的城市管理带来不少压力,也偶尔有农民工受到了城里人不友好的对待。刚来广东的

二十世纪八九十年代,沿海地区乡镇企业迅猛发展,随着外来务工人员的拥入,广州火车站发展成为珠江三角洲乃至全国最繁忙的车站之一。

人,大多穿得比较老土,在街上让人一眼就能认出来。

进厂,对年轻人的吸引力,仅次于上大学。而对于刚刚走出农村的打工者而言,"包吃包住"这样的字眼,更具有吸引力。实际上,老板提供给他们的各种条件都是最低限度的。所谓的包吃,就是给你煮饭吃,菜是最简单的,就炒一盘菜,5个人一盘围着吃。下工之后一般就是在工地周边转一转,草坪上坐一坐,有小店有电视放着节目,就去看一下电视,也没有其他的娱乐活动。那时没有人奢望能在城市里待下来,他们是带着致富梦到城里来的,希望能挣下一笔钱,回到村里去,盖大房子,买电视、自行车。

珠三角的农民工通常都住在工厂的宿舍里,集体宿舍降低了他们的居住成本,同时也降低了他们提高工资的需求,而工厂更可以任意掌控他们的劳动时间。老板让加班就得加班,一些服装厂的工人有时一天可能要工作十七八个小时,吃饭时间也就是一二十分钟,非常紧张。

有的小工厂,集体宿舍是租来的居民楼,楼道狭窄,只容两人转身。为了节约空间,集体宿舍里排好上下两层的铁架床,甚至还有上中下三层铁床,用薄薄的角铁焊成,每层只能容得伸直的脑袋张望,仅有鸽子笼般大小的空间。技术难度最大的是中间那层,每次起身下床只能弯着脖子,两只手撑在床上,慢慢地滚出来,一只脚探在外面的床梯上,用力试一试,稳了,才小心地爬下来。至于最上层的床位,已经贴着天花板,铁床一晃,感觉在荡秋千,全身绷紧了肌肉,惊悚地盯着下面。每天睡觉,在梦中仿佛变成了宇航员在环游太空。

另一种工厂集体宿舍是空间巨大的通铺，里面可住下上百号人。200多名工人同处一个大通间，其中又分白夜两班，交叉住在一起。

在不少外来者眼里，广东意味着梦想、机遇与成功。只要在广东待上一段时间，一些成功者的故事可谓充耳皆是，并且还一定碰上几个活生生的"典型"。类似的"创业史"也成为不少人心中的梦想，激励着越来越多的外来者拥向这块南方的热土。可是并非所有的人都那么幸运，能够从一个"打工仔"变成"百万富翁"的毕竟是少数，大部分人还是年复一年为生计而漂泊。

1987年12月2日中午时分，成都开往广州的列车停靠在内江市火车站三号站台。赵小勇随着极度拥挤的人流，高举着一个大大的帆布包袱向火车挤去。他要去广东，堂哥在那里做包工头，已经用信件联系好了。

改革开放以来，沿海城市的快速发展需要大量外来打工者，现在是农忙过后，外出打工的人非常多。车站内人山人海，火车根本容纳不了这样的人流，很多强壮的男人都从火车窗口爬进去，然后再将自己的女性亲友拉进来。赵小勇看到从门口上车无望后，也跟着往窗口上爬。他很容易就翻上了那不算高的车窗。火车上人叠包挤，拥挤不堪，空气浑浊。通道上站满了人，椅子靠背上桌椅下面也一样全是人。

"民工潮"是农民纷纷外出打工所形成的潮流。每年农历正月前后,浩浩荡荡的打工大军南下北上,东奔西跑,铁路、公路车流如水,交织成一股逾月不退的"春运"。过去人们总说农村是个大海绵,如今民工潮浪打浪地涌出来,拍打着城市的门户。改革开放以来,商品经济大潮冲击着每一个角落,也强烈震撼着"面朝黄土背朝天"的农民。八十年代民工潮改变的不仅是数亿农民的命运,更奠定了中国作为世界工厂的基础,成为中国城镇化进程最重要的动力,开启了人类历史上规模最大的人口移动。

家庭联产承包责任制解决了大多数农民的温饱问题,有限的土地上富余劳动力越来越多。一部分不满现状的农民背起行囊,离开家园走天涯、闯天下。于是,农村一度出现了"送出一人,全家脱贫"的诱人景象,也带动了更多的农民源源不断地走出家乡,进入城市,最终涌动成潮。"民工潮"的奔涌,是一个跨世纪的壮举。民工的跨省流动总的看是一巨大的历史进步,这种劳动力的自发调节和平衡,既在一定程度上加快了欠发达地区农村的脱贫步伐,也极大地支援了发达地区的经济建设。当然,民工进城,由于文化的碰撞、生存方式的激变,他们给城镇带去活力的同时,也带去了纷乱和冲突,给城乡的政治、经济、文化、人口带来一系列有待解决的课题。民工潮方兴未艾,经由各种渠道的疏导和管理,人口流动趋向有序,呈现出了"风景这边独好"的大好形势。社会应该为这些勇敢的农民喝彩。

在珠三角,一个打工仔可以没有身份,可以身无分文,但不能没有暂住证。即便有了暂住证,遇到一些治安员也只是废纸一张。在进入现代化建设的蓝图中,"暂住证"只是一个病句、一幅扭曲的荒诞派绘画。在南方城市的建设进程中，暂住证作为流迁路上的一个标记，是那个时代南漂者最重要的标记。

广深公路300多公里的沿线是珠江三角洲"三来一补"企业最密集的黄金地带。来料加工，曾经作为广东"三来一补"的主要产业模式之一，劳动力密集是代加工的命门。在密集型劳动中，手工操作仍然占了很大的比例。

星罗棋布的小镇的街边墙上，最醒目的就是那花花绿绿的"招工启事"了。在珠江三角洲如蛛网般的公路上，每天有数以万计的打工青年在各乡镇间流动。他们多是来这里已有一年半载的"老资格"，在"货比三家"中选择自己最中意的厂家，如果干一段时间觉得不合适再"跳槽"。他们是外来劳力中最活跃的部分，正是他们的流动，沟通着散居在千万个工厂中的打工青年的信息，使他们明确自己所处的境地，从而做出是"跳槽"还是再干下去的决定。

班扬明是广西钦州人，是工厂的会计和报关员，固定月收入200元，居住在同工人严格分开的文员区域，食宿免费。显然，她已从"蓝领"进入"白领"阶层，是打工女中为数不多的幸运儿。

初中毕业后，跟叔叔第一次来广东时，班扬明先在常平镇手袋厂打工，干了8个月。后来叔叔去广州了，她就自己回了广西，回到家乡无所事事。不久，她又串联了几个姐妹，一块下珠江，在凤岗镇盐田宾石厂打工。一天工休，三人结伙去邻近的塘厦镇玩，在广告栏上见到美达玩具厂的招工广告，觉得条件不错，她当即和一个姑娘毛遂自荐。到这里后,她先在车间当工人,因工作出色、处事老练,很快被香港领班提拔进了写字楼。可是,像她这样的幸运儿实在太少了。

靠近宝安的客家山区樟木头镇,是珠江三角洲"三来一补"业务繁荣的缩影。樟木头,有"小香港"之称,娱乐和夜生活丰富。周彩标来自四川广安,他所在的是一家玩具厂。进厂时,人太多了,人事小姐分批对他们进行了简单的面试。太阳底下的南方,路似乎永远向南延伸,炙热的太阳当头照着路上的灰尘和正在施工的天桥,无边的工厂挤着工厂,忙忙乱乱的行人和车辆像满地飞窜的蝗虫,这里被阳光涂上了神圣的光泽。一幢幢厂房从地底下钻了出来,四周越来越热闹,光秃秃的马路上忽然从四面八方涌来各种地摊买卖。靠着海边空阔的平原上,飞机嗡嗡地从碧空中滑过,飞得很低,可以看清飞机身上的字样,手掌大的飞机正在滑翔中降落,南面不远处就是机场。不久以后,空阔的地方堆满了建筑材料,钢筋、水泥和噪声在烈日下争分夺秒地忙碌着。这又是一大片崭新的工业区,南风拂过的地方,工业种子遍地开花。周彩标憋着一股吃苦的拼劲,似乎天大的苦都能忍受,只想快点认识一下这大千世界。其实所有的辛劳,都披上了美的外衣。

1978年以前,樟木头的工业几乎是空白,但是到了1987年,全镇仅工业缴费收入就达3000多万港元。外来劳力庞大的消费需求,又刺激了这里第三产业的空前繁荣,弹丸小镇五脏俱全:商店、发廊、酒楼、旅社有80多家,个体摊档200多家。精明的商人们看中了这一开发前景广阔的领域,"文化市场"自发在这里形成。小镇中心一家设备简陋的酒店,白天卖酒食,夜晚当歌厅。夜幕降临,成群拥入的打工青年挤到了灯火辉煌的樟木头酒店前。歌厅内摇滚音乐震天动地,歌厅外一张别具一格的海报前站满了人。海报题头是:樟木头酒店特邀广州大西洋轻音乐队,门票每张35元。演出尚未正式开始,狭小的歌厅已是水泄不通,大门口却还人头攒动,挤满了精神饥渴的青年们。据卖票者称,头夜门票售出250张,爆棚!今夜亦然,恍若进入美国西部片中展示的牛仔们聚会的酒吧。

大厅内里三层外三层,挤满了少男少女,墙根处腾出一块乒乓球桌般大小的地方,那就是"大西洋"的舞台。激光闪烁、电声震天。一个男歌手在台上捶胸顿足、放声号叫;伴舞姑娘酥胸半裸,伴舞的小伙子长发披肩;乐队中站着一个满脸胡髭、戴着墨镜、手舞足蹈的大汉,据说是"鬼马歌星胡须佬"。出人意料的是,舞台上虽然充斥着挑逗的气氛,音乐也使人兴奋,精神饥渴的少男少女,却一个个静若处子,表现出了异乎寻常的理智和冷静。"这不是有修养的表现,而是麻木的反应。精神、肉体双重麻木。"一个研究劳动保护的学者解释说,"三来一补"企业中打工的青年,每天劳动时间都在12小时以上,一年365天,难得有星期日,人同机器一样长期疲劳运转,哪能有正常人那般闲情雅致。缺乏劳动保护,工人精力、体力超负荷运转是"三来一补"企业存在的普遍现象。就在樟木头酒店演出火爆之时,80%以上的打工者还在灯火通明的车间里加着班。惠阳一家名叫新艺手袋厂的企业,工人1个月加班29个晚上,每晚3小时以上,有4个晚上是通宵加班，1天干了近24小时。

有的工厂，中午吃饭只给20分钟时间，吃完饭马上接着干。这类做法连一些港方雇员也看不过去。一位姓刘的先生介绍：同样的劳动生产率，这里工人月工钱若是200元人民币的话，在香港得开2500～3000港元。在香港，工人星期天休息，若加班，3小时发1天的工资，6小时当2天计，而且加班需征得工人同意。另外，内地对工人工作环境的保护更是空白。"三来一补"企业中有不少是塑料厂、玩具厂、人造花厂，这类企业的拌料工、喷漆工、印花工几乎天天要同有毒气体打交道，却毫无保护措施。

在东莞某塑料厂，一个从普宁山区来的温姓青年诉苦说，他在厂里干喷漆工，这种活不仅在香港没人干，本地人也不干。他也知道天天接触这种有毒气体，无疑是慢性自杀，但他还是要干。因为他不干，还会有别人干，这个工种比其他工种收入高一些，一个月约有250元。

他已干了两年多，计划再干一年，凑足4500元存款后，回家学开汽车去。他们无可奈何的选择和复杂的心理反映了这样一个严峻的现实：在家乡农村，自己为自己干活，比这还苦，但收入比这儿还低；来这里为老板打工，比为自己干活还轻松一些，收入却高了，尽管这个收入与香港工人相比有天壤之别。正是这悬殊的三级比较效益，诱使境外"三来一补"业务和其他地区的百万剩余劳力蜂拥进入珠江三角洲。这矛盾的现实、纷乱的是非，让这些年轻人愤怒而又趋之若鹜，苦恼却又不愿撤离。"三来一补"经济上最大受惠者，当首推香港和珠江三角洲。

其实，对香港的投资者来说，广东不仅地价便宜，劳动力价格更便宜。一个电子装配工，在港月薪3800港元，在此付给500港元就算高了，滚滚的剩余价值就流入香港。难怪有人说，开放以来，内地不知为香港造就了多少个百万乃至亿万新富翁。连香港人也不否认，珠江三角洲已成为香港经济的后援地，进入"三来一补"企业打工的百万"移民"便是造就这繁荣的重要力量。"三来一补"企业和乡镇企业的大发展，诞生了数以万计的厂长、经理等的新职位，对珠江三角洲的经济发展起着重要作用。

在珠江三角洲打工的外地人，通常月薪在120～400元，还有超产奖、"红包"、加班补贴等，许多工厂还实行伙食免费或补贴。因此，打工者的大部分收入都能寄回家。邮局里汇款的外地人排长龙，在珠江三角洲各城镇屡见不鲜。

据东莞市邮局的统计，1987年一年，外乡人在邮局汇款有68万余次，汇出款项上亿元；仅12月，外地人平均每天有2600人次汇款，汇出款项120万元。劳务收入已成为这类劳力输出大户县解决温饱和增加生产投入的重要经济来源。意义更为重大、深远而难以估量的收获，则是百万"移民"经受了商品经济的熏陶和工业文明的洗礼。

此外，1987年一年，外来劳力为东莞市创造的工业产值达548亿元人民币，创汇3744万美元。以一个外来工人平均每月消费70元为标准，年总计将近2亿元的花销用在东莞。东莞市第三产业的空前繁荣，与此不无关系。

第八章

痛则思通

1. 舟楫变通途

　　1982年,在小镇工作的李扬辉要出一趟门。他所在的镇叫桥头。一个叫桥头的地方,自然也是河网纵横的地方。这时他才感觉到要出一趟门真的是太不容易了。这个从对越作战战场上回来的退伍军人,担任着镇里的团委书记。作为一名土生土长的桥头人,他对自己的家乡有着深厚的感情。

　　他要到广州出差,可是此刻他望路兴叹。他家住在朗厦村,在东江边上,离他家不远处有个码头叫铁岗。一天一趟的客运航班他不一定能赶得上,就算是赶上了,他也要坐十几个小时的船才能到达广州。

　　桥头这里,河湖太多了。要想出门,就得坐船。如果要找人,有时得卷起裤腿,涉水而过。无舟不出门,隔河千里远。想出门的人，常常望河兴叹。因交通不便，有的人一辈子没进过广州城。

年轻的李扬辉想，若是让他建言献策，他一定建议先把桥架好。

不要说偏远的桥头，就是县城东莞，去广州也没有那么容易。从东莞去广州之间的普通公路中有好些路段都没有桥，单过渡就要花两三个小时。坐车去广州，早上出发下午到，要是不想留宿，只能提前走水路，晚上10点上船、次日凌晨4点到，小船一路摇摇摆摆。蜀道之难，在于山路崎岖，而"粤道"之难，则体现在过渡之难，同样可谓是"难于上青天"。

不只是东莞，当时的广东，处处都是"行路难"，遍布的江河水道就是一条条拦路虎。

珠江三角洲的水网，滋养了广东大地，同时又割裂了广东大地。船，就是缝补这些裂缝的针线。因此，在珠江三角洲，靠船出行，以船轮渡，像是停留在疍家满江的民国初年。时代的脚步仿佛不曾向前移动过。

谭伟明在广州的过江轮渡上当水手，拉缆绳、下锚、掌舵的工作他都做过。1982年，轮渡是珠江河南与河北之间唯一的交通工具。客运轮渡在珠江有百年历史了。在钢质轮渡之前，珠江两岸的过江交通历经了手摇橹船、帆船、木质船、水泥船的变迁。从1952年的木壳船到1967年的水泥船，再到八十年代，珠江上铁壳船的出现，标志着广州渡轮钢铁时代的来临。穗轮"2"字系列渡轮就是最有标志性的铁壳船，双层的白色船身，绿色甲板，因其身材小巧且由钢铁质构成而被广州市民亲切地称为"铁壳仔"。这种船承担八十年代珠江水上主要的客运交通任务，鼎盛时期年发送旅客1亿人次。

登上穗轮"铁壳仔"，大家上船的单车排着很长的队伍，起码有七八十米，要用绳子围住，船员都要协助维持秩序，让大家移好单车，放紧密一些，这样大量的单车才能在高峰期摆得下。船，是珠三角最重要的出行工具，而一个个码头，则是人流密集、商业繁荣的集市。

三水的西南渡口，始建于1819年。长久以来，它作为三水重要的交通枢纽，早已融入三水人的生活，人们对它熟悉，出行也依赖于它。围绕着西南渡口，有了西南武庙，以及曾经最为繁华的"筷子街"——中山路和人民路。三水文史专家植伟森说，西南渡口已有近两百年历史，三水大桥未建之前，到西南渡口乘坐渡船是唯一的渡江方式。西南渡口年渡运量达170万人次，以其庞大的运载量成为广东省内最大内河乡镇渡口。

西南渡口常常排起长队候船，因为乘船人数太多，有要紧事需要过江，都要提前去排队。而西南渡口曾经还有开往广州、广西梧州的客船，红火一时。进入八十年代，车辆多了起来，没有桥，汽车渡口就必不可少。1986年7月，西南镇在沙头北江边建成肆江车辆渡口。沙头汽车渡口和西南渡口距离1公里左右。

乘坐渡船过江，其实并非一种诗意的体验。踏入船舱，就可明显感受到船舶的摇晃。当风起时，浪打过来，船舶更是一阵晃荡。在船长和撑船者的默契配合下，渡船开始又一次的航行。船舶先顺流而下，至西南水闸附近，然后开始横渡。西南渡口所在的水域是黄金水道，大型船舶较多，渡船每次航行都要避开大船。由于船舶没有刹车系统，所以提前瞭望，控制船速十分关键。不到10分钟，船就安全靠岸了。

西南公路渡口于1986年7月开渡运营，这个渡口地处北江东平水道老沙尾河段（旧塘九线），河面宽约1000米。西南公路是连接西南城区和南岸片区的重要通道，平时起着对国道321线、324线和省道269线的车辆分流作用，为金本、白坭、丹灶、西樵等地就近过往的车辆、人员提供方便，对促进本地及相邻地区的经济和社会发展都有较大作用。

陆炎财从渡口运营开始，一直在这里工作，从普通员工做到管理者。渡口工作是非常辛苦的，都是在露天操作，除非刮6级以上的大风，一般的刮风下雨天也要渡运，而且大部分的渡口都在比较偏僻的地方，一天还要24小时值班，吃住大多是在船上。陆炎财做员工时，工作的任务倒是简单，就是当船靠码头时把一条铁链拿到码头上去，把绳子的钩子套在码头上的铁环上，等车上船后，再去把套在钩子上的铁链取下来，再回到船上放好铁链，等船开了就在船边提醒那些车上下来的旅客注意安全，以防落水造成伤亡。有时船快靠岸时，他要用船上的竹竿帮助水手向岸边顶住，预防船靠岸时因为太大力而撞到岸边码头。为避免船靠岸时撞到岸边码头，在码头边上都放有一排汽车轮胎，而水手用竹竿撑一下岸边，也可以起到这样的作用。陆炎财的那份工作，虽然操作简单但也很累，一天下来好像全身都痛。

渡口开始运营的两三年,运输量不大,但到了1989年左右,车辆数量井喷。每天下午3时左右开始,就排起长长的车龙,等候渡河。车龙经常排到沙头铁路边,长达数公里。西南渡口也在急切地盼望着大桥。

乡镇渡口因村民出行需求自发形成,许多村民要到对岸去种地、做工、上学,有群众需求,就有了渡口。数据显示,1988年,广州地区255个乡镇横水渡口拥有各种渡船合计640艘,每天客运量高达11万人次。

以番禺为例,《番禺县志》记载,八十年代末,仅在番禺就有渡口152道,渡船370艘。与广州中心城区交界的大石、洛溪,与顺德交界的钟村、沙湾、榄核以及珠江出海口的石楼、东涌等,渡口渡船尤其众多,是当地群众出行的主要交通设施。这其中,有7个渡口日均客流量超过1000人次,洛溪渡口、南浦渡口、北斗渡口等3个大渡口超过3000人次。

而公路,为河流所阻隔,很多地方要设汽车轮渡。汽车轮渡通不通,很多时候要看天气,刮台风的时候不通,发大水的时候不通,有时水太小了也不能通。能不能成行,还得天气说了算。

1980年,从广州到珠海的路程至少需要六七个小时。这是指一切顺利的情况,要是遇到渡口堵塞,天气出点状况,恐怕需要一天的时间。当时的广珠公路,弯多路窄,还有4个河宽流急的渡口。

为解决交通瓶颈问题,广东省领导找到澳门南广公司总经理柯正平,请他和港澳知名人士商量,动员他们出资建设广珠公路上的4座大桥。这些拦在路上的河流,如果不架上桥梁,行路难、将会是一直扼住广东发展的瓶颈。

即使是与广州城区紧紧相连的番禺,也被一条河给隔成了世外之地。当时珠江北岸是一片白茫茫的蔗林,南岸都是绿油油的稻田和一些荒水汊。而这只有"咫尺"之遥的洛溪一水,却致使番禺与广州隔"江"相望,等同天堑,商旅不通。在等候大石、洛溪渡口之际,不论是官员还是百姓,都会感受到望江兴叹的无奈。

由市桥去广州有两种途径:一种是水陆联运,从市桥坐车到大石客运码头,再转轮船到广州,起码要3小时;另一种途径是从市桥乘车直达广州,由大石到广州要过两个轮渡口,加上路窄,经常塞车,往往从市桥出发要六七个小时才能到广州。那时大石码头和大石渡口、洛溪渡口,都是人们焦急等车等船的情景。

龙耀文当时在位于广州环市路华侨新村附近的一所院校读书,经常往返番禺、广州。从市桥镇的家到华侨新村的交通一般是:先赶上班车到洛溪渡口,然后排队等渡轮,渡轮的行程一般一个多小时,从洛溪渡口出发绕过白鹅潭抵达长堤的南方大厦,再搭乘广州市内公交车到学校。从学校返回家的交通亦如此。当时从番禺到广州的交通基本是自行车+班车+渡船,单程赶一趟至少四五个小时,遇上刮大风下大雨或江面风浪大,就要耗上一天的时间。

一天,香港知名人士霍英东回家乡番禺,下午5点从市桥赶去广州,由于在大石和洛溪两个渡口受阻,结果到广州已是晚上9点多了。历经此事,霍英东叹息道:"回乡交通实在不方便,太误时误事了。"而此前,何贤等港澳知名人士返回家乡番禺时也深有同感。

有这样一则传闻，说的是洛溪渡口，渡船紧张，人满为患。有一次，霍英东、何贤欲过渡口，霍英东忽然内急想要方便，却发现这里根本没有厕所，后来他对同行说"方便也不方便"。不方便的不只"方便"，还有"聚脚"，番禺当时连家像样的酒店都没有，谈何"方便"？

就连番禺到广州的交通都这样的不方便，发展从何谈起。正所谓"路通、桥通、财通"，如果路桥不通，其他一切都白搭。不过这一切很快就迎来新转机，乡民期盼已久的洛溪大桥兴建有了新眉目，而这新眉目，据说与一碗豆腐花有关。

何贤喜欢吃豆腐花，等候渡船间隙，每人要了一碗。那乡民十分热情，把已放糖的豆腐花送到他们手中后，接着又问："老板，够不够甜呀，要不要再加些糖呀？""豆腐花加糖"虽然是件小事，但霍英东和何贤很感动，这不仅是因为家乡美食豆腐花好吃，他们还从中看到了家乡人民的商品经济意识和内在智慧力量。以后在多次会议上，霍英东都特别提到"豆腐花加糖"的故事。念念不忘，必有回响。后来，霍英东和何贤一拍即合，积极倡议并支持共同兴建洛溪大桥。

同样处于珠江边的惠州也一样为河所累。1980年之前，车辆要往返惠州市区东江两岸，需经过渡口乘汽轮渡江。1981年1月，广汕公路惠州段公路交通桥——东江大桥建成，减轻了惠州市内交通压力，缩短了行驶时间，提高了通行效率。东江大桥当时只是双向两车道，通行效率并不高，很多行人和车辆还是得靠渡轮过江。1985年，惠阳地委成立惠州大桥工程指挥部，筹备惠州大桥建设事宜。

翟成明全程参与了惠州大桥的建设过程。那时做事都是这样，也没有什么钱，定下了目标，你自己去想办法。当时，惠阳地委决定筹建一家公司进行项目融资，于是，1988年5月，在惠州大桥工程指挥部基础上创办了惠州市路桥开发总公司。公司成立初期只有28人，办公地点在惠州大桥桥墩下的工棚。万事开头难，当时一无资金，二无技术，公司派人到北京融资，到广东省交通厅争取立项，请桥梁专家拿设计方案，每天忙得团团转。这是一个万事可成的时代，只要有想法，有点子，放胆去干就可以了。

建设惠州大桥及其相关道路改造的费用预算是4200万元，筹款的任务落在1985年到惠州大桥工程指挥部工作的钟秋生肩上。去哪儿筹这么一大笔钱呢？这曾让他很头疼，但是再头疼也得干，他没有推托也没有找借口，直接跑到北京去筹钱。到北京后，钟秋生想尽办法，最后在多人帮助下，从一家银行贷款1000万元，又通过给建设部公路处打报告筹到了900万元。

有了这1900万元打底，钟秋生回到惠州又找工商银行、建设银行、农业银行、中国银行4家银行各贷款1000万元，总共筹集5900万元。解决了钱的问题，建设惠州大桥的最大障碍也就清除了。

1986年7月8日，惠州大桥破土动工。惠州大桥全长约1103.5米，宽约20米，其中两边人行道各宽约2.3米，为预应力钢筋混凝土箱型变截面连续梁结构。惠州大桥最大跨度约124米，荷载标准为汽-20、挂-100；南引桥采用半径为45米、8跨单层圆环形，长约188.5米，宽约18.5米。经建设者3年精心施工，惠州大桥于1989年5月30日建成通车。

天堑变通途，建成后的惠州大桥像一条巨龙横卧东江，结束了惠州市区东江两岸渡轮的历史，将江南片区和江北片区连起来，加上新改造的相关道路，市区交通比之前顺畅了。惠州大桥圆环形的南引桥也一度成为惠州的地标。

而南海的九江大桥位于广东省南海市九江镇与鹤山市杰洲之间，跨越珠江水系西江主干流，是广湛公路上一座特大型公路桥梁。这是通向粤西的巨大的动脉。于1985年9月开工，1988年6月正式建成通车。大桥的建成，连通了佛山和江门。一直住在九江的土生土长的区伟洛，小时候就是在河边看着渡船长大的，渡船固然有自己的美，但那种田园牧歌式的美已经属于过去的时代。

九江大桥由广东省公路勘察规划设计院负责设计，曾于1990年获得国家科技进步二等奖，1991年获得国家优秀设计铜奖。工程耗资约9980万元人民币，交通部补助其中400万元，另向广东信托投资公司借贷外汇540万美元（当年汇价与现时不同），向中国银行、建设银行贷款5500万元，其余资金由广东省交通厅筹足，之后收取过桥费，以偿还贷款。大桥主桥由两孔160米独塔混凝土斜拉桥与21孔50米连续箱梁组成，全长约1370米。引桥由20孔16米先张法预应力混凝土空心板组成，全长约320米。桥面净宽16米。采用塔、梁、墩固结体系。塔、梁、墩均为等截面。塔为H形截面，设计时考虑了调索和换索的问题，可以在不搭设脚手架的情况下进行调索和换索，塔高约80米（自桥面起），梁身为单箱四室结构，梁高约2.5米。

吴灿国出生在一个桥梁建设之家，他是桥梁工地上长大的孩子，父亲吴秋顺是一个老木匠，他家的上辈都是建祠堂、祖庙这些大型建筑。中华人民共和国成立之后的第一年，16岁的吴秋顺就参加了工作，成了名副其实的中华人民共和国第一代建设者。从小木桥、石拱桥，再到1988年代表我国梁式桥八十年代最高水平的洛溪大桥。一座座突破中国造桥工艺极限的大桥，在这一代造桥人手中竣工。

吴灿国跟着老木匠上了桥。在工地上，他什么工作都干，抬水泥、扒石子、铲沙、抬钢筋，有时手套都磨破了，那时候体力上有点受不了。特别是扒石子的时候，每一扒都是用腰力扒的，经常累得在石子上睡着了。

不知道多少回睡在石子上做着当兵的梦，睡醒了还得跟钢筋水泥沙石接着拼命。老木匠没想到，拼命的吴灿国最后拼成了先进。吴灿国参与建造的虎门大桥，是超越父辈的作品，代表了九十年代初中国悬索桥的先进水平。荣誉伴随着病痛，让吴灿国无力坚持。

1981年，吴灿国参建的第一个项目，是著名的广深公路中堂大桥。获得澳门南联公司提供5600万港元贷款的中堂大桥，建设进展迅速，在1983年底就正式通车，成为广东第一座公路改渡为桥后的收费桥梁。

钟扬有是阳春合水人，1975年作为"工农兵学员"进入广东交通学校就读，1978年毕业分配至湛江公路局桥梁队。当时阳江的交通十分落后，进进出出只有一条325国道，无论去广州还是湛江，往往都要花上一整天的时间。钟扬有每次回家过年后返回湛江上班，都要先从农村老家步行五六公里山路到合水人民公社，然后乘坐班车到阳春县城，在县城留宿一晚后，赶第二天的早班车前往湛江。

班车驶经国道325线，在湛江坡头区要经过一个渡口，车辆排队等候过渡，乘客也纷纷下车等待。一等就是一个多小时，雨天、雾天等得更久，钟扬有常常望着茫茫江面，暗自思忖，什么时候能建一座大桥就好了。

随后的几十年，钟扬有真的与桥梁结下了不解之缘。工作之后，他参与的第一个项目就是吴川人民桥的改建，随后是阳东合山大桥、阳西太平桥。那时的口号是"消灭木桥"，将原来的木桥改建为钢筋混凝土桥。

作为一个刚出校门的技术人员，钟扬有面临着如何"学以致用"的压力。在一些老工程师的教导下，他在工地上边工作边钻研，不断提升自己的业务水平。

"消灭渡口，改渡为桥"成为当时全省上下的一个共识。作为湛江公路局桥梁队的一员，钟扬有参与了广珠四桥之一的细滘大桥建设，而这也成为他难以磨灭的珍贵记忆。1984年，细滘大桥建成通车，他随即又参与了湛江海康南渡大桥的建设，以及广东省第一条高速公路——广佛高速公路的建设。

"要想富,先修路。"道理易懂,却又包含一个绕不开的难题:未"富"之前,修路的资金从何而来?这时候,珠三角经济开始腾飞,交通运输需求激增。然而,主干线公路少,渡口多,塞车是家常便饭。交通基础设施滞后,成为严重制约广东经济发展的"瓶颈"。当时全国公路实行计划经济投资体制,每年给广东的投资只有几百万元;而广东仅几个亟待上马的交通项目,资金缺口就达30多亿元。显然,巨额的交通基建投资在当时的计划经济体制下无法解决,必须另辟蹊径。

国家财力有限,已经列入国家计划的项目,都存在资金不足的问题。蛋糕已经分了,从哪里切下一块给公路都有困难。办法总比困难多,大家都在想其他筹集公路建设资金的办法。1984年12月国务院第54次常务会议认为:加快公路建设,对扭转交通运输的紧张状况、加快"四化"建设具有十分重要的意义,强调公路建设要制定严格的等级标准和质量要求。对公路建设的资金来源,确定了三点:第一,适当提高养路费征收标准,一般为运费的10%至12%,最高不要超过15%,允许各省有所不同;第二,为使公路建设有长期稳定的收入来源,除征收养路费外,对所有购买车辆的单位和个人,一律征收车辆购置附加费,费率是车价的10%,进口车为15%(后也改为10%),这笔钱只能用于公路建设,不得挪作他用;第三,集资或贷款修建的高速公路、大桥和隧道,建成后可收过路费和过桥费。

国家政策的支持有力地保证了改渡为桥和公路建设。国务院发布的《车辆购置附加费征收办法》于1985年5月1日开始实行。各省、直辖市、自治区政府也均于1985年上半年，对提高养路费、征收车辆购置附加费和车辆通行费等做出具体规定。这几项政策的实施，为公路建设和养护改造，提供了长期稳定的资金来源，使广大公路从业人员受到极大的鼓舞，工作积极性空前高涨。

有了资金的支持，在一些高速公路和特大型桥梁、隧道的建设实践中，交通人团结奋斗，努力工作。遇到新的情况、新的问题，不断研究探索，创造出不少新设计、新工艺、新办法，从而使我国的公路设计和施工技术很快赶上了世界先进水平。

与此同时，城市的道路也在期待着提升。1986年11月广州人民路高架桥开始修建，宽度约11米。1987年9月高架桥建成通车，建设工期仅10个月。人民路高架桥刚开通时，大批市民走到高架桥上参观，近15万市民拥上桥的场景成为当年广州一大奇观，让广州市民引以为傲。

广东省长大公路工程有限公司的王中文感慨万千，是广东这片改革开放的热土，成就了"广东的桥"，也为广东桥梁建设者提供了无比广阔的舞台。1988年刚从长沙交通学院毕业的王中文就赶上了洛溪大桥的工程建设。这座桥的建成，取代了此前的大渡口，成为广州市区连接番禺的交通要道，也是跨越珠江出海口主航道的第一座特大型桥梁。从此，番禺迎来经济高速发展期，广州南拓步伐明显加快。

广东由此进入路桥建设全面发展的时期。至1990年，广东全省"改渡为桥"52座，新建桥梁1195座，实现了广珠、广湛、广深、广汕等国省道公路主干线无渡口通车。

1988年8月28日，洛溪大桥正式建成通车。当天"全民总动员"的轰动，番禺人龙耀文一直铭刻在脑海里。番禺县远近各村赶来体验交通便捷的人，把桥头围了里外几十层。体验过从番禺到广州往返的，则逢人就炫耀。为了体验便捷的交通，他们全家出动，从番禺坐车到广州，又立即从广州坐车回家，然后奔走相告——从广州到番禺只要一个小时。

坐船出门，代表着田园风光式的旧时代，那是一个慢生活的时代，是一个行走在小桥流水之间的农耕文化时代。而现在，广东已经在工业化的大道上阔步向前，风驰电掣的交通方式，才是这个时代的主流。广东在呼唤着四通八达的道路，道路是小康的起点。

2. 公路并非都姓公

从小在高埗长大的熊满南非常着急，改革开放的势头非常之好，可是物产丰富的高埗面临着重大的困境——物流不畅！要办厂，要引进外面的资金，没有好的交通什么都不好谈。交通制约了高埗的发展，高埗急需修路修桥！自古公路姓公，由官家出面来修。可是眼下的东莞，百废待兴，修路修桥要钱，教育也要钱，社会治安要钱，各个行业都要钱，排不过队来。高埗决定自己出钱来修。

1978年之前,东莞是广东省惠阳地区的农业小县,年生产总值仅为6亿元左右。而高埗公社,是距东莞县城7公里的一个与世隔绝的孤岛。东江环高埗南北而流,如果去县城,要绕道28公里,还要经过两个渡口。人们乘着一艘小小的渡轮,每天在东江水面穿梭往返。船体如果稍有颠簸,货物就会散落江中一去不返。

有一次,高埗公社一个老大爷挑着一担鸭蛋坐上了船。船要靠岸时撞到了岸上,结果他肩上一担的鸭蛋全滚到了水里。这是他近半年的收入啊,当时他就在渡口号啕大哭,哭了大半天。类似这种情况经常发生,甚至有老人小孩过江时溺水身亡。

静静的东江水,惠泽了两岸百姓,也隔断了两边的往来交通,有的地方近在咫尺却成为天涯。因为没有桥,民间一直流传着一种说法,叫"隔河千里路",道出了很多心酸和无奈。高埗公社的岛民呼唤一座桥,跨在东江水面上,让大家能够自由往来。于是,高埗人开始自己想办法。

"想致富,先修路;要富饶,必架桥。"不就是缺钱吗?开会的时候,一位高埗农民脑洞大开,可以按照修砖窑的方式来呀。原来当地要建房子,需要砖瓦时,要建砖窑来制砖,一家一户建不起砖窑,所有有需求的人,集资建设砖窑,每家出一点钱,烧出砖来有了收益再分给出资的人。熊满南一拍大腿,这个办法好!

"集资后钱还是不够,怎么办?向银行借贷!"可是怎么还贷呢?毕竟这不是一笔小数目,于是,高埗人又破天荒地提出了一个想法,过桥收钱。这和民间流传千年的"要想此路过,留下买路财",又有什么区别呢?这和坚持走社会主义道路岂不是背道而驰吗?搞不好,主要负责人会不会因此招来牢狱之灾呢?当时人们心中存有顾虑。

过路收费这一思维,于当时而言,无疑是个大胆想法。因为,在全国过桥收费是没有先例的。作为文化大革命刚刚结束的年代,这在观念上是一次大胆的冒险和创新。

在没有人给出确定答案之前,高埗人用一个"敢"字迈出了第一步,他们决定先做了再说。

1980年下半年,高埗公社党委决定成立建桥指挥部。公社倡议,本地的村民每人捐出10元,全镇有2万多人,加上机关干部的捐款,共筹集资金约26万元。年满16周岁的,还要义务参与修桥。每人义务劳动3个工作日,当时节省十多万元。

1984年,高埗大桥建成通车。1984年11月21日的《中国交通报》报道:"高埗桥建成通车后,仅运费、渡费一项预计每年可节约50万元。群众称高埗桥是'致富桥''幸福桥'。"

在熊满南眼里,高埗大桥比后来气派的虎门大桥更"了不起"。"虎门大桥是政府建设的,高埗大桥是民间集资建设的,民办的。"正是有了高埗大桥迈开的第一步,1984年"贷款修路、收费还贷"政策正式出台。

按照当时的政策,只有省级公路才能批准收过路过桥费,开始人们从来没想过高埗大桥要收费。在高埗大桥建成通车的那年,交通部领导来东莞调研,他们看到这么穷的镇,能用这样的办法建大桥,被感动了。当时就让熊满南写报告,说可以批准大桥收过桥费。

高埗大桥建成后,实行过桥收费。收费标准按每次计:行人5分;自行车5分;摩托车5角;两吨以下小客车、货车1元;两吨至四吨货车2元;五吨至八吨货车5元;大客车3元。每天可收过桥费300~500元,开创全国第一座地方公路桥征收过桥费、以桥养桥的经验。《人民日报》还发表社评,赞扬高埗大桥创下了中国历史上"农民集资建桥,过桥收费还贷"的新模式。

"蝴蝶效应"在东莞的其他镇街显现。当年石碣大桥是东城、莞城、高埗和石碣四镇一起提议要建的,也是准备四镇一块来集资。谁知,东城、莞城、高埗三镇看到附近又新修了一条路,认为分流了很大一部分交通量,再集资修桥没有必要。三镇陆续退出了修桥阵营。当时较为富裕的石碣一气之下,干脆就"单干"了。1990年,石碣大桥建成通车,并开始收费。

"贷款修路、收费还贷"的影响随之扩至全国。有资料显示,我国90%以上的高速公路、70%的一级公路和40%以上的二级公路都是依靠收费政策建设的。"没有收费公路的政策,就没有中国交通的现状。"这项政策对于筹集公路建设资金,加快交通基础设施发展发挥了重要作用。

1984年,国道107广深线东莞中堂大桥建成投入使用,建成全国首个国道上的路桥收费站。广东公路建设开始进入快车道。

广东的大胆探索,一石激起千层浪。"贷款修路、收费还贷",由此成为广东交通发展的一个"分水岭",后续是一股股交通大变革、大建设的洪流。1991年广汕公路改造动工,形成激发各地交通建设积极性的"广汕公路模式";1994年,全国第一条引进外资建设的高速公路广深高速试通车……"国家投资、地方筹资、社会融资、利用外资"的多层次公路投融资体制逐步建立。

广深高速从筹建到建成历时十余载,克服重重困难,最终造就了全国第一条引进外资兴建的高速公路。改革开放之初,香港知名爱国人士胡应湘向当时广东省领导建议,随着广东经济发展,没有高速公路就会面临新的制约,需尽早建设一条高速公路。这一建议,迅速得到了广东省领导的肯定,广深高速随之开始筹建。然而,随之而来的争议与难题颇多。有人说,珠江就是黄金水道,何须建高速?有人说,建高速公路需征用大量农田,恐影响粮食生产……最困难的莫过于资金问题。

1982年4月12日,广东决定上马高速公路项目。4月30日,正式成立广深高速公路领导小组,立即组织可行性研究工作。省里决定要加快筹建高速公路,他们认为:"日本的铁路主要是运客的,货物运输主要靠高速公路,用汽车直接从厂里运到码头,十分方便。"

1983年7月,广深高速公路的可行性研究报告出炉。9月29日,广东省长办公会议讨论这一报告。会议认为,解决广东的交通问题,光靠铁路、水运还不够。随着广东经济的发展,收回香港和南海石油的开发,有必要修建一条联结广州、香港和澳门的高速公路。这对促进珠江三角洲的经济发展将起很大作用。因此，广东省对修高速公路应该采取积极态度。会议责成省计委按讨论意见代省府拟文上报国家计委审批。次年5月5日，国务院批复广东省政府，原则上同意利用外商贷款修筑广深高速公路。1984年10月3日，广东省交通厅和胡应湘签订正式协议书。省外经委的一位处长竟因是"合作"还是"合资"一字之差，拖了9个月没有批复。1985年7月3日，广东省政府常务会议，正式批准了该协议书。

1987年工程首次破土动工，广深高速见证了广东经济腾飞，成为珠三角一条"黄金通道"。

"摸着石头过河"等改革开放的创新精神，无论是探索过程的艰辛还是闯出一条新路的意义，在广东路桥建设中，可以说都得到了充分的体现。

1989年8月8日，广东省第一条高速公路——广佛高速建成通车。这条高速起自广州西北郊的横沙乡，经南海沙涌大沥至佛山北郊谢边，全长约15.7公里，将广州、佛山两地的行车时间，从原来的2小时缩短为15分钟，试通车当天举办了一场万人单车行活动，那时候场景可"墟冚"（粤语，张扬、热闹之意）了！

建广深珠高速，因为资金缺口大暂时不可行，但修建一条里程较短，投资较少的高速公路是可行的。当时的广佛公路改建3级路后已经过了五六年，因为车辆增长迅速，无法满足通行需求。1986年该公路车辆密度已经近2万车次，超出二季度最高通过能力的3倍，经常出现堵车。改建提高广佛公路，于是被提上了议事日程。加上当时公路养路费收入比较可观，1986年已超过6亿元，公路建设基金也超过1亿元，如果投资建广佛高速公路，资金来源是可以解决的。广州到佛山约23公里，估计总投资3亿元左右。省里决定修建广佛高速公路。

1986年12月28日，广佛高速公路开工。广佛高速公路虽然里程不长，但是路基有淤泥软土路段，再加上有一座特大桥和六座大桥，工程比较复杂。因为这是广东第一条高速公路，所以当时集中全省技术力量进行建设。公路的路面采用了改性沥青技术和设备，所以在工程质量方面得到了保证。

顺德，地处珠江三角洲腹地，河涌交错、水网交织，交通向来以水路为主。因为过多河网隔断，导致各区域无法通过陆路连通。修路成了顺德人的一种习惯性动作。到改革开放起步时，顺德已经实现公社与公社及公社与主要乡村的通车，路网初步成体系。随着经济大发展，主干公路通车量迅速增长，而广珠、广湛公路仅宽6～9米，顺德路段汽车平均时速仅30～40公里，各主要公路渡口汽车又经常出现排长队待渡的现象。顺德人修路的热情又一次被大大激发出来。

那时，顺德人骑单车、骑摩托车去广州，要早上五六点出发，中午才到广州，然后半夜才回到顺德，很不方便，也很辛苦。渡口排队长的时候达几公里。如果需要送病人到广州治疗，非常危险。

1981年，广东省政府为打通105国道顺德、中山等4处渡口瓶颈，改渡为桥，首创了"贷款建桥、收费还贷"的模式，引入外资，于1984年在广珠公路顺德段建成三洪奇、容奇、细滘等大桥,并扩宽路面,铺沥青或水泥,结束了车辆待渡的历史,大大缩短了通行时间,初步解决了排长队问题。

而后,顺德建设大量桥梁,兴建容奇客货运港口,开始拉近与香港的距离,还兴建唯一的顺德交通服务中心。1989年12月顺德有了第一条公共汽车线路。公交车在一定意义上象征着城市的发展。交通中心落成的同时,2台环市城巴正式启用。当时车辆挂上大红花,走在大良街很是热闹,很多市民抢着去坐。

随着顺德经济迅猛发展,机动车剧增,车流量飙升,交通发展再次滞后于经济发展,排队拥堵现象又开始明显。在没有足够资金的情况下,顺德大胆引入资金,以建路桥收费还贷的方式,建设"五路八桥"(五路为三乐路、龙洲路、碧桂路、百安路、佛陈路,八桥为顺德立交桥、德胜大桥、西海大桥、百丈大桥、七滘大桥、大沙大桥、三洲大桥、湾华大桥)。其中,顺德立交桥为当时全国最大的公路立交桥,全长约4535米;德胜大桥则是当时全省第三大桥。

顺德向银行、香港富商借钱,动员全民支持配合,强调交通是先行官。那时投入几百个亿,港商都很守信用,按时到款;市民在征地拆迁方面很配合,他们确实都被堵怕了,所以特别支持。顺德特别成立交通建设指挥部,请了来自北京、上海水平较高的设计院,规划设计线路怎么走;请了各级很好的施工单位,保证质量和进度;请来了湖南省交通厅推荐的约80个监理工程师负责监理,大家吃住都在工地,个个干劲十足,一派热火朝天的景象。"五路八桥"就像是打通了顺德交通的"任督二脉",公

1979年4月4日,中断了30年后恢复通车的广州—九龙直通旅客列车,在广州火车站举行首列开行仪式。

路主干线、支干线、分支线互相配套衔接,至此,顺德有了现代化公路网络雏形,几乎全区河网覆盖到的地方都有通桥。"五路八桥"投入和规模之大、标准之高、速度之快,在顺德交通建设史上是史无前例的,在当时全国县一级也是罕见,这从根本上改变了顺德交通建设的落后面貌,标志着顺德交通建设进入一个新的里程。路通到哪里,哪里的工业园就迅速崛起。

3. 打通大动脉

铁路运输,在二十世纪八十年代,一直是广东之痛。京广铁路,这是一条纵贯中国南北的大动脉,北京到衡阳早已双线行驶,但衡阳到广州500多公里路程仍然是单线,年运力相差近2000万吨。北段两条绳,南段一根肠,通往祖国南大门的道路发生了严重的肠梗阻。建设衡广复线,一直是迫在眉睫的事情。

1986年春,年逾古稀的戴根法来到了大瑶山隧道工地。戴根法,是一位为中国铁路建设在荒野里奔波了大半生的高级工程师。他刚刚结束30多年的分居生活,与家人在贵阳团聚,但当他听到衡广复线建设的消息后,立马说服家人,只身奔赴大瑶山隧道,与连绵起伏的南岭为伴。

大瑶山在坪石与乐昌区间的武水西岸,山深林密,人烟稀少,为少数民族地区。铁道部第四设计院于1978年春节,进行武水右岸双绕线的勘测,做了约107平方公里的地形测绘,勘察了

1181个地质点和49个孔深总量达5700多米的钻探，进行了大面积的水文调查，做了航空照片与卫星照片的判释，制订了大瑶山隧道方案。

隧道设计按照新奥法（即新奥地利隧道施工方法的简称）利用围岩自承能力的原理，推荐了全断面的开挖方法，采用夹有塑料防水板的复合式衬砌。设3个斜井与1个竖井，分成五段十口长隧短作。同时开展了钻孔爆破、支护衬砌、施工通风、防排水、新型轨下基础、工程地质与岩体力学、施工机械、施工管理等8个科研专题，组织设计、施工、科研与有关院校的通力协作，为隧道的施工取得了新技术和新经验。

铁道部隧道工程局于1978年进点，修建临时房屋约13万平方米，自坪石、乐昌起修建施工便道约82公里，高压电力线约58公里。1981年11月正式开工。在此前后，他们与日本隧道专家多次交流，并赴日本青函隧道考察学习，前后引进各种大型机械设备48项269台，经过消化吸收，与国产设备配套成龙，形成了破岩、装运、支护、注浆4条卓有成效的作业流水线，效率大为提高。自1982年至1985年，进出口单口平均月成洞均达到100米以上，全隧道曾创月成洞521米的好成绩。

1983年5月，铁道兵工程学院桥梁隧道系隧道专业本科大三学生贾嘉陵来到衡广复线大瑶山隧道实习，历时3个月与隧道局三处同吃同住同工作。全过程实践隧道施工工序，即测量放线、钻孔装药、控制爆破、出烟清尘、清理危石、喷锚支护、运渣量测。

贾嘉陵到工地第三天的上午，在洞口附近会议室听取隧道局工程师讲课。推门进来的是一位中年男子,中等身材,皮肤黝黑,身穿粗布工作服,头戴安全帽,脚穿长筒胶鞋,还滴着水、挂着红泥土,他是例行晨检隧道工地后,从隧道直接来会议室给实习生讲课。在同学们礼毕后,他就开始讲授大瑶山隧道施工,没有讲稿、没有PPT,只有一支粉笔,不时地在黑板板书隧道、地层和全断面钻爆机械化施工工序。男子满口河南乡音滔滔不绝谈论国家铁路发展规划,隧道工程的控制性和重要性,衡广复线大瑶山隧道的历史意义,讲课中不时提出问题让大家思考回答,同时同学们也提问请教,一问一答,课堂气氛热烈活跃,不知不觉从上午8点一直到正午。他,就是王梦恕院士。

一天下班,贾嘉陵随工人师傅回到宿舍,落座后师傅问"隧道施工最怕的是什么"。贾嘉陵回答"隧道中心线洞口坐标和高程"。师傅没有肯定也没有否定,只是淡淡地告诉贾嘉陵"最怕水"。

1985年4月竖井平导涌水,每昼夜4175立方米,含泥量10%~20%,淹没竖井393米,井下机电设备44台报废,乃开凿迂回导坑1200米,于1986年3月放水后,再做封堵。

9号断层埋深600~700米,长约465米,其中约165米为强烈挤压带,泥灰岩及断层泥贯穿于灰岩溶蚀及泥灰岩中,界面纷多,密集穿插,为贯通的难关。1985年12月,国务院副总理万里就9号断层问题,邀请地质矿产部、水利电力部协同铁道部各路专家现场会诊,商议对策。1986年4月,由设计、施工、建设、科研与有关院校47人,组成技术攻关组,下设地质预报预探、开挖方案、注浆堵水、支护衬砌、围岩变形量测等5个专业,做了周密部署。

1986年10月，施工进入9号断层，围岩极为破碎，涌水每昼夜4.2万吨。遂于右侧开挖平行导坑，钻探超前，并排水降压。在通过研磨泥带时，泥石俱下，涌水如注，日进不足1米。经采用锚杆管棚支护、预注浆加固围岩，改为上半断面开挖、设置临时仰拱，扩大后全断面用钢骨架衬砌，然后铺设塑料防水板，再二次模注。把新奥法原理结合现场具体化，用围岩变形的量测数据，决定施工措施，积累了在软弱围岩地段施工的经验，形成了三十字的施工方法："钎深探、管超前、小断面、留核心、短进尺、弱爆破、强支护、紧封闭、勤量测、预注浆。"

经过7个多月的日夜奋战，1987年5月6日，万里亲临现场，按下电钮，贯通了9号断层。全隧道经贯通测量，属世界先进水平。

山岭隧道围岩一般赋存地下裂隙水，水量大、水压高、水源丰沛，对隧道掌子面钻孔放爆喷锚影响特别大，施工作业须穿着雨衣站立水中。一般在掌子面前设置一个集水坑，边施工边抽水，然后沿管道泵出隧道，施工抽水、排水就是隧道施工过程，对于地下水控制须排泄而绝不能够封堵，否则就是突涌水，突泥事故。另一方面，山区地表水必须有流向和汇集，否则设立施工棚和宿舍会受到水的冲刷导致垮塌。同时还须考虑风向。初夏的粤北瑶山闷湿热，温度30℃左右，湿度70%以上，衣服被褥潮湿，如果没有通风，简直无法睡觉。就是在如此艰苦的环境，隧道局苦战6年，于1987年贯通隧道通车，奠定我国隧道现代机械化施工基础，大瑶山隧道工程获得国家科技进步特等奖。

衡广复线的建成，带动了广东铁路运输的发展，三茂线和广梅汕线也在同步建设之中。营业里程成倍增加，在运输技术现代化方面取得的成就巨大。1984年，广深铁路开始增建第二条轨道。

广深铁路全长约147公里，在深圳罗湖与香港九龙铁路相连接，是我国重要的对外贸易铁路运输线。随着深圳市的建立和我国扩大对外开放，进口货物和旅客大量增加，单线难以满足运输需要，因此，国家决定修筑广深铁路复线。这本来是属于国家投资兴建的大型项目，但由于铁道部资金紧张，不再投资。广东省政府与广州市铁路局研究决定引进外资，由广州市铁路局牵头，省市合力来修广深复线。

1983年12月15日，广深铁路公司在深圳成立。

建设复线需解决资金和征地两大问题。在资金方面，向外商贷款，等铁路建成后提高运价还贷。征地方面，就较复杂难办。大家扯来扯去，拖延时日。在广深复线开工典礼大会上，出席的领导宣布："为了保证广深复线的顺利建成，所有用地先征后购，即先征用了再讲价钱，希望沿途有关干部大家合作，发动群众共同解决我们的交通运输问题，加快广深复线的建设。"相关负责人按这个办法，多方洽谈，终于解决了沿线征地问题。

广深铁路公司打破传统的管理体制，在全国铁路范围内，首先实行"自主经营、自负盈亏、自我发展、自我约束"的全面经济承包责任制，实施"以路养路、以路建路"的政策。它利用国家给予"按现行运价提高一半和只按照固定比例递增上缴利润"

的优惠政策，投入复线建设。1987年，广深铁路的复线轨道建成通车，运输能力提高70%，成为当时广东省内首条双线铁路。1989年，由中国铁道科学研究院和原广州铁路局组成联合专家组，对广深铁路提速改造进行可行性研究。1991年，经国务院批准，广深准高速铁路立项。广深铁路公司还引进和改建了65辆客车，基本实现空调化。广深复线建设成功，为我国利用外资和地方资金修筑铁路提供了经验。

三茂线的建设也开了很多的先河。1991年5月3日，三茂铁路全线通车典礼在三水火车站举行。由东风2234号机车牵引的一列客车专列，由三水向茂名东站徐徐开出，粤西人民盼望已久的铁路大动脉开始有力搏动，标志着我国首条由地方筹集资金建设的铁路干线成功问世。

三茂铁路全长约357公里，东起广三铁路的三水站，西经肇庆、新兴、阳春至茂名东站，与沟通大西南的黎湛线连为一体，使广州到茂名、湛江的铁路运输缩短1000多公里，广州至南宁缩短500多公里。中华人民共和国成立后，国家曾两次决定修建这条铁路，但都因财力不足而未能上马。改革开放后，各方要求建设三茂铁路呼声日高，但由于财政资金所限，一时未能列入国家计划。能不能改变这种由国家统包的模式，闯出一条发挥各方积极性加快铁路建设的路子来呢？经过实地调研广东省政府同意在三茂铁路首期工程三水至云浮腰古段建设上，采取由云浮硫铁矿向银行贷款，铁路修成后以运费和矿山利润偿还。这样，全长约93公里的三茂铁路三腰段于1983年6月动工，1987年6月1日建成通车。

从1984年初起，广东省政府多次研讨筹措资金加快三茂铁路建设，提出由广东省利用外资和银行贷款，铁路建成后由广东省委托广州市铁路局经营管理，单独核算，实行特殊运价，用经营利润偿还贷款本息。经广东省政府批准，成立了三茂铁路公司，发行铁路建设债券，多渠道筹集资金，三茂铁路由此开始全面施工。有关经济界人士认为：这一模式开全国铁路建设先河，使三茂铁路建成通车至少提前5年。

三茂铁路施工期间，几次遇到经济调整收紧银根，资金紧缺的程度是今天人们难以想象的。如果不是凭着精打细算、点滴节约的精神，或许早就撑不住了。三茂铁路二期工程云浮腰古至茂名段全长约238公里，按1984年原设计概算为约9.57亿元，要筹措这笔钱困难重重。有人提出是否先缓一缓，等待国家放松银根后再上，但三茂铁路公司负责人多次表示，省里对这个项目寄予重托，就是砸锅卖铁也要修通三茂线。为了使资金都用在刀刃上，三茂铁路公司员工与设计人员一起，翻山越岭，实地踏勘，对原工程项目严格审核，并经广东省建委组织审定，缓建8个车站，并通过优化设计，改善线路走向，减少桥隧工程，把原来楼层设计的站房改为实用、美观、大方的平房站舍。同时采取公开招标方式，通过竞争降低工程成本。这样，将工程总投资压缩到6.4亿元，减少了3亿多元，实现了少花钱办大事。经过建设大军分东西两路开山辟岭、逢水架桥，只用3年多时间，三茂铁路全线贯通，粤西人民的多年夙愿终于实现。

在广东的铁路版图中，粤西通了铁路，粤北通了铁路，而粤东重镇汕头，却一直没有铁路到达。汕头，是一个华侨侨商众多的地方，大量的潮汕商人，在世界经济的版图上举足轻重，开通一条通往粤东汕头的铁路，也迫在眉睫。

1986年，广东省政府拟建广梅汕铁路。按照规划，广梅汕铁路是广州至漳州铁路的组成部分，也是外地进入广东省的第二条南北通道（北京—九江—赣州—广州—九龙）的经由地段。

1987年11月，惠阳铁路公司成立，拟建由广深铁路常平站分岔至惠阳的支线铁路，从而实现广州通往惠阳的铁路（今广梅汕铁路广州东站至惠州站段）。1988年10月8日，广梅汕铁路公司成立，负责修建惠州至汕头的铁路。1989年1月28日，常平至惠州段铁路动工建设，线路由广深铁路引出；同年10月，原中国国家计委批准广梅汕铁路立项；同年12月1日，惠阳铁路公司并入广梅汕铁路公司，常平至惠州段铁路被纳入广梅汕铁路。

1991年4月，国务院批准建设广梅汕铁路；同年5月31日，广梅汕铁路全线正式开工建设。广梅汕铁路西段对接广州铁路枢纽和常平铁路枢纽，衔接京广铁路、广茂铁路、广九铁路和京九铁路，东段对接赣深铁路、梅坎铁路和厦深铁路，形成横贯广东省东、西部地区的运输大动脉，既可与内陆铁路沟通，又可直达黄埔、湛江、汕头、惠州深水港及深圳口岸，是中国东南沿海地区外引内联发展经济的重要运输通道。

不等不靠，另辟蹊径，广东的铁路都这么发展起来了。

第九章

资本凶猛

1. 神秘深交所

1981年春节，年近不惑的禹国刚下定决心，他要挪一挪了，虽然不再是热血青年，但他的心里还是有一股冲劲。中国东南方涌动的春潮让他有点坐立不安。要是再不挪动的话，他也许会终身遗憾。他变卖了家里的一台三洋收音机和一台14英寸的黑白电视机，带着全家人从"黄土高坡"来到深圳。他的心里有一种奔向新生活的兴奋，但这时人们都没有想到，这个禹国刚，日后会是深圳证券界举足轻重的人物。

到了深圳后，日语专业出身的禹国刚在深圳爱华电子公司担任党委秘书兼日语翻译。工作之余，禹国刚广泛阅读金融方面的书籍。机遇，总是偏爱有准备的人。1983年，根据全国青联工作安排，决定选派两名懂日语、通金融的青年到日本学习证券知识。禹国刚凭借良好的成绩脱颖而出，成为中华人民共和国第一批选派到日本学习证券的留学生。

就在禹国刚学习的时候，深圳的资本市场已经按捺不住试水先行了。

1983年7月，中华人民共和国历史上第一张股份制企业股票由深圳市宝安县联合投资公司向社会公开发行。宝安县联合投资公司以县财政为担保，首期集资1300万元，其中国家股200万元，法人股160万元，个人股940万元。发行股票时，在《深圳特区报》刊登《招股公告》，股东遍及全国20多个省份及港澳地区。参照股份制企业的运作方式，建立了董事会、股东大会制度，印制了股金证、股东手册。每年根据经营情况分红派息。尽管这种股票不是真正意义上的股票，但它无疑是股份制企业的萌芽。

1985年5月7日，广州、佛山、江门、湛江进入全国经济体制综合改革试点城市之列。1987年11月21日，国务院决定广东为综合改革试验区。国务院批准珠江三角洲经济开放区的范围，由原来的17个县市的"小三角"扩大为28个县市的"大三角"。

巨大的改革势头，靠国家财政显然难以支撑。而当时政府正是银根紧缩的时期，国营企业要发展就要有较多的资金投入，让社会资本参与到改革中来，股份制正式被提上议事日程。1986年10月，深圳市政府颁布了《深圳经济特区国营企业股份制试点暂行规定》，并选定了10家国营企业做股份制的试点。这是我国第一份规范国营企业股份化改革的地方行政法规。第二年，广东省政府颁布《关于深化改革，增强企业活力若干问题的通知》，要求推行各种形式的承包经营责任制；积极稳妥进行企业工资、奖金分配制度改革；进一步改革企业劳动制度和企业领导制度；开展横向经济联合等。到1991年底，深圳共有规范化的股份有限公司136家。

1987年初，中国人民银行、国家体改委明确广东成为全国唯一的金融体制改革试点省。4月18日，广东省政府批转广东省体改办、人民银行广东省分行《广东省金融体制改革试行要点》。主要内容有：改革信贷管理制度，逐步建立分层次宏观调控体系；加快专业银行改革步伐，逐步实现专业银行企业化；开拓和发展资本市场；发展多种形式金融企业等。

首先出台股改的是深圳发展银行。1987年3月，深圳市政府决定筹建一家股份制的信用银行，在原有农村信用社的基础上改制而成。5月，银行向社会公开发行股票，因当时社会对股票缺乏认识，认为既不能退股又不能还本，也不能在市场转让，因此认购并不踊跃。尽管有市领导本着对新生事物的支持而带头认购，也仅筹集到793万元股金。1987年12月28日，深圳发展银行成立，第一次股东大会召开。深圳发展银行以三项首创性改革引起关注：它是中国第一家允许个人入股的银行，首家公开挂牌上市的金融机构，第一家发行外汇优先股的银行。组建这家银行，首要任务就是改造老信用社的股份组织。由于当时中国人民银行不同意把规模搞得太大，深圳信用银行才由特区内20个信用社缩编为特区内6个信用社组成，同时更名为深圳发展银行。

深圳发展银行是在特殊环境下组建的，章程修改规定，凡投资100股（每股面值20元，经折股，每股面值1元，原100股变成为2000股）以上者便可参加股东大会；股东大会推选董事，董事会推举董事长，任命总经理。尽管股份制有很多好处，但深圳发展银行股票发行之时，还是步履艰难。

知道什么是股票的老年人，马上联想到万恶的旧社会，赌博、跳楼、倾家荡产……一个个恐怖的词汇在脑海掠过，不禁从头到脚生出一层鸡皮疙瘩。不知道什么是股票的人，总把它与国库券等而视之。于是那一张张五彩缤纷的股票居然像被遗弃的婴儿一样，无人认购。本来深圳发展银行计划筹集1000万元，作为企业的周转资金。工作先从企业内部起步，动员全体员工购买股票，但无论如何企业内部也无法消化这1000万元股票。东方不亮，西方亮，总得想出应急之策。万般无奈，深圳发展银行的老板们只好派出人马四处游说，推销股票。股票是股份制企业的万事之始。那五彩缤纷、光彩照人的股票如果推销不出去，就无异于一堆废纸。更何况没有资金，银行谈何运行？城市居民见了那花里胡哨的小纸片，头摇得像个拨浪鼓："又是集资，国库券已经买不少了！"有的人面对股票推销人员，脸上只是掠过一丝不冷不热的微笑，心里却在说："我还不想倾家荡产，跳楼上吊！"

经历了千辛万苦，深圳发展银行终于起步了，其活力更增添了人们的信心。在不知不觉中，股票成了深圳最紧俏的商品，其热度之高，不亚于当年人们抢购彩电、冰箱。股票的价格也在骤然之间，像脱缰的野马狂奔起来。深圳股市自1988年4月第一只股票上柜交易，到1990年12月1日深圳证券交易所开始集中交易前，股市走势冰火交替。

1988年4月到1988年底，人们对股市心存疑虑，股价徘徊。

1989年初至1990年2月是中国股市的温和攀升。股价虽然稳定，但深圳的股份制发展却没有停步。在积极宣传引导下，深圳于1988年12月和1989年2月，先后又批准了万科、金田等股票发行上柜交易。股份制确实创造了巨大的效益，此前，深圳发展银行迅猛发展，经济效益十分显著，仅1988年一年利润就为其创建时的3倍。高额的分红派息、送红股远远高于银行利息，更超过了人们的预期回报。因此，股票交易开始活跃，公众投资意识增强。深圳发展银行股票带动了相当一部分公众投资万科、金田等股票，投资主体开始多元化。这一时期，已有上柜公司3家，证券商3家。1989年全年成交量超过3200万元。1990年1月、2月分别上升到495万元和920万元。股份制企业突出的经营业绩以及高分红，使股价一路上升，市盈率不断升高，成交量也由过去每日5万、10万上升至每日成交几十万、上百万元，市盈率已达1～2倍。

1990年2月至5月，股价狂热暴涨。自1990年2月以来，市场突然出现意想不到的狂热。公众投资意识突然增强，市场供不应求，交易异常活跃。成交量5月已达1.1亿元，6月骤增至2亿多元。1990年3月10日，深圳发展银行开始派发1989年股息，每股派付现金5角，另按2送1派红股，按10配1向老股东配售超过170万股，新股以每股价格3.56元溢价发售。老股拆细，每股面值20元的普通股，拆为每股面值1元，即变为20股。先前被视为"疯子""傻子"的人，现在都成了十几万、几十万元的富翁。深圳人惊醒了，当初没买股票或者过早抛出者，此时捶胸顿足，后悔失去了发财的机会。

1988年的一天，深圳证券交易所，走进一位看起来普通的老人，个子不高，但眉宇间，有一种饱经历练的气概。这位老人直接走向柜台，递上了一张买单，单子上填写的是，深发展，120元。当时柜台工作人员感到吃惊，因为深发展现在交易的限价是每股80元，用这么高的价买，柜台工作人员非常疑惑。老人轻轻地说，就是这个价，我买2万股。之后他就消失了。这个轰动性的传闻传遍了整个深圳，一个大户以每股120元，买了2万股深发展。

第二天，深发展的股价一开盘就暴涨。1990年开春，深发展涨到了180元，这位神秘的老人这时又出现了。他将2万股以158元价格全部卖出，这个价格比市价低22元。随着他的股票的卖出，深发展的股价应声下跌。这位老人的两次操作，被后人称作"天下第一庄"。其实，在深发展股票发行时，老人早已算好底仓，当股价涨到80元时，以高价买入2万股，股票一下子放量，股价自然迅猛飙升；当股价攀升到180元高点后，他又开始撤退，卖出2万股的那天，全部清仓离场，算是满载而归。这位老先生并非等闲之辈，他的大名叫林乐耕，在民国时期曾当过"红马甲"，是旧上海的证券老经纪人，这一年，他已68岁。

这个时候，年轻的王石也在发愁，当时，万科还是深圳特区发展集团公司的下属企业，公司该如何发展？作为一个有想法的年轻人，王石在企业发展方向、利润流程比例、资金调配等方面，经常和主管部门意见不合，处境十分尴尬。股份制改革的文件，让王石看到了希望，他认为，这是让万科独立出来自主运营的好机会。他向主管部门提出了他的想法，然而被否定了。他感到很无奈，后经多方努力，万科得以参加股份制改革。1988年12月，万科股票正式发行，总股本为2800万股，代码为：深市000002号。与当时的000001号深发展，000003号深金田，000004号深安达，000005号深原野，俗称深圳"老五股"。当时印刷了一种钞票式的票券作为凭证，还有一个类似存折的小本，用来标明股票拥有者的身份，以便于分红。

同几十年前就经过资本市场洗礼的上海不同，深圳对资本市场完全是道听途说，对股票的热情，更多的是后来踏上这片土地的改革者带动起来的。因此一开始，在深圳推行股票并不顺利。到了1988年上半年第2次发行，依然是门庭冷落。深发展股价长期在20元上下波动，市盈率只有2～3倍。在股票发行遇冷之后，市委市政府动员党员干部带头买股票，来支持这一新兴市场。只是谁也没有想到，随着后来股票的升温，这些愿意买股票的人，意想不到地获得了暴利，不少人在此期间成了十万、百万富翁。这里有个让人耳熟能详的故事，一位叫刘元生的香港商人，因为与王石私人交情不错，救火性质地认购了360万股原始股，坚持长期持有，创造了18年投资增长500倍的神话。

1989年，一个带着大显身手抱负的年轻人，放弃了大学讲师的职位，只身来到深圳打拼，他叫刘宏。当时深圳找工作已经不太容易了，很多单位都直接告诉他不缺人手。为了谋生，他只好在码头搬运货物，底层的生活给了他很多的历练。有一天，他路过荔枝公园，被那里的景象吸引住了，很多人聚在那里，胸口贴着纸片走上去，大多靠眼神交流，如同地下党接头一样，交流眼神后，就用纸片做交易。这纸片是股票凭证，或是小纸条写的价格，都是"老五股"的品种。原来这个时候，在巨大的赚钱效应的刺激下，深圳人对股票的热情早已被大大调动，在证券公司柜台买到挂牌的股票，出门在黑市转手价格已翻倍。作为深圳炒股集散地的深圳特区证券公司总部，营业面积太小，疯狂的人们因此背着装满现金的麻袋进行黑市交易，区域扩大至证券公司附近的街边，甚至包括街对面的公园。

股票由最初的遇冷到后来的狂热。资本带着它巨大的力量改变着人们的生活。深圳的红荔路，再也无法安睡，人们在"老三家"证券部里的"白市"里买不到"老五股"股票，在荔枝公园北面园岭小区特区证券部周围便自发形成了"黑市"，而且越是晚上交易越热闹。

当时深圳的一景就是：月光下，一边是股票黑市交易；一边是宣传车的高音喇叭告诫人们：小心受骗，不要参与股票黑市交易。据统计，深圳发展银行派息情况如下：1987年，普通股每股派息2元；1988年，普通股每股派息7元，优先股每股派息12.25港元。万科股份有限公司于1988年11月首先在企业内部发行股票，将公司净资产拆成股份，票值为1元。1989年2月，金田公司面向社会发售股票，面值为每股10元；当年分红股，10股送1股，股民只几个月的时间，就可使100元，变成了110元，这可比银行存款利率高出几十倍。到这年岁末,每股又派息2元。如果按这样的速度,光靠工资过日子的市民们,只要买股票,一年下来,将会有一笔可观的收入。于是,观望者们再也没有耐性,纷纷入市,红荔路成了整个深圳的生活中心,各路股民的集结地。

金田股票在发售时,一家家证券部的门口,通宵达旦地出现了一条条"长龙"。原计划发行100万股的金田股票,5天内全部售完,最后应股民要求,又增发了70万股。于是银行存款纷纷流向股市,不知不觉之中,红荔路已不再是深圳人特有的地盘。"深圳的股市能赚钱!"消息像无线电波似的以深圳为圆心,向全国各地扩散。东莞银行突然发现几天之内储蓄存款少了很多,而深圳红荔路则多了一批东莞的股民。广州的靓仔靓女携款东进,住进旅馆,专职炒股。北京几个青年合股,凑了2000元,派代表前来深圳,要加入股民大军。

从1990年5月起,各路英雄云集深圳,在股票市场大展拳脚。各路英雄带来了数以亿计的人民币,信心满满地投入这个聚宝盆,渴望让它繁衍增值。深圳被汇入的各地人马,挤得透不过气来。有着地利人和的深圳人哪里还坐得住,入市的呼声此起彼伏。人们随处都可以看见一些人在大沓大沓数钞票的景象。股票,让人莫测的怪物,就是那么一张小小的花纸片,能够使一个一辈子清贫的人一夜之间成为富翁。股票价格的魔力,好似万花筒,变化多端。于是深圳人像被股票套上了"龙头"。

深圳市政府多次召开会议,研究股市管理和操作中的问题,针对性地采取了一系列措施。诸如:税收政策、涨跌停板制度、柜台交易原则、单位购股办法等多项措施。政府果断的应急措施出台，使市场过热现象得到了缓解，但是严格的涨跌停板制度与供求矛盾越发激烈。一方面是每天10%的上限顶格上涨，每日证券商门庭若市，股民们几天几夜地排队，如饥似渴地盼望按牌价买上几股；另一方面，股民们的黑市交易以更加隐蔽的方式进行。

一般而言，黑市价格均高出牌价10～65元不等，"老五股"股票市盈率均超过30，有的股票市盈率已跃升至近百倍。一支黑市经纪队伍应运而生。1990年的中国股市尚处于初创阶段，股票数量少而投资者众，供需严重失衡；营业网点较少，交割手段比较落后，效率低；场外非法交易盛行，这是股市过热的主要原因。这期间，许多证券部只见人而无股票可售，排队的长龙昼夜不息、人声鼎沸、通宵达旦，提前几天排队已不是新闻。

在红岭路中国银行证券部出现了另一种新情况。由于出卖股票数量少，而购股票者众，只好按排队顺序依次购买，因此出现三更半夜轮流等候的，席地而卧、靠墙而眠的……不知从什么时候起、又是谁规定的，说是门口左边第一根柱为头号，于是出现了争"龙头"的现象，人群蜂拥往前挤，中间插队的，护"龙头"的，死命抱住"龙头"的，吵吵闹闹。人们求股票若渴，因此是"八仙过海，各显神通"。于是有门路的去找门路；无门路的去挖门路；无路可走的便挤到了场外——黑市交易。

证券公司四周人头攒动，三五成群，夜以继日，热闹非凡。于是"黄牛"一族应运而生。在五、六月股票旺市时期，只要买主愿意给"黄牛"80～200元，那些"黄牛"就会不辞辛劳，甘愿流一身汗，啃面包，喝饮料，长时间为顾主排队等候，或在人群中穿梭，为顾主买到一笔股票。

为了方便股民买卖股票，证券交易点由几家扩大到12家。各证券部也迁移到宽阔的地方办公，从一定程度上缓解了过去那种拥挤情况。

此外，为了平抑1990年上半年深圳股市过热的现象，深圳市政府于1990年5月底开始出台了几个重要措施，其中一项是中国人民银行深圳特区分行连续三次推出股票限价政策。6月26日的限价政策为：每天委托升幅不得超过上一日收市价的1%，降幅可达上一日收市价的5%。

当资本露出它凶猛的本性时，特区正在寻找着制服和规范它的办法。

1988年5月，深圳市领导提出，作为改革开放试验田的深圳，在资本市场的试验探索中也应该先行一步。1988年6月至9月，深圳市政府举办四期资本市场基础理论培训班，11月成立资本市场领导小组，在争论中坚持改革探索的脚步。1988年下半年起，禹国刚率领专家小组在境内外进行了大量艰苦的调查研究工作，翻译了200多万字的外文资料。在借鉴国际证券市场各项法规和证券交易所业务规则的基础上，起草了《深圳证券交易所章程》《深圳市股票发行与交易管理暂行规定》《深圳证券交易所股票上市交易程序及清算制度》等法规和制度，共计30多万字。

1989年3月至9月，深圳市资本市场领导小组对上述法规和制度进行了10多次的论证，最终各项法规和制度汇总成《深圳证券交易所筹建资料汇编》，它成为打造深交所的蓝图，这也被喻为中华人民共和国第一部打造证券交易所的"蓝皮书"。

深圳提出建立资本市场之后，有人不理解，便打电话向深圳市政府质问："为什么搞资本主义市场？"市里让禹国刚写了一个关于什么是资本市场的简介。资本市场简单地说是一个长期资金市场，这个长期资金市场资本主义国家需要，我们国家也需要。资本市场包括股票、债券，还有其他有价证券，再加上银行一年期以上的长期信贷，这些工具组成的资金融资市场就叫资本市场，资本市场不同于资本主义市场。后来，有人提出，干脆用证券市场代替资本市场。这个建议被采纳了，但证券市场比资本市场的内涵却缩小了许多。1989年11月15日，深圳市政府下达了《关于同意成立深圳证券交易所的批复》。

1990年1月，深圳证券交易所（英文名称Shenzhen Stock Exchange，缩写SZSE，中文简称"深交所"）筹备小组正式挂牌办公。1990年5月28日，深圳市政府通告取缔场外非法交易，其后又进一步决定实行股票买卖价格涨跌停板制度和征收交易印花税，同时也加快了深交所筹备进程。1990年12月1日，深圳证券交易所试营业。1990年12月，深圳"股票热"引起党中央、国务院的高度关注，先后对深圳企业股份制改革和证券市场进行了三次调查，最后决定保留上海、深圳股份制及证券市场试点。1991年4月16日，深圳证券交易所获中国人民银行批准，7月3日正式开业并召开新闻发布会。1991年7月，深交所主办的全国第一家证券理论刊物——《证券市场导报》创刊。

深交所开业试运营,标志着证券市场朝着规范化、制度化方向发展。深交所的开业向国际社会传递了一个强烈的信号:中国正坚定不移地执行着改革开放的政策,改革的步伐正在逐步加快!

2. 撤资潮暗涌

1989年,中国正在工业化高涨时期,却遇到了撤资,无疑给刚刚起步奔向小康的广东带来困扰。

广东的改革开放,外来资本的注入是重要的力量。自1979年7月批准广东在对外经济活动中实行"特殊政策""灵活措施"开始,广东省便进入了积极利用外资引进技术设备的新时期。1979年至1986年底的8年间,广东利用外资签订合同7万多宗,实际利用外资约43.5亿美元,居全国首位,对经济发展起到了多种促进作用。据佛山、中山、东莞等市的测算,每利用外资1美元,可增加产值10元人民币左右。1986年广东利用外资约14.5亿美元,新增产值约145亿元人民币,占全省当年工农业总产值14.7%。由于大量利用外资,广东省总产值由8年前占全国第七位上升到1986年的第三位,国民收入由第六位上升到第三位,出口额1986年达42亿美元,跃居全国第一位。

暗流涌动的撤资潮,无疑对广东的冲击最大。务实的广东人,在这个时候做出的举动是:稳住投资者,然后扩大投资者队伍。来自香港的林文灿就是在这个关键时刻加大投资的。林文灿

1990年12月1日,深圳证券交易所开始试营业,标志着证券市场朝着规范化、制度化方向发展。

早在1982年就将他在香港的生产线迁移到广东。他所开办的东乐电,是广东最早的合资企业之一。东乐电在他的精心经营下,不到两年时间,迅速从一个几十人的小工厂,发展到近千人的大工厂。工厂已从原来的零部件加工转变成设计、生产、营销一条龙的现代化工厂。1989年,他的企业由合资变成独资,人数也达到近5000人。就在他的企业迅猛发展时,许多在内地开厂、投资的港商关门大吉,纷纷撤资。一个已撤资的朋友劝他:"快点撤吧,早撤还来得及,否则,到时血本无归。"他微笑着说:"你太多虑了,绝不会回到七十年代,再来一次闭关自守。祖国现在正在大抓经济建设,大力吸引外资。我们前几年赚了不少的钱,不能因利忘义。我不会撤。你要相信我,早点回来,因为祖国的明天会更好,需要我辈的付出!"他不但没有退缩,反而加大了投资力度。1990年,他听朋友介绍,毗邻平湖的凤岗镇交通便利,非常重视外资企业,大力扶持。他决定倾其所有在凤岗镇官井头,兴建了当时在珠三角规模少有的现代化工厂——毅力工业城。工业城投产后,施行垂直化经营战略,公司从电子产品生产迈向塑料、五金等上游生产线一体化生产战略。1992年,毅力集团在香港联交所隆重上市。

1989年,出现全国性市场疲软,养鳗大王黄学敏的事业也受到严重冲击,一方面,与他合资的外资撤离;另一方面,发展养鳗又急需大量周转资金。

与此同时,鳗鱼的主要进口国趁机压价,活鳗鱼由一吨6.9万元人民币被压至2.4万元。他们知道,中国的鳗鱼养殖业即便维持简单的再生产,也必须靠出口鳗鱼换鳗苗专用饲料,再便宜也要卖。不少养鳗专业户宣布破产或濒临破产。

黄学敏反其道而行之。他赶到了广州,走进了中国农村信托投资公司广州分公司寻求贷款帮助扩大生产规模。

随后,中农信广州分公司的信贷员随黄学敏见证,把上百万尾空运来的鳗鱼苗运送到湾头鳗鱼养殖场,投放到300亩新建成的软池中。在经过认真而周密的考察后,他们终于把一张250万元的贷款支票郑重地交到了黄学敏的手中,它仿佛是一阵清风,为黄学敏的千亩鳗场注入了新的生机。

1991年底,一架波音747稳稳地降落在东南亚最大的国际航空港——曼谷廊曼机场。作为广东经济考察团的副团长,黄学敏步下飞机旋梯后,受到了旅居泰国的侨界代表们的欢迎。这次出访泰国,有关方面自然是希望通过考察借鉴成功经验。黄学敏的想法则更务实:开拓海外市场,寻找新的投资项目,以便增强企业本身的再生能力。

在离曼谷100多公里的一家甲鱼养殖公司,前去考察的黄学敏眼前一亮:"这甲鱼销路怎么样?"

泰国老板30多岁,是农业大学的毕业生,他看了一眼黄学敏,心不在焉地回答:"一般,不大好啦。"

老板的轻蔑,刚才在陪同来的泰国朋友介绍黄学敏时就有所表露。不过,黄学敏没有在意。生意场上,年龄、出身都不重要,实力才是本钱。黄学敏知道,泰国人信佛,不吃甲鱼,而甲鱼在中国、日本、韩国却颇受青睐，被认为是大补之物。他的鳗鱼销售网络正好覆盖这些国家。泰国属热带季风气候，适合甲鱼生长，因为只有少数华侨消费，产量过剩，价格颇为低廉，如果在泰国建立一个养殖甲鱼的基地，经营前景实在令人鼓舞。他不动声色地问："你生产，我包销，你有多少，我要多少，怎么样？"

在这个关键时刻，黄学敏的鳗鱼养殖场挺了过来，而且得到了发展。

1988年，美国熊猫汽车公司计划总投资10亿美元，在惠州大亚湾地区打造熊猫汽车工业城。

就在美国宣布对中国进行制裁的时候，美国熊猫汽车公司依然来华，创办大型企业，表明了外商对中国改革开放和投资环境依然看好，同时带动了惠州大亚湾地区大规模的开发热潮。1989年6月27日，熊猫汽车工业城奠基仪式在惠州市大亚湾地区隆重举行，惠阳县（现惠州市惠阳区）对这家公司的到来欢欣鼓舞，他们将刚刚建成的县政府大楼转给"熊猫"做办公楼，并将该楼西南侧的大片土地提供给"熊猫"做厂房，将该楼以北的一片土地提供给"熊猫"做生活区。在"熊猫"的带动下，从1991年到1993年，惠阳县实际利用外资从1600多万元人民币，上升到近2亿美元。虽然后来熊猫汽车城由于产品销售市场等多方面的原因搁浅，但在当时，无疑给了市场以信心。

3. 质疑的杂音

二十世纪九十年代初,中国又走到一个历史的重要关头。是继续坚持"一个中心、两个基本点"的基本路线,坚定不移地推进改革开放和现代化建设事业,走中国特色的社会主义道路,还是以反和平演变为中心,中国共产党人在九十年代初的确又面临着一个"向何处去"的现实课题。

按照《解放日报》的惯例,每年农历大年初一,都要在《新世说》专栏发表一篇小言论贺新春。1991年春节前夕,在《解放日报》头版发表署名"皇甫平"的评论:《做改革开放的"带头羊"》。

文章对辛未羊年做出前溯后瞻,提出中国正处在改革开放新的历史交替点上。"十二年一个轮回。回首往事,上一个羊年——1979年,正是党的十一届三中全会召开之后开创中国改革新纪元的一年。""抚今忆昔,历史雄辩地证明,改革开放是强国富民的唯一道路,没有改革就没有中国人民美好的今天和更加美好的明天!"

当时报纸几乎都在集中火力抨击"资产阶级自由化",已有19个月没有用这种口吻谈论八十年代以来的改革开放了。文章提出"1991年是改革年",这是针对当时有人提"1991年是质量年"。还有那八个字:"何以解忧,唯有改革",以及"我们要把改革开放的旗帜举得更高""我们要进一步解放思想,以改革开放贯穿全年,总揽全局"。

1991年3月2日,第二篇"皇甫平"的文章《改革开放要有新思路》发表。这篇文章的点睛之笔，是提出九十年代改革的新思路在于发展市场经济。同年3月22日，第三篇"皇甫平"文章《扩大开放的意识要更强些》发表。

"皇甫平"的文章发表后，在国内外、党内外反响强烈。每篇文章发表的当天，总有不少读者打电话到报社问文章作者是谁，并说读了文章很有启发，有助于进一步解放思想，认清形势，打开思路，坚定信心。

国内有些媒体发起了责难和批判。就在这一年4月，有一家刊物发表文章质问"改革开放可以不问姓'社'姓'资'吗"？然后自己回答说，在自由化思潮严重泛滥的日子里，曾有过一个时髦口号，叫作不问姓"社"姓"资"。结果呢？"有人确实把改革开放引向了资本主义的邪路"，诸如经济上的"市场化"、政治上的"多党制"，还有意识形态上的"多元化"。在列举了这一系列"恶果"之后，文章说"不问姓'社'姓'资'，必然会把改革开放引向资本主义道路而断送社会主义事业"。这样一来，"皇甫平"就成了"资产阶级自由化分子"了。

而大量来广东参观的人因为新奇而不明白到底是怎么回事。1989年11月，湖北的苏先生去广州参加广交会，会议结束后在广州乘坐火车去了深圳，在深圳火车站发现他们已经开始电子售票，这让他感到十分稀奇。当时的深圳刚刚开发，高楼大厦像深圳南洋大酒店、国贸大厦，完全不同于其他城市的建筑。深圳到处都在热火朝天地移山填土大搞建设，而街上则到处都是操着南腔北调从全国各地拥到深圳来的创业者和淘金者，还有到处都是振奋人心的广告牌。这使他大开了眼界，感到震惊、激动。

东门曾经是深圳最繁华热闹的地方，也是深圳的象征。这里广告林立、电线纵横，从午夜至凌晨，这里始终是人声鼎沸，万头攒动，透露着浓郁的商业气息。1989年11月22日，坐落在风光秀丽的深圳湾畔的"锦绣中华"正式开业。这里有万里长城、秦陵兵马俑，有最古老的石拱桥（赵州桥）、天文台（古观星台）、木塔（应县木塔），有最大的宫殿（北京故宫），有最大的佛像（乐山大佛），有最大的皇家园林（圆明园），有最长的石窟画廊（敦煌莫高窟），有海拔最高最宏伟的建筑（布达拉宫），有最奇景观（石林），有最奇山峰（黄山），有最大瀑布（黄果树瀑布），有肃穆庄严的黄帝陵、成吉思汗陵、明十三陵、中山陵，有金碧辉煌的孔庙、天坛，有雄伟壮观的泰山，有险峻挺拔的长江三峡，有如诗似画的漓江山水，还有杭州西湖和苏州园林等实景微缩景区。这让苏先生在一天之内领略了中华五千年历史风云，畅游了大江南北锦绣河山。他还去了沙头角的中英街，当时到中英街参观还要在深圳公安局先办理一张《边境特别管理区通行证》。由于中英街地理位置特殊，又是免税街，来自全世界各地的日用商品种类繁多，特别是低于国内其他地方市场的黄金价格和金银饰品，吸引了大批的游客来此购物。

新奇过后，苏先生又有些疑虑，这还是社会主义的中国吗？质疑之声，从来就没有停止过。

广东的经济改革取得了很大成功。到八十年代中期，鼓励农民与个体经营相结合，农业生产得以稳步增长并获得收益。此外，四分之一的中国工业现在建在大城市之外，村镇的产品至少有一半是多种类型的非农业产品。农民和农村人口的生活水平，总的来说有明显的改善。城市改革虽然范围有限，但对总的开放局面与经济活力的增加仍做出了贡献。商品种类繁多，服务事业发达，全国城镇基本建设热火朝天。

尽管有这些不同寻常的进步，经济改革还是遇到了很大的问题。到1985年，农业主要产品生产与农业收入的增长趋于停止，八十年代末经济整体滑入低谷。改革的障碍主要有两大问题，即价格双轨制和通货膨胀。根据价格双轨制，政府对一部分重要工农业产品维持固定价格，这本是为平衡公有与私有之间矛盾而做的努力，但这一体制却为腐败提供了广大空间，降低了计划产品生产的积极性。人们通常把价格双轨制看作八十年代末期农业生产陷于停滞的主要原因。

十一届三中全会至八十年代中期，农民的积极性之所以空前高涨，是因为党确定并坚持了实事求是的思想路线，坚持了实践是检验真理的唯一标准，在政治上尊重农民的民主权利，在经济上关心农民的实际利益。而八十年代末期以来，农业效益下降，农民收入增长缓慢，影响了农民的物质利益，造成农民心理极不平衡，积极性下降，特别是种粮积极性下降。一些地方出现了土地抛荒，使我国本来人多地少的矛盾更加突出。农民积极性下降的另一个原因是社会负担深重。

在八十年代，广东实行"特殊政策、灵活措施"，率先进行改革开放，经济社会发生了脱胎换骨的巨变。从1980年至1988

年，广东全省社会总产值、地区生产总值、社会劳动生产率都得到了极大增长。国民经济成长跨过工业初兴，进入工业中兴时期，经济体制由计划产品经济模式转向计划商品经济模式；经济运行态势已由封闭型转向开放型，人民生活由贫困型上升到温饱型。这是广东经济迈向九十年代的新基点。进入九十年代，广东经济的基本走向和前景如何？在当时经济紧缩的阴影下，人们不无担疑，并为治理整顿中所暴露出来的诸种矛盾深深困扰。

有人认为，广东八十年代的经济增长格局已经结束，广东经济在九十年代将面临新挑战。这些挑战将把广东经济导入新的成长阶段和新的增长格局，面临国内国民经济成长新格局的挑战。八十年代，广东经济是在这样一种国内经济格局中启动的：中华人民共和国成立头三十年，我国基本上实行重重工业、轻加工工业的产业倾斜方针，至七十年代末，形成一个基础工业相对超前发展，加工工业相对滞后的经济格局。这种格局一方面造成了消费资料市场的严重匮乏，为八十年代加工工业的高速增长积聚了强大的市场牵引力；另一方面，积蓄了相对过剩的基础工业潜力，为八十年代加工工业的高速增长提供了必要的产业前提。

这样一种格局，使自然资源短缺而小商品经济传统根基较深的广东，可以凭借毗邻港澳的地缘经济优势和改革开放先走一步的先发优势，依托国内主体市场，以加工工业为主导，推动国民经济高速增长。可是，现在国内经济格局已发生重大变化。一方面，加工工业在八十年代的高速增长，已把30年积蓄起来的基础工业的潜力消耗完，出现加工工业超前发展，基础工业相对滞后的情况,这就导致经济不平衡增长战略的结构性转换。国家产业政策由八十年代向加工工业倾斜转向向基础工业倾斜,国民经济发展由以加工工业为主导的成长阶段过渡到以重化基础工业为主导的成长阶段。另一方面,在不平衡规律作用下,沿海地区经济的率先发展,拉大了沿海地区与其他地区经济发展的差距,形成了强大的区域位差压力。这将导致国家区域经济发展的布局政策由八十年代向沿海发达地区倾斜转向向内陆地区倾斜。再者,随着八十年代各地加工工业排浪式推进,消费资料工业相对于现有国力和市场需求趋于饱和,并出现结构性相对过剩,区域市场竞争愈来愈激烈,地区贸易保护主义抬头。

这样一种新格局表明,八十年代广东经济发展的先发优势逐步消失,面临国际经济政治发展格局新调整的挑战。广东以国内市场为主体,以加工工业为主导的经济成长格局已经与国内经济成长新格局相矛盾。进入九十年代,国际经济政治发展的新格局,至少由于下述几个方面的情况,使广东开放型经济在九十年代的拓展面临严重的压力和严峻的考验,影响外向型经济的战略选择:一是当时复杂的国际环境对经济产生重大影响。二是发达国家为了争夺二十一世纪国际竞争的制高点,将在九十年代围绕高技术及高技术产业开发展开激烈的世纪之战。

深圳特区从建立开始,对特区的非议、反对声音一直不断,主要便是围绕建立特区是搞社会主义还是搞资本主义。特区进行的各项改革,是顶住各种压力,冒着很大风险进行的。这期间,特区在致力于发展以工业为主的外向型经济的同时,率先进行了物价、劳动工资、国营企业、外汇、证券市场、土地住房、社会保障、行政管理监督等多方面的改革探索，初步建立起市场经济的体制框架，但这些改革对或不对，在一线实践的同志心里并没有底。

不少党内人士产生了严重的危机感，担心在中国也可能出现苏联和东欧的情况。不少原来就坚持"左"的观点的人们则开始宣传，中国继续搞市场经济的改革和对外开放，很可能会出现"和平演变"。正是在这样一种背景下，反对进一步改革开放以及把姓"资"姓"社"摆在首位的人，重新开始占据思想和舆论的主导权。中国改革开放面临严峻的挑战，随时有放慢、停滞甚至"走回头路"的危险。现在回顾这段历史，中国的社会、政治、经济都度过了十分沉闷的三年。那时人们普遍的感觉是改革开放前途茫茫。

身处深圳经济特区的人，不但对国家的命运忧心忡忡，而且对"特区"这个"改革开放产物"的命运也深感担忧。

当时，国内形势也存在许多复杂因素。一部分干部和群众面对复杂的国内外形势产生了困惑，一些人对社会主义前途缺乏信心，对党的基本路线产生动摇。国际和国内也出现了令人忧虑的局面。一是外商投资止步观望，有些外商甚至抽掉资金以及将"三来一补"及"三资"企业转移到东南亚等地区；外贸出口下降，旅游业萎缩，广州几家五星级宾馆客源很少。二是在贯彻治理整顿方针过程中，有些措施以指令性计划和行政命令为主，要求很急，力度很大，发展速度受到"一刀切"的严格限制。加上其他因素影响，不少地方出现市场疲软、销售不畅、库存增加的现象,并导致生产萎缩、经济下滑。三是在思想政治方面,"左"的东西再次浮现。有的人明明知道上海署名"皇甫平"的4篇文章的观点,实际上表达的是邓小平1991年春节期间在上海讲话的内容,可他们却发表一系列文章,大加挞伐。本来党的十一届三中全会实行工作重点转移以来,我国10多年来一直以经济建设为中心,这也是几次党的代表大会一贯坚持的,有的报刊却发表长文,说全党和全国人民现在有"双重任务——阶级斗争和全面建设",这不是将一个中心变成两个中心吗?"一个中心、两个基本点"的基本路线已经讲了十几年,在这时提出"两个中心",真是令人眼花缭乱、莫衷一是。一段时间里,无论是在政治方面,还是在经济方面,确实笼罩着一种沉闷、困惑、无所适从的气氛。

就是一些知识分子,也对发生在广东的改革理解不了。江南一家大学的一对教授夫妇的宝贝女儿为南方的风气所吸引,要到南方来工作。教授夫妇非常不放心。先是极力阻止,哪知道阻止无效。女儿铁了心要来广州应聘。教授夫妇打电话给广州的朋友照应,他们在电话里说:广州那么乱,女儿去广州会不会被坏人拐卖?应聘会不会遇到坏人?在他们心里,广东比旧社会的上海滩还乱,女儿随时会发生不测。他们担心女儿下火车会遇到流氓,指定要广州的朋友去接。广州的朋友觉得很好笑,安慰说广州没那么乱,但对方就是不相信。女儿去中国大酒店面试,教授夫妇一个接一个电话追问,非常紧张。

第十章

不变的旗帜

1. 拨乱反正

1978年12月18日到22日,中国共产党十一届三中全会在北京召开,做出了把全党的工作重点和全国人民的注意力转移到社会主义现代化建设上来的重大决策。全会指出:"只有全党同志和全国人民在马列主义、毛泽东思想的指导下,解放思想,努力研究新情况新事物新问题,坚持实事求是、一切从实际出发、理论联系实际的原则,我们党才能顺利地实现工作中心的转变,才能正确解决实现四个现代化的具体道路、方针、方法和措施。"改革开放之初,解铃还须系铃人,党的建设成为"拨乱反正"的破题之举。

首先,要为基层干部的思想松绑。1979年,在全省地委书记会议上,中共广东省委第一书记习仲勋说,现在农村形势确实很好，生产发展了，财富增加了，农民生活有所改善，日子好过了些。有些农民担心党的政策多变，担心我们"眼红"，怕"好景不长"。有的基层干部有"恐富病"，怕右，怕犯错误。这种"怕'右'怕变"的思想，都是极"左"路线流毒没有肃清的表现，必须认真加以解决。他说，群众的问题实质上是干部的问题，特别是领导干部和基层干部的问题。我们要给干部撑腰："你们干得对！"只要领导态度坚决，旗帜鲜明，群众的问题就好解决了。我们要明确地向群众宣布，党的三中全会精神、党的农村政策是完全正确的，长期不变。干部的"恐富病"主要是对什么是社会主义，什么是资本主义，弄不清楚。要在真理标准讨论的补课中联系实际，总结正反两方面经验。我们的干部要医治"恐富病"，要在三中全会精神指引下，利用我们的优势，使生产进一步发展起来，要敢于讲社会主义的"生财之道"，要敢于让一部分农民随着集体经济的兴旺发达富裕起来。走共同富裕的道路，这是总的原则，但不是搞绝对平均。

1981年5月，中共广东省委常委学习会在玉兰香满树的羊城召开。这次学习的目的，是为了进一步加深对中央工作会议文件的理解，从领导思想上清除"左"的影响，以便更好地贯彻执行三中全会以来党所制定的路线、方针、政策。此前，"左"的思想影响普遍存在于各条战线：农民怕"富"，认为富则修，富就会两极分化，富就是资本主义；工业怕"利"，认为讲利就是"利润挂帅"，算政治账叫"革命"，算经济账叫"修正主义"；财贸怕"活"，认为统得死死的才叫社会主义，活就是乱；教育怕

"智",长期批"智育第一",忽视知识,不尊重知识分子;文化艺术怕"放",似乎"放"就是"自由化";工厂企业实行责任制,有些人又怕"包";广东、福建搞经济特区,又有些人怕起"特"来了。凡此种种,都要以"解放思想,实事求是"的精神来破题。

解放思想,并不意味着丢掉优良的革命传统。雷锋精神,便历久弥新。1981年,广东省恩平县横陂公社的"五保户"钟来好已经81岁了,没有亲眷帮扶。17年前,已年过花甲的钟老从两丈多深的井里打水时,已累得上气不接下气,同村的女青年钟月桂看见这一幕,被雷锋助人为乐的精神感召,主动接过钟老的水桶,从此以后的6年来,她总是提早起床,为钟老挑完水后再去干活,不分寒暑。钟月桂结婚后,她的妹妹、共青团员钟月莲接过了为阿伯挑水的担子,这样又是5年过去了。月莲成家后,她的堂妹钟青柳从两位堂姐身上看到了雷锋精神在于持之以恒,她想要像姐姐那样去关心别人,承担起了挑水工作。后来,因为钟来好搬家,距离青柳太远,住在阿伯新居附近的钟银凤主动请缨,不但帮钟老挑水,还为老人煎药、烧开水、做饭。银凤这样照顾了老人3年,因为工作关系调去了果林场,她正发愁谁来照顾钟老,还在小学读书的堂弟钟国锋勇挑重担。17年,5个人,像是有默契,把雷锋精神传承下来,关爱与温暖,像后浪推前浪一般涌动不竭。

人民调解委员会制度,是另一项新中国基层治理的创举和传统,"文革"期间一度中断,党的十一届三中全会后得到恢复。

1982年，广州市荔湾区昌华街道设有两级人民调解机构。街道办事处设人民调解委员会，下属居民委员会设人民调解小组。全街共有93位人民调解员，多数是退休工人和家庭妇女，年龄都在50岁以上，担负着调解民间纠纷的任务。许多调解员虽然拖家带口，有的儿孙满堂，家务繁多，但是对没有报酬的人民调解工作都十分热情，把许多即将转化为对抗性矛盾的问题都及时解决了，因此减少了诉讼。俗话说"清官难断家务事"，但是昌华街自从恢复了人民调解委员会，先后断清了夫妻闹离婚、婆媳关系紧张、父子翻脸、兄弟姐妹争财产等家务事156宗。街坊们都说，人民调解员一无官衔、二无工资，他们为民办事，件件在理。

朱英是第一居民委员会的人民调解员。有一天，街道人民调解委员会接到区人民法院转来的一份离婚报告，因为离婚理由不足，法院难判。报告上说，夫妻俩经常吵闹，感情破裂，迫切要求离婚。朱英是这对夫妻的邻居，看了报告后百思不得其解：他们经常吵架，为什么我听不到？一天清早，她发现女方出门时双眼红肿，便细心询问，好半天女方才讲出原因。原来两人吵架时很爱面子，生怕别人知道，平时在家是你给我一张字条，我给你一张字条，进行"文字吵架"，有时候约到偏僻处吵一通，各自郁郁而归。闹了半年，邻居谁也不知道。昨晚，又一番文字吵架后，女方痛哭了一夜。弄清原因后，人民调解小组请双方单位的领导开联席调解会，从此夫妻言归于好。一个外国司法团来广州访问时，赞扬道："用调解的方法解决矛盾，靠人民自己教育自己，自己解决内部争端，增进人们的团结和友谊，这是中国的一个创造。"

党的十一届三中全会以后,从中央到地方都按照实事求是、有错必纠的原则加快平反冤假错案的步伐,先后为文化大革命中的各种冤假错案平反,也为反右派斗争扩大化中错划的"右派分子"进行甄别改正。1981年6月,中国共产党十一届六中全会通过了《中国共产党中央委员会关于建国以来党的若干历史问题的决议》,从根本上否定了"文化大革命"和"无产阶级专政下继续革命"的错误理论,对一些重大历史事件和重要历史人物做出了实事求是的评价,初步提出了在中国建设什么样的社会主义和怎样建设社会主义的问题。决议的通过,标志着中国共产党在指导思想上拨乱反正胜利完成。

1982年9月1日至11日,中国共产党第十二次全国代表大会在北京举行。大会正式代表1545人,候补代表145人,代表全国3900多万名党员。大会审议通过了《全国开创社会主义现代化建设的新局面》的报告和新修订的《中国共产党章程》,提出"建设有中国特色社会主义"的重大命题和"小康"战略目标。大会提出"把党建设成为领导社会主义现代化事业的坚强核心",这标志着中国共产党开始用一种新的思路指导自身建设。党的事业与党的建设紧密相连,围绕这个目标,党在健全民主集中制、推进干部队伍新老交替、有计划有步骤地进行整党等方面,采取新的举措,推动党的建设出现新的局面。

1983年9月14日,在广东省整顿企业扭亏增盈大会上,珠江华侨农场糖厂党总支书记、厂长崔忠做了《整顿企业，敢于碰硬》的经验介绍。省政府领导同志当场称赞崔忠是"党性、事业心都很强，敢于碰硬的、有较好素质的企业领导干部"，号召全省各企业的党委书记、厂长、经理向他学习。当时，五十开外、身材高大的崔忠坐在主席台上，心潮起伏，几次掏出手帕擦去盈眶的热泪。原来，4年前也即1979年的9月，他还是戴着右派帽子、蹲监狱的一名因犯。

在战争年代，山东烟台人崔忠当过排长、连长、营长，从苏北打到东北，参加过有名的四平战役和辽沈战役。而后，又从东北打到广东。在四平战役中，他英勇作战，不怕牺牲，负伤后成为三等甲级残疾军人。中华人民共和国成立后，他又跨过鸭绿江，参加了抗美援朝的战斗。1954年3月，崔忠从部队转业到广东省万顷沙农场，即后来的珠江华侨农场，担任农场党委书记、第一作业区党总支书记。他同海外归来的侨胞们在珠江口的海滩上一起劳动，一起分享丰收的喜悦。然而，1957年，在反右派斗争中，崔忠被错划为右派，1959年又被错误地戴上"反革命分子"的帽子，被判处十年徒刑。十年动荡中，崔忠由于一再分辩自己无罪，又被加刑十年。二十年狱中生活，他忍受了极大的屈辱。在狱中，有人对他说："只要你认罪，给你自由。"他却始终坚信党会实事求是，他的冤案总有一天会得到平反。

"拨乱反正"的阳光，照到了崔忠身上。1979年12月3日，崔忠终于得到平反出狱了。他对党没有丝毫怨尤。出狱后，崔忠的第一个想法，就是要恢复党籍，恢复工作。他揣着一张"释放证",到北京找最了解自己的老首长。1980年8月,珠江华侨农场党委给崔忠恢复了党籍,并任命他为糖厂的党总支副书记兼副厂长。崔忠一恢复工作,就使出了全部的精力,焕发了人生的"第二春"。

珠江华侨农场糖厂位于波浪滚滚的珠江口,是一座中型糖厂,有600多人。1976年建厂以后,劳动纪律松弛,经济效益较差,白拿公物、占公家便宜的现象严重。有一年,厂里发的手电筒竟超过了全厂的总人数,劳保手套是总人数的两倍多,其他"跑、冒、滴、漏"现象也很严重。究其原因,主要是厂里少数干部、党员不能以身作则。崔忠硬是顶着各方压力,对严重损害和贪占公家物品的人按照章程罚了款,或者给予应有的处分,有效地刹住了这股歪风。1981年底,崔忠担任了糖厂的党总支书记和厂长。他从报上看到中央部署企业整顿,当时上级虽然还没有给他们布置这个任务,但他从本厂的实际出发,提出了从整顿劳动纪律入手,经过厂职工代表会议讨论,通过了新的规章制度,明确规定:要求群众做到的,干部首先要做到。

崔忠恢复工作后,每天总是提前一个小时上班,到各个车间走一遍,看一看。别人下班了,他不走,要坐下来认真学习党中央的重要文献、方针,学习党的十二大通过的新党章,还要学习报刊上有关端正党风和企业管理的文章,以及有关榨糖生产的技术知识。他把糖厂的生产技术名词、有关数字,糖厂历年的产值、利润,职工每年、每月的奖金金额,都记在笔记本上,做到心中有数。

过去，厂里对知识分子不够重视，对他们生活上也不关心，压抑了知识分子的积极性。崔忠上任后，经常亲自登门，虚心向工程技术人员请教，鼓励支持他们大胆搞革新，积极发挥特长。为了改善知识分子的居住条件，经崔忠提议，由厂党总支决定，把原来准备分给厂领导住的6套三房两厅的新楼，命名为"工程师楼"，分配给工程技术人员居住。而崔忠自己，重新结了婚，有了孩子，家中还有岳母、小姨等，一家却还住在旧楼里。

经过崔忠坚持不懈的努力，糖厂的党风、厂风焕然一新，人心齐了，生产和经济效益显著提高。1982—1983年度榨季，平均利润是全省几家大型糖厂的两倍以上，各项经济技术指标也都名列全国制糖工业系统的前茅。

2. 正风肃纪

党的十一届三中全会做出了一系列加强党的建设的部署，决定健全党规党法，整顿党的作风。这次全会上重新成立的中央纪律检查委员会担负起这项重要任务。1979年1月4日至22日，中央纪委举行第一次全体会议，研究加强党的纪律教育和作风建设的具体措施，着手解决党的建设方面的一些突出问题。会议明确规定，党的纪律检查工作的基本任务是，维护党规党法，保护党员的权利，发挥党员的革命热情和积极性，同一切违反党纪、破坏党的优良传统的不良倾向作斗争，切实搞好党风。会议讨论并拟定了《关于党内政治生活的若干准则（草案）》（以下简称《准则》）。1980年2月，党的十一届五中全会正式通过《准则》，并向全国公布。《准则》提出了12条党内政治生活准则，强调：坚持党的政治路线和思想路线；坚持集体领导，反对个人专断；维护党的集中统一，严格遵守党的纪律；坚持党性，根绝派性；要讲真话，言行一致；发扬党内民主，正确对待不同意见；保障党员的权利不受侵犯；选举要充分体现选举人的意志；同错误倾向和坏人坏事作斗争；正确对待犯错误的同志；接受党和群众的监督，不准搞特权；努力学习，做到又红又专。《准则》的制定和公布，以及党中央和各级党组织在此期间进行的种种努力，表明了党实现党风根本好转的坚强决心。

1980年8月，邓小平在中共中央政治局扩大会议上发表了《党和国家领导制度的改革》的重要讲话，进一步提出逐步实现各级领导人员革命化、年轻化、知识化、专业化的"四化"要求，这成为此后全党选拔任用干部的重要标准。在推进民主法制建设进程中，中国共产党领导的多党合作和政治协商制度得到恢复和发展。

为解决党内存在的突出问题，1983年10月，党的十二届二中全会根据十二大的部署，做出关于整党的决定。从这时起，在全党分期分批开展了一次以统一思想、整顿作风、加强纪律、纯洁组织为基本任务的全面整党。

1983年11月，中共广东省委常委的整党工作开始。1984年1月，进入集体对照检查阶段，这是保证整党不走过场的关键环节。1984年4月21日,中共广东省委书记林若,代表省委常委向省直机关和地市的主要负责干部,做整党集体对照检查,抓住存在的主要问题进行剖析,并总结经验教训。省人大常委的一位老同志给省委主要领导写了一封信说,中央允许广东实行特殊政策,采取灵活措施,具有天时地利人和的条件,但是,省委没有充分利用这些有利条件,以致广东的经济建设和文化教育工作落在先进兄弟省市后面,要很好地分析原因,总结教训。常委们坐不住了,省委的主要领导同志分头到省顾委、人大、政协和省直机关等20多个单位召开座谈会,听取意见,同时,又先后收到了省直各个单位的100多份书面意见材料。

常委对照检查的主题,开始逐步明晰起来。十一届三中全会以来,广东的经济建设和精神文明建设提高到了一个新水平,改变了长期以来工农业发展速度落后于全国平均水平的局面。在引进外资和技术、兴办合资合作企业、发展旅游业和服务业、活跃商品流通等方面,广东都搞得早、放得开,效果比较显著。特别是深圳经济特区的建设,为国内外所瞩目,但是,中央对允许广东采取特殊政策、灵活措施,寄予很大的希望,要广东"先行一步富裕起来,成为全国四化建设的先驱和排头兵"。用这个标准衡量,广东省委觉得自己就有差距了。省委常委高标准、严要求地进行对照检查,着重检查了下列问题:对"左"的影响还远没有彻底消除,思想还不够解放,进取精神特别是克服各种障碍的毅力不足,改革的步子迈得不大;经济工作中,有些该搞活的没有搞活,该放宽的没有放宽,该下放的权力还没有下放;广大山区经济还不够活；全省经济发展不平衡。这个集体对照检查，得到广大党员同志的肯定。

省委常委集体对照检查告一段落，常委和副省长又分别找下级党员干部和党员群众谈心，征求个人的意见。1984年4月下旬，在互相谈心的基础上，集中在一起开民主生活会，进行批评和自我批评。

在集体对照检查阶段，常委和副省长认真检查党的十一届三中全会以来，在执行路线、方针和政策等方面的问题，剖析自己，帮助别人。有的同志检查了在改革现行不合理的体制上，胆子不大，指导不力，以致一些成功的改革经验，只停留在试点上，没有及时总结推广；有的同志检查了在对外开放的新形势下，对可能出现的问题估计不足，管理工作跟不上，以致一个时期出现了比较严重的走私问题；有的同志检查了官僚主义严重，作风不深入，对工作中的一些重大问题，缺乏系统深入的调查研究，对山区发展缓慢、能源交通紧张等问题，没有采取一些有力的解决措施。这次严肃认真、生动活泼的民主生活会，使全面整党在广东自上而下推向深入。

中华人民共和国成立初期，广东和江苏的经济基础比较接近，但是，后来差距逐渐拉开了。广东实行特殊政策后，也未能缩小两省的差距。1983年的工农业总产值，江苏为824亿元，广东为455亿元，两省相差近一倍。为了寻求这个问题的答案，由广东省委书记林若带队，组成了有十几名负责同志参加的学习考察团，于1984年5月中下旬在江苏各地取经，从城市到农村，从苏南到苏中,江苏城乡经济飞速发展,生机勃勃的景象,使他们既受教育,又受鼓舞。原来有自满情绪的同志,在江苏这面镜子面前,看到了自己工作的不足。

学习考察团回到广州后,分别向省委常委和省直机关的干部做了汇报,建议省直机关把学江苏、开创新局面作为整党的一个内容,把各单位的主要指标一项项列出来,同江苏认真加以比较。发动党员找差距,为加快广东经济的发展出谋献策,一方面要看到差距,另一方面要奋发进取,不甘落后,充分利用广东的有利条件,迎头赶上。

广东省委提出,学习江苏,就要扬长补短,协调全省各地区和国民经济各部门的关系,处理好发展工农业和发展第三产业的关系,对内搞活经济与对外更加开放的关系,发展经济与智力开发的关系;在思想上要戒骄戒躁,虚心学习别人一切有用的东西;作风上要争分夺秒,扎扎实实干事情。省委从实际出发,借鉴江苏的经验,提出经济工作总的指导思想和发展战略是:积极发展沿海,大力开发山区,力争把珠江三角洲建成全省首先达到小康水平的示范区。总的奋斗目标是:全省工农业总产值在现有基础上,争取七年翻一番,到1990年达到1000亿元以上。

整党的主题抓住了,问题是文章怎么做。省委主要领导的一篇题为《解放思想,大胆改革,更加开放》的讲话,定下了整改的主调。在1984年,全国14个沿海开放城市广东占2个,4个经济特区广东占3个,还有一个属于对外开放前沿地带的海南岛(1988年设省前属广东)。省委按照经济特区、开放港口城市、沿海地区、山区4个层次,规划全省经济发展的蓝图:深圳、珠海、汕头3个经济特区,要开拓更多渠道,采取更多措施,引进外资、技术和智力,以带动其他地区的技术进步和管理进步,把特区真正办成"技术的窗口、管理的窗口、知识的窗口和对外政策的窗口";广州、湛江两个开放的港口城市,要把利用外资、引进技术的重点放在老企业的技术改造上,争取几年内把现有企业改造一遍,提高企业素质,增强产品在国内外市场的竞争能力;珠江三角洲地区要继续运用特殊政策,采取灵活措施,加快经济发展步伐,把它建成一个带头富起来的先行区,一个有说服力的对外开放的示范区;山区的建设将进一步放宽政策,鼓励大中城市、沿海地区和外商、侨商到山区投资办企业,或定点挂钩,实行联营。

整改的讲话还要求:改革和开放要相辅相成,改革促进开放,开放推动改革。当前改革的重点是简政放权,广东省委按照"大的方面管住管好,小的方面放开放活"的原则,决定往下放权。一是放用人权,省委主要管市地一级的主要领导干部,其他都让市地委自己去管;二是放财权、物权,在保证中央和省能够集中必要财力和物力的前提下,让各市地在财政上有更多的自主权和机动权;三是放宽各种审批权,让几个主要城市在若干方面有和省同样或稍小一些的审批权。

为了保证这些任务的实现,改变领导作风刻不容缓。省委常委通过对照检查,深感官僚主义不反掉,加快改革和开放的步伐就难以迈开。省委有鉴于文件多、会议多、简报多已成为捆住领导手脚的绳索,在整党中做出十条解决"文山会海"的规定,在报上公布,接受群众监督。

到1989年,广东地区生产总值已经达到1381亿元,首次超过江苏省,位居全国第一,从此,这个经济第一大省的"宝座"一坐就是31年。而1984年的全面整党,正是一次见贤思齐、弯道超车的总动员,所谓伏线千里。

中青年干部在广东干部队伍中的比例不断增加,但其中有不少人没有系统地学习过马克思主义的基础理论。针对这一问题,从1985年开始,茂名市委把组织干部学习马克思主义理论作为提高干部素质的一项战略性任务来抓。两年来,全市办起80多个理论读书班,有2.3万多名干部通过多种途径,系统学习了马克思主义哲学、政治经济学和中共党史等,市委强调发扬理论联系实际的学风,努力运用马克思主义的理论澄清思想上的一些模糊认识,坚定对改革开放的信心。有些干部对自力更生和改革开放的关系认识不清,在利用外资方面害怕犯错误,工作中缩手缩脚,通过理论学习,很多人认识到,我国要加速社会主义现代化建设,除了靠自己的努力外,也需要借助国外的资金和技术。由于加深了对党中央一系列方针政策的理解,许多干部工作中更加积极主动,大胆引进外资,加强了横向经济联系。

合资企业的党建工作也在探索中开展。中国大酒店是由香港新合成发展有限公司和广州羊城服务发展公司合作兴建的一家大型现代化酒店。经营管理以港方为主,穗方为辅。酒店在开业前三天就成立了党支部，由穗方两位副总经理担任支部正副书记。党支部成立时，港方人员有疑虑。联邦德国的总经理卜格问："酒店设共产党是干什么的？"党支部正副书记向港方解释，酒店党组织的任务，主要是在企业中监督和保证贯彻执行我国对外开放政策，教育穗方员工更好地和港方职员合作共事，学习和搞好酒店经营管理，提高酒店经济效益。每届广交会前，党支部都召开支委扩大会议，动员全体党团员发挥模范带头作用，做好服务接待工作。很快，港方人员消除了疑虑。卜格总经理在港方职员会议上说："你们不要怕共产党，他们也是为搞好这个酒店工作的。"

中国大酒店党支部领导认为，港穗双方人员能否友好、真诚共事，对酒店的兴衰成败起着决定性的作用。因此，党支部要教育党员和穗方员工，正确理解和执行党的对外开放政策，清除"左"的思想束缚，纠正那种认为自己是"二等公民""受剥削"的思想，以企业主人翁的态度真诚共事，对港方经理提出的行政措施，凡是正确的要坚决支持。

有人问卜格："你知道中国大酒店有共产党员吗？"他风趣地答道："早就知道，有37个。不，连我在内共有38个。""你也是？""是的，因为我来自马克思的故乡啊！"他发现酒店里一些新员工在接待工作中不够热情，便给工会写了一封信，要求一定要把大酒店办成具有国际服务水准和中国热情款客传统美德的酒店。党支部、工会和共青团立刻行动起来，制订了文明礼貌措施，呼吁全体党员、团员和工会会员要起带头、模范作用，收到了很好的效果。

伴随着1984年、1985年评选广州市和广东省劳动模范的活动在基层开展,"揭发"广州钢琴厂厂长黎达苏的告状信纷至沓来。从这些"揭发"材料看,黎达苏的问题"相当严重"。二轻局党委、纪委的负责人,心情很不平静。作为组织,他们对黎达苏的一贯表现,心里是有谱的。黎厂长在广州钢琴厂履职已有10年。在他任职期间,钢琴产量跃居全国首位,平均每年以25%以上的速度递增。从1981年起,"珠江牌"钢琴连年在全国同行评比中获得质量总分冠军,钢琴的演奏性能、工艺加工均获得全国优胜奖。许多著名的钢琴演奏家对"珠江牌"钢琴给予极高的评价,认为足以与外国名牌钢琴一较高下。黎厂长上任时,广州钢琴厂职工纪律涣散,产品质量差,年产量徘徊在600台上下。从600台到12000台,从产品积压到供不应求,在纸上写这几个数字并不费劲,可是要知道,一台钢琴有8000个零件、500多种材料,生产全过程包括十大工种521道工序,制造周期长达165天。黎达苏是怎么做到的?

这个虎背熊腰的厂长,由于带头进行管理体制的改革,被称为"黎大胆"。他改革分配制度,实行新的结构工资制,调动工人的生产积极性;改革人事制度,对干部实行聘任合同制,起用一批能人,免去不称职者。他以租赁形式引进关键设备32台(套),根据国内外市场需要调整了产品结构,先后研制成功85键、72键和012、008型无背架钢琴,并成为全市工业企业中第一家使用闭路电视监控生产、应用电脑管理的现代化企业。"黎大胆"治厂严,从厂长到清洁工,每个人胸前都必须佩戴贴着照片、写着姓名的胸牌,进出厂时间要在卡片上记录,迟到早退要扣奖金。厂长坐在生产指挥间,就可通过闭路电视监控系统,将职工的工作情况看得清清楚楚,谁吊儿郎当就会挨骂。

经过纪委调查人员的奔波,"黎大胆"的问题终于查清了。告状信"揭发"的13个问题,大部分是子虚乌有,一部分问题属于在探索改革中缺乏经验,办法不够完善造成的。只有少数问题确实是他的缺点,对此,调查组找他谈心,指出他不仅要严于治厂,严格要求别人,更应该严格要求自己。不过,调查组充分肯定了广州钢琴厂改革的成就,高度评价了黎达苏的改革意识,支持将他评选为省劳模。人们笑称,这是被"查"出来的劳模。

南华西街党委书记、全国先进工作者、"广州地区杰出公仆"韩伟煜的经历,体现了党的十一届三中全会以来基层工作的转轨。"以经济建设为中心"就是转轨的关键。南华西街位于广州市海珠区,辖下有同福西、南华西、滨江西三段和75条自然街巷。这一区域在二十一世纪的今天早已寸土寸金,但在二十世纪八十年代初,由街道兴办集体企业,是振兴经济的重要举措。而作为基础的党员干部,带头搞活经济,就是对党的十一届三中全会以来党的重要方针、政策的坚决贯彻,体现了改革破局的担当。

万事开头难,韩伟煜选择本街道塑料厂试点,进行整顿,起用厂里唯一一个大学毕业生为厂长,然后针对全靠手工操作的情况,和工厂干部、工人想办法进行技术改造,筹集资金引进了大型自动注塑机,使生产效率提高了3倍,从而带动了全街道经济的起飞。

1981年，韩伟煜根据中央有关搞活经济的精神，组织南华西街工业公司与在广州开拓市场的北京化工厂在南华西街联合开设了化工产品经营部。当时有人议论纷纷，说这样做是冲击了市场，他们一面派人进京"递状纸"，一面下令关闭门市部。街道有些干部害怕了，联营部负责人也想打退堂鼓。韩书记马上召开街道党委扩大会议，他说："跨地区联营对搞活经济有好处。你们不要怕，要继续干下去。干出成绩，是你们的功劳。干错了，一切责任由我来负。"就这样，韩伟煜和南华西街干部、职工顶住了压力，使联营业务逐年扩展。南华西街也逐步发展为拥有40多家企业的广州头号"工业街"，1985年到1988年，利润连续3年超过1500万元，雄踞全国十大城市街道之首。

在经济发展的基础上，街道先后拿出500多万元兴办公益事业，建造了颐寿阁，让全街生活无着的孤寡老人居住，安度晚年；专为退休工人兴建了康复中心和退休工人之家；增设托婴室、托儿所，解决幼儿入托难问题；把自来水引进每家每户；平整凹凸不平的街巷路面，在街道两旁种花植树。

韩伟煜认为，培养"四有"（有理想、有道德、有文化、有纪律）队伍是思想政治工作的根本任务。根据他的建议，街道党委和办事处拨款40多万元，建起街道文化中心和培训中心，举办各种政治、技术、业务培训和文化学习班127个。面对一些人经不起改革开放考验而腐化堕落的现象，韩书记清醒地对街道干部说："在商品经济发展的今天，我们更要加强公仆意识，为政清

1981年，南华西街工业公司与在广州开拓市场的北京化工厂在南华西街联合开设了化工产品经营部。当时，由街道兴办集体企业，是振兴经济的重要举措。

廉，克己奉公。"他与领导班子成员制定了《党政企业干部保持廉洁的八项要求》，并以身作则。

韩伟煜的外甥在街道车队当司机，工作比较懒散。车队负责人碍于书记的面子，迟迟不处理。韩伟煜知道后，严肃地说："唯德才是用，这是南华西街用人的标准。不符合这个标准的，不管有什么关系，该处理的就得处理。"结果，他这个外甥被车队除名。韩书记有个侄子在街道所属的机电厂当工人，工作比较艰苦，有人对他说："你伯父是街上最大的官，只要他开口，不怕你没有舒服工作做。"一天，侄子真的找上门来，要韩书记出面说情调动工种。他严肃地对侄子说："我说句话办这点事也许不难，但是别人会怎么说？群众会怎么看？我这个街道党委书记的权力是人民给的，只能用于人民，不能用于私。"侄子只好低下头，默默离去。在韩伟煜的感召下，南华西街道杜绝了提拔干部、分配住房、选送入学等方面的以权谋私，也没有一起生产经营和经济活动中的违法违规事件发生。

3. "疏""堵"并举

二十世纪八十年代末，改革开放已持续进行十余年，一些批评的声音开始指向广东的党政干部："在广东，动用公款请客送礼是家常便饭，遍布城镇的宾馆酒楼，一年四季食客如云，且多数都不用自掏腰包。一些权力在握的官员'企业家'，挥金如土,宴客三至七人,超过千元标准已不当一回事。酒足饭饱之后,还要拿上一两条'万宝路''三五'香烟带走。有人编出所谓'厂长脸通红,职工多分红'的顺口溜。一个县或一个大企业,每年用于接待的费用高达十几万甚至几十万元。公款吃喝之外,还有公费过节、公费旅游……少数意志薄弱的国家工作人员,在商品大潮中,经不住金钱的诱惑,利用自己职权的'举手之劳',批一个文件,写一张字条,打一个电话,成千上万甚至几十万的人民币就进入了自己的腰包……"贪污腐败的阴影,笼罩着经济高速发展的广东。

1988年3月,深圳市检察院率先成立了我国第一个经济罪案举报中心。人们对改革开放中出现的种种腐败现象不只是停留在气愤地议论、谴责上,而是拿起笔,向检察机关举报,揭发身边发生的贪污受贿。举报中心成立不到10个月的时间内,共收到举报信1022件,为侦查案件提供了重要线索。不过,随着反贪污贿赂的不断深入,仅仅依靠举报中心显然是不够的。1988年以来,省检察院多次派人考察香港廉政公署,并出访新加坡、泰国,学习设置反贪机构的经验。1989年8月10日,广东省委批准省检察院建立反贪污受贿工作局(后改名为"反贪污贿赂局")。同年8月18日,省检察院反贪污受贿工作局正式挂牌成立。

一辆布满厚尘的面包车,射出两道强劲的光柱,悄无声息地开到郊外一幢平房前停住,从车上闪出几条敏捷的身影隐藏在平房的四周,另有两人径直朝门口走去。顷刻间,随着几声"不许动"的喊声,3个惊慌失措、西装革履的中年男子被抓住。这是珠海市反贪局在执行任务。1990年春节后,珠海市检察院反贪局接到某公司干部举报,说该公司两位主要领导要他做伪证,并答应事成后给他2万元。做伪证的具体内容是,要他承认这两人曾给过他30万元,他收下后转交给了已逃往国外的该公司的副总经理。

珠海反贪局的局长邢治群连夜成立了专门小组,对案件进行分析。经过一天一夜的紧张工作,初步理出了头绪。大家认为,目前还不了解那两个人的背景,以及是否还有人指使;也不了解举报人在其中是否有问题。但是,通过听举报人提供的秘密录音,已可以肯定那两个人在30万元的问题上有鬼。他们决定,立即采取强制措施。为了防备情况突变,还制订了几套方案。当举报人按要求在接到对方打来电话时提出约见,那两个人先是同意,但在短短几小时内,又几次改变了约见地点。

当得知准确的见面地点后,这些具有高度责任心的检察干警们,不顾连日奋战的劳累,日夜兼程地奔赴约见地。起初,那两人故作镇静,大摆领导架子,矢口否认一切。检察干警针对他们做贼心虚的心理,因势利导地宣讲了法律和党的政策,教育他们迷途知返,坦白交代。经过检察官攻心战术,他们两人分别交代了贪污受贿几百万元的罪行,并且证实了举报人是清白的。

时年47岁的张文列,被英德县人民称为"五毒俱全"的"大老虎"。1990年初,在清远市委及广大群众的支持协助下,清远市反贪局开始"啃"这块硬骨头。他们派出业务过硬的同志,组成工作组六下英德,走乡串巷,调查了大量旁证。张文列是英德显赫多年的公安局长,1987年到1988年,经手批准的"农转非"

户口达1万多个,从中收受有关单位和个人的贿赂就有27笔,总值16万多元。他还用公款几十万元行贿腐蚀了数十名党政干部。群众多次举报揭发他的问题,但第二天他便会掌握情况,然后软硬兼施地威胁对方,甚至进行打击报复。

反贪战士们既要顶住来自内部一些干部的干扰和阻力,又得防张文列的"把兄弟"们企图制造车祸和拦路殴打,可以说冒着生命危险。查证结果证实了张文列的罪行,反贪局的干警们多次敦促,但张文列不但拒不投案自首,反而制造伪证,转移赃款,还与行贿人串供。

"砰砰""丁零零",1990年初夏的一天深夜,一阵急促的敲门声和门铃声,把沉浸在睡梦中的张文列惊醒了。他穿着睡衣,睡眼惺忪,嘟哝着开门,一愣,门口站着几位"大盖帽",他被勒令在逮捕证上签字的同时,一副锃亮的手铐扣在了他的手腕上。

房间的地下密室没能逃过反贪战士们的火眼金睛。赃款赃物铁证如山:人民币11万多元;港币5万多元;借钱给他人的借据5张,金额17万多元;金首饰37件,重500多克;摩托车3辆并有录像机、彩电等贵重家用电器一批。他还用贪污受贿来的钱物,在英德建造了两幢总面积700多平方米,价值20多万元的私房。

清远市反贪局在侦查张文列受贿案的线索中,还接连查处了9宗万元以上,包括该县一名副县长、环保局副局长等干部的犯罪案件。英德县城的一群老工人联名写信给反贪局说:"现在看到反贪局动真格的,我们看到了希望,重新树起了信心。"

1990年3月3日晚上,广州市白云区反贪污贿赂科接到中国农业银行广州市白云区营业部报案：罗岗镇信用社刘村分社会计刘炳煊、黎慧诗，盗用公款28万多元后不知去向。

追捕小组认真分析、研究案情后认为，刘、黎两犯可能会逃往越南，但他们身上没有越南的身份证和护照，所带现金也不多，很难深入越南内地，只能在边境逗留。于是，追捕小组立刻向广西边防、公安等有关部门发出附有刘、黎两犯照片及体型特征的协查通报。随后，奔赴广西，迅速在广西4个可能通过的地点实施布控。3月8日，刘、黎两犯果然在一个边民的带领下，从越南芒街潜入广西防城县东兴镇，即落入追捕小组的包围圈，只好束手就擒。

1990年4月3日，贪污300多万港元后准备外逃的中国民航广州管理局运输公司售票员易芳被逮捕归案。1990年5月，一名贪污20多万元的罪犯，在当地有关部门配合下，从澳门被抓获押回境内；同年，还有深圳的一名副厅级干部，多次受贿金额达百万元，被反贪局立案侦查并逮捕。被阳山县百姓称为"山中虎"的县公安局长梁某，在大量犯罪证据和赃款、赃物面前，不得不低头认罪……

一年内，全省反贪局共立案侦查处级以上的党内腐败分子43人，其中厅级干部3人，均已追捕归案，追回赃款赃物合计人民币5500多万元。

1985年初夏，广州东方宾馆洁净的唐宫厅内，众多摄影机对着横贯大厅的长方形会议桌。围绕方桌而坐的，除了广州市市长和副市长，还有十几位被称为"假设市长"的普通市民。"真市长"正向他们颁发参加"假如我是广州市长"提建议活动的纪念证书。证书上以市长的名义，印着几个醒目的大字："公民，谢谢你。"

自从1985年3月广州市开展提建议活动以来，有约1740名市民挥笔写信1535封，登门献策213次，设身处于市长之位，向市政府提建议。有些建议已被采纳实施，有的已被列入市政府的议事日程。人民的智慧，化为广州发展的蓝图。一位人民警察建议：以经济手段办环境卫生事业。他认为，应发挥国家、环卫公司和企业、居民几方面的积极性来办环卫。最年轻的"假设市长"，是一位戴红领巾的小学六年级学生，他提笔以充满稚气的"市长"口吻建议："整顿大街小巷两旁杂乱无章的招牌广告，让美丽的花城更可爱。"还有两名从印尼归国的小华侨也参与了活动。

数以千计的建议雪片般飞到主办单位，经过整理、归纳，市长展卷细读，发现这些建议近三分之一是针对广州市的交通问题而发。真"假"市长不谋而合，在1985年，广州拥有汽车9万辆、摩托车4万辆、自行车150万辆，加上每天从外地来到广州的3万辆机动车，交通已异常拥挤，亟须整顿。

1986年元旦，广州的"市长专线电话"开通。电话沟通，比写信反映意见更快速高效，受到了市民的欢迎。1990年1月至2月，"市长专线电话"接到2748个来电，成了社会心理、人民喜怒的晴雨表、遥感器。二十世纪八十、九十年代之交的广州市，用电缺口达40%，设立"市长专线电话"以来，最多时一天接到反映停电的电话150个。这引起了党政干部的高度重视。市长亲自召开有关部门会议，采取紧急措施，优先安排市民的生活照明用电，同时，通过报纸向市民解释广州缺电的原因和市政府采取的应急措施与工作打算。

广州市政府信访办，是市长联系市民的第二根神经。在长堤大马路潮音街二号有一座宿舍大楼，因年久失修，变成了特级危楼。这里住有43户200多人，每逢刮台风，下暴雨，居民们只好搬上被褥到邻近爱群大厦的人行道栖身。这一情况被市政府信访办的同志知道后，他们实地察看了现场，并及时汇报给主管的副市长。市政府考虑到这是200多人生命财产的大问题，马虎不得，经市房管局等十几家单位协商，对危房户做了妥善安置。

如果说反贪局的行动体现了"堵"的决心与魄力，广州市的广开言路则体现了党和政府"疏"的智慧与襟怀。

二十世纪九十年代伊始，国际形势波诡云谲，广东已经历了改革开放和经济特区建立十多年来的繁华锦绣、沧海桑田，但也承受着野蛮生长、泥沙俱下的彷徨与阵痛。历史似乎一度悬而未决，但追求小康的人们，从没停下奔忙的脚步。